Plume fantôme

Isabel Wolff

Plume fantôme

Roman

Traduit de l'anglais (Grande-Bretagne)
par Denyse Beaulieu

ÉDITIONS FRANCE LOISIRS

Titre de l'édition originale : Ghostwritten
publiée par Harper, une division de HarperCollins*Publishers*, London, 2014

Édition du Club France Loisirs,
avec l'autorisation des Éditions Jean-Claude Lattès.

Éditions France Loisirs,
123, boulevard de Grenelle, Paris.
www.franceloisirs.com

Première édition mai 2015.

ISBN : 978-2-298-11103-3

À la mémoire de ma mère.

« Le passé n'est jamais mort.
Il n'est même jamais le passé. »

Requiem pour une nonne,
William Faulkner

Prologue

31 août 1987

Sur la plage, les vacanciers abrités par des paravents à rayures de couleurs vives contemplent la mer scintillante, main en visière pour protéger leurs yeux du soleil de fin d'après-midi. Un énorme tanker gris se profile à l'horizon ; à mi-distance, des yachts aux voiles blanches s'éparpillent, spis gonflés. Sur la grève, un jeune couple en combinaison de surf met à l'eau un canoë jaune. Le jeune homme le tient pour que sa compagne s'y installe avant d'y monter d'un bond ; ils s'éloignent en pagayant, bercés et ballottés par la houle. Deux fillettes en maillots roses s'arrêtent un instant de barboter pour les observer, avant de se remettre à courir dans les vagues en hurlant de rire. Derrière elles, une famille joue au cricket. Leur balle s'envole vers les rochers. Un chien se lance à sa poursuite en aboyant frénétiquement ; ses griffes font gicler des gerbes de sable humide.

Sur le sentier de la falaise qui borde la plage, les baigneurs font la queue devant un snack qui vend du thé, des gâteaux et des glaces, mais aussi des seaux, des pelles et des matelas pneumatiques pré-gonflés, comme celui que sont en train d'acheter deux adolescents.

— Ne le mettez pas à l'eau, leur conseille la vendeuse.

Le plus grand des deux secoue la tête, puis son ami et lui redescendent avec leur matelas l'escalier en granit érodé qui mène vers la plage.

Le sable est pâle et sec, scintillant de mica. En se dirigeant vers l'eau, les adolescents lancent un regard concupiscent vers une blonde en bikini noir allongée sur une serviette blanche. Parfaitement immobile, elle savoure la chaleur du soleil et le bruit du ressac, aussi régulier qu'une respiration. Une mouche des sables se pose sur sa joue ; elle la chasse et se redresse en s'appuyant sur ses coudes. Elle contemple le cap, où l'herbe sèche a pris une teinte d'or pâle, regarde l'homme brun assis à ses côtés et lui adresse un sourire indolent. Elle se met sur le ventre, dégrafe le haut de son bikini et lui tend un tube d'Ambre Solaire. L'homme hésite en jetant un coup d'œil aux deux enfants de la jeune femme, qui font un château de sable à quelques mètres de là. Lorsqu'il étale la crème sur ses épaules, elle soupire de plaisir.

Agenouillée dans le sable, sa fille lève les yeux. En voyant la main de l'homme descendre vers la taille de sa mère, elle rougit et se redresse.

— On va pêcher à l'épuisette, annonce-t-elle à son petit frère.

Il secoue sa tête blonde en continuant à pelleter le sable.

— Non.

— Mais je veux que tu viennes avec moi.

— J'aime mieux rester avec maman.

La fillette ramasse ses sandales en plastique et les frappe l'une contre l'autre.

— Tu es obligé de venir avec moi.

— Pourquoi ?

Elle chausse son pied droit.

— Pour m'aider.

— Je ne veux pas.

— Eh bien, tu es obligé…

Elle passe le pied gauche dans l'autre sandale, se penche pour l'attacher, saisit le seau que le petit garçon est en train de remplir et le vide par terre.

— Je prends ça. Tu prends l'épuisette.

Le petit garçon hausse ses épaules fluettes et se lève à son tour. Il remonte son maillot de bain rouge, qui est de seconde main et beaucoup trop grand pour lui, et ramasse l'épuisette posée par terre.

Leur mère relève la tête.

— Vous n'avez pas beaucoup de temps. Nous partons à 18 heures, alors quand vous entendrez la cloche du snack, il faut que vous reveniez. Tu m'entends ? ajoute-t-elle à l'intention de sa fille. Tu le tiens par la main. Il faut que tu lui tiennes la main.

La fillette acquiesce d'un air renfrogné, avant de se diriger vers les rochers qui déboulent de la petite falaise vers la mer. Son frère la suit en traînant l'épuisette derrière lui, laissant une trace sinueuse comme la queue du cerf-volant jaune qu'il vient de remarquer, oscillant très haut dans le bleu du ciel. Il renverse la tête en arrière pour l'observer en fermant un œil pour se protéger du soleil.

La fillette, en se retournant, constate qu'il ne la suit pas.

— Ted ! Allez !

Elle veut s'éloigner le plus possible de leur mère et de son soi-disant « ami ».

— Teddy !

Le petit garçon s'arrache à sa contemplation et suit sa sœur en sautant dans les empreintes de ses pas, de sorte qu'il n'en laisse aucune. Un bambin nu coiffé d'un bob passe devant lui en chancelant ; il tombe à la renverse, éclate en sanglots et se fait aussitôt relever.

Ils croisent ensuite un garçon et une fille en train de creuser une tranchée qui fait déjà deux mètres de long, si profonde qu'ils s'y enfoncent jusqu'à la taille.

Ted s'arrête, fasciné.

— Regarde, Evie ! Le gros trou !

Elle se retourne.

— En effet, acquiesce-t-elle sérieusement. Ça a dû vous prendre beaucoup de temps, dit-elle à la fillette.

Celle-ci doit avoir environ son âge, bien qu'elle soit déjà grande et élancée. Elle porte un tee-shirt blanc avec un grand « J » noir. Evie se demande ce qu'il peut bien représenter. Julie ? Jane ?

— Oui, beaucoup, répond la fillette.

Son visage ovale au teint clair est encadré de longs cheveux bruns. Elle cale une mèche derrière son oreille et désigne d'un mouvement du menton le monticule de sable qu'ils ont déplacé.

— On a creusé tout l'après-midi, pas vrai, Tom ?

Tom se redresse. C'est un petit garçon costaud d'environ huit ans.

— On fait un tunnel, précise-t-il en s'appuyant sur sa pelle. Comme le tunnel sous la Manche qu'ils sont en train de creuser.

— C'est mon idée, ajoute la fillette. On a tout fait tout seuls, précise-t-elle en se tournant vers son frère. C'est maman qui va être surprise quand elle va voir ça.

Tom éclate de rire.

— Elle n'en croira pas ses yeux.

— Vous faites un vrai tunnel ? lui demande Ted.

— Oui, répond Tom en indiquant un trou profond au bout de la tranchée.

Ted étire le cou pour regarder.

— Je peux rentrer dedans ?

Tom hausse les épaules.

— Peut-être, quand on l'aura fini. Mais il faut qu'on se dépêche parce que la marée monte.

— La mariée monte ?

Ted jette un coup d'œil à la mer.

— La *marée*, idiot, le corrige Evie. Allez viens, Ted, il faut qu'on y aille…

À l'autre bout de la plage, la mère des enfants ferme les yeux tandis que la main de son compagnon lui caresse le creux des reins.

— C'est délicieux. Tu m'entends ronronner ? ajoute-t-elle avec un petit rire.

Non loin de là, quelqu'un écoute *Always on My Mind* des Pet Shop Boys.

Son ami s'allonge à côté d'elle.

— C'est toi qui es toujours dans ma tête, Babs, murmure-t-il.

Elle pose sa main sur la poitrine de l'homme en écartant les doigts.

— Je n'ai pas passé d'aussi belles vacances depuis des années…

Parvenus aux rochers, ses enfants escaladent les gros blocs de roche grise en dents de scie, striés de minces bandes de quartz. Ted scrute le premier trou d'eau : certaines algues sont brunes et bosselées, d'autres aussi vertes et lisses que de la laitue. Il taquine une anémone de mer avec son épuisette, ravi de la voir rétracter ses tentacules bordeaux. Lorsqu'il aperçoit une crevette, il enfonce l'épuisette pour la saisir.

— J'ai attrapé quelque chose ! s'exclame-t-il.

Son visage se décompose lorsqu'il inspecte le filet, qui ne contient qu'un bigorneau brun.

— Evie ! Attends-moi ! lance-t-il, atterré de constater qu'elle s'est déjà éloignée d'une quinzaine de mètres.

Mais Evie continue à sauter de rocher en rocher tandis que le seau se balance à son bras.

Alors qu'il s'apprête à la suivre, Ted se tourne vers la mer et remarque un canoë jaune avec deux passagers qui pagayent. Il entend un rugissement au loin ; un bateau à moteur fend les vagues en laissant derrière lui un sillage qui fait ballotter le canoë. Puis il se tourne à nouveau vers Evie. Elle est penchée au-dessus d'un trou d'eau.

— Evie ! hurle-t-il, mais elle ne lui répond pas.

Ted pose le pied sur le rocher suivant, incrusté de petites moules noires qui s'enfoncent dans la chair de son pied. Le rocher d'à côté semble lisse, mais lorsqu'il s'y perche, le rocher oscille violemment et Ted doit agiter ses petits bras fluets pour ne pas tomber. Tout d'un coup, des larmes lui piquent les yeux. Les rochers sont pointus, son maillot de bain n'arrête pas de descendre, sa sœur ne veut pas l'attendre, encore moins le tenir par la main comme elle est censée le faire.

— Evie..., s'écrie-t-il, la gorge serrée, en essayant de ne pas pleurer. Eeevieee !

Elle se retourne enfin. Constatant sa détresse, elle le rejoint.

— Qu'est-ce qu'il y a, Ted ? grogne-t-elle en avisant les pieds de son frère. Pourquoi tu n'as pas mis tes chaussures de plage ?

Il renifle.

— J'ai oublié.

Evie pousse un soupir exaspéré puis se tourne vers la mer.

— Alors il vaut mieux qu'on passe par là, les rochers sont plus lisses. Attention aux barnaches, ajoute-t-elle par-dessus son épaule. Oh, celui-là est superbe !

Le trou d'eau est long et étroit comme un petit loch ; des algues semblables à des lanières de cuir y oscillent. Lorsque l'ombre d'Evie se dessine sur la surface de l'eau, un petit poisson brun se faufile vers le fond.

— Passe-moi l'épuisette !

Ted la lui remet et prend le seau tandis qu'Evie s'accroupit, fourre le filet sous une roche et le retire rapidement. Il contient un éclair argenté.

— Je l'ai ! hurle-t-elle. Remplis le seau, Ted ! Vite !

Ted plonge le seau dans le trou d'eau et le lui tend. Evie y fait basculer le poisson, qui nage jusqu'au fond pour se cacher sous un lambeau de fucus.

— Il est énorme ! souffle Evie. Et là, une crevette !

Une bouffée d'euphorie l'envahit – elle en a oublié sa haine de l'« ami » de sa mère.

— On continue.

Alors qu'elle replonge l'épuisette dans l'eau, elle entend, au loin, la cloche que fait sonner la dame du snack quand elle ferme.

À quelques mètres de là, les vagues se brisent sur les rochers ; les embruns éclaboussent les jambes des enfants.

Ted frissonne.

— Est-ce que la mariée monte, Evie ?

Evie revoit les mains de Clive sur les reins de sa mère. Elle pense à son torse velu et à ses gros bras tatoués, et aux gémissements qu'elle entend à travers les murs de la chambre.

— Pas encore, répond-elle.

Ted ramasse l'épuisette.

— La cloche sonne.

Evie hausse les épaules.

— Je n'entends rien.

— Moi je l'entends, et rappelle-toi, maman a dit, elle a dit…

— On attrape un crabe ? hurle Evie. Allez !

Enthousiasmé, Ted suit sa sœur, soulagé de constater qu'elle avance plus lentement maintenant, ne serait-ce que pour éviter de renverser leurs précieuses prises. Ici, les rochers ne sont pas hérissés de moules, mais les algues les rendent glissants comme du satin sous les pieds de Ted. Il aurait envie qu'Evie le tienne par la main, mais il a peur de lui demander parce qu'il ne veut pas se faire traiter de bébé.

— On aurait dû apporter du jambon, dit-elle. Les crabes adorent le jambon. On en apportera demain, d'accord ?

Ted acquiesce joyeusement.

Sur la plage, l'homme au cerf-volant est en train de rembobiner sa ligne. La mère des fillettes en maillots roses leur demande de sortir de l'eau. Les petites la rejoignent en claquant des dents, et leur mère les enveloppe d'une serviette tandis que les vagues effacent leurs empreintes sur le sable. La famille qui jouait au cricket remballe ses affaires : le père lance la balle au chien, qui bondit pour l'attraper.

Les baigneurs replient leurs transats et leurs paravents, ramassent leurs paniers et leurs sacs pendant que la mer avance, se retire, puis avance à nouveau.

— Encore cinq minutes, Clive, dit Barbara.

Il enroule une mèche des cheveux de la femme autour de son doigt.

— Alors, c'est quoi le programme, ce soir ?

— Je pensais qu'on pourrait aller à Trennick pour manger un fish and chips ; on achèterait une bonne bouteille de vin, et puis... Je mettrais les enfants au lit de bonne heure.

— Excellente idée, murmure Clive en l'embrassant. On fait comme ça, Babs.

Barbara sourit en songeant qu'elle ne connaît Clive que depuis huit semaines. Elle se rappelle la bouffée de désir qu'elle a éprouvée en le rencontrant – c'était la première fois qu'elle éprouvait quoi que ce soit pour un homme depuis des années. Elle songe à quel point elle déteste son travail – coincée derrière son bureau toute la journée, sans autre horizon que les poids-lourds et les camions avec *JJ Haulage* écrit dessus qu'elle voit par la fenêtre ; sans rien au mur à part une carte routière du Royaume-Uni. Au moment où elle se demandait une fois de plus combien de temps elle arriverait encore à tenir, Clive était entré. Grand, brun, avec des épaules de taureau, il avait rappelé à Barbara une image du Minotaure dans l'un des livres d'Evie. Il manquait cinq voyages de nuit à Harwich sur sa fiche de paye. Confuse, Barbara avait promis de la rectifier ; il lui avait suggéré, effrontément, qu'il y aurait bien un moyen de « se faire pardonner ». Elle avait éclaté de rire en répondant que c'était envisageable…

Elle lui avait dit qu'elle avait deux enfants, mais pas d'ex, que Finn repose en paix. Clive lui avait répondu que même si elle avait eu dix enfants à la remorque, ça lui serait égal. Le fait qu'il ait dix ans de plus qu'elle – il en a trente-huit – donne un peu le vertige à Barbara.

Le présenter à Evie et Ted avait été une affaire délicate. Ted ne lui avait pas prêté beaucoup d'attention, et il était retourné jouer avec ses Lego, mais Evie s'était montrée hostile. Quand Barbara leur avait annoncé que Clive les accompagnerait en vacances, elle était allée s'enfermer dans sa chambre en claquant la porte. Barbara lui avait pourtant expliqué : si Evie avait des amis, pourquoi maman n'en aurait-elle pas, elle aussi ? Maman ne le méritait-elle pas, après tout ce qu'elle avait subi ? Evie s'était contentée de la regarder fixement, comme si elle essayait de lui forer un trou dans l'âme. Tant pis, il faudra qu'elle s'y fasse, décide Barbara tandis que Clive lui embrasse le bout des doigts…

Tout d'un coup, Barbara se rend compte que la cloche ne sonne plus. Elle s'assoit.

Sur les rochers, Ted commence à être fatigué. Mais Evie a trouvé un nouveau trou d'eau, à deux mètres des vagues.

— Il y a sûrement des crabes, décrète-t-elle. OK, Ted, tu tiens le seau. Fais attention !

Elle lui passe le seau et lui prend l'épuisette. Ted se renfrogne.

— Qu'est-ce qu'il y a, maintenant ?

— Je veux tenir l'épuisette.

— Tu es trop petit.

Certaine d'avoir réglé la question, elle scrute à nouveau le trou d'eau.

Ted pose le seau brusquement sur le bord d'un rocher.

— J'ai cinq ans !

— Eh bien moi, j'ai neuf ans, alors c'est mieux si c'est moi. Ce n'est pas facile d'attraper des crabes.

— C'est mon tour. Tu as pris le poisson et la crevette. Alors c'est mon tour d'avoir l'épuisette et…

— Chut ! (Evie brandit la main gauche, le regard fixé sur l'eau.) J'en ai vu un, siffle-t-elle. Un gros.

— Laisse-moi l'attraper.

Evie se penche en avant, très lentement, et darde l'épuisette vers un paquet d'algues. Lorsqu'elle la retire, un crabe couleur kaki, grand comme sa main, s'accroche au filet avec une pince.

Ted se jette sur l'épuisette. À son grand étonnement, il réussit à l'arracher à sa sœur ; ce faisant, le crabe retombe à l'eau et se réfugie sous une roche.

Evie en reste bouche bée d'indignation.

— Espèce d'idiot !

Le menton de Ted se chiffonne.

— Je ne suis pas idiot.

— Si! dit-elle en le foudroyant du regard. Tu es un idiot et un bébé : un petit bébé idiot! Pas étonnant que maman t'appelle « Teddy Bear ».

Le visage de Ted se chiffonne.

— Excuse-moi, Evie…

Il lui tend l'épuisette.

— Rattrape-le. S'il te plaît…

Evie est tentée de le faire, mais elle vient de remarquer que les vagues se sont beaucoup rapprochées.

— Non. Il faut rentrer.

Elle renverse le seau dans le trou d'eau. Le poisson et la crevette s'évadent. Puis elle se dirige vers la plage, qui semble curieusement lointaine, comme si elle la regardait par le petit bout de la lorgnette. Elle distingue à peine Tom et sa sœur, qui creusent encore leur trou dans le sable comme si c'était une question de vie ou de mort. Elle se retourne vers Ted. Il reste planté devant le trou d'eau, avec sa frange fouettée par la brise.

— Qu'est-ce que tu fais?

— Je veux rattraper le crabe! Je veux le montrer à maman.

Les yeux de Ted sont brillants de larmes.

— Tu ne peux pas.

Un sanglot convulse son petit torse.

— Si, je peux! Je peux l'attraper, Evie!

Il s'accroupit et agite frénétiquement l'épuisette dans le trou d'eau.

— Il est trop tard! Tu as tout gâché – allez, viens! (Ted ne bouge pas.) J'attends. (Elle laisse retomber ses mains le long de ses hanches.) Très bien! Dix, neuf, huit…

Ted lui jette un coup d'œil.

— Sept, six, cinq…

Il contemple le trou d'eau d'un air nostalgique.

— Mais…

— Trois, deux… un ! J'y vais !

Sans cesser de sangloter, Ted se met en route, mais Evie est déjà en train de bondir de rocher en rocher ; les semelles de ses sandales claquent sur la pierre.

— Par ici ! lance-t-elle en commençant à grimper vers la falaise. Pose ta main sur cette roche, là.

Elle la désigne, puis saute par-dessus une crevasse. Elle bondit sur le rocher suivant, puis sur un autre, progressant de bloc en bloc jusqu'à ce qu'elle ne soit plus qu'à quelques mètres de la plage. En atterrissant sur le sable, elle s'étonne d'éprouver autant de soulagement. Elle aperçoit la fillette au tee-shirt avec un « J » écrit dessus, qui observe Tom avec un mélange de curiosité et d'admiration. Evie la rejoint un instant tandis que Tom se faufile en se tortillant dans le tunnel, avant de poursuivre son chemin en cherchant des coquillages. Elle s'arrête pour ramasser un bout de verre de mer mais décide qu'il a l'air trop neuf pour qu'elle le garde. Alors qu'elle se redresse, elle entend les cris des mouettes et l'aboiement d'un chien. Elle voit sa mère qui se dirige vers elle ; elle a passé sa robe et scrute les rochers, la main en visière, les lèvres pincées. Evie lui fait signe. Sa mère agite le bras à son tour en souriant, soulagée. Tout d'un coup, son expression se transforme : d'abord consternée, puis alarmée, elle se met à courir vers Evie.

Evie se retourne pour regarder derrière elle. Son cœur s'arrête de battre.

1.

Sans doute était-il inévitable que le mariage de Nina changeât nos rapports, à Rick et moi, mais je n'aurais jamais deviné que ce serait à ce point. Jusque-là, tout était tellement facile entre nous : nos vies s'emboîtaient l'une dans l'autre comme si nous nous étions toujours connus. C'était la première fois que nous assistions ensemble à un mariage et tout d'un coup, mes rapports avec Rick se compliquaient.

— Ils auront un temps superbe, fit-il remarquer tandis que je fermais la porte de notre petit appartement du nord de Londres.

Le brouillard matinal avait cédé à un ciel bleu pur.

— C'est un bon présage, répondis-je alors que nous nous dirigions vers la voiture.

Rick bipa pour déverrouiller les portières de sa vieille Golf.

— Je ne savais pas que tu étais superstitieuse, Jenni. Cela dit, il y a beaucoup de choses que je ne sais pas de toi, ajouta-t-il d'une voix légèrement tendue.

Je posai le sac argenté contenant notre cadeau sur la banquette arrière.

— Eh bien oui, je suis superstitieuse. N'oublie pas que je suis née un vendredi 13.

Rick sourit.

— Ça aurait dû t'immuniser.

Nous roulâmes vers l'ouest sur l'A40 en bavardant agréablement, mais avec une réserve inhabituelle, conséquence de nos conversations angoissées des deux ou trois jours précédents.

Nous débouchâmes bientôt sur une route de campagne bordée de champs moissonnés hérissés de chaume pâle. Il faisait très doux pour la mi-octobre et le ciel était dégagé – c'était un jour d'été indien d'une beauté poignante, avec sa lumière dorée et ses ombres allongées.

Les parents de Nina vivaient dans le sud des Cotswolds. Au fil des ans, j'avais passé quelques week-ends chez eux et assisté à une fête de temps en temps – le vingt et unième anniversaire de Nina, puis son trentième, il y avait déjà cinq ans, songeai-je gravement. Depuis quinze ans, Honor et elle étaient mes amies les plus intimes. Aujourd'hui, Nina se mariait ; bientôt, sans doute, il y aurait un baptême.

Rick me jeta un coup d'œil.

— Ça va, Jen ?

— Oui, pourquoi ?

Il passa à la vitesse inférieure.

— Tu soupires.

— Ah… ce n'est rien. Je suis juste un peu fatiguée.

J'étais insomniaque même quand tout allait bien. Cette nuit-là, je n'avais presque pas dormi. Les yeux ouverts dans l'obscurité, j'espérais que Rick me prenne dans ses bras en me chuchotant que tout s'arrangerait, mais il m'avait tourné le dos.

— On va où, maintenant ? (Un instant, je crus que Rick parlait de nous.) Je tourne à droite ou à gauche ?

Je repérai le panneau indiquant Bisley.

— Prends à droite.

Quelques minutes plus tard, nous nous engageâmes sur Nailsford Lane, où un bouquet de ballons blancs flottait au-dessus du portail d'une ferme.

Nous roulâmes vers le champ faisant office de parking, que n'occupait encore qu'un tracteur abandonné.

— J'ai l'impression qu'on arrive les premiers, fit remarquer Rick.

Il se gara à l'ombre d'un hêtre immense ; j'entendis ses feuilles bruisser et crépiter lorsque Rick ouvrit sa portière.

— Il y aura beaucoup de monde ? me demanda-t-il.

— Je crois. Nina m'a dit qu'elle avait invité environ quatre-vingts personnes.

— Je connais qui, à part elle et Jon ?

Rabattant le pare-soleil pour me regarder dans le miroir, je grimaçai en voyant mes yeux rouges et mes joues pâles.

— Je ne sais pas. Elle a invité pas mal de gens qu'on a connus en fac à Bristol, mais je les ai perdus de vue... Je ne suis restée en contact qu'avec Nina et Honor.

Je relevai mes longs cheveux bruns en chignon et j'y piquai une fleur en soie rose pâle assortie à ma robe.

Rick tira une cravate bleue de sa poche.

— Honor sera là ?

— Évidemment.

Rick gémit. Je le suppliai du regard.

— Ne sois pas comme ça, Rick... Honor est adorable.

— Elle est épuisante.

— Exubérante, rétorquai-je en regrettant qu'il apprécie aussi peu ma meilleure amie.

Il grimaça.

— Elle n'arrête jamais de parler. Certes, dans son boulot, c'est plutôt une qualité, même si je ne l'écoute pas.

— Tu devrais. Son émission, c'est ce qu'il y a de mieux sur Radio Five.

Tandis que Rick nouait sa cravate, je ravalai un sourire amer en songeant qu'il se passait la corde au cou.

En me retournant pour prendre le cadeau, je vis d'autres voitures cahoter dans le champ. Nous marchâmes dans l'herbe piquetée d'aigrettes de pissenlit dont les graines duveteuses flottaient dans l'air comme du plancton. Nous remontâmes Church Walk jusqu'à la grille du cimetière, ornée de guirlandes de marguerites.

Jon, l'air anxieux, attendait les invités devant le porche de l'église avec ses frères James et Tim ; tous trois avaient revêtu des queues-de-pie avec des gilets en soie jaune. Ils nous accueillirent chaleureusement et nous bavardâmes deux minutes. Le photographe, qui réglait son appareil posé sur une pierre tombale, proposa de nous prendre en photo, Rick et moi.

— Allez, souriez ! Mieux que ça ! C'est un mariage, pas un enterrement, ajouta-t-il cordialement. Voilà, comme ça, c'est très bien ! (Il nous mitrailla encore, puis scruta son écran.) Superbe.

Tim nous remit le livret de la cérémonie, et nous pénétrâmes dans la fraîcheur de l'église.

Bien que je sois déjà venue à St. Jude, j'avais oublié à quel point c'était petit, et à quel point l'intérieur était dépouillé, avec ses murs blancs, son plafond en bois et ses bancs fermés. Des odeurs de cire d'abeille, de poussière et de passé se mêlaient au parfum des lys orientaux qui ornaient les colonnes et la chaire. L'église était aussi très lumineuse, car toutes ses vitres étaient transparentes à l'exception d'un vitrail, qui représentait le Christ bénissant des enfants. Le soleil se déversait à travers ses panneaux colorés, éparpillant des rayons aux teintes de gemme sur les murs chaulés.

— Ravissante, cette église, murmura Rick tandis que nous nous asseyions.

— En effet, acquiesçai-je, bien qu'aujourd'hui, sa beauté me transperçât le cœur.

Nous consultâmes le livret pendant que les invités s'installaient ; les talons claquaient sur les dalles, les bancs grinçaient lorsqu'ils s'asseyaient en bavardant à mi-voix. L'organiste jouait une partita de Bach.

Les parents de Jon prirent place. Je reconnus derrière eux une collègue de Nina, puis Honor fit son entrée dans un fourreau vert de vamp qui moulait ses rondeurs et mettait en valeur son teint crémeux et ses cheveux blonds. Elle nous lança un baiser extravagant et s'assit au premier rang.

Jon et son frère aîné, James, s'y assirent à leur tour. Leur frère cadet, Tim, accueillait quelques retardataires. La mère de Nina, vêtue d'un long manteau turquoise et d'un chapeau assorti, sourit avec bienveillance à l'assemblée tout en gagnant son banc.

En me retournant, j'aperçus Nina. Elle était sur le proche, vêtue du fourreau en doupion de soie qu'Honor et moi l'avions aidée à choisir, son voile flottant derrière elle.

Lorsque la partita de Bach prit fin, le pasteur nous souhaita la bienvenue. L'organiste entama un morceau de Haendel et nous nous levâmes tandis que Nina remontait l'allée au bras de son père.

Après les prières d'ouverture, nous chantâmes *Morning Has Broken* ; Honor se leva ensuite pour lire le sonnet choisi par Nina.

« *Mon vrai amour possède mon cœur, et je possède le sien* », débuta-t-elle d'une voix suave qui résonna sous la nef. « *Par un simple échange, de l'un donné pour l'autre. Je tiens son cœur, et il ne peut manquer du mien. Jamais meilleure affaire ne fut conclue…* »

Tandis qu'Honor poursuivait sa lecture, j'éprouvai un pincement de jalousie. Les amants du sonnet se comprenaient si bien. Je m'étais imaginée que Rick et moi éprouvions cela l'un pour l'autre…

« *Mon vrai amour possède mon cœur, et je possède le sien* », conclut Honor.

Le pasteur leva les mains.

— Mes bien chers frères, mes bien chères sœurs, nous sommes réunis ici devant Dieu et devant cette assemblée pour unir cet homme et cette femme par les liens sacrés du mariage…

Je regardai Nina et Jon, côte à côte dans un rayon de soleil, en me demandant si ces paroles seraient un jour prononcées pour Rick et moi.

— Nul ne doit s'y engager à la légère, mais avec respect, discrétion, gravité et en connaissance de cause, dans la crainte de Dieu, après avoir mûrement considéré les desseins du sacrement du mariage. (À ces mots, je sentis Rick remuer légèrement.) D'abord, il a été ordonné pour la procréation…

Je lui jetai un coup d'œil à la dérobée, mais son visage ne trahissait rien.

— Aussi, si quiconque aperçoit un juste motif qui puisse empêcher l'union légitime de cet homme et de cette femme, qu'il parle maintenant ou se taise à jamais.

Je tentai de suivre la cérémonie mais tout d'un coup, j'étais incapable de me concentrer sur la musique, l'homélie, la beauté et la solennité des vœux. Alors que Nina et Jon s'engageaient l'un envers l'autre d'une voix ferme, j'éprouvai à nouveau un pincement de douleur. Le registre fut signé, le dernier hymne chanté, la bénédiction donnée ; la *Toccata* de Widor se mêla au carillon et nous sortîmes derrière Nina et Jon.

Nous lançâmes des pétales sur les mariés et les photographiâmes avec nos téléphones. Ils posèrent pour le photographe tandis que nous nous rassemblions autour du porche.

— Ça me fait plaisir de te voir ! Qu'est-ce qu'il fait beau, non ?

— Très belle cérémonie. La Bible King James, c'est vraiment la plus belle traduction.

— On commence à s'avancer vers la maison ?

— Pas encore. Je pense qu'on va faire une photo de groupe.

Rick et moi, pressés de nous éloigner de la foule, fîmes quelques pas dans le cimetière en examinant les pierres tombales, pour la plupart très anciennes, érodées, marbrées de lichen jaune.

Rick s'arrêta devant une stèle en ardoise.

— C'est bizarre. Il y a un ananas dessus.

Je regardai l'image gravée sur la pierre.

— L'ananas est un symbole de prospérité, tout comme la figue. La région s'est enrichie grâce au commerce de la laine.

Nous continuâmes notre promenade en silence, entre des pierres tombales ornées d'anges, de colombes et de cierges au symbolisme évident. Nous entendions les conversations des invités ; le rire d'Honor, reconnaissable entre tous ; la voix du photographe. *Vous pourriez me regarder, Nina ?*

Rick s'approcha d'une autre tombe, sous un if.

— Il y a une grappe de raisins sculptée sur celle-ci.

— Les raisins représentent le vin de la Cène.

Rick me jeta un coup d'œil.

— Comment connais-tu tout ça, Jen ? Je ne savais pas que tu étais croyante.

— J'ai fait des recherches là-dessus il y a quelques années pour l'un de mes livres. Je me rappelle encore certains détails.

Maintenant, regardez-vous dans les yeux...

— Et là, cette rose, je suppose que c'est le symbole de l'amour ? dit Rick en désignant une autre stèle.

Oui, très romantique...

— Non, la rose représente l'âge de la personne à sa mort. (J'examinai l'emblème érodé.) Celle-ci est une rose épanouie, ce qui indique l'âge adulte. (Je lus l'inscription.) Mary Ann Betts... avait... (Je scrutai les dates.) Vingt-cinq ans. La tige est coupée, pour montrer que sa vie a été écourtée.

— Je vois...

Notre conversation était aussi contrainte et guindée que si nous étions étrangers l'un pour l'autre.

Un baiser, maintenant ?

— Alors une rose à peine éclose signifie l'adolescence ?

Encore une. Superbe.

— Oui. Et une rose en bouton, un enfant.

Maintenant, prenez-lui la main.

Rick hocha la tête, pensif.

— C'est triste, comme sujet de conversation.

— Oui...

Très bien, maintenant tous ensemble, s'il vous plaît – rapprochez-vous !

Nous rejoignîmes les autres invités pour la photo de groupe. Le photographe, perché sur un escabeau, fit semblant de chanceler pour nous faire rire. Nous lui sourîmes tandis qu'il nous mitraillait. Puis, main dans la main, Nina et Jon ouvrirent le cortège qui traversa les champs jusqu'à la maison des parents de Nina.

La Vieille Forge n'avait pas changé, avec ses murs en pierre embrasés de buisson ardent et de vigne vierge. Un grand chapiteau occupait la pelouse. Au loin, on apercevait les collines de Slad et les pâturages vallonnés tachetés de moutons, dont les bêlements nous parvenaient depuis la vallée dans l'air immobile.

Nous rejoignîmes la queue pour aller féliciter les parents des mariés et les nouveaux époux.

Le visage de Nina s'illumina en me voyant ; je la serrai dans mes bras.

— Jenni…

Tout d'un coup, je dus lutter contre les larmes. Étais-je heureuse pour elle, ou était-ce un accès d'auto-apitoiement ?

— Qu'est-ce que tu es belle, Nina !

— Merci.

Elle rapprocha ses lèvres de mon oreille.

— La prochaine fois, ce sera ton tour, me chuchota-t-elle.

Jon me fit la bise et serra la main de Rick.

— Je suis ravi de vous voir tous les deux ! Merci d'être venus !

— Tous mes vœux, Jon, dit Rick chaleureusement. C'était une très belle cérémonie. Tous mes vœux de bonheur, Nina.

Nous passâmes dans le grand salon ensoleillé où l'on servait les apéritifs. Je posai notre cadeau sur la table, au milieu des autres cadeaux et des cartes de vœux. Un serveur nous offrit des coupes de champagne. Rick leva la sienne :

— À l'heureux couple.

— C'est vrai qu'ils sont heureux, fis-je en sirotant mes bulles. C'est merveilleux.

— Ils sont ensemble depuis combien de temps ?

— Comme nous, à peu près. Ils se sont fiancés au bout d'un an, ajoutai-je d'une voix neutre.

Qu'est-ce que j'avais pu être bête de m'imaginer que Rick et moi en ferions de même…

Je contemplai Rick, si beau avec son visage ouvert, ses courts cheveux bruns et son regard bleu. Je tentai, sans y parvenir, d'imaginer la vie sans lui. Nous avions remis notre discussion au lendemain. Mes réflexions furent interrompues par un gong nous conviant sous le chapiteau, décoré d'agapanthes blanches et de nérines roses, avec ses tables étincelantes d'argenterie et de porcelaine. Nous trouvâmes nos places, et restâmes debout derrière nos chaises tandis que le pasteur disait le bénédicité.

Rick et moi avions été placés avec Honor, ainsi qu'Amy et Sean, que j'avais connus à l'université mais que je n'avais pas revus depuis des années, et Al, un ami de Jon. Je me réjouis que Nina l'ait assis à côté d'Honor ; elle était célibataire depuis un bon moment, et il était très séduisant. Le parrain de Nina, Vincent Tregear, était également à notre table. Je me rappelais vaguement l'avoir rencontré au vingt et unième anniversaire de Nina. Ma voisine se présenta : elle s'appelait Carolyn Brown. Je devais m'armer de courage pour parler de choses et d'autres avec des inconnus. Contrairement à Honor, je ne suis pas douée pour les mondanités, et vu l'humeur où j'étais, cela me coûterait encore plus que d'habitude.

Carolyn expliquait à Rick qu'elle était avocate et qu'elle venait de prendre sa retraite.

— Mais je suis plus occupée que jamais, avoua-t-elle en riant. Je fais partie du conseil d'administration de l'école locale, je joue au golf et au bridge, je voyage. Je redoutais la retraite, mais c'est vraiment très bien, je vous assure, ajouta-t-elle en souriant à Rick. Mais vous n'en êtes pas là. Vous faites quoi dans la vie ?

Il déplia sa serviette de table.

— Je suis instituteur à Islington.

— Il est principal adjoint, précisai-je fièrement.

Carolyn me sourit.

— Et vous, heu… ?

— Jenni.

Je retournai vers elle le carton indiquant ma place.

— Jenni, répéta-t-elle. Et vous êtes… ?

Elle désigna Rick d'un signe de tête.

— Oui, je suis sa…

Le mot « copine » faisait trop ado ; « partenaire » évoquait une relation d'affaires plutôt qu'une relation amoureuse.

— … sa moitié, conclus-je.

Le terme ne me plaisait pas plus : il laissait entendre que nous avions été séparés par un coup de scalpel.

— Et vous faites quoi, dans la vie ? me demanda Carolyn.

Sa question me démoralisa. Je déteste parler de moi.

— Je suis écrivain.

Son visage s'éclaira.

— Écrivain ? Vous écrivez des romans ?

— Non, de la non-fiction. Mais je suis sûre que vous n'avez jamais entendu parler de moi.

— Pourquoi pas ? Je lis beaucoup. Comment vous appelez-vous ? Jenni… (Carolyn scruta mon carton.) Clark. (Elle plissa les yeux.) Jenni Clark…

— Je n'écris pas sous ce nom.

— Jennifer Clark, alors ?

— Non, je veux dire que je ne signe pas mes ouvrages.

J'étais sur le point d'expliquer pourquoi lorsque Honor intervint :

— Jenni est un « fantôme ».

— Un « fantôme » ? répéta Carolyn, perplexe.

— Une « plume fantôme », précisa Honor en dépliant sa serviette de table.

Je fis les gros yeux à Honor et me tournai vers Carolyn.

— Je suis *ghost writer*.

— Ah, d'accord. Vous écrivez des livres pour ceux qui ne savent pas écrire.

— Parfois ils savent écrire mais ils n'en ont pas le temps, ou bien ils n'ont pas assez confiance en eux, ou encore ils sont incapables de mettre en forme leur histoire.

— Ce sont des acteurs et des pop stars, je suppose ? Des footballeurs ? Des présentateurs télé ?

Je secouai la tête.

— Je n'écris pas de livres de célébrités – avant, oui, mais plus maintenant.

— C'est d'ailleurs dommage, lança Honor, tu gagnerais beaucoup plus d'argent.

— C'est vrai, concédai-je en posant ma fourchette. Mais ça ne me plaisait pas.

— Pourquoi ? me demanda Al, qui était à ma gauche.

— C'était trop frustrant de devoir me coltiner leurs ego, ou de me faire constamment poser des lapins ; ou alors, ils me racontaient des histoires géniales, puis ils me rappelaient le lendemain pour me demander de ne pas les utiliser. Maintenant, je n'accepte que les projets qui m'intéressent.

Honor, toujours aussi dispersée, parlait maintenant des « vrais » fantômes.

— Je suis sûre qu'ils existent, affirmait-elle à Vincent Tregear. Il y a vingt ans, j'étais chez mes cousins, en France, il faisait beau et chaud, exactement comme aujourd'hui, nous explorions une maison abandonnée… Et nous avons tous deux entendu des pas juste au-dessus de nos têtes, sur des parquets inexistants. (Elle eut un frémissement extravagant.) Je n'oublierai jamais ça.

— Moi aussi, je crois aux fantômes, renchérit Carolyn. Je vis seule, dans une vieille maison, et parfois je sens une… présence.

Amy hocha la tête avec enthousiasme.

— J'ai parfois senti que l'air se refroidissait tout d'un coup. (Elle se tourna vers Sean.) Tu te rappelles, mon chéri, l'été dernier ? Quand nous étions en Cornouailles ?

— Oui, répondit-il, mais d'après moi, c'est parce que tu étais enceinte.

— Non : la grossesse me donnait des bouffées de chaleur, pas des frissons.

— Il y a quelques années, renchérit Al, je dormais dans mon appartement, seul, quand tout d'un coup je me suis réveillé, convaincu que quelqu'un était assis sur mon lit.

Cette idée me fit frissonner.

— Vous ne rêviez pas ?

Il secoua la tête.

— J'étais tout à fait réveillé. Je me rappelle ce poids qui pesait sur le matelas. Et pourtant, il n'y avait personne.

— Ça a dû être terrifiant, murmurai-je.

— En effet, acquiesça-t-il en me servant de l'eau avant de remplir son propre verre. Ça vous est déjà arrivé, ce genre de chose ?

— Non, heureusement. Mais je ne remets pas en cause ces expériences.

— Moi, j'ai toujours été sceptique, lâcha Sean. Je crois que lorsqu'on a les nerfs à vif, on peut voir des choses qui n'existent pas forcément. Comme Macbeth, lorsque le fantôme de Banquo lui apparaît.

— « Ne secoue pas contre moi tes boucles sanglantes ! » déclama Honor avant de glousser. Et le moins qu'on puisse dire, c'est que Macbeth a les nerfs à vif dans cette scène. Il vient d'assassiner – quoi ? – quatre personnes ?

Passant du coq à l'âne, elle raconta ensuite que, pour les acteurs, prononcer le nom de Macbeth à l'intérieur d'un théâtre était censé porter malheur.

— Contrairement à ce qu'on croit, ce n'est pas parce que *Macbeth* est une histoire sanglante, expliqua-t-elle, toujours aussi volubile, pendant qu'un serveur débarrassait la table. En fait, lorsqu'une pièce fait un bide, les acteurs doivent répéter *Macbeth* en vitesse, parce que ça attire toujours les foules. Du coup, on en est venu à associer *Macbeth* à la poisse. Bref… qu'est-ce qu'on mange, maintenant ?

Elle consulta le menu à pompon doré.

— Du bar… miam. Vous saviez que les bars sont hermaphrodites ? Les mâles se transforment en femelles à l'âge de six mois.

Al, qui ne s'intéressait manifestement pas à la transsexualité de notre plat de résistance, se tourna vers moi.

— Quel genre de livres écrivez-vous ?

— Un peu de tout, répondis-je. Psychologie, santé, culture populaire. J'ai fait un livre de régime et deux ou trois manuels de jardinage…

Je repensai à ma vingtaine de titres, alignés sur une étagère dans mon bureau.

— Il faut donc que vous appreniez des tas de choses sur chacun de ces sujets, dit Al.

— En effet. C'est l'un des avantages du métier.

Carolyn prit une gorgée de vin.

— Votre nom est mentionné quelque part ?

— Non.

— Je pensais que la plupart des livres écrits de cette façon portaient la mention « en collaboration avec untel » ou « propos recueillis par untel » ?

— Ça dépend. Certains *ghost writers* l'exigent. Pas moi.

— Alors votre nom n'apparaît nulle part ?

— C'est exact.

Elle fronça les sourcils.

— Ça ne vous dérange pas ?

Je haussai les épaules.

— L'anonymat fait partie de la donne. Évidemment, ça arrange les clients. Ils préfèrent laisser croire qu'ils ont écrit leur livre seuls.

Carolyn éclata de rire.

— Moi, je ne supporterais pas de renoncer aux retombées de la gloire. Si je m'étais défoncée pour un livre, je voudrais que ça se sache !

— Moi aussi, renchérit Honor. Je ne comprends pas pourquoi tu tiens autant à rester dans l'obscurité, Jen.

— Pour moi, le principal, c'est que le boulot m'ait plu et qu'on m'ait payée pour le faire. Je suis contente de rester… invisible.

— Tu as toujours été comme ça, s'entêta Honor. Tu n'as jamais cherché à être sous les feux de la rampe alors que moi, au contraire, je ne demande que ça ! gloussa-t-elle.

— Tu fais toujours du théâtre ? lui demanda Sean.

— Plus depuis cinq ans, répondit-elle. Je ne supportais pas la précarité. Maintenant, je fais de la radio, et j'adore.

— J'ai entendu ton émission, lança Amy. C'est vraiment bien.

— Merci, dit Honor, qui se tut une seconde pour savourer le compliment. Et vous deux, vous venez d'avoir un bébé, non ?

— Oui, répondit Amy. Je suis en congé maternité…

— Vous travaillez sur quoi, en ce moment, Jenni ? me demanda Carolyn.

Je tripotai mon verre à vin.

— Un guide de soins du bébé.

— Comme c'est charmant, répondit-elle. Vous êtes maman ?

Mon cœur se serra.

— Non.

Je sirotai mon vin.

— Ça n'est pas difficile, d'écrire sur un sujet que vous n'avez pas vécu ?

— Pas du tout. La cliente m'a énormément parlé de son expérience professionnelle – elle est sage-femme – et j'ai mis ses propos en forme d'une façon claire et, je l'espère, intéressante.

— Il faudra que je l'achète, dit Amy. Ça s'appelle comment ?

— *Élever bébé.* Le livre sort au printemps prochain. Je reçois toujours quelques exemplaires justificatifs, alors si tu me donnes ton adresse, je t'en enverrai un.

— C'est gentil. Je te note ça…

Amy fouilla dans son sac pour trouver un stylo.

— Tu peux me contacter par mon site, lui suggérai-je. *Jenni Clark Ghost writer*. Alors… il a quel âge, votre bébé ?

Sean sortit son téléphone et effleura l'écran.

— Elle s'appelle Rosie.

Je souris en regardant la photo.

— Elle est magnifique. N'est-ce pas qu'elle est adorable, Honor ?

Honor contempla l'écran.

— C'est une petite beauté.

— Elle a quoi ? Six mois ? demandai-je.

Le visage d'Amy s'illumina de fierté.

— Elle aura sept mois mercredi en huit.

— Elle rampe déjà ? repris-je. Elle arrive à se retourner toute seule ?

À côté de moi, je sentis Rick se raidir.

— Elle rampe très bien, répondit Amy, mais elle n'arrive pas encore à se retourner.

Sean éclata de rire.

— Le jour où elle y arrivera, ça va être la corrida.

— Vous ne pourrez plus la laisser sans surveillance sur le lit ou sur la table à langer, dis-je. C'est à ce moment-là que la plupart des parents mettent le matelas à langer par terre. Je n'ai pas d'enfants, mais c'est évidemment un sujet qu'on aborde dans le livre…

Rick, qui s'était désintéressé de la conversation, parlait à Carolyn. Al se tourna vers moi.

— Vous écrivez sur n'importe quel sujet?

— Pas sur des choses que je ne peux pas comprendre, répondis-je, comme la physique des particules – remarquez, ce n'est pas à moi qu'on demanderait d'écrire ce genre de livre. Mais je peux réaliser presque n'importe quel travail d'écriture professionnelle : rapport d'entreprise, communiqué de presse, présentation d'affaires, mémoires…

— Mémoires? répéta Vincent Tregear. Autrement dit, vous aidez des particuliers à raconter l'histoire de leur vie?

— Oui. Il s'agit souvent d'une personne âgée qui veut rédiger son autobiographie pour une édition privée.

— Et ça vous plaît?

— Beaucoup. D'ailleurs, c'est ce que je préfère, dans mon boulot. J'adore me plonger dans les souvenirs des autres.

Vincent parut sur le point d'ajouter quelque chose, mais Carolyn lui posa une question sur le golf; Amy discutait de yoga avec Rick, et Honor interrogeait Al sur sa profession d'orthodontiste. Il lui plaisait, c'était évident. Cette bonne vieille Nina avait bien joué en les plaçant côte à côte. Soudain, Honor me regarda et sourit en tapotant ses dents.

— D'après Al, j'ai une dentition parfaite.

Je levai mon verre.

— Félicitations!

— Pas seulement bonne, insista Honor. Parfaite!

— Ne laissez pas ce compliment vous monter à la tête, dit Al.

Elle rit.

— Et je les mettrais où, mes dents, si ce n'est dans ma tête ?

On passa aux discours et aux toasts. Les mariés coupèrent le gâteau, puis après le café il y eut une pause avant que la soirée commence.

Amy et Sean devaient partir pour retrouver leur bébé. Vincent Tregear prit congé à son tour. Alors que les serveurs poussaient les tables, Rick et moi passâmes au jardin.

Nous nous assîmes sur un banc pour contempler le ciel qui virait au carmin, au mauve, au bleu d'encre… Les premières étoiles apparurent.

— Quelle belle journée, déclara Rick.

Le malaise revint s'incruster entre nous comme un invité indésirable.

— Oui, très belle, en effet, acquiesçai-je. On devrait…

— Quoi ? murmura-t-il.

Je me dégonflai.

— On devrait rentrer. Il commence à faire froid.

Rick se leva.

— L'orchestre a commencé à jouer.

Il me tendit la main.

Nous retournâmes donc sous le chapiteau où Jon et Nina dansaient leur première valse. Bientôt, tous les invités les rejoignirent sur la piste. Mais lorsque Rick m'enlaça et m'attira vers lui, j'eus l'impression que c'était pour une valse d'adieu.

2.

— Alors… on fait quoi ? me demanda doucement Rick le lendemain.

Nous avions déjeuné – je n'avais pas pu avaler une bouchée – et nous étions maintenant assis l'un en face de l'autre à la table de la cuisine. Je secouai la tête, impuissante. Je ne me faisais pas assez confiance pour parler.

— Il y a trois options, poursuivit Rick. Un, je change d'avis ; deux, c'est toi qui changes d'avis ; ou trois…

Je sentis mon estomac se serrer.

— Je ne veux pas qu'on se quitte.

— Moi non plus.

Rick exhala profondément, comme s'il soufflait sur du verre pour faire de la buée, puis il m'interrogea du regard.

— Je t'aime, tu sais, Jen.

— Dans ce cas-là, tu devrais être heureux de me donner ce que je veux.

Il cilla.

— Tu sais bien que ça n'est pas aussi simple que ça.

Le silence retomba. On entendait le bruit de la circulation sur City Road.

— Je n'arrête pas de repenser à une citation que j'ai lue quelque part, reprit Rick au bout d'un moment. Je ne sais plus de qui elle est, mais ça dit que l'amour, ça n'est pas regarder l'autre, mais regarder ensemble dans la même direction. (Il haussa les épaules.) Ce qui n'est pas notre cas, apparemment.

Je serrai entre mes mains ma tasse de café, avec son motif de cœurs rouges.

— Nous sommes ensemble depuis un an et demi, dis-je posément. Nous vivons ensemble depuis neuf mois, et nous avons été heureux. Non ?

Je jetai un coup d'œil à mon collage des photos de notre première année ensemble. Nous deux au sommet de Mount Snowdon ; en train de marcher dans les South Downs ; assis sur la balancelle du jardin de ses parents ; en train de faire la cuisine ensemble ; de nous embrasser. Puis mes yeux se posèrent sur l'invitation de mariage de Nina, sur le vaisselier. Je regrettais amèrement d'avoir demandé à Rick, sur le ton de la plaisanterie, quand nous passerions à la prochaine étape de notre relation.

— Le pire, c'est que nous avons été heureux, lâcha enfin Rick.

Un nouveau silence nous enveloppa. J'entendais le bourdonnement du réfrigérateur.

— Il y aurait bien une quatrième option, suggérai-je. Continuer comme avant. On pourrait… oublier le mariage.

Rick me dévisagea comme si je parlais chinois.

— Ce n'est pas de mariage qu'il s'agit, Jen.

Je jetai un coup d'œil au tirage de mon manuscrit empilé sur la table. *Élever bébé. De la naissance à douze mois, le guide complet des soins du nourrisson.* Une page était tombée par terre.

— Alors, on fait quoi ? me redemanda Rick.

Une vague de ressentiment m'envahit.

— Je ne sais pas. Tout ce que je sais, c'est que j'ai toujours été honnête avec toi.

Lorsque je ramassai la feuille, des phrases me sautèrent aux yeux en désordre. *La grande aventure de la maternité… le bonheur de tenir votre bébé dans vos bras pour la première fois… à quoi s'attendre, d'un mois à l'autre.*

— Tu as été honnête, acquiesça Rick. Tu m'as dit dès le début que tu ne voulais pas d'enfants et qu'il fallait que je le sache, si nous vivions ensemble.

— Oui, répondis-je, véhémente, et toi, tu m'as répondu que ça ne te dérangeait pas, parce que tu travaillais tous les jours avec les enfants. Tu m'as dit que ton frère avait déjà quatre enfants, et que tes parents ne te mettaient pas la pression. Tu m'as dit que tu n'avais jamais eu envie d'en avoir et qu'on pouvait très bien vivre une vie épanouie sans enfants – ce qui est vrai.

— C'était mon sentiment, Jenni. Mais j'ai changé.

— Eh bien, c'est dommage, parce que maintenant, on a un problème.

Rick repoussa sa chaise. Il alla se planter devant les portes-fenêtres. À travers les carreaux, les plantes de notre petit jardin clos semblaient poussiéreuses et rabougries. J'avais été trop préoccupée pour les arroser.

— Les gens changent, reprit-il d'une voix douce. On a le droit de changer. Ça m'est venu tout doucement au cours des derniers mois. Je voulais t'en parler mais j'avais peur, précisément parce que je redoutais ta réaction. En fin de compte, c'est toi qui as abordé le sujet.

— Pourquoi as-tu changé ?

Il haussa les épaules.

— Je ne sais pas. Sans doute parce que j'ai presque quarante ans.

— Tu avais presque quarante ans quand on s'est rencontrés.

— Ou alors, c'est en voyant mes élèves évoluer que j'ai eu envie de voir mes propres enfants grandir.

— Tu n'éprouvais pas ça auparavant.

— C'est vrai. Mais je l'éprouve maintenant.

Je jetai un coup d'œil à mon manuscrit.

— Je pense que c'est à cause de ce livre sur les bébés. (Je sentis ma gorge se serrer.) Je regrette d'avoir accepté de le faire.

— Ça n'a rien à voir avec le livre, Jen. Je voulais tellement être avec toi que je me suis convaincu que je ne voulais pas d'enfants. Ensuite, je me suis imaginé que parce qu'on était amoureux, l'envie d'en avoir te viendrait naturellement. J'ai cru que tu changerais d'avis.

— Et c'est ce que tu espères maintenant ?

Rick soupira.

— Oui, je crois. Si tu changeais d'avis, non seulement on serait ensemble, mais en plus, on pourrait avoir une vie de famille. Je vais bientôt me porter candidat pour un poste de directeur d'école ; j'aimerais trouver du travail en dehors de Londres, si tu étais d'accord pour déménager.

— Je serais heureuse de vivre n'importe où avec toi, répondis-je sincèrement.

Le visage de Rick se remplit soudain d'un désir ardent.

— Jen... On pourrait avoir une vie formidable : on aurait les moyens de s'offrir une plus grande maison. (Il regarda autour de lui.) Cet appartement est si petit.

— Je m'en fous. Je vivrais dans un studio avec toi s'il le fallait. Mais, oui, ce serait merveilleux d'avoir plus d'espace – et un plus grand jardin.

Il hocha la tête.

— J'y pense beaucoup, à ce jardin. Je m'imagine une pelouse, avec des enfants qui courent dessus en riant. Puis ils s'évanouissent comme des fantômes, parce que je sais que tu n'en veux pas.

Rick se rassit et prit mes mains dans les siennes.

— Il n'y a rien que je désire plus au monde que de partager ma vie avec toi, Jen, mais il faut que toi et moi, on ait envie des mêmes choses. Décider d'avoir des enfants ou de ne pas en avoir, ce n'est pas le genre de question sur laquelle on peut faire de compromis. Et si on ne peut pas se mettre d'accord…

Je retirai mes mains.

— Imagine que je change d'avis, et qu'on découvre que je ne peux pas avoir d'enfants ?

— Au moins, on aurait essayé. Ou alors, je ne sais pas… on pourrait tenter une FIV.

— Pour se ruiner, alterner entre l'espoir et le désespoir, sans aucune garantie que ça marche… L'autre jour, Honor a interviewé une femme qui avait déjà dépensé quarante mille livres et qui n'était toujours pas enceinte.

— On aurait peut-être plus de chance qu'elle. Sinon, on pourrait adopter.

— Ah bon ? Tu crois vraiment qu'on aurait envie de ça ? De toute façon, cette discussion est purement théorique puisque je ne compte pas changer d'avis. Si tu m'aimes vraiment, tu dois l'accepter. On ne pourrait pas continuer comme avant ? insistai-je, désespérée.

Rick cligna des yeux.

— Je ne vois pas comment.

J'avais mal à la gorge à force de retenir mes sanglots.

— Pourquoi pas ? Parce que maintenant que tu as décidé que tu voulais des enfants, tu veux trouver leur future mère dès que possible ? C'est ça ? Est-ce que je dois commencer à tricoter une layette tout de suite ?

Rick cilla.

— Ne dis pas de bêtises, Jen. On ne ferait que repousser l'inévitable. Je finirais par t'en vouloir, tu m'en voudrais à ton tour, et on se séparerait tôt ou tard. (Il secoua la tête.) Ce que je ne comprends pas, c'est pourquoi tu ne veux pas au moins t'interroger sur les raisons de ton…

— Non, le coupai-je. Pas question.

— Pourquoi pas ?

— Je n'ai aucune envie de me mettre à nu devant un parfait inconnu ! De toute façon, il n'y a rien à interroger. Des tas de femmes veulent des enfants, mais des tas de femmes n'en veulent pas, et j'en fais partie. Consulter un psy n'y changera rien. C'est toi qui as changé, Rick, pas moi, mais tu fais comme si c'était moi qui ne savais pas ce que je veux.

— Non, Jen, j'essaie simplement de comprendre pourquoi tu éprouves ce sentiment. Parce que tu aimes les enfants. Tu fais tout ce que tu peux pour passer du temps avec eux.

— C'est faux.

— C'est vrai. Tu viens à l'école toutes les semaines pour leur faire la lecture.

— Je… je le fais pour toi.

Rick avait l'air perplexe.

— Mais, Jen… C'est comme ça qu'on s'est rencontrés.

Le silence retomba. Une pie jacassait dans un jardin voisin.

— Bon, d'accord, mais ça n'a rien d'extraordinaire. J'habitais juste à côté de l'école. Et puis ce n'est pas parce que j'aime les enfants que j'ai envie d'en avoir.

— Et pourtant, tu m'as dit que si j'étais divorcé avec des enfants, tu aurais été ravie qu'ils fassent partie de ta vie.

— Oui.

— Mais tu ne veux pas avoir d'enfant à toi.

— Non.

— J'aimerais bien savoir pourquoi. Si tu m'avais dit que c'était pour ne pas gâcher ta carrière, ou ton mode de vie, ça, au moins, j'aurais pu le comprendre. Je pourrais essayer de l'accepter. Mais ne pas vouloir d'enfants parce que tu as trop peur…

Je posai la main sur la table et lissai le grain du bois du bout des doigts.

— J'aurais trop peur, c'est vrai.

— Pourquoi ?

Je levai les yeux.

— Je te l'ai déjà dit. J'aurais trop peur qu'il arrive malheur. Que je fasse une erreur épouvantable, que je laisse tomber le bébé, que j'oublie de le nourrir ou de lui donner à boire…

— Les bébés ne se laissent pas oublier aussi facilement, Jen ; c'est pour cette raison qu'ils pleurent. Enfin, tout de même, tu viens d'écrire un livre sur le sujet. Ça ne suffit pas à te donner l'impression que tu pourrais te débrouiller ?

— J'ai appris comment m'occuper d'un bébé, concédai-je. Mais ça n'a pas dissipé ma peur qu'un malheur affreux se produise. (La panique m'envahit.) Comme… la mort subite du nourrisson, par exemple ; ou alors, je tournerais le dos quelques secondes – il n'en faut pas plus – et l'enfant tomberait dans l'escalier, ou bien il partirait en courant dans la rue, et il y aurait un accident terrible dont je ne pourrais jamais, jamais me remettre. (Les larmes me brûlaient les yeux.) Avoir un enfant, c'est le grand huit, et je ne veux pas monter dans le manège.

Rick haussa les épaules, perplexe.

— La plupart des parents éprouvent sans doute les mêmes sentiments, mais ils savent maîtriser leurs peurs. Toi, tu les laisses gouverner ta vie. Normalement, tu as la tête sur les épaules, mais sur ce sujet je te trouve…

— Laisse-moi deviner : irrationnelle ?

— Oui.

— Ce n'est pas irrationnel de chercher à éviter les situations angoissantes.

— C'est irrationnel de présupposer qu'il arrivera malheur, d'autant plus que tu n'as aucune raison de penser que tu ne serais pas une bonne mère. De quoi as-tu réellement peur, Jenni ? De ne pas aimer l'enfant ?

— Au contraire, je sais que je l'aimerais – c'est justement pour ça que je n'en veux pas.

Il gémit.

— Tu sais, Jen, il ne s'agit pas seulement de savoir si nous fonderons une famille.

— Que veux-tu dire par là ?

Rick soupira, frustré.

— On s'entend tellement bien, Jen. (Je hochai la tête.) On se respecte. On aime être ensemble, on se parle facilement – et on se désire.

— Oui, acquiesçai-je avec un coup au cœur.

— Mais tu n'es pas… ouverte avec moi. Chaque fois que je t'interroge sur ton enfance, tu esquives mes questions ou tu détournes la conversation. Et puis tu ne parles jamais de ta mère, tu n'expliques jamais pourquoi tu ne la vois pratiquement plus.

— Si, je t'ai expliqué.

— Non, pas de façon à ce que je puisse comprendre. Plus le temps passe, plus ça me dérange. J'ai la sensation que même si j'aime être avec toi, même si je te désire, je ne te connais pas vraiment. (Il soupira.) Tu m'as dit que ta mère te négligeait quand tu étais petite.

— Non, elle s'occupait de moi, mais elle était froide et distante.

— Donc, elle te négligeait. (Rick se mordilla la lèvre.) Et… elle a toujours été comme ça ?

Je revis ma mère en train de jouer avec moi, de me faire la lecture, de me tenir par la main…

— Non, mais au fil des ans, ça s'est accentué, et je n'avais pas de père pour compenser.

— C'est peut-être pour ça qu'elle était aussi distante. Pourtant, ça aurait dû vous rapprocher.

— Eh bien… non.

— C'est pour ça que tu ne veux pas d'enfant ? Parce que tu as peur d'être comme ta mère ? Tu ne serais pas comme elle, Jen.

— Comment le sais-tu ? lui demandai-je d'une voix sinistre. Je serais peut-être pire.

— Jenni, j'aimerais au moins que tu parles à quelqu'un qui pourrait t'aider à surmonter tes peurs.

J'éclatai de rire.

— D'un coup de baguette magique de psy ? Non. De toute façon, il n'y a rien à surmonter. Je ne veux pas d'enfants. J'aime leur parler, leur faire la lecture, jouer avec eux, et certes, je comprends qu'avoir un enfant, ça doit être merveilleux. Mais en face de ça, je vois l'angoisse incessante, déchirante de la maternité. J'ai l'intention de m'en protéger.

Rick se leva pour se diriger vers les portes du patio. Il sortit s'asseoir sur le banc en bois au fond de notre petit jardin. Au bout d'un moment, il tira un paquet de cigarettes de sa poche, en alluma une, expira un nuage de fumée et pencha la tête en avant, les mains sur les genoux.

Je repoussai ma chaise, ramassai mon manuscrit et passai dans mon bureau. Je laissai tomber la liasse à côté de l'ordinateur et m'assis pour fixer l'écran noir.

Trois options… le droit de changer… pas ouverte avec moi…

J'entendis le « ping » d'un nouveau mail, que je n'ouvris pas. Rick et moi trouverions-nous une façon de résoudre notre problème ? Je refusais de consulter un psy. Je n'avais pas besoin de psy, et cela risquerait plutôt de détruire notre couple que de nous aider. Machinalement, je cliquai sur ma souris et l'écran se réveilla.

Il fallait absolument que je pense à autre chose. Je parcourus la liste des mails. Les trois premiers m'offraient respectivement une liposuccion au laser, des extensions capillaires et cinquante pour cent de réduction sur un matelas en latex. Le quatrième était intitulé *Demande au sujet d'un travail d'écriture*, et m'avait été transféré automatiquement depuis mon site. Je fus étonnée de constater qu'il provenait du parrain de Nina, Vincent Tregear. Il me demandait simplement de lui téléphoner. Comme je n'étais pas en état de lui parler pour l'instant, j'ouvris le fichier du guide de soins du bébé et fixai l'écran, hébétée : je voyais les mots sans arriver à les comprendre. Je refermai le fichier. Il fallait que je m'oblige à ne plus penser à Rick. J'essuyai mes yeux, tendis la main vers le téléphone et composai le numéro de Vincent.

On répondit après trois sonneries, et je reconnus la voix de Vincent.

Il me remercia de l'avoir rappelé.

— Nous n'avons pas eu tellement l'occasion de discuter au mariage, reprit-il. Mais lorsque vous avez dit que vous écriviez des mémoires, ça m'a intéressé. J'ai retenu le nom de votre site. Je l'ai consulté hier soir et j'ai été impressionné. J'ai donc décidé de vous contacter pour vous demander si vous pourriez aider ma mère à écrire ses mémoires.

— Ah, je vois…

— Elle a soixante-dix-neuf ans, elle est en bonne santé et sa mémoire est excellente. Depuis plusieurs années, mon frère et moi essayons de la convaincre d'écrire l'histoire de sa vie. Elle était contre, mais dernièrement, elle nous a surpris en nous annonçant qu'elle voulait s'y mettre. Ce ne sera pas simple, car elle a toujours refusé de parler de certaines parties de sa vie. (Sans doute des chagrins d'amour ou des difficultés conjugales, supposai-je.) Elle n'a jamais raconté ce qu'elle avait vécu durant la guerre.

Je réfléchissais à toute vitesse, en cherchant à deviner l'histoire de la mère de Vincent. À l'époque, c'était une enfant. Peut-être vivait-elle à Londres. Elle avait été évacuée et sa famille d'accueil l'avait maltraitée. Ou alors, elle était restée à Londres et avait vécu des expériences terribles.

— Comme elle n'a pas d'ordinateur, poursuivit Vincent, je lui ai proposé de me dicter ses mémoires. Elle m'a répondu que cela lui serait trop difficile de partager des souvenirs aussi douloureux avec son fils.

— C'est tout à fait compréhensible. Moi aussi, j'aurais du mal à le faire.

— Du coup, nous n'en avons plus reparlé. Mais brusquement, la semaine dernière, ma mère m'a demandé de lui trouver quelqu'un à qui elle pourrait se raconter. J'avais pensé contacter un journaliste, et puis je vous ai entendue parler de votre métier l'autre soir. Alors dites-moi… comment ça se passe, au juste ?

J'expliquai que je passais plusieurs jours avec mes clients, en enregistrant nos entretiens.

— Avec leur permission, je consulte également leurs journaux intimes et leur correspondance. Je regarde leurs albums photos et leurs bibelots – tout ce qui est susceptible de m'aider à réveiller leurs souvenirs.

— Ensuite, vous transcrivez les entretiens ?

— Oui, sauf que c'est bien plus qu'une simple transcription. Je tente d'évoquer la personne, de parler avec sa voix. Je ne me contente pas de lui demander de me narrer des anecdotes : je cherche à savoir comment elle a vécu les événements, en quoi elle pense que ses expériences l'ont transformée, ses regrets et ses fiertés. Il s'agit d'un processus d'exploration assez intense de l'identité, du vécu d'une personne – c'est un véritable examen de conscience. Cela peut parfois être difficile à vivre.

— Je comprends. Et ça prendrait combien de temps ?

— Trois ou quatre mois. Je vous laisse réfléchir, ajoutai-je en m'interrogeant toujours avidement sur l'histoire de sa mère.

— C'est tout réfléchi, répondit Vincent. On y va. Vous pourriez commencer la semaine prochaine ?

— C'est… un peu juste, comme délai.

— Je sais, mais nous aimerions que le livre soit prêt pour les quatre-vingts ans de ma mère, fin janvier. Ce sera notre cadeau d'anniversaire.

— Je vois. Je vais consulter mon agenda… (Je ne voulais pas qu'il sache qu'il n'y figurait pas grand-chose.) Mais tout d'abord, pourriez-vous m'en dire un peu plus ?

Je pris un calepin et un stylo, soulagée de pouvoir me changer les idées.

— Ma mère a été fermière presque toute sa vie. (Je notai : *fermière.*) Ce n'est pas une grosse ferme, expliqua-t-il, seulement cent vingt hectares, mais elle est dans la famille de mon père depuis les années 1860. Il est mort il y a dix ans.

Veuve, écrivis-je. *Ferme. Cent cinquante ans.*

— Maman a toujours été très travailleuse, et elle travaille encore beaucoup, poursuivit Vincent. Elle s'occupe du magasin de la ferme, et elle cultive presque tout ce qu'elle y vend.

— Quelle sorte d'éducation a-t-elle reçue ? Est-elle allée à l'université ?

— Non. Elle a épousé mon père à l'âge de dix-neuf ans.

Mariée à dix-neuf ans… Mme Tregear.

— Quel est son prénom ?

— Klara, avec un « K ».

— Votre mère est-elle allemande ?

— Hollandaise.

Klara avait dû grandir en Hollande sous l'occupation allemande. Elle avait peut-être connu Anne Frank ou Audrey Hepburn – elles auraient eu environ le même âge. Je m'imaginai Klara dans un champ gelé, en train d'essayer de déterrer des bulbes de tulipes pour les manger.

— Ma mère a grandi sous les tropiques, à Java, précisa Vincent. Son père gérait une plantation de caoutchouc.

Plantation... Java...

— Quand la guerre du Pacifique a été déclarée après Pearl Harbor, elle a été internée avec sa mère et son petit frère.

Internée... J'imaginai des enceintes en bambou et en barbelés.

— Les prisonniers ont subi des privations et des cruautés terribles, mais elle en a rarement parlé, sauf pour mentionner telle ou telle anecdote.

Il faudrait que je me documente sur ce sujet. J'inscrivis *Indes orientales néerlandaises* et *occupation japonaise* dans mon calepin.

— Vincent, cette mission m'intéresse beaucoup.

— Vraiment ? C'est formidable.

— Je pourrais m'y mettre dès la semaine prochaine.

Mon stylo ne marchait plus. J'ouvris le tiroir d'une saccade et fouillai pour en trouver un autre.

— Donnez-moi votre adresse, je vous enverrai mon contrat standard. Où vivez-vous ?

— À Gerrards Cross, près de Beaconsfield.

— Je connais. C'est facile d'accès, à une demi-heure de train de chez moi. Ou bien je pourrais emprunter la voiture de mon ami Rick – vous l'avez rencontré hier avec moi... Il ne s'en sert pas souvent, alors...

— Jenni, pardonnez-moi de vous interrompre, intervint Vincent, mais ma mère ne vit pas avec moi.

— Ah.

Pourquoi m'étais-je imaginée que c'était le cas?

— Elle vit avec mon frère, Henry. Il s'occupe de la ferme.

— Je vois. Où est-ce?

— En Cornouailles. (Je notai l'information, avec un coup au cœur.) À Polvarth. (Je m'arrêtai d'écrire.) C'est un petit hameau sur la côte. C'est très joli, les champs vont jusqu'à la mer, et la plage est magnifique... Jenni? Vous êtes là?

Je fermai les yeux.

— Vincent, avez-vous contacté quelqu'un d'autre pour faire ce travail?

— Non. Comme je vous l'ai expliqué, je voulais trouver un journaliste, peut-être quelqu'un du *Cornish Guardian*, mais quand je vous ai entendue parler de votre travail hier soir, j'ai trouvé vos propos fascinants. Surtout lorsque vous avez expliqué que vous adoriez vous plonger dans les souvenirs des autres.

— C'est vrai, soufflai-je.

Parce que ça m'empêche de penser aux miens.

— Sur votre site, vous disiez qu'être *ghost writer*, ça ne se résumait pas à l'écriture; que c'était un peu comme être sage-femme – vous aidez la personne à accoucher de l'histoire de sa vie.

— Mais j'explique aussi qu'il s'agit d'un processus très intense, qui remue beaucoup d'émotions, et qu'il est donc important de choisir le bon interlocuteur.

— Je pense l'avoir trouvé. Je pense aussi que vous plairiez à ma mère. Mais j'avoue que je ne comprends plus très bien... Vous venez de me dire que vous acceptiez ce travail, non?

— En effet... mais je conseille toujours aux clients potentiels de... disons, de faire leur marché. De façon à avoir le choix, repris-je en tentant de parler d'une voix détendue. Je peux vous recommander d'autres *ghost writers*.

Il y eut un silence.

— C'est l'éloignement qui vous fait hésiter ?

Je lui fus reconnaissante de me fournir ce prétexte.

— Oui, exactement. C'est très loin.

— Nous prendrons en charge vos frais de déplacement. Et ma mère vous hébergerait chez elle.

— C'est gentil, l'interrompis-je, mais je n'habite jamais chez mon client – c'est l'une de mes règles.

— Très bien, dans ce cas, vous pourriez habiter son cottage de location. Il n'est pas grand mais il est confortable.

— Je suis sûre qu'il est ravissant, mais…

— Vous seriez complètement autonome. Vous pourriez venir à la ferme dans la journée. Vous verrez, ma mère est très sympathique.

— J'en suis sûre, Vincent, mais ce n'est pas pour cette raison que…

— Vous voulez réfléchir.

— Voilà. Et il faut que j'en parle avec Rick.

— Bien sûr. Pardon, Jenni, je ne voulais pas vous mettre au pied du mur. Mais quelle que soit votre décision, si vous pouviez me tenir au courant…

— Je vous le dirai.

Après avoir raccroché, je fixai l'écran d'ordinateur sans rien voir. Je levai les yeux vers l'étagère au-dessus de mon bureau. *Combattre l'ennemi de l'intérieur – retrouvez confiance en vous.* J'avais acheté ce livre l'année précédente, mais je n'avais toujours pas trouvé le courage d'en lire plus de quelques pages. Je n'avais même pas ouvert le livre d'à côté, *Transcender la peur – comment affronter vos démons.*

Je n'avais jamais affronté mes démons. Je les avais enterrés dans le sable.

J'entendis les pas de Rick ; il apparut à la porte.

— Ça va, Jen ?

Il sourit pour tenter de me rassurer, de me faire croire que tout allait bien, alors que nous savions tous deux que ça n'était pas le cas.

— Je t'ai entendue parler, reprit-il. Tu avais l'air agitée.

Je lui racontai ma conversation avec Vincent.

— Mais ça a l'air intéressant. Et puis c'est du boulot.

Il souleva une pile de magazines du fauteuil, les posa par terre et s'assit. Je sentais l'odeur de sa cigarette.

— Tu as beaucoup de travail en ce moment ?

— Non. Je dois remettre le guide de soins du bébé à l'éditeur d'ici jeudi, et puis plus rien.

Rick allongea ses longues jambes minces.

— Dans ce cas, qu'est-ce qui te fait hésiter ?

Je ne pouvais pas lui avouer la vérité. J'avais souvent essayé, mais la peur de lire le choc et la déception dans son regard m'avait arrêtée.

— C'est tellement… loin.

Il eut l'air perplexe.

— Mais tu es allée en Écosse l'an dernier pour rédiger une autobiographie. On s'est écrit des mails et on s'est parlé sur Skype, non ? Tout s'est bien passé. (Je hochai la tête.) Et si tu prenais ce boulot, tu serais partie combien de temps ?

— Comme d'habitude, dis-je en remettant le capuchon sur mon stylo. Une semaine, dix jours.

— Eh bien… (Il haussa les épaules.) Si ce boulot t'est proposé maintenant, ce n'est peut-être pas par hasard. Ça nous ferait peut-être du bien de ne pas nous voir pendant un petit moment.

— Histoire de nous y habituer, c'est ça ?

Il fallait que je lui pose la question, même si je redoutais sa réponse.

— Non, pour qu'on puisse souffler, réfléchir. Ça pourrait… être utile. (Il avait l'air d'en douter.) Alors où est-ce, au juste, Polvarth ?

— Dans le sud des Cornouailles, près d'un village de pêcheurs, Trennick. C'est tout petit – en fait, ce n'est qu'une route qui mène de la plage à une ferme.

Je savais désormais qu'il s'agissait de la ferme des Tregear.

— Tu connais ?

Je hochai la tête.

— Il y a quelques maisons de vacances, construites dans les années 1960. (Je revis celle que nous habitions, Penlee.) Il y a aussi un hôtel. (Avec un grand jardin et un terrain de jeux, des balançoires et une balançoire à bascule.) La plage est juste devant l'hôtel. Et sur le sentier de la falaise, derrière la plage, il y a un snack ; en tous cas, il y en avait un. Il n'y est peut-être plus.

— Quand y es-tu allée pour la dernière fois ? Tu ne m'en as jamais parlé.

— J'avais… oublié. J'avais neuf ans.

— Donc, tu y es allée avec ta mère ?

J'acquiesçai.

— Tu y as passé de bonnes vacances ?

Je ne répondis rien. Visiblement exaspéré, Rick poussa un grand soupir.

— Non, apparemment. Alors tu ne devrais peut-être pas y retourner – ça n'est pas la peine de réveiller de mauvais souvenirs. Mais tu as trente-quatre ans, Jen. Tu n'es plus une enfant. (Il se leva brusquement.) Je vais faire un saut à l'école. Il faut que je prépare les cours de demain. Autant que je le fasse sur place. (Il m'adressa un sourire crispé.) À toi de décider si tu vas en Cornouailles ou pas. À plus tard, ma chérie.

J'avais envie de me jeter à son cou pour le supplier de rester. Mais, je me cramponnai à ma chaise sans bouger.

— C'est ça, dis-je froidement. À plus tard.

Après le départ de Rick, je restai assise à mon bureau, paralysée de douleur, tandis que le jour baissait. Les nuits devenaient plus longues. Je redoutais l'idée de passer l'hiver en ville.

Je décrochai le téléphone.

— C'est à moi de décider, murmurai-je. Je ne suis pas obligée de faire ce truc. (Je composai le numéro de Vincent.) Je ne veux pas le faire. (Mon doigt hésita au-dessus de la touche.) Et je ne le ferai pas.

J'appuyai sur « appeler ». On répondit au bout de trois sonneries.

— Allô ?

— Vincent ? C'est encore Jenni Clark.

— Bonsoir, Jenni. Merci de me rappeler si rapidement.

Je m'armai de courage.

— Vincent… J'ai réfléchi…

— Oui ?

— Et j'en ai discuté avec Rick. Le fait est que… (Mes yeux se posèrent sur l'étagère. *Transcender la peur*.) Le fait est… que…

— Alors… qu'avez-vous décidé ?

Comment affronter vos démons.

— Je viendrai.

3.

Le samedi suivant, je pris le train pour les Cornouailles à la gare de Paddington. La semaine avait filé à toute vitesse. J'avais bouclé le guide de soins du bébé, soulagée car cela me permettrait enfin d'arrêter de penser au sujet, avant de me plonger dans mes recherches sur les Indes orientales néerlandaises et sur l'occupation japonaise.

Rick et moi n'avions pas vraiment reparlé. D'ailleurs, nous nous étions à peine croisés. Très pris par les réunions parents professeurs, il avait passé l'essentiel de son temps libre à la salle de sport. Manifestement, il m'évitait. Lorsque nous nous parlâmes enfin, nous décidâmes qu'il valait mieux n'échanger ni mails, ni SMS, ni coups de fil durant mon absence.

— Il faut que nous sachions à quel point nous avons besoin l'un de l'autre, avait dit Rick en m'accompagnant à la gare. Ça nous aidera peut-être à prendre une décision.

— Peut-être, avais-je répété d'une voix morne.

Je détestais cette incertitude, mais je n'avais rien d'autre à répondre.

Une fois dans le train, je rangeai ma valise et trouvai mon siège. Les portes se refermèrent, un sifflement aigu retentit et les voitures se mirent à grincer tandis que le train s'ébranlait. En traversant lentement l'ouest de Londres, je ressassai mes angoisses : mon avenir avec Rick était en jeu et je m'acheminais vers une région que j'avais évitée pendant vingt-cinq ans. Je ne pouvais même pas la voir sur une carte sans éprouver un pincement de douleur. Je n'arrivais pas à comprendre ce qui m'avait décidée à y retourner.

Pour me changer les idées, j'allumai mon ordinateur portable.

Indes orientales néerlandaises est le nom que les Pays-Bas donnaient à la colonie qui devint l'Indonésie après la Seconde Guerre mondiale…

Déjà, des champs et des collines couvertes de taillis dorés avaient succédé à la grisaille des banlieues.

Java se situe entre Sumatra, à l'est, et Bali, à l'ouest… Une chaîne de montagnes volcaniques forme une crête qui traverse l'île d'une extrémité à l'autre… quatre provinces…

Nous traversions maintenant les plaines du Somerset, avec leurs rivières bordées de saules pleureurs. Un héron secoua ses ailes avant de s'envoler.

Le 28 février 1942, les troupes de la 16e Armée japonaise débarquèrent à trois endroits sur la côte ouest de Java; leurs cibles principales étaient les villes de Batavia (aujourd'hui Jakarta) et Bandung…

Le train longeait un estuaire à marée basse. Des volées d'échassiers s'étaient rassemblées sur la plage limoneuse. Je repensai à Rick, mais je m'obligeai à le chasser de mon esprit en me replongeant dans ma documentation sur la chute de Java.

À la gare suivante, une femme monta avec une fillette et un garçonnet; ils prirent place dans le carré de l'autre côté de l'allée.

La fillette avait de courts cheveux bruns ; une barrette jaune retenait sa frange, découvrant son joli visage. Elle lisait un livre pendant que son petit frère, assis en face d'elle, jouait avec sa console Nintendo.

Les Japonais internèrent les civils européens en commençant par les hommes – pour la plupart planteurs, enseignants, fonctionnaires et ingénieurs – à partir de mars 1942. Femmes et enfants furent internés à partir de novembre de la même année. Pour beaucoup d'entre eux, ce fut le début d'un long calvaire qui durerait trois ans et demi.

— Fia !

Je levai les yeux. Le garçonnet avait posé sa console et regardait sa sœur.

— Fia ! répéta-t-il.

Absorbée par son livre, elle l'ignora.

— Fiiiaaa…

Il lui attrapa le bras.

— FIA !

Leur mère, qui écrivait des SMS, posa son téléphone.

— Sophia, tu veux bien répondre à ton frère ?

La fillette le foudroya du regard.

— Quoi ?

Il brandit son jeu.

— Tu peux faire mon Super Mario pour moi, Fia ? Je suis bloqué.

Elle y jeta un coup d'œil.

— D'accord.

Le garçonnet lui remit la console et elle tapota sur l'écran avec un stylet tandis qu'il l'observait, captivé, en appuyant son visage entre ses mains.

Environ 108 000 civils furent regroupés dans des camps d'internement où ils subirent des conditions de détention atroces ; 13 000 d'entre eux succombèrent à la famine et à la maladie.

Je tentai d'appréhender l'effroyable réalité que représentaient ces chiffres. Klara avait sans doute vécu des épreuves atroces, à un très jeune âge.

Lorsque nous quittâmes Plymouth, ma voisine posa à nouveau son téléphone.

— Arrêtez de jouer, regardez dehors, dit-elle à ses enfants. Vous avez vu ces grands bateaux ? ajouta-t-elle alors que nous longions le chantier naval. Attention, on va traverser le fleuve dans une minute. Et voilà ! chantonna-t-elle tandis que le train s'engageait sur le grand pont ferroviaire de Brunel.

La fillette se leva pour mieux voir entre les poutres métalliques massives.

— On dirait qu'on vole dans les airs !

Une trentaine de mètres plus bas, le fleuve Tamar scintillait au soleil.

— Regardez tous ces bateaux, dit sa mère. Ça y est, nous sommes en Cornouailles ! annonça-t-elle lorsque nous atteignîmes l'autre rive.

— Youpi ! s'exclamèrent les enfants.

Après Saltash, le train longea lentement des pâturages à flanc de colline et une plantation de conifères. Nous traversâmes Liskeard et Par, puis St Austell avec ses rangées de maisons en pierres pâles.

Le haut-parleur s'anima.

— Ici votre chef de bord. Prochain arrêt : Truro.

Mes mains tremblaient lorsque je rassemblai mes effets. Je pris congé de mes voisins avec un sourire. Lorsque le train s'arrêta, j'en descendis avec ma valise.

Je me rendis à l'agence Hertz de la gare pour prendre les clés de ma petite voiture de location et me mis en route le cœur battant. Je passai devant la cathédrale de Truro avec ses trois flèches, et sortis de la ville. En suivant les panneaux indiquant St Mawes, je roulai sur une route tortueuse sous une voûte de chênes et de bouleaux, dont les branches laissaient percer des rayons de soleil qui tachetaient la chaussée.

Je traversai Glenburn et Trelawn ; apercevant un panneau indiquant Trennick, je m'engageai sur une route plus étroite encore, bordée de prunelliers et d'aulnes dont les ronces égratignaient les portières.

Je pris le virage suivant. Puis je m'arrêtai.

La mer s'étalait devant moi, étincelant au soleil : c'était Polvarth, où je m'étais juré de ne plus jamais remettre les pieds, alors que je la revoyais dans ma tête tous les jours.

C'est mon idée.

Quand je fermai les yeux, les souvenirs affluèrent.

On a tout fait tout seuls.

Sous le panneau *Higher Polvarth Farm,* un cageot de choux-fleurs (50 pence pièce), un cageot de choux (50p) et un seau jaune plein de bouquets de dahlias (75p) étaient disposés sur une vieille table de cuisine, avec un pot à confitures contenant quelques pièces. Sur un autre panneau, plus petit, une flèche noire pointant vers la droite indiquait : *Vente directe à la ferme, 180 mètres. Crabes, homards et prises du jour. Ouvert du lundi au samedi de 9 à 11 heures et de 17 à 19 heures.*

Je m'engageai sur le chemin cahoteux en roulant au pas. Lorsque j'aperçus la ferme, je m'arrêtai. C'était une maison carrée, peinte en blanc, avec de hautes fenêtres et un toit en pente recouvert d'ardoises. Une vieille Land Rover et un pick-up blanc chargé de casiers à homards étaient garés à côté. Derrière moi, un hangar ouvert abritait un bateau en bois sur une remorque ; le magasin de produits fermiers était dans une grange en pierre. Un chat roux se prélassait au soleil.

Un homme robuste vêtu d'une salopette bleue sortit de la maison.

— Jenni ? (Il tendit la main en me rejoignant.) Henry Tregear.

Je lui serrai la main, brusquement timide.

— Ravie de vous rencontrer. Vous ressemblez à votre frère.

Henry se tapota le crâne en souriant.

— Vince est un peu plus chevelu. Vous verrez ma mère tout à l'heure – elle est allée faire un saut à Trelawn pour voir une amie. En attendant, je vais vous montrer où vous logerez ; si vous permettez, je monte avec vous.

Henry s'installa dans le siège passager, et je parcourus quelques centaines de mètres jusqu'au cottage moderne devant lequel j'étais passée en arrivant. Je me garai devant. Henry porta ma valise jusqu'à la porte semi-vitrée.

Une plaque en ardoise fixée au mur indiquait le nom du cottage : *Lanhay*. L'intérieur était assez sobre, avec des parquets en bois et des meubles de teintes neutres. Les murs étaient décorés du genre de lithographies que l'on trouve toujours dans les maisons de vacances – fleurs, poissons… Mais dans l'une des chambres à coucher, j'admirai une très belle marine représentant des flots bleus et verts et des falaises aux rochers dentelés.

— C'est mon fils Adam qui a peint ça, m'apprit Henry qui avait suivi mon regard. Ses tableaux se vendent très bien. D'ailleurs, il expose dans quinze jours, à Trennick.

Je frémis en entendant ce nom.

— C'est là que se trouve la plage, non ?

— En effet. Comment le savez-vous ? Vous êtes arrivée par le village ?

Je tentai d'apaiser les battements de mon cœur.

— Non… Je suis déjà venue à Polvarth.

— Ah bon ? Enfin, comme vous le voyez, la maison est toute simple, mais elle est confortable, fit Henry tandis que nous redescendions.

Il alluma la chaudière et vérifia qu'elle fonctionnait en touchant le radiateur le plus proche.

— Je pense que vous trouverez tout ce qu'il vous faut. La machine à laver est là. Donnez un petit coup sur la porte si elle ne démarre pas. Lave-vaisselle, micro-ondes, frigo…

Il ouvrit la porte du réfrigérateur, qui contenait du lait, du fromage, du bacon, une douzaine d'œufs et une bouteille de vin.

— Il y a aussi de la salade, des légumes et un pain dans le garde-manger.

— C'est très gentil, merci.

— Le thé et le café sont là, ajouta-t-il en ouvrant un placard. Il y a un magasin général à Trennick si vous avez besoin d'autre chose. C'est à trois kilomètres par la route, mais vous pouvez aussi y aller à pied. Vous descendez jusqu'à la plage, vous remontez l'escalier de la falaise, et vous suivez le sentier douanier pendant cinq minutes.

— Oui, je me souviens de ce sentier.

— Ah oui, c'est vrai, vous connaissez. Quand êtes-vous venue ?

— Oh… il y a plusieurs années.

— Nous sommes ravis que vous soyez venue. Toute la famille est enchantée que ma mère écrive l'histoire de sa vie. Remarquez, nous ne savons pas jusqu'où elle acceptera de se livrer.

Il sourit tristement.

— J'essaierai de l'amener à me confier son histoire, mais ce sera elle qui décidera de ce qu'elle veut me dire.

— Évidemment, acquiesça Henry. Il faut qu'elle soit contente de ce livre.

Je posai mon ordinateur sur la table de la cuisine.

– Là, ce sera un bon endroit pour travailler. Vous avez une connexion à haut débit ?

— Oui, mais le téléphone ne permet pas de passer des appels, seulement d'en recevoir.

— Ce n'est pas grave, j'ai mon portable.

— Le signal ne passe pas très bien, vous aurez une meilleure réception en vous mettant au milieu du chemin.

Je m'approchai de la fenêtre. Le cottage était entouré d'un petit jardin clôturé. Au milieu de la pelouse se dressait un cerisier aux branches tordues par le vent et incrustées de touffes de lichen vert ; un palmier déplumé s'élevait au fond du jardin. Dans le champ voisin, des vaches rousses broutaient paisiblement, en levant la tête de temps en temps comme pour admirer le paysage. Au-delà, il y avait la mer piquetée de voiliers blancs et, à droite, le cap qui s'avançait comme une proue.

— C'est magnifique ! m'exclamai-je.

J'avais oublié à quel point c'était beau.

— C'est vrai, acquiesça Henry. Je suis encore obligé de me pincer, alors que je vis ici depuis cinquante-quatre ans… Voici vos clés. Passez à la ferme vers 19 heures, vous dînerez avec nous.

Je remerciai Henry et promis d'être au rendez-vous.

Après le départ d'Henry, j'envoyai un SMS à Rick pour lui dire que j'étais arrivée à bon port. Je regrettais qu'il ne m'ait pas accompagnée. Je l'aurais emmené jusqu'à la plage et je lui aurais enfin avoué ce qui s'y était passé, bien des années auparavant. Je tentai d'imaginer sa réaction : il serait d'abord en état de choc, puis abasourdi que j'aie pu lui cacher un tel secret aussi longtemps.

Je m'assis à la table du jardin. Les ombres s'allongeaient sur la pelouse. La mer avait viré à l'étain, en se tachetant d'argent quand des rayons de soleil filtraient à travers les nuages bas. La semaine précédente, j'assistais au mariage de Nina ; son mariage m'avait ramenée à Polvarth. Je réprimai un frisson.

Je rentrai pour défaire mes valises. En ouvrant ma trousse de toilette, je contemplai les pilules roses que Rick en était arrivé à détester, mais qui me procuraient un sentiment de sécurité. J'en avalai une, pris une douche et me changeai, puis je marchai jusqu'à la ferme. Il me tardait de rencontrer Klara. À quoi ressemblait-elle ? Nous serait-il facile de travailler ensemble ?

Le heurtoir de la porte était en forme de main. J'hésitai un instant avant de frapper.

Henry, qui avait passé un pantalon vert en velours côtelé et une chemise bleue à carreaux, me fit entrer dans une grande cuisine carrée à tomettes rouges et noires avec des meubles en pin, où trônait un four Aga de couleur crème. Il prit ma veste et me présenta à son épouse, Beth, une blonde souriante dans la cinquantaine.

— Bienvenue, Jenni, dit-elle. Vous avez tout ce qu'il vous faut à Lanhay ?

— Oui, c'est parfait, merci. C'est un très joli cottage.

Henry sourit à la vieille dame qui mettait la table.

— Maman, je te présente Jenni.

La vieille dame posa la dernière assiette avant de se retourner pour me tendre la main.

Je la serrai.

— Bonsoir, madame Tregear. Je suis ravie de vous rencontrer.

— Je vous en prie, appelez-moi Klara.

Klara Tregear était mince et droite, avec des pommettes saillantes et des yeux gris-bleu. Ses cheveux, d'un blanc immaculé, étaient coupés au carré et retenus par une barrette, comme ceux de la petite fille du train. Son visage tanné par le soleil et le vent était sillonné de rides. Elle m'adressa un sourire anxieux.

— Alors… C'est vous qui allez me faire ressasser mon passé, déclara-t-elle d'une voix douce où l'on décelait une trace d'accent hollandais. J'avoue que cette idée m'intimide un peu.

— C'est tout à fait compréhensible, mais j'essayerai de rendre le processus aussi agréable que possible. Dites-vous que ce sera comme une longue conversation avec quelqu'un qui s'intéresse vraiment à vous.

— Bref, vous serez suspendue à mes lèvres, ironisa-t-elle.

— Absolument. (Je regardai autour de moi.) Vous voulez faire les entretiens ici ?

— Non, dans mon appartement, répondit Klara en désignant la grange par la fenêtre. J'habite au-dessus du magasin. Mais asseyez-vous, je vous en prie… vous devez avoir faim.

D'un geste, elle m'invita à m'attabler.

Tandis que je m'asseyais, je regardai par les portes fenêtres. Des touffes d'agapanthes et de sedum écarlate bordaient la pelouse. Au-delà du jardin, le terrain descendait vers la mer, que le crépuscule teintait d'indigo. La lumière d'un bateau ou d'une balise clignotait au loin.

Klara me servit du vin et s'installa à côté de moi.

— Combien de temps durera chaque entretien ?

— Il s'agit d'un processus assez intensif, comme vous pouvez l'imaginer. (Elle hocha la tête.) En général, j'enregistre trois heures d'entretien par jour. On pourrait faire deux heures tous les matins ? Ça vous irait ?

— Oui, de préférence après 11 heures, quand je ferme le magasin.

— Et encore une heure l'après-midi ? suggérai-je.

— Parfait. Demain, c'est dimanche, le magasin sera fermé. Ce sera une bonne journée pour commencer. Je vais à la première messe, mais vers 10 heures, je serai rentrée. Vous pouvez passer à ce moment-là ?

— 10 heures, ce sera très bien.

Je sirotai mon vin et sentis ma tension s'évanouir. Si je parvenais à maîtriser mes émotions, je pourrais m'en sortir.

Beth apportait un grand plat en faïence.

— J'espère que vous aimez la tourte au poisson, Jenni.

Elle le posa sur un dessous-de-plat.

— Oui, beaucoup.

— Alors servez-vous.

— Merci.

Mais Klara avait déjà pris mon assiette et me servait une portion gigantesque.

— Oh là là, je ne pourrai jamais manger tout ça, protestai-je.

— Essayez, fit fermement Klara en me tendant l'assiette.

— Ça a l'air délicieux. Vous la faites avec vos poissons ?

— Oui, répondit Beth. Tous les jours, notre fils Adam pose des casiers à homards dans la crique. Il utilise aussi des filets courts qu'il fixe en fond de mer, à quelques mètres de la rive. Il prend du carrelet, de la lotte, des coquilles Saint-Jacques et de la sole. Nous les lui rachetons pour les vendre dans le magasin. La pêche représente une part importante de notre chiffre d'affaires, surtout en haute saison.

Je me servis de la salade.

— Et c'est encore la haute saison, en ce moment ?

Henry s'attabla à son tour.

— Jusqu'à la fin du mois. Mais nous avons aussi des clients locaux, et nous fournissons l'hôtel, alors nous restons ouverts presque toute l'année.

— Et le bétail, je suppose qu'il est à vous ?

— Oui, dit-il en déroulant sa serviette de table. Nous l'élevons pour la viande, qui représente l'essentiel de nos revenus. Ce sont des South Devon. Quand nous étions une ferme laitière, nous avions des Frisonnes.

— Je m'en souviens, lâchai-je sans réfléchir. On menait le troupeau sur la route ; il y avait un gros bidon argenté au bout du chemin où on prenait le lait avec une louche. On laissait l'argent dans un bocal.

Klara me dévisagea, étonnée.

— Vous êtes déjà venue ici ?

— Oui, répondit Henry.

Elle se servit de la tourte au poisson.

— Quand ?

— Il y a longtemps. Quand j'étais petite.

Elle prit sa fourchette.

— Où habitiez-vous ?

— Dans l'une des maisons de vacances près de la plage. J'ai oublié laquelle c'était.

J'eus recours à ma stratégie habituelle : esquiver les questions gênantes en posant des questions à mon tour.

— Parlez-moi plutôt de la ferme…

Beth haussa les épaules en souriant.

— Que dire ? C'est très prenant. Il y a toujours à faire : réparer les clôtures, tailler les haies, nourrir un veau au seau, arracher le séneçon ou la belladone… Nous faisons de longues journées, surtout l'été.

— Nous ne nous en plaignons pas, ajouta Henry. Nous adorons cet endroit. (Il sourit à Klara.) Et nous avons beaucoup de chance, car notre mère est toujours très active.

Klara éclata de rire.

— Je suis sûre que je tomberais raide morte si je m'arrêtais de travailler ! Après soixante-trois ans, mon corps ne le supporterait pas.

J'observais sa vigueur nerveuse, ses gestes rapides et efficaces. Ses mains étaient rudes et pleines de cals ; l'arthrite tordait le bout de ses doigts. Ses épaules étaient arrondies, comme modelées par le vent.

Je pris une autre gorgée de vin.

— Donc, c'est Adam qui pêche…

— Oui, répondit Beth, et, en plus, il est peintre.

— C'est ce que me disait votre mari. J'adore la marine qui est accrochée dans mon cottage. Il a beaucoup de talent.

Beth parut ravie d'entendre l'éloge de son fils.

— Il vit à Porthloe avec son amie, Molly, et leur bébé, poursuivit-elle. Klara s'occupe du magasin, du verger et du potager. Moi, je prépare les crustacés, et je fais le pain et les confitures que nous vendons. Henry s'occupe du bétail et de la comptabilité.

— Une tâche interminable, soupira-t-il en levant les yeux au ciel.

Beth se versa de l'eau.

— Il est aussi garde-côte bénévole.

— Vraiment ?

Henry hocha la tête.

— Nous nous relayons dans l'ancienne station des garde-côtes de Polvarth Point pour surveiller la mer, la plage et les sentiers douaniers.

— Les gens font tellement de bêtises, soupira Klara.

— Comme quoi, par exemple ? demandai-je d'une petite voix.

Henry soupira à son tour :

— Ils tombent de la falaise parce qu'ils se sont approchés trop près du bord, ou bien ils partent en kayak sans connaître les courants et se font entraîner en haute mer. Des mômes partent à la dérive dans leurs canots pneumatiques ou restent coincés sur les rochers à marée haute.

— Il y en a d'autres qui font des tunnels dans le sable, ajouta Beth. Quand je les vois, je les préviens toujours des risques qu'ils courent. (Elle se tourna vers Klara.) Tu te rappelles ce qui est arrivé à ces pauvres garçons ?

— Je ne risque pas de l'oublier, répondit-elle posément avant de se tourner vers moi. D'ailleurs, je vous en parlerai peut-être.

Mon visage s'enflamma.

— Pourquoi ? lâchai-je abruptement.

— Eh bien… pour le livre, répondit Klara, étonnée par ma véhémence. Je pensais parler de certains des incidents les plus marquants qui se sont produits ici au fil des ans.

— Bien sûr.

Je pris une gorgée de vin pour cacher ma détresse croissante. Pourquoi étais-je venue ? J'aurais dû écouter mon intuition et refuser ce travail.

Henry racontait maintenant l'histoire d'un veau qui s'était perdu dans la brume l'année précédente.

— On l'a retrouvé dans la mer.

— Dans la mer ? répétai-je.

— Quelque chose a dû lui faire peur, précisa Beth, peut-être un chien ou un renard. Il avait parcouru deux cents mètres à la nage. Heureusement, l'un de nos amis pêcheurs l'a aperçu. Il a réussi à l'entourer d'une corde et à le hisser à bord de son bateau. Lorsque nous l'avons récupéré, sa mère l'a repoussé parce qu'il sentait l'eau de mer.

— Il a fallu qu'on les attache l'un à l'autre, ajouta Henry. Elle a fini par le laisser téter, donc l'histoire s'est bien terminée. Mais s'il ne s'est pas noyé, c'est par miracle.

— Jenni…

Klara me dévisageait d'un air de reproche, en désignant mon assiette d'un signe de tête :

— Vous avez à peine mangé.

— Oh. Pardon. C'est délicieux, mais c'est un peu trop…

Henry éclata de rire.

— Il faut manger, ici, sinon ma mère nous gronde, pas vrai, maman ?

— Ne vous en faites pas, il vous taquine, me dit Klara. Mais vous prendrez bien une glace.

— Merci, Klara, mais j'ai tellement bien mangé que je ne pourrais pas avaler une bouchée de plus.

— Un café, alors ?

— Oui, s'il vous plaît. Je ne refuse jamais un café ; j'en bois tellement que j'en ai sans doute à la place du sang.

Tout en prenant le café et les petits fours que Klara m'obligea à accepter, j'en appris un peu plus au sujet de Vincent. Il avait trois ans de plus qu'Henry, il était ingénieur des travaux publics, divorcé, avec une fille adulte.

— J'ai rencontré Vincent il y a plusieurs années, leur dis-je, au vingt et unième anniversaire de mon amie Nina : c'est sa filleule.

— En effet. Vincent et son père ont étudié ensemble à l'Imperial College.

— Nous étions assis à la même table au mariage de Nina, précisai-je.

— C'est un heureux hasard, fit remarquer Henry. Sinon, vous ne seriez pas ici maintenant.

— Non, répondis-je en tripotant ma serviette de table. Sans doute pas.

— Vince n'a jamais voulu devenir fermier, ajouta Henry. Moi, oui, heureusement pour mes parents. C'est Adam qui reprendra l'affaire.

Il m'interrogea sur mes projets d'écriture et sur la façon dont je trouvais du travail.

— Je passe des petites annonces dans les magazines et les sites de généalogie, ainsi que dans les bibliothèques de quartier.

— Vous vivez à Islington, n'est-ce pas ?

Beth me versa encore du café.

— Oui, dans le quartier The Angel.

— Vous êtes de Londres ?

Je secouai la tête.

— J'ai grandi dans un village près de Reading, mais nous nous sommes installés à Southampton quand j'avais dix ans.

— Vous avez des frères et sœurs ? me demanda Klara.

— Aucun.

Je lui adressai un petit sourire au cas où elle m'ait trouvée sèche, et posai ma serviette sur la table.

— Bon… Je pense qu'il est temps que je rentre.

— Bien entendu, fit Beth en me souriant chaleureusement. Le voyage a dû vous fatiguer. Vous pouvez rentrer à pied toute seule ? Préféreriez-vous qu'Henry vous accompagne ?

— Ça ira, merci, lui assurai-je. Je n'ai pas peur dans le noir.

— Laissez-moi vous prêter une lampe de poche.

Tandis que je passais ma veste, Beth ouvrit un placard sous l'évier et en tira une lampe de poche qu'elle me tendit.

— Bonne nuit, Jenni. J'ai été ravie de faire votre connaissance.

— Bonne nuit, Beth. Merci pour le dîner, c'était délicieux. Bonne nuit, Henry.

Je me tournai vers Klara en souriant.

— À demain matin ?

— Oui, à demain matin, mon petit. Dormez bien.

— Merci. Vous aussi.

Je savais que j'aurais de la chance si je fermais l'œil une seconde.

J'allumai la lampe de poche et gagnai le chemin, en balayant le sol de son rayon de lumière. La soirée s'était bien passée – j'avais trouvé Klara sympathique, et Henry et Beth m'avaient chaleureusement accueillie. Mais j'en avais trop dit. En me dirigeant vers le cottage, je résolus d'être plus prudente.

Les prunelliers, sculptés par le vent, se recourbaient au-dessus du chemin. Les étoiles scintillaient dans le ciel bleu encre. J'éteignis la lampe de poche pour les contempler. Je repérai la ceinture d'Orion et les sept étoiles de la Grande Ourse. Lorsque mes yeux se furent adaptés à l'obscurité, je distinguai la bande pâle de la Voie lactée. Je renversai la tête en arrière pour m'imprégner de sa beauté nébuleuse.

— Merveilleux, soufflai-je en contemplant ses nuages et ses bouquets d'étoiles. C'est mer…

Je sursautai et me figeai, le pouls affolé, en tendant l'oreille. C'était sans doute le vent qui avait produit ce bruit. J'étais sur le point de reprendre mon chemin lorsque je l'entendis à nouveau. L'adrénaline inonda mes veines. Ce n'était pas le vent. Il y avait bien quelqu'un. Je ne le voyais pas, mais je sentais sa présence ; il était proche, si proche que je l'entendais respirer. Je tentai de crier mais je ne pus émettre aucun son ; je voulus courir, mais mes pieds semblaient cloués au sol – et voilà que ça recommençait ! Un bruit si fort que j'en avais plein les oreilles ; j'avais le souffle court, mon cœur battait à tout rompre… Puis je le sentis soudain ralentir son rythme. Je poussai un soupir de soulagement en comprenant que ce que je venais d'entendre n'était que le lent halètement de la mer.

4.

Comme toujours, je me réveillai avant l'aube après une nuit agitée. Dans mon demi-sommeil, je cherchai Rick, avide de retrouver la chaleur de son corps. Avec un coup au cœur, je me rappelai où j'étais. Je restai les yeux ouverts dans le noir pendant un moment avant de me lever pour prendre ma douche, m'habiller et boire un café. Puis, m'armant de courage, je me mis en route pour la plage.

Je dépassai des villas cachées derrière des murets en pierres sèches et des haies de fuchsias encore tachetées de fleurs rouges et une grange transformée en maison d'hôtes. Je parvins à Lower Polvarth où, en retrait du chemin, se dressait une rangée de maisons aux jardins coquets et aux noms évocateurs – « Bohella », « Sea Mist », « Rosevine »…

Je m'arrêtai devant « Penlee ». Je reconnaissais les buissons d'hortensias et le lilas – j'en avais cassé une branche en essayant de grimper dessus et maman m'avait grondée. Les chambres étaient à l'étage. Nous avions celle de gauche, avec des lits superposés ; elle occupait la chambre voisine.

Soudain, les rideaux de « sa » chambre s'écartèrent, et je vis une femme encadrée par la fenêtre. Elle avait environ cinquante-cinq ans – l'âge de ma mère aujourd'hui. Elle contempla la mer avant de m'apercevoir. Je me détournai et repris mon chemin. Passant devant la vieille cabine téléphonique rouge, j'atteignis enfin les barrières en pierre de l'hôtel Polvarth.

Je les franchis. Mes pas faisaient crisser le gravier. La grande maison de style géorgien, jadis vétuste et négligée, était devenue nettement plus chic, avec ses lauriers en pot de chaque côté de la porte. Deux Range Rover et une Porsche étaient garées devant.

Le jardin correspondait à mes souvenirs : un cèdre du Liban et un pin de Monterey à la cime échevelée par le vent l'encadraient. Les arbres étaient identiques, mais moi, j'avais changé jusqu'à devenir méconnaissable.

Je traversai la pelouse et descendis les marches qui menaient à l'aire de jeux. La balançoire, le toboggan et la cabane pour enfants en bois étaient toujours là.

Je levai les yeux pour contempler le paysage. La baie en forme de fer à cheval s'étalait devant moi, et par-delà la baie, les villas victoriennes et les petits cottages en faux torchis du village de Trennick se pressaient contre la digue.

Je regagnai le chemin par un trou dans la haie qui descendait la colline. Des mouettes planaient au-dessus de ma tête en lançant leurs cris aigus. Le chemin s'incurva vers la gauche, et déboucha sur la plage.

Sans égard pour mon cœur battant, je dépassai les panneaux en bois qui indiquaient le chemin douanier et la bouée dans son casier rouge.

Je m'arrêtai à mi-chemin de la cale de halage. Les vagues mouchetées de blanc, les falaises, les rochers cobalt, le croissant de sable… et le snack étaient toujours là. Ma poitrine se contracta violemment, comme si mon cœur était encerclé par un fil de fer qui se resserrait.

On fait un tunnel...

Je m'obligeai à avancer, les joues fouettées par le vent. Un garçon promenait un Labrador. Le chien marchait tranquillement à côté de lui en reniflant les algues. Un jeune couple en combinaison de plongée courut dans les vagues dans de grandes éclaboussures d'embruns scintillantes.

C'est maman qui va être surprise quand elle va voir ça...

Elle n'en croira pas ses yeux.

Je peux rentrer dedans ?

Tout en traversant la plage, je sentis le fil de fer se resserrer autour de ma poitrine. Je revis l'ambulance se garer dans le champ près du snack ; les ambulanciers avec leur civière et leurs trousses ; les vacanciers attroupés, avec un mélange de détresse et de curiosité avide dans le regard. Je me rappelai un bras qui m'enlaçait, m'entraînait ; les portières de l'ambulance qui se refermaient.

Il était 9 heures lorsque je regagnai Lanhay. En déverrouillant la porte du cottage, mes mains tremblaient encore. Je m'assis à la table de la cuisine, tête penchée, parfaitement immobile, pour tenter d'encaisser le choc que venait de subir mon âme. Ma mère avait vingt-huit ans à l'époque – six de moins que moi aujourd'hui. Je me rappelai notre retour à la maison dans la voiture de police ; elle serrait les doigts tellement fort que ses jointures étaient blanches. J'avais posé ma main sur la sienne, mais elle ne l'avait pas prise.

Je me levai, passai dans le salon et allumai la radio pour écouter l'émission d'Honor. Le simple fait d'entendre sa voix m'apaisa et me ramena sur terre. Honor produisait toujours cet effet-là sur moi ; elle me remontait le moral lorsque j'étais déprimée. Sa gaîté et son exubérance compensaient parfaitement ma timidité.

Comme d'habitude, son émission passait d'un sujet à l'autre – une interview très drôle d'Emma Watson à propos de son nouveau film, suivie d'un morceau de Coldplay et des infos, et enfin d'un débat très animé sur l'apocalypse prévue par le calendrier maya pour le 21 décembre.

— Donc, selon vous, au lieu de préparer les fêtes de Noël dans deux mois, il faudra se préparer à la fin du monde ? demanda Honor à son invitée.

— Oui, répondit celle-ci d'une voix lugubre. Ce jour-là, le soleil s'alignera précisément sur l'équateur de la Voie lactée, ce qui affectera le champ magnétique terrestre. L'axe de la planète sera déstabilisé. Cela provoquera des séismes et des inondations catastrophiques qui pourraient nous anéantir.

— Mais les astronomes ont complètement discrédité cette théorie, tout comme la NASA, d'ailleurs, fit remarquer Honor.

— Qu'ils la discréditent si ça leur fait plaisir. Ça ne changera rien.

— Le 22 décembre, on saura qui avait raison, conclut Honor. Merci d'avoir accepté notre invitation – et à propos d'extinctions de masse…

On entendit un rugissement assourdissant, puis elle présenta le producteur d'un nouveau documentaire sur la disparition des dinosaures.

— Ils ont été exterminés par un astéroïde il y a soixante-cinq millions d'années, c'est ça ? lui demanda Honor.

— C'est en effet la théorie la plus communément acceptée, qu'on désigne sous le terme d'Extinction crétacé-tertiaire, répondit l'homme. Mais en réalité, personne ne sait. Dans l'émission, nous envisageons d'autres explications possibles, par exemple un changement climatique provoqué par une éruption volcanique massive, ou encore l'apparition de mammifères se nourrissant d'œufs de dinosaures. Il est également possible que la végétation ait évolué de telle sorte que les dinosaures phytophages aient été incapables de digérer leurs aliments.

— Autrement dit, la constipation qui tue ?

— Euh… oui.

Honor éclata de rire.

— Je pense que je préfère m'en tenir à l'hypothèse de la chute d'astéroïde. Et quel est votre dinosaure préféré ? Personnellement, j'ai toujours eu un faible pour l'ankylosaure, avec sa massue au bout de la queue…

— Caractéristique qu'il partage avec l'euoplocéphalus, bien que ce dernier ait été doté de protubérances plutôt que de plaques osseuses. Mais si je devais en choisir un, ce serait forcément le spinosaure, avec son extraordinaire voile dorsale…

Le bavardage enjoué d'Honor m'avait tellement ragaillardie que je me sentais désormais en mesure d'affronter ma journée. J'avais du boulot, et je comptais m'y atteler.

Il était 9 h 40. J'éteignis la radio, relus mes notes, allumai mon ordinateur et créai un nouveau fichier, *Klara*. J'étiquetai cinq microcassettes, en glissai une dans le magnétophone, vérifiai qu'il fonctionnait et me mis en route pour la ferme.

Chemin faisant, je m'arrêtai pour observer un pinson perché dans un buisson de sureaux ; c'était à cet endroit que j'avais eu si peur la veille au soir. En tendant l'oreille, j'entendais le bruit du ressac, mais il me semblait bien plus lointain maintenant. L'obscurité l'avait peut-être amplifié, ou alors c'était l'effet du vin. Ce souvenir me fit tout de même frissonner.

En m'approchant de la ferme, j'aperçus Klara, en robe à rayures bleues et en tablier blanc, qui disposait des légumes sur la table. Elle posa le bocal à confitures à côté des cageots et se retourna en entendant mes pas.

— Jenni ! Bonjour.

— Bonjour, Klara.

Je désignai d'un signe de tête les choux et les choux-fleurs.

— C'est bien, de faire ça.

Elle haussa les épaules.

— On le fait depuis toujours.

— Les gens vous paient en mettant l'argent dans le bocal ?

— La plupart du temps. Mais je m'en fiche. Ce qui compte le plus pour moi, c'est qu'on ne gaspille pas la nourriture.

Elle plia son cabas et le fourra dans une poche de son tablier.

— Avant que nous commencions à discuter, il me reste quelques corvées à faire. Voulez-vous m'accompagner ?

— Volontiers. J'aimerais bien visiter la ferme.

Nous traversâmes la cour pour entrer dans le hangar.

— C'est un bateau de pêche cornouaillais, m'expliqua Klara. Nous en avons deux. Mon petit-fils est en train de réparer celui-ci.

Nous nous faufilâmes entre les pots de peinture, les machines de ferme et les sacs d'aliments pour animaux. Klara remplit de maïs un bol en plastique. Je la suivis jusqu'à un petit champ où se trouvaient deux grands poulaillers en bois, contenant chacun une douzaine de poules. Notre approche déchaîna des caquètements frénétiques.

— Mesdames, s'il vous plaît ! s'écria Klara tandis que les poules se précipitaient vers le grillage. Ne vous bousculez pas ! Pas de coups de bec !

Elle lança des grains à travers le grillage.

— Ce sont des Rhode-Island – elles sont épouvantablement mal élevées, mais ce sont de bonnes pondeuses.

Elle lança une deuxième poignée de grains.

— Je leur donne du maïs le matin et des épluchures de légumes le soir.

Je regardai autour de moi, fascinée, tandis qu'elle remplissait des bols avec l'eau tirée d'un collecteur d'eau de pluie.

Les poules du second poulailler étaient noires avec des toupets de chaque côté de la face : on aurait dit qu'elles portaient des favoris de style victorien.

— Celles-ci sont des Araucana, m'expliqua Klara. Elles sont très douces, et elles pondent des œufs d'un bleu magnifique.

Elle leur donna le reste du maïs et essuya le bol avec un coin de son tablier.

— C'est fini. Maintenant, on va là-bas.

Je franchis une clôture derrière Klara pour passer dans un champ adjacent, où s'élevait une vaste serre montée sur une plinthe en brique dont les carreaux étincelaient au soleil.

En y entrant, nous fûmes happées par une bouffée d'air chaud où se mêlaient l'odeur de la terre humide et l'arôme acidulé des tomates. Klara tira un sécateur de son tablier et en coupa quelques-unes, qu'elle plaça dans un bol. Puis elle détacha deux concombres de leurs tiges.

— Nous avons aussi des poivrons, des aubergines, des gombos, des melons Galia..., me dit-elle tandis qu'une abeille nous volait sous le nez.

— Et des raisins.

Je désignai la vigne qui longeait le plafond.

— Oui, mais ils sont assez petits et sujets au mildiou. Je les donne aux poules comme friandise.

Nous poursuivîmes en enjambant des sacs de culture où poussaient des laitues Lollo Rossa, des sucrines, de la coriandre et du thym. Klara s'arrêta devant six citronniers plantés dans de grands pots en terre cuite.

— Voici ma plus grande fierté. J'adore faire pousser des citrons.

Klara en cueillit trois, les mit dans le bol, et désigna deux arbres plus petits à notre gauche.

— Ce sont des kumquats. Leurs fruits sont trop amers pour être mangés mais j'en fais de la bonne marmelade.

— Et vous vendez tout ça dans votre magasin ?

— Oui. Tout ce que nous vendons, nous le cultivons à la ferme. Venez.

Je sortis de la serre derrière elle et nous nous dirigeâmes vers le champ de gauche, où se dressait une espèce de petite forteresse en pierre.

— Qu'est-ce que c'est ?

— Vous verrez, me répondit Klara.

Nous franchîmes une barrière en bois pour y entrer.

À l'intérieur, l'air était immobile ; seul le chant argentin d'un merle perché sur un mur rompait le profond silence. L'air était parfumé par les roses remontantes.

Nous marchâmes sur un sentier de gravier, au soleil, parmi les buissons de groseilles et des tuteurs en forme de tipi soutenant les petits pois et les haricots plats. Il y avait des rangs de choux, de choux-fleurs et de poireaux, un carré de framboises, une plate-bande de dahlias et un petit verger de pommiers nains.

— C'est incroyable, m'exclamai-je, totalement sous le charme. Mais ça doit être beaucoup de boulot.

— En effet, acquiesça Klara en cueillant les dernières pommes de l'arbre le plus proche. Le jardinier se charge du désherbage et de l'élagage, l'arrosage est automatisé et pour le reste, je me débrouille.

— Ça fait quelle longueur ? demandai-je tandis que nous continuions à avancer. Trente mètres ?

— Quarante de long et dix de large. Les murs font six mètres de hauteur et soixante centimètres d'épaisseur.

— C'est magnifique.

— C'est le cadeau de mariage de mon mari. Quand il m'a demandé ce que je voulais, je lui ai répondu que ce que je désirais par-dessus tout, c'était un jardin clos. Alors lui et son ouvrier, Seb, l'ont bâti avec des pierres rapportées de la crique. Ils ont mis un an à le terminer.

— C'était en quelle année ?

— Ils ont commencé en 1952. Je venais d'arriver. Je n'étais jamais venue en Angleterre, encore moins en Cornouailles.

— Vous deviez être très amoureuse de lui.

— Oui.

J'éprouvai un pincement de jalousie en songeant que cet amour était très manifestement réciproque.

— Lorsque j'ai vu la ferme pour la première fois, j'ai résolu de faire pousser toutes les cultures, de A à Z.

— Vraiment ? dis-je en riant. Et vous y êtes arrivée ?

— Eh oui, répondit-elle tandis que nous longions un rang de citrouilles. Nous avons tout eu, des asperges aux... zucchinis.

— Et I, c'est quoi ? rêvai-je tout haut.

— Les ignames. Mais je n'en fais pas beaucoup parce qu'ils ont tendance à se répandre partout et à étouffer les autres plantes.

Nous nous étions arrêtées devant un pêcher fixé au mur sud. Ses feuilles avaient jauni et ses fruits avaient disparu, sauf un ou deux, ratatinés, que sondaient des guêpes.

Klara pressa sa paume contre le tronc épais et tordu.

— C'est la première chose que j'aie plantée. Nous avons vieilli ensemble – et nous sommes tous les deux tordus.

Son sourire accentua ses pattes-d'oie.

— Ça aussi, je l'ai planté, dit-elle en indiquant un énorme figuier. J'ai tout planté – c'était mon obsession. Quand j'étais petite, on m'a dit que le mot « Paradis » signifiait « jardin clos ». Depuis ce jour-là, j'ai rêvé d'avoir mon propre petit paradis, que personne ne pourrait m'enlever.

L'appartement de Klara était au-dessus du magasin, sous le toit de l'ancienne grange. La lumière du jour tombait des verrières du haut plafond à chevrons.

Klara posa son bol sur le comptoir de la cuisine américaine et se mit à rincer sa cueillette. Bien que sa compagnie soit agréable, je commençais à me demander quand elle comptait enfin s'asseoir pour que nous entamions notre entretien.

— Avant, je vivais dans la grande maison, m'expliqua-t-elle. À la mort de mon mari, je l'ai laissée à Henry et Beth. Mais cet appartement me convient parfaitement. Ma chambre et la salle de bains sont au rez-de-chaussée, et ici, c'est le salon/salle à manger.

— C'est très lumineux.

J'allai examiner les livres de sa bibliothèque, qui occupait un mur entier : livres de poche des classiques Penguin aux couvertures orange et vertes, biographies, œuvres complètes de Dickens reliées en cuir bordeaux, romans de Daphne du Maurier, Jane Austen, Georgette Heyer et des sœurs Brontë… Parmi les titres néerlandais, je ne reconnus que *Max Havelaar*.

— Vous lisez beaucoup, Klara.

— Oui. J'ai de la chance, ma vue n'a pas baissé – *afkloppen*, je touche du bois. (Elle tapota un placard avant de dénouer son tablier.) Je préfère lire que regarder la télé, bien que j'aie un petit téléviseur dans ma chambre.

Sur l'étagère du bas, je repérai une vingtaine d'ouvrages des éditions Virago.

— Vous aimez Elizabeth Taylor ? demandai-je. C'est mon écrivain préféré.

— Moi aussi ! répondit Klara avec enthousiasme. Ma meilleure amie, Jane, était une grande lectrice. C'est elle qui m'a fait connaître ses livres. Auparavant, j'adorais *La Belle endormie*, mais maintenant que je suis vieille, je préfère *Mrs Palfrey, Hôtel Claremont*.

— Je l'adore, moi aussi.

Je plaignais Klara d'avoir perdu sa meilleure amie.

— Excusez le désordre, dit-elle en passant du coq à l'âne.

— Je n'avais rien remarqué. Votre appartement est ravissant. Et vous avez vue sur la mer.

J'allai admirer les rangées d'assiettes en porcelaine bleue et blanche à motifs de fleurs, de paons et de bateaux, disposées sur une commode.

— C'est du Delft ?

Klara prit la bouilloire.

— En effet. Je les tiens de mes grands-parents.

— Où habitaient-ils ?

— À Rotterdam, où je suis née : je suis une « Rotterdammer ».

Elle remplit la bouilloire.

— Café ?

— Volontiers. J'en ai besoin. Je suis exténuée.

Klara me dévisagea.

— Vous n'avez pas bien dormi, mon petit ?

— Pas vraiment, non. Je… c'est l'agitation du voyage.

— J'espère que ce n'est pas à cause du lit.

— Non, le lit est très confortable, Klara. Je ne dors jamais bien nulle part. Mon réveille-matin interne sonne à des heures indues.

Klara m'adressa un regard compatissant.

— Ce doit être pénible. Que faites-vous dans ces cas-là ? Vous lisez ?

— Oui, parfois, ou j'écoute la radio. En général, je me lève pour travailler.

— Eh bien… je suis désolée que vous souffriez d'insomnie. Je vais cueillir de la valériane et la faire sécher ; ça pourrait vous aider.

— Merci, c'est très gentil.

La sollicitude de Klara me déconcertait un peu.

Elle ouvrit le réfrigérateur, en tira un Victoria Sponge Cake et le posa sur le comptoir de la cuisinc.

— Vous prenez du gâteau.

Je compris qu'il ne s'agissait pas d'une offre, mais d'un ordre.

— Oui, s'il vous plaît. Juste un petit morceau.

— Il manque un peu de sucre semoule.

Elle en saupoudra dessus, puis sortit un couteau d'un tiroir.

— Ça m'a l'air délicieux. Je peux regarder vos photos, Klara ?

Elle leva les yeux.

— Bien sûr.

Des photos de Klara avec son mari, d'Henry et de Vincent étaient exposées sur le buffet. Je les scrutai avec curiosité. J'adore découvrir la maison de mes clients – cela me permet de les connaître un peu avant même d'entamer nos entretiens. Une fois qu'ils se mettent à parler, j'ai l'impression d'être dans leur tête ; je m'immerge dans leurs pensées et leurs souvenirs. C'est la meilleure façon, pour moi, de devenir une autre.

Parmi ces photos, certaines étaient des portraits dans des cadres en argent. Il ne m'était pas difficile de deviner l'identité des modèles. Les parents de Klara le jour de leur mariage ; Klara à l'âge de huit ou neuf ans, assise sur un poney. Il y avait aussi une photo réalisée en studio de Klara, âgée d'environ six ou sept ans. Elle tenait un petit garçon par les épaules. Tous deux avaient de courts cheveux blonds, et ils fixaient l'appareil avec les mêmes grands yeux bleus solennels.

— C'est vous avec votre frère ?

Elle me regarda puis détourna les yeux.

— Oui.

— Comment s'appelle-t-il ?

Le visage de Klara s'emplit de douleur.

— Peter. Il s'appelait Peter.

Quand était-il mort ? Et où ?

— Toutes ces vieilles photos appartenaient à mes grands-parents, reprit Klara en mettant des cuillerées de café dans une grosse cafetière. Heureusement, ma mère leur envoyait toujours des photos quand elle leur écrivait une lettre. Autrement, nous n'aurions aucune trace de nos dix années à Java. Toutes nos possessions ont été perdues ou détruites.

L'eau bouillait. Klara la versa dans la cafetière, et l'arôme du café remplit l'air.

— Puisque nous parlerons de la Hollande, nous utiliserons la porcelaine de Delft.

Elle prit des tasses et des soucoupes et les posa sur un plateau. Donc, elle était enfin prête à débuter l'entretien. Mes questions devinrent plus directes.

— Quel âge aviez-vous quand vous êtes partie vivre à Java ?

— Presque cinq ans. Mon père avait décidé de tenter sa chance aux Indes orientales néerlandaises – comme on les appelait à l'époque. Il a trouvé un poste dans une plantation de caoutchouc, non loin de Bandung.

Elle prit le plateau.

— Laissez-moi vous aider.

— Si vous pouviez prendre la cafetière, je m'occupe du reste.

Klara posa le plateau sur la table basse et s'assit du côté droit du canapé, tandis que je m'installais en face d'elle dans un fauteuil. Elle me versa une tasse de café et me tendit une tranche de gâteau si énorme qu'elle recouvrait presque entièrement l'assiette.

— Eh bien… (Je ne voulais pas la contrarier.) Ça m'a l'air très bon. (Je goûtai.) C'est délicieux.

— Nous aurions dû manger des petites madeleines, plaisanta-t-elle. Remarquez, je n'ai pas besoin de partir à la recherche du temps perdu. Ma mémoire est encore excellente. Ce qui me semble parfois être un handicap.

— Que voulez-vous dire par là ?

Klara se versa du café.

— Il y a quelques mois, j'ai appris que mon amie la plus chère, Jane, souffrait de démence sénile.

— Quand vous m'avez dit qu'elle « était » une grande lectrice, j'ai supposé qu'elle était morte. Je suis heureuse d'apprendre qu'elle est vivante.

— Pour ça, elle se porte bien, du moins physiquement. Mais d'une certaine façon, la Jane que j'ai connue pendant cinquante-cinq ans est morte, en effet. Lorsque je lui rappelle nos bons moments, les gens que nous avons connus ou les livres que nous avons adorés, elle me regarde d'un œil vide ou alors elle s'embrouille.

— Ça doit vous fendre le cœur.

— Oui. Je me sens… seule, soupira Klara. Mais je suppose que les mauvais souvenirs de Jane ont également disparu et je dois avouer que, parfois, je l'envie. Comme ce doit être merveilleux d'être incapable de se rappeler nos souffrances passées. Et pourtant, il faut accepter tous ces souvenirs, qu'ils soient joyeux ou douloureux. Il n'y a que les souvenirs qui nous appartiennent réellement, dans la vie.

Tout en acquiesçant d'un murmure, je me demandai à quels souvenirs douloureux Klara faisait allusion, et si elle accepterait de m'en parler.

Klara prit une gorgée de café puis me regarda droit dans les yeux.

— En quelque sorte, vous êtes une professionnelle du souvenir.

Je hochai la tête.

— En quelque sorte, oui. Amener mes clients à me raconter leurs souvenirs fait partie de mon travail.

Tout en protégeant férocement les miens, songeai-je ironiquement. Je jetai un coup d'œil aux vieux albums photos en cuir empilés sur la table. Rick me demandait parfois pourquoi je n'avais pas de photos de famille.

— Vous avez beaucoup de photos, Klara.

— En effet.

— Elles faciliteront énormément le déroulement des entretiens – et nous pourrions reproduire certaines d'entre elles dans le livre, si vous voulez.

— Je veux bien. Puisque je me suis engagée à écrire mes mémoires, je veux qu'ils soient aussi vivants que possible.

— Je crois qu'ils le seront, Klara, pas à cause des photos, mais grâce à ce que vous me raconterez. Il ne faut pas vous contenter de relater des anecdotes : vous devez aussi exprimer la façon dont ces événements vous ont affectée. En quoi ils ont fait de vous celle que vous êtes aujourd'hui.

— Lorsque vous présentez votre travail de cette façon, on dirait presque une… psychanalyse.

— Disons que c'est un voyage à la découverte de soi. Du coup, le processus peut en effet s'avérer thérapeutique, voire cathartique.

— Ces derniers temps, je réfléchis énormément au passé, dit Klara en posant la main sur l'un des albums. Je regarde les visages des êtres aimés qui se trouvent dans ces pages, je songe à ce qu'ils ont représenté pour moi – à ce qu'ils représentent toujours pour moi.

— Lorsque vous me parlerez d'eux, essayez d'évoquer non seulement leur aspect physique, mais aussi leur façon de parler, de marcher, de rire ou de s'habiller. Tous les petits détails qui les rendront vivants.

Klara hocha la tête et but à nouveau une gorgée de café. Elle m'adressa un sourire anxieux.

— Comme c'est étrange de penser que je vous connais à peine, Jenni, alors que je suis sur le point de vous raconter plus de choses sur ma vie que je n'en ai racontées à ma famille, et même à mon mari.

— Ce doit être une sensation étrange, en effet, acquiesçai-je. Essayez de faire comme si vous bavardiez avec une vieille amie.

— Mais le fait est que nous ne sommes pas amies.

Son franc-parler me décontenança.

— Non… mais nous apprendrons à mieux nous connaître au cours des jours qui viennent.

— Dites plutôt que vous apprendrez à me connaître, vous. (Elle posa sa tasse sur la table.) Et moi, est-ce que j'apprendrai à vous connaître ?

— Mais… bien sûr.

— Vous comprenez, tout ça s'est passé tellement vite. Maintenant que vous êtes ici, je me rends compte qu'il m'est tout simplement impossible de vous parler de moi avant d'en savoir un peu plus sur vous.

— Vous… savez déjà plusieurs choses, non ?

Cet entretien allait-il enfin débuter ? Klara esquivait habilement mes questions ; elle me prenait à mon propre jeu.

— Non, rétorqua-t-elle. Tout ce que je sais de vous, c'est que vous vivez à Londres, que vous êtes fille unique, que vous avez grandi près de Reading et déménagé à Southampton. Je sais que vous êtes une amie de la filleule de Vincent et que vous êtes déjà venue en vacances ici il y a plusieurs années. Alors s'il vous plaît, Jenni, parlez-moi de vous.

J'avais envie de tout, sauf de ça. Je m'obligeai à sourire.

— Que voudriez-vous savoir ?

— Eh bien… êtes-vous mariée ? J'ai l'impression que non.

— Non. Mais je vis avec quelqu'un. Rick. Il est instituteur.

Klara me dévisageait, en attendant que je poursuive.

— Il est… facile à vivre, repris-je, déconcertée par son regard. Il est gentil et beau – en tous cas, moi, je le trouve beau. Il fait la même taille que moi, ce qui me plaît, parce qu'on peut se regarder droit dans les yeux. Les siens sont bleus comme la mer.

Était-ce là tout ce que je trouvais à dire au sujet de l'homme que j'aimais ?

Klara hocha la tête d'un air approbateur.

— Il m'a l'air très bien.

— Oui. Nous sommes ensemble depuis un an et demi.

— Alors vous devez bien vous connaître.

— J'ai l'impression de bien connaître Rick, en effet.

Me connaissait-il bien, lui ? C'était une autre histoire.

— Et vous aimeriez vous marier ?

Klara était décidément très directe.

— Oui, j'aimerais, répondis-je, c'est-à-dire que nous aimerions nous marier. À condition que ce soit la bonne décision, ajoutai-je en regrettant aussitôt mes paroles.

Klara hocha la tête, pensive.

— Et pourquoi êtes-vous devenue *ghost writer* plutôt que…

— Plutôt qu'un véritable écrivain ? lui suggérai-je en souriant.

Klara cilla.

— Je ne voulais pas vous froisser.

J'éclatai de rire.

— On me pose souvent la question.

— Ce doit être agaçant.

— Pas vraiment. Les gens ne cherchent pas à me froisser, ils veulent sincèrement savoir pourquoi je n'écris pas ma propre…

— Histoire ?

— Oui.

Klara me regarda droit dans les yeux.

— Et alors, pourquoi ?

— Disons que… je préfère celles des autres.

— Je vois. Mais comment en êtes-vous arrivée à devenir *ghost writer* ? Vous avez toujours eu envie de faire ça ?

— Pas du tout. J'étais documentaliste à la télé, pour une émission du matin. C'était à moi de faire venir les invités et de briefer les présentateurs à leur sujet. Un jour, j'ai invité un acteur célèbre ; il avait dans les soixante-dix ans…

— Vous pouvez me dire qui c'était ?

— Non, j'ai signé une clause de confidentialité – mais il est très connu. Nous avons sympathisé et il m'a raconté qu'un éditeur lui avait demandé d'écrire ses mémoires. Son agent tenait à ce qu'il fasse ce livre, mais il n'en avait aucune envie parce qu'il détestait écrire. Il a ajouté qu'il aimerait bien trouver quelqu'un qui rédigerait ce livre pour lui. Sans réfléchir, je me suis proposée.

— Et vous l'avez fait.

— Oui. Le livre s'est bien vendu et il a eu de bonnes critiques. Et surtout, j'ai adoré l'écrire – ramener quelqu'un dans son passé, l'aider à percevoir la trame, le parcours de sa vie, à raconter son histoire, ça m'a fascinée. Je n'avais jamais pris un tel plaisir à travailler. Alors j'ai démissionné et je me suis mise à mon compte en tant que *ghost writer*. C'était il y a douze ans.

— Avec qui d'autre avez-vous travaillé ?

— Quelques sportifs, plusieurs actrices, un chapelier célèbre, deux ou trois stars de la télé, un explorateur bien connu… un créateur de mode.

— Rien que des célébrités.

— Oui, mais au bout d'un moment ce genre de travail m'a lassée. Je m'intéresse plutôt à la vie des gens « ordinaires » – qui ne sont jamais ordinaires, d'ailleurs, loin de là. (Je posai ma tasse). Bref, voilà comment j'ai démarré dans ce métier, tout à fait par hasard.

— Je ne crois pas qu'il s'agisse d'un hasard, fit Klara, pensive.

— Que voulez-vous dire par là ?

— Vous deviez déjà avoir envie de faire ce genre de travail. Autrement, vous vous seriez contentée de dire à cet acteur : « Comme c'est intéressant, j'espère que vous trouverez quelqu'un », et vous seriez restée documentaliste. J'ai l'impression qu'il vous a simplement désigné la voie que vous cherchiez.

— Peut-être. Enfin... (J'ouvris mon sac.) J'espère que vous avez l'impression de me connaître un peu mieux maintenant, Klara.

— En effet, Jenni. Merci. (Elle pencha la tête.) Le plus curieux, c'est que j'ai le sentiment de vous avoir déjà rencontrée.

— Je ne crois pas.

— Peut-être vous ai-je croisée quand vous êtes venue en vacances ici ? Je vous ai peut-être parlé quand vous veniez acheter du lait. À l'époque, vous étiez une petite fille, et j'avais la cinquantaine... Vous avez quelque chose de familier.

Je n'avais aucun souvenir d'elle.

— Je suis certaine que nous ne nous sommes jamais rencontrées.

— Je crois que si, insista-t-elle. Ça va me revenir tout d'un coup.

Je savais que Klara se trompait, mais il était inutile de la contredire. Je sortis le magnétophone et le posai sur la table.

Elle lui jeta un coup d'œil anxieux.

— Je fais quoi ? Je… commence à parler ?

— Non. J'orienterai la conversation par mes questions. Vincent m'a déjà raconté pas mal de choses sur vous. (Je jetai un coup d'œil à mes notes.) J'aimerais procéder par ordre chronologique, en commençant par votre enfance en Hollande. (Klara hocha la tête.) Nous parlerons ensuite de votre départ pour Java, de vos souvenirs de la plantation, de votre famille, de vos amis d'enfance. Et puis nous pourrions parler de la guerre. Vous aviez quel âge lors de l'invasion de Java, neuf ans ? (Klara hocha à nouveau la tête.) Vincent m'a dit que vous aviez été internée dans un camp. (Elle ne répondit rien.) Alors… je pense que nous devrions en parler, insistai-je. Nous passerons ensuite à la libération de Java et aux bouleversements qui ont marqué la lutte de l'Indonésie pour l'indépendance. J'aimerais aussi que nous évoquions la façon dont vous avez vécu votre retour en Hollande. (À ces mots, Klara eut un petit sourire sinistre.) Puis nous en arriverons à la façon dont vous avez rencontré votre mari. Il était dans la Marine britannique, c'est ça ?

— C'est ça. Nous nous sommes rencontrés en septembre 1949. Son vaisseau, le *HMS Vanguard*, mouillait à Rotterdam pendant quelques jours ; il était en permission quand je l'ai rencontré dans une soirée dansante. J'avais seize ans, lui dix-neuf. Il m'a abordée.

— Parlait-il le néerlandais ?

— Pas un mot, sourit Klara. Heureusement, je parlais bien l'anglais, sinon j'imagine que nous n'aurions pas eu le « déclic ». Harry m'a avoué au bout d'une semaine qu'il était amoureux de moi et qu'il espérait m'épouser. Mais il avait encore deux ans à passer dans la Marine et je devais finir mes études. Nous nous sommes fiancés en 1951 et nous nous sommes mariés l'année suivante.

— Comme c'est romantique, fis-je, nostalgique. Ce sera un plaisir d'écrire cette histoire. Nous parlerons aussi de votre vie en Cornouailles. Ça vous va ?

— Ça me va, répliqua Klara. Sauf une chose.

— Oui ?

— J'ai énormément de mal à parler de certains des événements qui se sont produits durant l'occupation. Je parlerai des faits historiques, évidemment, et des épreuves que les gens ont subies.

— Durant l'internement, vous voulez dire ? Dans les camps ?

— Oui. Mais dans certains camps… surtout vers la fin, dans le dernier camp, Tjideng… Je ne pense pas être capable de trouver les mots pour décrire ce que nous… ce que je…

Elle inspira en frémissant.

— Klara, dis-je doucement, vous n'êtes pas obligée de parler de choses dont vous ne voulez pas parler. Ce processus peut réveiller des souvenirs très douloureux, mais c'est à vous de décider jusqu'où vous voulez aller, dans quelle mesure vous voulez approfondir. Il faut que vous puissiez assumer ce que vous raconterez.

Elle déglutit.

— Oui. En effet.

— Donc, vous lirez le manuscrit avant impression, et vous pourrez y ajouter d'autres anecdotes ou des réflexions. Je supprimerai tout ce qui vous déplaît, ou que vous regretterez de m'avoir raconté.

— Vraiment ?

— Oui. Ne vous inquiétez pas. C'est *votre* histoire. Vous en aurez le contrôle.

Klara poussa un petit soupir de soulagement.

— J'avais assez peur, mais ce que vous me dites… me rassure.

— J’en suis ravie. Je veux que vous vous sentiez à votre aise. Alors…

Je posai mon calepin sur mes cuisses et éteignis mon téléphone.

— Vous êtes prête à commencer ?

Klara inspira profondément, posa ses mains sur ses cuisses et me regarda droit dans les yeux.

— Je suis prête.

En appuyant sur « enregistrer », je frissonnai, comme chaque fois que j’entame une nouvelle autobiographie.

— Klara, pourriez-vous me raconter votre plus ancien souvenir ?

5.

Klara

Mon souvenir le plus ancien, ce sont les *tjik-tjaks*, de petits lézards beiges qui couraient sur les murs de notre salon. Je les regardais filer dans tous les sens, fascinée par leur aptitude miraculeuse à adhérer sans tomber aux surfaces verticales, et même aux plafonds. On les appelle *tjik-tjak* à cause de leur cri : il s'agit d'une espèce de gecko. Nous les adorions car tous les soirs, lorsque les lampes étaient allumées, ils mangeaient les moustiques qui auraient pu nous donner la malaria. Les serpents qui rampaient parfois sur notre véranda, surtout durant la saison des pluies, étaient moins appréciés. Une fois, j'ai vu ma mère jeter de l'eau bouillante sur un bongare jaune et noir au venin mortel. Je me rappelle le mélange de plaisir et d'horreur que j'ai éprouvé à regarder le serpent agoniser en se tortillant.

Avant que nous quittions la Hollande, ma mère m'annonça que nous allions vivre dans un pays lointain, chaud et coloré – un « paradis terrestre ». Et c'en était un. De nos fenêtres, nous pouvions contempler des montagnes enveloppées d'une jungle verte chatoyante, relevée de rose vif et de rouge par les fleurs d'hibiscus, de bougainvillée et de laurier-rose, que butinaient des papillons écarlates et jaunes, émeraude et noir, orange brûlé et bleu scintillant.

Au début, les bruits des tropiques m'empêchaient de dormir – les trilles des criquets, particulièrement bruyants la nuit, le cri soudain d'un oiseau ou du *boedung*, espèce de singe habitant la plantation de caoutchoucs entourant la maison, les hurlements des chiens sauvages, ou encore les cris gutturaux du *tokeh*, grosse salamandre rayée qui émet le même son que la grenouille. Lorsqu'on entendait le *tokeh* sept fois de suite, on pouvait faire un vœu : je comptais donc leurs coassements en me fâchant si je m'embrouillais, ce qui m'obligeait à repartir de zéro.

Comme la plupart des maisons des Indes orientales néerlandaises, la nôtre était bâtie de plain-pied, en briques brunes, avec un toit en tuiles rouges incurvées. On y accédait par une allée circulaire ; de part et d'autre des larges marches du porche, ma mère avait disposé de gros pots d'orchidées roses et blanches. Les pièces étaient hautes et l'on polissait les sols en céramique avec des tranches de noix de coco enrobées dans de la mousseline.

Des galeries, appelées *empers*, flanquaient la maison, derrière laquelle un petit pavillon abritait la cuisine, la resserre ou *gudang*, la buanderie, la salle de bains et les toilettes. Dans notre immense jardin poussaient un bananier, un manguier, un chérimolier et, tout au fond, un grand *waringin* – un figuier indien au tronc épais et ondulé doté de racines aériennes où se perchaient les chauves-souris. Au crépuscule, elles déployaient leurs ailes comme des capes et prenaient leur envol.

Ma mère, jardinière enthousiaste, avait planté des roses, des gerberas et des lys dans les plates-bandes ; je faisais des robes à mes poupées avec les pétales. Le jardin pullulait d'oiseaux exotiques – huppes, loriots, bulbuls et colibris, qui butinaient le jasmin comme des abeilles iridescentes. Mais mon oiseau préféré, c'était le padda de Java, parce qu'il ressemblait à un macareux.

Les colons hollandais menaient une existence privilégiée. Nous employions un jardinier, Ismail : je le croyais très vieux à cause de ses cheveux gris, mais il avait sans doute la quarantaine. Notre bonne, Jasmine, était mariée au contremaître de la plantation, Suliman. Ils avaient la trentaine mais n'avaient pas d'enfants, ce dont ils souffraient beaucoup. C'est sans doute pour cela que Jasmine nous aimait tant, Peter et moi.

Jasmine et ma mère passaient leur temps à faire le ménage car sous les tropiques, tout moisit très vite. Elles étendaient les tapis au soleil et les battaient pour faire tomber les charançons, sortaient les livres des étagères pour essuyer les couvertures, et secouaient vigoureusement tous les vêtements. Un jour, Peter, malade du typhus, vomit sur l'une des robes préférées de ma mère. Elle la retira et la laissa dans le pavillon ; lorsqu'elle la reprit le lendemain pour la laver, la partie sur laquelle se trouvait le vomi avait été entièrement dévorée. Ma mère était furieuse.

Toutes les semaines, il fallait désinfecter les sols pour prévenir les invasions d'insectes. Lorsque nous détections des termites, nous devions mettre des soucoupes pleines de phénol sous les pieds des meubles. Un jour, nous avons négligé le piano : ils l'ont détruit de l'intérieur, en laissant des collines de sciure en dessous. Je me rappelle aussi l'énorme mygale qui a traversé le sol de ma chambre à toute vitesse, tellement grosse que j'entendais le cliquetis de ses pattes sur les tomettes. Soixante-dix ans plus tard, ce souvenir me fait encore frémir ! Nous menions une guerre permanente contre des bestioles dont je n'avais jamais soupçonné l'existence dans mon pays : cafards, mites, phasmes et millepattes géants, longs comme l'avant-bras… Cela dit, bien que je sois née aux Pays-Bas, ce sont les Indes néerlandaises que je considère comme la patrie de mon enfance.

Je n'ai en effet pratiquement aucun souvenir de mes premières années en Hollande. Tout ce que j'en sais, je le tiens de mes parents, Anneke et Hans, et de mes grands-parents, « Oma » et « Opa », qui vivaient près de chez nous à Rotterdam. Mon grand-père travaillait dans les canaux : il conduisait les chevaux qui remorquaient les péniches sur les chemins de halage. Malheureusement, je me souviens à peine de lui car lorsque nous sommes rentrés, il avait déjà succombé au terrible « hiver de la faim » qui a précédé la libération de la Hollande. Je sais qu'Opa était un homme simple, peu instruit, alors qu'Oma était instruite, cultivée, et décidée à ce que sa fille reçoive une bonne éducation. Ma mère est donc allée à l'université où elle a reçu une formation d'enseignante. Elle a rencontré mon père en faisant du patin à glace ; ils se sont mariés quelques mois plus tard.

Mon père travaillait pour une société de génie électrique, mais il perdit son emploi à cause de la Dépression. D'après ma mère, il en était d'autant plus désespéré qu'ils avaient déjà deux enfants. Lorsqu'on lui proposa le poste de gérant d'une plantation de caoutchouc à Java Ouest, il partit en premier. Ma mère, Peter et moi le rejoignîmes trois mois plus tard.

Nous nous embarquâmes pour Java le jour de la Saint-Sylvestre. Je le sais, car ma mère m'a souvent répété que cela lui avait semblé de bon augure pour le début d'une nouvelle vie. Jamais elle n'aurait pu imaginer que le « paradis terrestre » vers lequel nous voguions deviendrait, quelques années plus tard, un enfer sur terre. Nous n'emportions qu'une seule valise, contenant le service en porcelaine que mes parents avaient reçu en cadeau de mariage, leurs livres et nos vêtements.

Nous appareillâmes d'Amsterdam à bord du *MS Indrapoora*, un superbe steamer blanc qui me semblait être un château flottant. Nous attendîmes le départ sur le pont dans un froid glacial. Peter n'avait pas encore deux ans ; ma mère le tenait dans ses bras. Nous agitions nos mouchoirs pour dire au revoir à mes grands-parents, qui n'étaient déjà plus que deux petites taches sombres sur le quai. Certains passagers agitaient des serviettes blanches ; je regrettais que nous n'y ayons pas pensé, car j'étais certaine qu'Oma et Opa avaient du mal à nous distinguer dans la foule. Ma mère souriait et pleurait en même temps. Lorsque la sirène de brume retentit, elle lança à ses parents : « Au revoir… vous allez nous manquer… nous vous aimons », même s'il était impossible qu'ils l'entendent. En guise de cadeau de départ, ils nous avaient offert leur nouvel appareil photo Agfa, qui valait une fortune : ma mère avait promis de leur envoyer des photos dès qu'elle le pourrait.

Le voyage dura quatre semaines. Il dut être assez éprouvant pour ma mère, qui devait s'occuper à la fois d'un bébé et d'une petite fille. La traversée fut agitée sur l'Atlantique, mais dès que nous atteignîmes la Méditerranée, la mer devint étale et chaude. En franchissant le canal de Suez, avec ses déserts plantés de palmiers, nous eûmes l'impression étrange de voguer en pleine terre.

On organisait toutes sortes de jeux et de divertissements à bord. Les enfants eurent droit à un bal costumé, pour lequel ma mère décida de me déguiser en *Assepoester* ou Cendrillon. Je me voyais déjà vêtue d'une robe de princesse ; ma mère m'expliqua que c'était impossible, car elle n'avait pas de tissu. Je porterais donc des haillons. Elle déchiqueta l'ourlet de l'un de ses vieux jupons et le fixa à ma taille avec un bout de ficelle, m'ébouriffa les cheveux, me barbouilla la figure de mascara en guise de taches de suie, et me dénicha un balai. Elle prit une photo pour l'envoyer à Oma et Opa. Quelques années plus tard, alors que nous portions de vrais haillons, ma mère m'affirma que ce costume était un présage. Quand elle revit cette photo après la guerre, lorsque nous fûmes rentrés en Hollande, elle éclata en sanglots.

Fin janvier, nous arrivâmes à Batavia, l'ancien nom de Jakarta. En descendant la passerelle, folle de joie, j'aperçus mon père qui agitait la main. Lorsqu'il embrassa passionnément ma mère, je compris à quel point il l'aimait et avait besoin d'elle. Puis il nous embrassa à notre tour, Peter et moi, en nous serrant contre lui. Portant Peter d'un bras, notre valise à la main, il nous fraya un chemin dans la foule.

Nous fîmes une halte à Bandung pour nous équiper. Avec ses mosquées aux coupoles orientales, ses élégantes maisons de thé et ses magasins somptueux, la ville m'offrait un spectacle inédit. Les femmes étaient belles avec leurs sarongs en batik, leurs blouses élégantes et ajustées appelées *kebayas* et leurs fleurs de frangipanier dans les cheveux. Il y avait des automobiles, mais nous nous déplacions en *deleman*, sorte de carriole tirée par un poney : j'adorais ce moyen de transport.

Après quelques jours à Bandung nous nous mîmes en route vers les montagnes où se trouvait la plantation : Tepi Gunung, « le lieu des ruisseaux ».

Je repense souvent au courage de mes parents, partis refaire leur vie au bout du monde, dans un pays inconnu alors qu'ils n'avaient jamais quitté la Hollande. À Java, ils ont été obligés de changer toutes leurs habitudes, d'apprendre une nouvelle langue, le malais, d'affronter le risque de maladies comme la malaria, la fièvre typhoïde, le choléra et la dysenterie. De s'adapter au climat équatorial, qui n'a que deux saisons – celle des pluies avec ses inondations, et la saison sèche, souvent d'une chaleur torride. Mais ces inconforts et ces dangers étaient compensés par la liberté de ne jamais porter de vêtements d'hiver, et le bonheur de voir le ciel bleu presque toute l'année. De plus, ils adoraient les paysages javanais avec leurs montagnes, leurs cascades et leurs rizières miroitantes.

C'est une sensation étrange, pour moi, de savoir que j'ai vécu bien plus longtemps que mes parents. Lorsque je pense à eux, je les revois tels qu'ils étaient lorsque j'étais petite. Mon père, grand et fort, avec ses cheveux blonds et ses yeux brun sombre ; ma mère, petite et ronde, avec ses yeux vert mousse et ses longs cheveux auburn qu'elle remontait en chignon. Elle faisait toujours preuve d'un calme extraordinaire. Par exemple, un jour, alors qu'elle me lisait une histoire, Jasmine déboula en hurlant avec Peter dans les bras – il avait deux ans à l'époque : elle avait trouvé un python enroulé autour de la cuvette des WC. Lorsqu'elle le vit, ma mère ne poussa même pas un cri. Elle se contenta d'appeler Ismail, qui le tua et l'étala sur la pelouse. Il faisait un mètre cinquante : selon Ismail, c'était un « bébé ».

Une autre fois, je trouvai un scorpion, dard dressé, en soulevant une roche dans le jardin. Ma mère se contenta de l'écraser et me prévint de ne plus jamais faire ça. Elle avait un sang-froid extraordinaire, et elle n'avait pas son pareil pour soigner nos bobos. Lorsque je me coupais ou que je m'égratignais, généralement en faisant des bêtises, elle ne me grondait jamais : elle allait chercher sa trousse, badigeonnait mes plaies de teinture d'iode, me mettait un pansement et me demandait d'une voix ferme de ne jamais recommencer. Durant la guerre, ces qualités lui furent d'un grand secours, car comme des milliers d'autres femmes, elle subit des épreuves qui auraient pu l'anéantir.

Mon père était énergique et volontaire. J'adorais l'accompagner en forêt lorsqu'il supervisait la récolte de caoutchouc. Il me laissait parfois pratiquer une entaille diagonale dans le tronc et fixer une noix de coco en dessous afin de collecter les gouttes d'un blanc laiteux qui s'écoulaient de l'hévéa. Quelques heures plus tard, nous revenions ramasser le latex pour le transporter dans le hangar où il serait mêlé à de l'acide pour qu'il se fige. Ensuite, on le pressait en feuilles, de couleur jaune sombre, qu'on suspendait à des râteliers en bois fixés au plafond pour qu'elles sèchent. Peter et moi grattions le sol pour recueillir des « chutes » dont nous tentions de faire des balles en les ficelant avec du raphia, mais elles ne rebondissaient pas très bien.

Mon père était également chargé de l'entretien de la forêt : planter de jeunes arbres, désinfecter les arbres malades, déraciner ceux qui étaient morts ou mourants. Il marchait plusieurs kilomètres par jour et travaillait de l'aube au crépuscule. C'était un homme doux, toujours de bonne humeur. Mais lorsqu'un employé ne faisait pas sa part de travail, il le réprimandait durement. Il se montrait parfois sévère avec moi. Ainsi, un jour – je devais avoir six ans – je coupai mes longs cheveux blonds sur un coup de tête. Mon père me traîna chez le barbier et lui demanda de me faire une coupe bien dégagée autour des oreilles et de la nuque, pour me punir d'avoir voulu ressembler à un garçon. Mais j'ai adoré : depuis, je porte les cheveux courts.

J'aimais aussi beaucoup accompagner ma mère au *kampong*, le marché du village voisin, avec ses étals chargés de mangues, de papayes et de litchis rouges épineux, son air parfumé de cannelle, de vanille et de café, et son délicieux arôme de *nasi goreng*. On y trouvait souvent des musiciens jouant du *gamelan* ; les commerçants, sur le pas de leur porte, nous invitaient à entrer dans leur magasin. Parfois, des marchands ambulants venaient en vélo à la maison pour nous proposer leurs ballots de batik, de soie et de shantung, qu'ils déballaient sur la véranda.

Je me rappelle notre joie, à Peter et à moi, lorsque mon père acheta sa première voiture, une Ford vert sombre. Tous les week-ends, nous partions faire une balade en forêt. Papa se garait et nous restions assis sans bouger, en osant à peine respirer, pour observer la faune – des troupes de singes gris avec leurs bébés couleur rouille accrochés à leur poitrine, des daims minuscules appelés *kidang*, des paons et des toucans. Lorsque j'avais huit ans, nous aperçûmes même une panthère, beauté noire filant furtivement à l'ombre des taillis…

Mais mon endroit préféré à Tepi Gunung, c'était la piscine. Elle était située à flanc de colline, et de là, nous pouvions contempler les montagnes environnantes, la forêt de caoutchoucs, les édifices de la plantation, les maisons et le *kampong*. Tous les dimanches, nous y passions la journée avec les Jochen, qui étaient les seuls autres Européens de Tepi Gunung. Wil Jochen était le patron de mon père : il était chargé de l'administration et de l'exportation, tandis que mon père supervisait les opérations quotidiennes.

Wil était petit et gros, avec des mollets épais, un torse puissant et une voix qui résonnait d'un bout à l'autre de la plantation. Sa femme Irene, une Anglaise, était au contraire douce et posée, tout comme leurs filles Susan et Flora. Susan avait six ans de plus que Flora ; comme Irene, elle était mince et blonde, avec des cheveux s'allongeant jusqu'à sa taille, qu'elle nous laissait brosser, Flora et moi. Susan passait son temps à dessiner et à peindre : elle rêvait de devenir artiste.

Flora avait mon âge. Robuste et courtaude, elle tenait plutôt de Wil. Elle avait des yeux brun sombre ; je lui enviais ses cheveux acajou très brillants, coupés au carré. Dès notre première rencontre, nous devînmes inséparables, tant à la plantation qu'à l'école.

L'école hollandaise la plus proche se situait à Bandung, à trois heures de route. Nos parents y louèrent une maison, où nos mères se relayaient tous les mois pour nous garder. Nous rentrions ensemble passer nos vacances à Tepi Gunung.

Je devinais que mon père n'aimait pas beaucoup Wil – je crois qu'il n'appréciait pas son attitude autoritaire. Mais ma mère et Irene devinrent très amies. Je m'attachai beaucoup à Irene, moi aussi : à force de passer du temps avec elle, j'appris l'anglais. J'adorais feuilleter les magazines *Home Notes* que ses parents, qui habitaient le Kent, lui envoyaient tous les mois. J'aimais en particulier les recettes, que je recopiais afin que ma mère puisse nous confectionner du hachis Parmentier, des biscuits roulés au gingembre ou des scones. Mais les unités impériales me déroutaient : pourquoi l'abréviation d'*ounce* était-elle « oz » alors que ce mot n'avait pas de « z » ? Et pourquoi n'y avait-il ni « l » ni « b » dans le mot *pound*, abrégé par « lb » ?

J'étais une enfant curieuse, voire fouineuse. Les conversations des adultes me fascinaient. Un été, alors que je m'approchais de la maison des Jochen, j'entendis Irene et Susan parler en anglais sur la véranda. Irene tentait de rassurer Susan, qui était bouleversée : son père se calmerait bientôt, il ne fallait pas l'écouter. Dès qu'elles me virent, elles se mirent aussitôt à me parler en néerlandais comme si de rien n'était.

Quand j'interrogeai Flora, elle m'apprit que son père avait découvert que Susan était amoureuse de l'un des récolteurs de caoutchouc. Arif avait seize ans, Susan quatorze ; il était grand, très beau, avec un sourire chaleureux et une grâce d'athlète. Même moi, qui n'avais que huit ans, je comprenais à quel point il était séduisant. Ce matin-là, en feuilletant distraitement le carnet de croquis de Susan, Wil avait trouvé un portrait d'Arif.

— Papa était fou furieux, me raconta Flora, les yeux comme des soucoupes.

— Pourquoi ?

— Parce qu'on voit bien, en regardant les grands yeux rêveurs d'Arif, qu'il est amoureux d'elle, lui aussi. Papa a hurlé à Sue qu'il n'était pas question qu'elle « gâche sa vie » avec un *Inlander*. Maman a dit à papa que ce n'était qu'un béguin d'adolescente et qu'il était ridicule de s'emporter comme ça. Mais papa a déchiré le portrait et il a dit à Arif qu'il le virerait s'il osait regarder Sue.

Je me rappelle m'être demandé comment mes parents auraient réagi si, à l'âge de Susan, je m'étais retrouvée dans le même cas. Je conclus que cela ne les gênerait pas. Ils ne nous avaient jamais empêchés de fréquenter les enfants du village. Le meilleur ami de Peter était un garçonnet prénommé Jaya, qui vivait au *kampong*. Ils pêchaient ensemble dans l'étang, en déterrant des œufs de fourmi pour servir d'appât. Jaya apportait son jeu d'échecs en bois à la maison, et ils disputaient des parties sur la véranda. Parce que Peter était trop petit pour aller à l'école, maman lui apprenait à lire et à compter. Si Jaya était là, il se joignait à eux : selon ma mère, il était fort en math.

Certains Hollandais critiquaient la « naïveté » de l'attitude de mes parents envers les « indigènes ». Wil Jochen s'en tenait à des marmonnements. Ralph et Marleen Dekker, des planteurs de thé vivant à Tasikmalaya, à quelques kilomètres de là, exprimaient ouvertement leur désapprobation. Leur fils Herman avait deux ans de plus que Peter. Nos familles se rendaient visite de temps en temps, bien que ma mère n'appréciât pas les airs de supériorité qu'affectait Mme Dekker ; la mère de celle-ci avait été dame de compagnie de la reine

Wilhelmina, et Mme Dekker faisait en sorte que tout le monde le sache. Mais mon père tenait à rester en bons termes avec les autres planteurs de la région. Nous invitâmes donc les Dekker à déjeuner pour l'anniversaire de Peter, par un beau dimanche d'avril.

Je n'oublierai jamais l'expression de Mme Dekker lorsqu'elle vit Jaya s'ébrouer dans la piscine avec Peter et Herman. Elle se tourna vers ma mère pour lui demander s'il était « bien avisé d'abattre les barrières sociales ».

— Jaya est un petit garçon adorable, Marleen, lui répondit posément ma mère. Lui et Peter sont très amis.

— Mais Anneke – vous le laissez nager dans la piscine !

— Ça n'a pas l'air de gêner Herman et Peter, Marleen. Pourquoi cela vous gênerait-il ?

— Parce que ce genre de familiarité… ce n'est pas bien.

— C'est « bien » chez moi, rétorqua calmement ma mère.

— Ça ne donnera rien de bon, insista Mme Dekker. Je vous assure que vous le regretterez.

Le visage de ma mère s'empourpra.

— Qu'y aurait-il à regretter dans cette amitié ? Quand vous dites que ça ne donnera rien de bon, je crois que vous vous trompez. Au contraire, c'est une bonne chose que des enfants de cultures différentes puissent s'amuser ensemble, parce que ça les aide à se comprendre. Par les temps qui courent, Dieu sait que le monde en a plus que jamais besoin.

— Mais le fait est que…

Ma mère l'interrompit :

— Ne me dites pas que « l'Orient, c'est l'Orient et l'Occident, c'est l'Occident ». J'ai trop souvent entendu cette rengaine.

— Parce que c'est vrai, s'obstina Mme Dekker. Nous n'avons rien en commun avec les *Inlanders*, Anneke. Vous ne devriez pas prétendre le contraire.

Ma mère s'énerva.

— Je ne prétends rien, Marleen. Je m'étonne simplement que vous vous opposiez à ce qu'un petit garçon s'amuse – surtout quand c'est chez moi qu'il s'amuse, pas chez vous. Et pour parler franchement, je trouve votre arrogance assez ridicule, étant donné que nous, les planteurs, nous ne sommes rien de plus que des sortes de fermiers.

Mme Dekker ne répondit rien, mais je me rappelle que l'ambiance se refroidit d'un coup. Peu de temps après, les Dekker prirent congé.

Ce n'était en apparence qu'un incident trivial, mais ma mère s'en voulut ; elle regrettait de ne pas avoir tenu sa langue. Mon père lui assura que ses propos seraient vite oubliés. Malheureusement, il se trompait : cet incident, qui reviendrait la hanter, aurait un jour des conséquences catastrophiques.

Les opinions exprimées par ma mère correspondaient à celles que nos parents nous avaient inculquées : nous n'étions ni meilleurs, ni pires que quiconque à Java. Et nous avions une chance inouïe de vivre dans un pays aussi beau et aussi fertile, sur lequel une ombre commençait pourtant à planer…

Nous, les enfants, avions confusément compris que la guerre menaçait d'éclater en Europe – une Europe si lointaine pour nous qu'elle aurait tout aussi bien pu se trouver sur une autre planète. Mais c'était l'unique sujet de conversation des adultes. À l'époque, la radio des Indes néerlandaises restait allumée en permanence. Nous apprîmes ainsi que l'Autriche, la Grande-Bretagne et la France, suivies du Canada, avaient déclaré la guerre à l'Allemagne. Au fur et à mesure que s'allongeait la liste des victoires nazies, les adultes devenaient de plus en plus soucieux. Ils parlaient constamment de « la neutralité des Pays-Bas ».

— Qu'est-ce que ça veut dire? demanda un soir Peter pendant que nous dînions.

— Que la Hollande a choisi de ne pas se mêler de la guerre, lui expliqua ma mère. Ce qui veut dire qu'Hitler n'osera pas l'envahir.

— Si, il osera, riposta mon père d'un air désolé. Et il l'occupera.

En mai 1940, durant les petites vacances, le présentateur de la radio néerlandaise annonça que le Royaume des Pays-Bas était tombé. Ma mère ferma les yeux. Je regardai mon père. Il avait pris sa tête entre ses mains.

6.

J'étais étonnée de constater à quel point Klara se confiait facilement à moi. Sa défiance à mon égard s'était rapidement dissipée. Son récit avait une telle immédiateté qu'on aurait cru qu'elle relatait des événements récents. Je la trouvais de plus en plus attachante. Elle semblait oublier ma présence lorsqu'elle parlait à voix basse, les mains jointes, en détournant légèrement le regard.

La plupart des anecdotes de Klara concernaient son frère : Peter apprenant à nager; Peter pêchant une carpe; Peter à l'hôpital, atteint de malaria; la joie de Klara lorsqu'il était rentré au bout d'un mois. En fin d'après-midi, j'éteignis le magnétophone.

— Je crois que ça suffit pour aujourd'hui, Klara.

— Déjà ? s'étonna-t-elle. L'heure est passée tellement vite.

— Pour moi aussi. J'ai absolument adoré vos histoires. J'ai l'impression d'être là, à Java, avec vous, Flora et Peter.

Je jetai un coup d'œil à mon calepin. J'avais inscrit *conséquences catastrophiques*, sûrement une allusion aux épreuves subies par sa mère durant son internement. J'avais aussi noté *Mme D – revenue la hanter*.

— Klara, vous disiez que vous avez vécu bien plus longtemps que vos parents…

— En effet. Mon père n'avait que quarante-huit ans lorsqu'il est mort.

Je tentai de calculer la date de son décès.

— C'est jeune. Est-il mort pendant la guerre ?

— Non, il y a survécu par miracle, mais il y a perdu sa santé. Bien des hommes ne sont pas parvenus à la cinquantaine après ce qu'ils avaient subi. Ceux qui étaient internés dans des camps ont souffert de malnutrition et de béribéri. Ils ont été torturés par les Kempeitai – la police militaire japonaise était d'une brutalité effroyable. D'autres prisonniers, très nombreux, ont été déportés pour construire le chemin de fer reliant la Thaïlande et la Birmanie ; un tiers d'entre eux ont péri. Ce qu'on sait moins, c'est que des milliers de prisonniers ont servi d'esclaves aux Japonais dans les usines et les mines de charbon. Mon père était de ceux-là.

Klara cligna des yeux, comme si elle cherchait encore à comprendre.

— Votre mère a-t-elle survécu à la guerre ?

— Oui, elle est morte à l'âge de soixante-trois ans. C'est mieux que quarante-huit ans, mais ça n'est pas ce qu'on pourrait appeler une longue vie.

— Et… Peter ?

Son regard s'assombrit.

— Peter avait dix ans.

— C'est affreux, murmurai-je. Il est mort dans un camp ?

— Oui. Début août 1945.

— La veille de l'armistice.

— La veille de l'armistice, répéta-t-elle d'une voix morne. Cinq jours avant.

— Je suis tellement désolée. Vous avez beaucoup parlé de Peter.

— Ah bon ? fit-elle d'un air absent.

— Oui. Vous l'adoriez, c'est évident.

Klara blêmit. Un moment, je crus qu'elle allait pleurer.

— Oui, je l'adorais, dit-elle d'une voix étranglée, et il me manque encore, je pense à lui tous les jours – toutes les heures. Il est pratiquement toujours présent dans mon esprit et je regrette, de tout mon cœur, de… (Elle se mordit la lèvre.) Frères et sœurs partagent les mêmes souvenirs d'enfance, mais aussi les mêmes gènes. Perdre un frère ou une sœur, c'est perdre une partie de soi-même. On dit que c'est comme perdre un membre, mais c'est bien pire que ça. C'est comme si on vous avait arraché un bout du cœur.

— Je sais ! lâchai-je sans réfléchir. Enfin… je comprends.

Le visage de Klara se durcit.

— Je vous demande pardon, mais je ne vois pas comment vous pourriez me comprendre à moins qu'il vous soit arrivé la même chose.

Je me tus.

— Peu de temps après la mort d'Harold, une amie m'a dit qu'elle savait ce que je ressentais. Mais elle n'avait que cinquante ans et son mari était vivant. Elle essayait simplement d'exprimer sa compassion, mais la compassion ne peut pas se comparer avec une solidarité fondée sur une expérience partagée. Pardon, Jenni, ajouta aussitôt Klara. Je ne veux pas vous juger ; je suis simplement heureuse pour vous que vous ne sachiez pas ce que j'éprouve.

Je hochai la tête pour signifier mon assentiment, puis fis semblant de chercher quelque chose dans mon sac, le temps de me ressaisir. Klara se leva péniblement.

— Je suis un peu fatiguée.

— Ça ne m'étonne pas, dis-je en remettant le bouchon sur mon stylo. Raconter ses souvenirs est un processus épuisant, physiquement et moralement.

Elle hocha la tête.

— Je vous laisse vous reposer. Merci pour le café et le gâteau, c'était délicieux.

Je ramassai les tasses et les assiettes, les rapportai dans la cuisine et revins reprendre mon sac.

— À demain matin, Klara.

Je lui souris, puis me dirigeai vers la porte.

— Je le vois, dit Klara.

Je me retournai, le cœur battant.

— Que voulez-vous dire par là ?

— Peter, murmura Klara. Je vois Peter. Ou plutôt, je sens sa présence.

— Sa présence ?

— Oui. Parfois, je suis sûre qu'il est là, tout à côté de moi. Je m'imagine même que je l'entends respirer, avant de me rendre compte que c'est simplement le bruit de la mer. Il aurait soixante-dix-sept ans maintenant. Il aurait des rides et des cheveux blancs, comme moi. Mais il serait toujours mon petit frère, et nous serions restés amis, et nous pourrions parler de nos parents, de Jasmine, Susan et Flora, de tous les moments heureux que nous avons vécus à Java avant que…

Les larmes luisaient dans ses yeux.

— Je suis navrée de vous avoir bouleversée, Klara. J'aimerais pouvoir vous consoler, mais je sais qu'il n'y a rien à dire.

J'ouvris mon sac pour lui donner un mouchoir en papier.

— Comment peut-on raconter sa vie, évoquer ceux qu'on a aimés, sans être bouleversé ? Je m'y attendais : c'est pour cette raison que j'ai mis aussi longtemps à accepter de faire ce livre. Enfin… (Elle m'adressa un sourire mouillé de larmes.) À demain, Jenni.

— À demain.

Tout en rentrant, je me demandai ce que Klara avait été sur le point de dire. *Je regrette, de tout mon cœur, de...* Que regrettait-elle ? C'était un cri de remords. Et pourquoi, après tant d'années, sa douleur restait-elle encore aussi vive ? Elle était toujours profondément affectée par le sort de Peter.

En rentrant au cottage, je rallumai mon téléphone et fus étonnée de constater que Rick avait tenté de me joindre. Cela m'arracha à l'univers de Klara et me ramena à la dure réalité de mon échec sentimental. J'appuyai sur la touche verte mais je n'avais pas de signal. Me rappelant le conseil d'Henry, je ressortis pour me poster au milieu du chemin. Tandis que le numéro se composait, j'entendais le bruit des vagues.

Lorsque Rick répondit, je fus submergée par mon désir d'être près de lui.

— Jen ! Ça va ?

— Ça va. Ça me fait tellement plaisir d'entendre ta voix, Rick. Et toi, ça va ?

— Pas trop mal, mais tu me manques. (Je me permis d'espérer.) Et ta Hollandaise, elle est comment ?

J'observai une grive qui furetait dans une haie.

— Très bien. J'ai passé presque toute la journée avec elle.

— Elle sait se raconter ?

— Au début, elle était nerveuse et réservée, mais maintenant elle parle avec beaucoup d'aisance, presque comme si je n'étais pas là. C'est comme si elle était seule. Comme si elle s'expliquait sa vie à elle-même.

Le vent me fit frissonner. J'avançai un peu.

— Et toi, quoi de neuf ? repris-je.

— Je suis passé voir mes parents aujourd'hui. Ralph et Becky étaient là avec les enfants. Tout le monde t'embrasse.

Les parents de Rick, Tony et Joy, habitaient toujours la maison où Rick avait grandi, près d'Oxted. J'imaginai le déjeuner de famille bruyant, les adultes qui bavardaient en prenant le café tandis que les quatre enfants se disputaient leurs jouets ou couraient dans le jardin.

— Je regrette d'avoir raté ça.

Ce n'était qu'à moitié vrai. Il m'était parfois pénible de me retrouver au sein d'une famille aussi heureuse et aussi unie.

— Rick… tu ne leur as pas parlé de nous, j'espère ?

Ses parents m'avaient toujours bien accueillie, mais je les devinais déçus que leur fils ait choisi une compagne qui ne voulait pas d'enfants.

— Bien sûr que non. Je leur ai simplement dit que tu étais en Cornouailles pour ton travail et que tu me manquais, ce qui est vrai.

— Toi aussi, tu me manques, Rick, beaucoup. Mais je pensais qu'on s'était mis d'accord pour ne pas se contacter pendant une semaine.

— Je sais, mais ta mère vient d'appeler. C'est si rare que j'ai pensé qu'il fallait t'avertir.

J'étais parvenue à un trou dans la haie ; au-delà, les champs se déroulaient jusqu'à la mer lapis-lazuli, dorée par le soleil couchant.

— Alors… qu'est-ce qu'elle raconte ?

— Pas grand-chose, seulement qu'il y avait longtemps qu'elle ne t'avait pas parlé ; elle avait l'air de le regretter.

Je réalisai avec un pincement de culpabilité que nous ne nous étions pas parlé depuis le mois de mars, lorsqu'elle m'avait appelée pour me souhaiter un bon anniversaire.

— Elle m'a demandé où tu étais. Je lui ai expliqué que tu étais en Cornouailles pour ton travail.

— Tu n'as pas dit où, j'espère ?

— Euh… si. (J'imaginai le choc qu'avait dû éprouver ma mère.) Et pourquoi pas ? Tu ne m'as pas demandé de ne rien dire ! reprit Rick, manifestement énervé par le tour que prenait la conversation, car il détestait le fait que je refuse de parler de ma mère.

— C'est vrai. Mais je ne m'imaginais pas qu'elle téléphonerait. Alors... comment a-t-elle réagi ?

— Elle bavardait avec moi, elle était amicale, mais quand je lui ai appris où tu étais, tout d'un coup, elle n'a plus rien dit. Avant qu'elle raccroche, je lui ai promis que tu la rappellerais.

— Je l'appellerai quand je serai rentrée à Londres.

Rick poussa un soupir exaspéré.

— Pourquoi ne pas l'appeler d'où tu es ? C'est vraiment triste, Jenni, le rapport que tu as avec ta mère. Et c'est bizarre que je ne l'aie jamais rencontrée.

— Je t'ai déjà expliqué pourquoi...

— Non, me coupa-t-il, véhément. Tu ne m'as jamais expliqué, pas d'une façon que je puisse comprendre.

— Elle et moi... on ne s'entend pas, c'est tout.

Je repensai aux parents de Rick, mariés depuis quarante ans, vivant toujours dans la maison où ils avaient élevé leurs enfants. Rick n'avait connu que la stabilité et la continuité ; moi, que la tragédie et l'instabilité.

— C'est dommage, Jen. D'autant plus que ta mère est jeune : elle va encore faire partie de ta vie longtemps, alors pourquoi l'exclure ? J'ai de la peine pour elle. (Il changerait d'avis s'il savait la vérité, songeai-je. Je fis demi-tour et remontai le chemin.) Mais ce que j'ai vraiment envie de dire, c'est que si ça s'arrange entre nous, d'une façon ou d'une autre, j'aimerais qu'on aille la voir tous les deux. (Je me figeai, le cœur battant.) Tu serais d'accord, Jen ?

Non, avais-je envie de dire. Parce que si on va chez elle, tu apprendras la vérité.

Au lieu de cela, je fermai les yeux et répondis :

— Oui.

Le lendemain matin je me réveillai aux aurores, comme d'habitude. Je restai allongée en pensant à ma mère. Je lui avais envoyé un texto pour lui dire que je l'appellerais en rentrant à Londres. Elle n'avait pas répondu. Elle avait dû avoir un choc en apprenant où j'étais. Sans doute me trouvait-elle insensible d'être retournée à Polvarth – et pour mon travail, en plus, comme s'il s'agissait d'un lieu comme un autre. Elle ne devait rien y comprendre. Tandis que les premières lueurs du jour filtraient entre les rideaux, je me mis à penser à Peter. Comment était-il mort ? Klara n'était visiblement pas prête à m'en parler, et d'instinct, je savais qu'il ne fallait pas lui poser la question.

Je me levai pour décrypter la dernière partie de notre premier entretien. Lorsque j'eus terminé, je me rendis à la ferme. Le chat roux vint me voir et je me penchai pour le caresser. Henry sortait des casiers à homards du pick-up.

— Bonjour, lançai-je.

Il sourit.

— Bonjour, Jenni.

Un jeune homme descendit du pick-up.

— Voici mon fils, Adam. Adam, voici Jenni ; elle aide Mamie à écrire ses mémoires.

Adam avait environ vingt-huit ans, le teint clair de sa mère et le visage allongé de son père. Ses longues dreadlocks blondes étaient retenues en catogan. Lorsqu'il me salua, je vis que sa main droite était mouchetée de peinture verte et bleue. Je l'imaginai devant son chevalet, en train de scruter la mer.

— Bonjour, Adam. Alors, la pêche a été bonne ?

Je désignai les casiers.

— Pas mal, répondit-il. Deux lottes, cinq soles, huit bars et six homards.

Il sortit deux casiers du camion ; j'y distinguais des carapaces bleues tachetées et des antennes qui frétillaient entre les filets. Le chat bondit pour leur donner des coups de patte.

— Arrête, Ruby.

Adam souleva les casiers pour les mettre hors d'atteinte du chat et les confia à son père, qui les apporta dans la maison en laissant une traînée d'eau sur le sol poussiéreux. Adam se tourna vers moi, en plissant les yeux dans la lumière du soleil.

— Comment ça se passe avec ma grand-mère ?

— Ça démarre bien. C'est quelqu'un de remarquable.

Il hocha la tête.

— Ma grand-mère est géniale. On est vraiment heureux qu'elle écrive son histoire. Je n'y croyais plus.

— Pourquoi a-t-elle changé d'avis, d'après vous ?

— Peut-être parce qu'elle va avoir quatre-vingts ans ? Ou parce qu'elle est devenue arrière-grand-mère : mon amie Molly et moi, on a un bébé de six mois. Qu'est-ce que tu en penses, papa ? demanda-t-il à son père qui venait d'émerger de la maison.

— Qu'est-ce que je pense de quoi ?

— Jenni se demandait pourquoi Mamie s'était enfin décidée à écrire ses mémoires. Je lui ai dit que c'était probablement à cause de ses quatre-vingts ans.

— En partie, répondit Henry, mais je pense que c'est surtout à cause de Jane. (Il tira deux autres casiers du camion.) C'est la meilleure amie de ma mère, m'expliqua-t-il.

— Elle m'en a parlé, dis-je.

— Je pense que le fait de voir Jane perdre la mémoire, ça l'a tellement secouée qu'elle a eu envie de préserver ses souvenirs – elle ne l'a pas dit explicitement, mais c'est ce que je crois. Bon, mon garçon, il faut qu'on y aille.

— Comme tu veux, papa. (Adam m'adressa un grand sourire.) À bientôt, Jenni.

— Oui. À bientôt.

J'entrai dans le magasin, une salle vaste et fraîche aux murs blancs. Un comptoir réfrigéré contenait des homards et des crabes préparés, des carrelets luisants, des soles de Douvres et de grosses coquilles Saint-Jacques. On y vendait aussi des sacs de pommes de terre ; des piles de fruits et de légumes étaient disposées sur le comptoir. Les étagères étaient chargées de produits maison : marmelade, gelée de coing, confitures, crème au citron, pains, gâteaux et barquettes d'œufs. Près de la porte, des seaux en acier contenaient des bouquets de dahlias rouges et jaunes. Quatre tableaux d'Adam étaient accrochés au mur, à côté d'une affiche annonçant son exposition à la galerie Driftwood de Trennick.

Klara s'occupait d'une cliente. Elle plaça ses achats dans un sac en papier et lui remit sa note. La cliente sortit et revint aussitôt.

— Pardon, j'ai oublié de vous demander si vous auriez des citrouilles cette année. Mes petits-enfants arrivent la semaine prochaine pour les vacances de la Toussaint. Ils en voudront sûrement une pour Halloween.

— J'en aurai une douzaine. Voulez-vous que je vous en mette une de côté ?

— S'il vous plaît. La plus grosse, si vous pouvez.

Elle donna son nom à Klara et prit congé. Tandis que Klara notait l'information, je regardai autour de moi.

— Vous vous occupez seule de tout ça ?

Elle leva les yeux.

— Oui, mais nous n'ouvrons que quatre heures par jour, alors ça reste gérable, et Adam me donne un coup de main quand il peut. Je l'ai vu décharger les cageots – la pêche a été bonne ?

Je lui fis mon rapport.

— C'est bien. Tous les homards se vendront. Bon… on y va.

Elle dénoua son tablier, le suspendit à un crochet, retourna le panneau « Ouvert » et verrouilla la porte du magasin.

Dans son appartement, tout était comme la veille, à un détail près. Sur la table, à côté des albums photo, se trouvait une grosse boîte en bois délicatement sculptée.

Tout en faisant le café, Klara se mit à bavarder.

— Avant que nous commencions, Jenni, parlez-moi de vos amis. J'ai déjà rencontré Nina il y a plusieurs années. Elle est venue ici avec ses parents. Elle avait environ douze ans, c'était une fillette adorable.

C'était curieux de songer que Nina était venue ici, qu'elle avait parcouru le même chemin et joué sur une plage qui évoquait tant de souvenirs douloureux pour moi.

— Qu'est-ce qu'elle fait dans la vie ? me demanda Klara en remplissant la cafetière. Vincent me l'a dit, mais j'ai oublié.

— Elle est directrice de clientèle dans une grosse agence de pub. Elle a travaillé sur des campagnes qui ont eu beaucoup de succès – pour des voitures, des shampoings, des téléphones portables… Elle se débrouille très bien.

— Vous êtes très proches l'une de l'autre ?

— Oui.

— Où vous êtes-vous rencontrées ?

— À Bristol. Nous étions toutes deux étudiantes en histoire, mais nous ne nous sommes connues qu'au dernier trimestre de la première année, dans la troupe d'étudiants qui montait le *Songe d'une nuit d'été*. Nina jouait le rôle de Titania, et la fille qui allait devenir mon autre grande amie, Honor, celui d'Hermia.

— Et vous, quel rôle jouiez-vous ? Comme vous êtes grande, je vous verrais assez en Helena.

— En effet, le metteur en scène m'a demandé de passer une audition pour ce rôle mais je n'en avais pas envie. Je préférais être maquilleuse, tout simplement.

— Autrement dit, rester en coulisse.

Je hochai la tête.

— Comme toujours.

— Et votre amie Honor ? Parlez-moi d'elle.

— Eh bien… elle est très exubérante, très expressive. Elle était actrice auparavant – elle a étudié la littérature anglaise et le théâtre ; mais elle a laissé tomber pour devenir reporter à la radio. Maintenant, elle présente un talk-show sur Radio Five. Ça lui va bien, parce qu'elle n'arrête pas de parler et de rire, d'engager la conversation avec des inconnus, d'essayer de se trouver des points communs avec eux. Elle est amicale, enjouée, et…

— Extravertie ?

— Oui. J'ai toujours trouvé ça très attirant chez les autres, peut-être parce que je n'arrive pas à l'être.

— Vous n'êtes pas timide, Jenni, je ne crois pas que vous pourriez faire ce travail si vous l'étiez. Mais vous êtes réservée.

— Si vous voulez. Honor, elle, est très directe. On sait tout de suite ce qu'elle pense.

Le fait de parler d'Honor me donna envie de l'appeler ; nous ne nous étions pas parlé depuis le mariage.

— Donc, Nina et Honor sont vos amies les plus intimes.

— Oui, depuis quinze ans. Je ne sais pas ce que je ferais sans elles.

— Je suppose qu'elles éprouvent la même chose pour vous.

Je souris.

— J'espère. Dites-moi, Klara, c'est très agréable de bavarder avec vous, j'aime bien nos conversations, mais…

— Il faudrait qu'on s'y mette, conclut Klara.

— Il faudrait. Bon… où en étions-nous ? (Je consultai mes notes.) La chute de la Hollande.

Klara poussa un soupir douloureux.

— Ça a été horrible. Même s'il y avait eu un cessez-le-feu, les Allemands ont bombardé le pays et détruit le centre de Rotterdam. Il y a eu des centaines de morts. (Elle jeta un coup d'œil au magnétophone.) Ça enregistre ?

J'appuyai sur la touche.

— Maintenant, oui. Alors, on commence ?

— Oui, acquiesça Klara. On commence.

Elle joignit ses mains sur ses genoux.

7.

Klara

La Hollande était maintenant *bezet* – occupée. Ma mère, persuadée que ses parents avaient été tués durant le bombardement de Rotterdam, était désespérée. Quelques semaines plus tard, nous apprîmes qu'heureusement, leur quartier avait été épargné. Je les imaginais, penchés à leur fenêtre, en train de regarder les soldats allemands défiler dans la rue.

Mon père avait fabriqué un pistolet à bouchon en bois pour Peter, qui le brandissait comme si c'était une mitrailleuse : si les Allemands essayaient de nous envahir, il leur tirerait dessus, affirmait-il.

— Ça ne risque pas, dit ma mère en l'enlaçant. Java est trop loin.

— Loin comment ? demanda-t-il.

— Onze mille kilomètres, répondit mon père. Ne t'inquiète pas, Pietje, on ne se battra pas ici.

Notre vie retrouva son cours normal. On saignait les arbres et on traitait le caoutchouc ; Peter et Jaya reprirent leurs jeux ; Flora, Susan et moi retournâmes à l'école avec nos kilts bleus et nos chemisiers blancs. Le soleil brillait toujours sur notre petit coin de paradis. La guerre nous semblait lointaine, très lointaine – si lointaine que je me rappelle cette époque comme étant particulièrement heureuse. Nous partîmes en vacances à Java Est et passâmes quelques jours à Surabaya, où nous visitâmes un zoo où se trouvaient différentes espèces de singes, un rhinocéros de Java et un tigre blanc mélancolique, mais aussi des oiseaux, dont un aigle qui fascina Peter. Nous nous rendîmes à une baie magnifique, Pasir Putih, où nous logeâmes dans une petite pension de famille qui donnait directement sur la plage ; nous nous endormions toutes les nuits bercés par le bruit des vagues. Papa attrapait du poisson qu'il faisait cuire sur un feu de bois, et que nous dégustions avec du *semanggi*, un trèfle sauvage à quatre feuilles en forme de cœur. Papa nous en montra un au creux de sa paume : « C'est ainsi que je vois notre famille », nous dit-il.

Nos parents nous gâtaient, peut-être pour nous faire oublier la guerre. Lorsque nous rentrâmes à la plantation, Peter déclara qu'il voulait un lapin : mes parents lui en offrirent un, brun clair et blanc, avec de longues oreilles pendantes et une fourrure douce comme du duvet de cygne, que Peter baptisa Ferdi. Mon père lui construisit un grand clapier, avec un grillage de sol sur la pelouse, une coquille de noix de coco pour son eau, et un « toit » en bambou pour lui faire de l'ombre.

Ils me réservaient également un grand bonheur. Un matin, ma mère me demanda d'aller chercher son livre sur la véranda. En ouvrant la porte, je me figeai en voyant sur la pelouse un petit poney blanc, dont Jasmine tenait les rênes.

Je le fixai, le cœur battant ; j'osais à peine espérer…

— Il est à qui ?

Jasmine éclata de rire.

— À vous !

— À moi ?

Je m'élançai vers lui avec un cri de joie.

Je rêvais d'un poney depuis toujours. Dès que le *tokeh* coassait sept fois, je fermais les yeux pour l'appeler de mes vœux. Et maintenant, ces vœux s'étaient réalisés !

— Il est vraiment à moi ? demandai-je à ma mère, toujours incrédule.

Elle traversa la pelouse pour nous rejoindre.

— Vraiment. Il s'appelle Sweetie.

Je caressai le museau velouté de Sweetie et sentis son souffle chaud sur mon bras.

— Où l'avez-vous trouvé ?

— Nous l'avons racheté aux Bosmans, des planteurs de thé qui vivent près de Solo. Il appartenait à leur fille, Lara.

— Elle n'en veut plus ?

— Si, répondit ma mère, mais ils rentrent en Afrique du Sud et ils ne peuvent pas l'emmener. Nous avons entendu dire qu'ils lui cherchaient un bon foyer, alors papa est allé le voir la semaine dernière. Il a promis à Lara que tu prendrais bien soin de lui.

Je me jetai au cou de Sweetie.

— Promis ! (Je courus vers ma mère pour l'embrasser.) Merci !

Au début, Flora et moi montions Sweetie en claquant de la langue pendant qu'il faisait le tour du jardin, guidé par Jasmine. Susan, qui avait fait de l'équitation en Angleterre, nous montra comme le faire avancer, tourner à gauche ou à droite, et trotter. Elle nous accompagnait lors de nos promenades à cheval dans la forêt de caoutchouc. Bizarrement, nous finissions toujours par nous retrouver à l'endroit où travaillait Arif. Susan et lui s'asseyaient par terre côte à côte pour bavarder à voix basse en malais ; leurs mains et leurs têtes se touchaient presque. Flora et moi faisions le guet, au cas où Wil serait dans les parages.

C'est ainsi que malgré les conflits qui déchiraient le monde, mes souvenirs de l'été 1940 sont très heureux.

Mes parents tentaient de nous empêcher d'écouter la radio, mais elle était si souvent allumée qu'il était impossible de ne pas entendre ce qui se passait en Europe. Nous apprîmes ainsi que les Allemands se servaient des Pays-Bas comme base arrière pour attaquer la Grande-Bretagne. Les Britanniques contre-attaquaient, mais même si personne ne semblait croire qu'ils puissent gagner, ils avaient un nouvel avion, le Spitfire, qui suscitait beaucoup d'enthousiasme. Nous écoutâmes ensemble une allocution du prince Bernhard des Pays-Bas : la RAF avait besoin de centaines de ces avions extraordinaires, disait-il. Il demanda aux Hollandais des Indes orientales de contribuer avec tout ce qu'ils pouvaient au Spitfire Fund : de l'argent, mais également, ce qui était tout aussi important, de l'aluminium.

Ma mère et Jasmine tirèrent des casseroles et des boîtes à gâteaux des placards du *gudang* ; je collectai nos tubes de dentifrice vides. Mon père fit une razzia dans sa cabane à outils pour trouver des écrous, des boulons et des vieux pots de peinture. Les Jochen firent même don de leur table de cuisine en aluminium – je me rappelle qu'ils la transportèrent sur leur pelouse, où elle chauffa au soleil. Tous ces objets furent empaquetés et transportés jusqu'aux docks de Batavia pour être acheminés vers l'Angleterre.

Le Rotary Club de Garut, la ville la plus proche, organisait des soirées Spitfire Fund. Pour l'une de ces réunions, mon père fabriqua une énorme caricature du visage d'Hitler en contreplaqué, peinte par Susan et vernie par Flora, Peter et moi. On faisait la queue pour lancer des pièces de monnaie dans son horrible bouche qui hurlait ; je songeais, ravie, que tout cet argent alimenterait le fonds.

Malgré ces activités, nous nous sentions très éloignés du conflit. Je fus donc stupéfaite d'entendre ma camarade de classe Corrie Van der Velden déclarer à notre institutrice, Mlle Vries, que le Japon allait bientôt entrer en guerre.

— Qu'est-ce qui te fait penser cela ? lui demanda posément Mlle Vries.

Quand elle se mit à effacer le tableau noir, son geste fit étinceler sa bague de fiançailles. Elle nous avait annoncé qu'elle se mariait au printemps.

— D'après mon père, c'est inévitable, répondit Corrie, et il est commandant dans l'armée. Il dit que les Japs vont venir jusqu'ici, qu'ils vont se battre contre nous et que ça sera terrible. Je l'ai entendu en parler à ma mère, ça l'a mise dans tous ses états.

Mlle Vries posa la brosse du tableau.

— Sincèrement, cela me semble impossible, Corrie. Je te saurais gré de ne plus en reparler. Bon… vous pouvez sortir vos manuels de mathématiques ?

Après l'école, je demandai à ma mère, en larmes, si les Japonais allaient réellement envahir Java.

— Bien sûr que non, répondit-elle. Je parie que Corrie a dit ça pour se rendre intéressante. Et toi, Flora, qu'est-ce que tu en penses ?

Flora leva le nez de son livre.

— Je suis d'accord. C'est parce que son père est dans l'armée. Moi, je ne la prends pas au sérieux.

— Et tu devrais en faire de même, Klara, conclut ma mère. La seule chose qui doit te préoccuper, ce sont tes études.

Mais le sujet ne cessait de revenir. Pendant les vacances d'été, je surpris une dispute à ce sujet entre mon père et Wil.

— C'est ridicule, déclara Wil.

Mon père posa sa bière.

— Pourquoi ? Les Japonais ont déjà envahi la Mandchourie, la Corée, Formose et presque tout l'est de la Chine.

— D'accord, mais ils n'oseraient jamais nous attaquer – leurs avions sont des boîtes de conserve ! Ça ne risque pas, Hans, je te le garantis.

Wil resta sceptique même lorsque le gouvernement néerlandais demanda aux directeurs de plantation d'organiser un *Landwacht* composé d'unités de volontaires pour la défense du territoire, et de les entraîner. Mais mon père prit cette requête au sérieux et forma une section.

Il choisit les vingt meilleurs travailleurs de la plantation, dont Suliman et Arif, et leur fit faire des exercices sur notre allée, avec des fusils fournis par le gouvernement néerlandais. Peter, Flora et moi aimions regarder l'entraînement des « recrues ». Susan se joignait à nous et bavardait avec ma mère tout en observant Arif à la dérobée tandis qu'il marchait de long en large. J'entends encore les ordres résonner dans notre jardin :

— *Schouder... geweer!* Présentez... armes ! *Links, rechts! Links, rechts!*

Au fil des mois, nous fûmes soulagés de constater qu'apparemment, notre petite armée ne serait pas appelée à combattre.

Mais début décembre 1941, alors que nous avions pratiquement atteint la fin du semestre – nous préparions le récital de Noël – la directrice de l'école, Mlle Broek, nous rassembla pour nous annoncer que les vacances débuteraient le jour même.

— Hier, l'aviation japonaise a attaqué la flotte américaine du Pacifique à Pearl Harbor, et a fait couler huit de leurs bâtiments, nous expliqua-t-elle. Les États-Unis sont maintenant en guerre avec le Japon.

Des cris étranglés retentirent dans la salle. Mlle Broek ajouta que les Pays-Bas, alliés des États-Unis, avaient également déclaré la guerre au Japon.

— Prions pour que les courageux soldats néerlandais nous protègent, reprit Mlle Broek. S'il vous plaît, inclinez la tête.

Après la prière, ponctuée de sanglots étouffés, nous sortîmes en rang pour prendre nos cartables.

Alors que Flora, Susan et moi sortions de l'école, je vis que la mère de Corrie, une petite Australienne blonde, menue et toujours souriante, était venue la chercher. Elle était enceinte jusqu'aux yeux ; Corrie nous avait appris qu'elle attendait des jumeaux.

J'allai trouver Corrie.

— Tu avais raison, en fin de compte.

— Pas moi, mon papa, répondit-elle en souriant tristement. Ça fait peur, non ?

Je hochai la tête.

— Très.

— Allez, ne vous en faites pas, les filles, lança Mme Van der Velden. Cela signifie simplement que vos vacances de Noël seront plus longues que d'habitude. Je suis sûre que vous reviendrez en classe très bientôt !

Le lendemain, en mettant des décorations de Noël dans la maison, j'entendis à la radio que les Japonais avaient attaqué les Philippines. Quelques jours plus tard, le présentateur rapporta que des pilotes japonais avaient fait des raids sur Singapour et Bornéo. Puis, alors que nous nous attablions pour le déjeuner de Noël, nous apprîmes que les Japonais avaient pris Hong Kong.

— Mais ils vont sûrement s'arrêter là, non ? s'écria ma mère.

Elle avait blêmi. Je fus soudain effrayée. La guerre nous semblait horriblement proche, tout d'un coup.

— Non, répondit mon père d'un air grave. Ils viendront jusqu'ici, parce qu'ils veulent du pétrole, et que le pétrole est ici.

Désormais, toutes les conversations des adultes portaient sur la guerre. À la radio et dans les journaux, on expliquait aux citoyens comment s'y préparer, où s'abriter en cas d'attaques aériennes, et quels effets emporter s'il fallait évacuer sa maison.

— Où est-ce qu'on devrait se cacher, nous, si les Japs attaquent ? demandai-je à Flora, anxieuse. Sous la véranda ?

Flora réfléchit un moment.

— Non, à cause des serpents.

— Tu as raison. Peut-être que nos pères vont construire un abri anti-aérien ? On devrait le leur suggérer.

Le lendemain, Flora vint me retrouver, les yeux rouges. Son père ne construirait pas d'abri anti-aérien.

— Pourquoi ? m'écriai-je, consternée.

Les yeux de Flora brillaient de larmes.

— Parce qu'on quitte Java.

J'eus l'impression d'avoir été précipitée dans un gouffre. Puis j'entendis des voix se rapprocher : c'était Wil et mon père. Je courus vers eux, tellement bouleversée que j'arrivais à peine à articuler un mot.

— Monsieur Jochen... C'est vrai, monsieur Jochen ? Vous quittez Java ?

Il hocha la tête.

— C'est vrai. J'en parlais à l'instant avec ton père. Comme ma femme et mes enfants ont des passeports britanniques, j'ai décidé que nous prendrions un bateau pour Singapour et que nous y demeurerions jusqu'à la fin des hostilités.

— Mais...

Une vague de désarroi m'envahit. Je perdais ma meilleure amie.

— Et si les Japs prennent Singapour ? demanda mon père à Wil.

Wil éclata de rire en tapant dans le dos de mon père.

— Mon cher Hans, Singapour est invincible !

La veille du départ des Jochen, j'allai chez eux. Susan avait pleuré ; je devinais que c'était surtout parce qu'elle allait quitter Arif. Je dus ravaler mes propres larmes en regardant Flora faire ses valises. Je l'aidai à choisir les vêtements qu'elle emporterait. Sa mère lui avait permis de prendre un ou deux jouets. Elle mit ses deux poupées préférées dans la valise : Lottie, une poupée en porcelaine avec des boucles brunes, et Lucie, une poupée en chiffon avec de grands yeux en bouton. Flora avait aussi un lézard en bronze qu'elle chérissait, avec des pattes délicates, une longue queue sinueuse et des yeux en agates vertes. Je l'avais toujours convoité et j'espérais, égoïste comme le sont souvent les enfants, que Flora m'en confierait la garde. Je fus déçue d'apprendre qu'elle l'emportait aussi.

Le lendemain, les Jochen partirent en voiture. Mon père était furieux du départ de Wil, qui augmenterait énormément sa charge de travail, car il devrait désormais administrer la plantation en plus de la gérer. Je l'entendis dire à ma mère que selon lui, Wil Jochen était idiot de faire courir un tel risque à sa famille, car la mer était infestée de sous-marins japonais. Mais ma mère, Peter et moi prîmes congé de nos amis avec de grands sourires, en les serrant dans nos bras ; nous nous promîmes de nous écrire. Je regardai Flora agiter la main derrière le pare-brise arrière jusqu'au tout dernier moment. Lorsque leur voiture disparut, je fondis en larmes.

Ma mère me prit dans ses bras.

— Ne pleure pas, dit-elle, alors qu'elle était elle-même au bord des larmes. Deux aussi bonnes amies ne peuvent rester longtemps séparées. Je suis sûre que vous vous reverrez, Flora et toi.

À ce moment-là, ma mère ne pouvait pas deviner que nous nous reverrions, en effet, mais dans des circonstances qu'aucun d'entre nous n'aurait pu anticiper.

Tous les adultes parlaient de Singapour. La plupart d'entre eux soutenaient, comme Wil, que c'était une « forteresse imprenable ». Singapour tomba pourtant à la mi-février. Il y avait eu beaucoup de morts, et je craignais pour Flora. Puis, au fur et à mesure que les Japonais déferlaient vers le sud, prenant Bornéo et Sumatra, je me mis, pour la première fois, à craindre pour nous.

— Ils arriveront jusqu'ici, tu crois ? demandai-je à mon père.

Il hésita.

— Je ne vais pas te mentir, Klara. Je crois que oui, fit-il en me caressant la joue. Mais tu n'as aucune raison de t'inquiéter : il existe des règles internationales sur la façon de traiter les populations civiles.

Malgré ces propos rassurants, j'avais d'affreux pressentiments.

Ma mère nous confectionna des sacs à dos, qu'elle remplit de boîtes de conserve de bœuf et de haricots, de lait en poudre, de sachets de biscuits et de médicaments, surtout des cachets de quinine contre la malaria. Elle redoutait par-dessus tout que Peter ait une autre crise. Elle nous cousit aussi des vêtements de plus grande taille, à porter lorsque nous grandirions.

— Nous en aurons peut-être besoin, nous expliqua-t-elle. Qui sait ce que l'avenir nous réserve, et où nous nous retrouverons ?

La radio déversait des nouvelles de plus en plus effrayantes. Nous apprîmes ainsi qu'au cours d'un combat naval dans la mer de Java, deux navires de guerre néerlandais avaient été coulés.

— Et les marins ? m'inquiétai-je.

Je les imaginais en train de se débattre dans l'eau.

— Certains ont peut-être survécu, répondit ma mère au bout d'un moment. Mais malheureusement, plusieurs d'entre eux ont dû périr, et nous devons prier pour eux.

Un jour, on annonça que les Néerlandais, avant de se replier, avaient réussi à détruire la moitié des puits de pétrole de Bornéo et de Sumatra.

— Ce sont des héros, murmura mon père.

Le présentateur ajouta que selon certaines rumeurs, les Japonais avaient décapité ces hommes ou les avaient mutilés, et que leurs femmes et leurs filles avaient été violées.

Ma mère poussa un cri étranglé.

— Violées, qu'est-ce que ça veut dire ? voulus-je savoir.

Elle hésita avant de répondre :

— Ça veut dire qu'elles ont été… torturées.

— Torturées ?

— Oui. On leur a fait très mal, exprès.

Je me tournai vers mon père, affolée.

— Mais les règles, papa ? Tu as dit qu'il y avait des règles internationales ?

Il se contenta de secouer la tête.

On rapportait maintenant que des combats avaient lieu à Java même, autour de Surabaya, près de la plage où nous avions passé de si merveilleuses vacances. Incapable de fermer l'œil, j'imaginais le sable blanc mitraillé par les avions japonais.

Une semaine plus tard, Peter et moi étions dans le jardin lorsque nous aperçûmes une lueur rouge dans le ciel et entendîmes des grondements sourds, comme si l'un des volcans de l'île s'était réveillé.

Apeurés, nous courûmes rejoindre maman, qui nous assura que c'était le tonnerre. Mais je savais que c'étaient des bombardements, car nous avions appris que les Japonais avaient débarqué à Java Ouest. Peter et moi restâmes assis sur la véranda à contempler le spectacle. Comment, m'émerveillais-je, quelque chose d'aussi affreux que la guerre pouvait-il rendre le ciel aussi beau ? Batavia tomba quelques jours plus tard, suivie de Bandung. Java était maintenant aux mains des Japonais.

Le lendemain de l'invasion, je me rendis au marché avec ma mère pour acheter des rations supplémentaires de riz, de sucre et de farine. Un silence angoissant régnait dans les rues. Les commerçants qui bavardaient d'ordinaire sur le seuil de leur boutique n'osaient plus sortir ; la plupart des négoces étaient fermés. Lorsque nous parvînmes au square, je remarquai que le drapeau des Pays-Bas avait été remplacé par un drapeau blanc orné d'un disque rouge sang.

— Ils sont déjà là-haut, dans les montagnes. Vite, rentrons, me dit ma mère, effarée.

Nous retournâmes précipitamment à la maison et fîmes rentrer tout le monde avant de verrouiller les fenêtres et les portes.

Java était désormais occupée, et nous étions terrifiés. Nous avions entendu parler des atrocités commises par les Japonais sur les autres îles. Nous savions aussi que dans certaines parties de Java, des gangs de jeunes profitaient de la situation pour se livrer au *rompokking* – ils pillaient les maisons des Européens, en tuant ceux qui tentaient de se défendre. On rapportait que les soldats de l'armée des Indes néerlandaises avaient été expédiés dans des camps de prisonniers de guerre après leur reddition. J'imaginais le père de Corrie, menotté.

— Nous aussi, on devrait quitter Java, non ? demandai-je à mon père. Comme les Jochen ?

— Non, Klara, répondit-il. Il n'y a nulle part où aller. Tout ce qu'on peut faire, c'est prier pour que l'occupation ne se prolonge pas.

Des récits effrayants circulaient. Dans les villes, tous les hommes européens avaient été enfermés dans des écoles et des bâtiments de l'administration, sans que leurs familles puissent leur rendre visite. À Bandung, un *kawat*, une clôture en fils barbelés, avait été élevé autour du périmètre de ces édifices, les transformant de fait en camps de prisonniers.

Une nuit, nous apprîmes que trois hommes internés dans l'un de ces camps avaient été surpris en train d'escalader les barbelés. Le lendemain, les Japonais les avaient alignés contre la clôture et les avaient obligés à rester debout au soleil pendant deux jours, sans ombre, sans nourriture et sans eau, avant de les battre violemment et de les ramener à l'intérieur. Quelques jours plus tard, trois autres hommes avaient fait une tentative d'évasion. Cette fois, ils furent ligotés à des poteaux et transpercés de coups de baïonnettes devant tous les prisonniers rassemblés.

Selon certaines rumeurs, les hommes européens devaient être transférés dans de vieilles casernes de la base de Tjimahi, tandis que leurs femmes et leurs enfants seraient placés dans des « zones protégées ».

— Protégées de quoi ? demandai-je à mes parents.

Mon père pinça les lèvres.

— Des populations locales, avec lesquelles nous avons paisiblement coexisté pendant plus de trois siècles.

— Je n'ai pas besoin d'être protégé de Jaya, déclara Peter. C'est mon ami.

— En réalité, ces « zones protégées » sont des camps d'internement, nous expliqua mon père. Les Japonais veulent s'assurer que les Européens ne puissent pas leur nuire.

— Et nous, on va nous mettre dans un camp ? l'interrogeai-je.

Ce fut ma mère qui répondit :

— Non, heureusement. Les Japs ont décidé qu'ils n'interneraient pas les planteurs, car ils ont besoin de nos récoltes.

— Qu'ils enverront au Japon, ajouta amèrement mon père.

— D'accord, mais au moins nous ne serons pas séparés, Hans, lui rappela doucement ma mère. Et nous serons toujours chez nous. Il faut en être reconnaissant.

Mon père soupira.

— Tu as raison.

Tous les Européens devaient aller s'enregistrer au commissariat de police local, car nous étions désormais considérés comme des étrangers résidant en territoire japonais. Nous nous rendîmes donc en voiture à Garut. Mes parents se firent remettre des cartes d'identité par un fonctionnaire, qui leur apprit que toutes les automobiles appartenant à des particuliers seraient bientôt saisies.

— Pas question qu'ils prennent ma voiture, ragea mon père sur le chemin du retour. Je ne les laisserai pas faire !

Deux jours plus tard, Peter et moi jouions aux cartes au salon avec notre père tandis que ma mère reprisait. Soudain, un crissement de roues dans le gravier lui fit lever les yeux. Elle se figea et posa son ouvrage. Mon père alla à la fenêtre.

— Ils sont là, fit-il d'une voix blanche. Klara, Peter, allez vous asseoir avec votre mère.

Nous obéîmes. Ma mère, alarmée, se tourna vers mon père.

— Fais tout ce qu'ils te demandent, Hans, chuchota-t-elle. Sinon, Dieu sait ce qu'ils pourraient…

Nous entendîmes des pas lourds sur la véranda, puis on frappa à la porte. Papa alla ouvrir. Deux soldats japonais entrèrent. L'officier, vêtu d'un uniforme brun et chaussé de bottes noires cirées, portait à la ceinture un pistolet et une longue épée incurvée dans un fourreau en cuir. Allait-il nous fusiller ? Nous décapiter ? Il était accompagné d'un soldat en uniforme vert, coiffé d'une casquette retenue au cou par une bande d'étoffe blanche, et armé d'un fusil avec une baïonnette en acier. Je fixai la lame avec une fascination horrifiée : je me l'imaginais en train de plonger dans un corps humain.

L'officier inspecta le salon du regard. Avisant le râtelier où étaient accrochées les armes de notre section, il aboya un ordre au soldat qui empila les fusils dans ses bras et les emporta. L'officier ouvrit l'armoire à fusils de mon père et en sortit son pistolet, son fusil de chasse et ses munitions, qu'il remit également à son subordonné. Il passa ensuite à la salle à manger : je fus effondrée de le voir confisquer la radio, le précieux Agfa de ma mère et la caméra Bolex que mon père lui avait offerte pour son anniversaire.

Lorsque les deux militaires ressortirent, accompagnés de mon père, nous nous précipitâmes à la fenêtre. Ils se dirigeaient vers le garage. L'officier regarda la Ford, puis se tourna vers mon père en lui tendant la main. Mon père hésita. Je sentis ma mère se raidir.

— Allez, Hans, donne-la, siffla-t-elle.

Comme s'il l'avait entendue, papa remit aussitôt la clé de la voiture à l'officier, qui ouvrit la portière, retira son épée et prit le volant. Il partit avec la Ford, suivi par son sbire dans l'autre voiture, après avoir rangé nos effets confisqués dans le coffre.

Désormais privés de tout moyen de nous défendre ou de fuir, nous nous sentions très vulnérables. Il fallait continuer à vivre au quotidien du mieux que nous pouvions : au moins, notre famille n'avait pas été séparée, alors que la majorité des hommes européens étaient internés, et de cela, nous devions être reconnaissants.

Sans voiture, il était beaucoup plus difficile d'aller au marché. Papa s'y rendait à pied avec Sweetie, qu'il chargeait de sacs de riz et de farine ; mais le trajet était long. Et je savais qu'il y aurait tôt ou tard des pénuries.

— Nous ferons pousser notre nourriture, nous annonça notre père. Assez pour nourrir toutes les familles de la plantation. Nous planterons du maïs sur la pelouse et des épinards, des carottes et des ignames dans les plates-bandes. Je te demande pardon, Annie, ajouta-t-il à l'intention de ma mère, consternée qu'on détruise ses rosiers, mais nous aurons besoin de chaque parcelle de terre utilisable. Nous planterons aussi le jardin des Jochen – Wil n'aura rien à y redire, puisque ce salaud nous a abandonnés.

Je me demandai une fois de plus si Flora avait réussi à atteindre Singapour et si la situation y était meilleure ou pire qu'à Java. J'observais Arif vaquer dans la plantation : pensait-il encore à Susan, ou tentait-il de l'oublier ?

Nous nous mîmes à l'ouvrage. Papa nous apprit à faire germer les graines et à espacer les semis de façon à ce que les plantes les plus hautes soient derrière et les plus courtes devant, afin qu'elles reçoivent également du soleil. Il nous expliqua qu'il fallait arroser de nuit pour que la terre reste humide plus longtemps. Nous n'avions plus de sucre, mais il nous en tomba du ciel… Un après-midi, nous entendîmes une rumeur aiguë enflant de plus en plus. Lorsque je levai les yeux, je vis qu'un nuage noir se dirigeait vers nous.

— Des abeilles ! hurla ma mère.

Nous courûmes nous enfermer en rabattant les volets. L'essaim survola la maison, mais le bourdonnement persistait. Lorsque nous nous aventurâmes enfin dehors, nous découvrîmes une boule noire agglutinée sur une branche basse du chérimolier.

Mon père examina la masse grouillante.

— Si seulement on pouvait les mettre dans une ruche...

— Suliman sait comment faire, affirma Jasmine.

Elle alla le chercher. Il examina d'abord l'essaim ; mon père et lui trouvèrent un vieux tonnelet, l'emportèrent dans l'atelier, fabriquèrent des cadres qu'ils fixèrent à l'intérieur et percèrent une ouverture dans le couvercle. Nous nous réfugiâmes sur la véranda, tandis que Suliman se dirigeait vers l'essaim.

— Il devrait au moins porter un voile, s'inquiéta ma mère. Jasmine, allez lui chercher une mousseline.

Jasmine secoua la tête.

— Ça ira, madame Anneke.

Effarés, nous vîmes Suliman plonger ses mains nues dans la masse bourdonnante. Mon père en resta bouche bée.

— Que faites-vous, Suliman ?

— Je cherche la reine, répondit-il en continuant à repousser les abeilles comme s'il séparait des mèches de cheveux. Ah, la voici !

Il la retira doucement. Son long corps doré se tortillait entre le pouce et l'index de Suliman, qui la porta à sa bouche.

— Il va la manger ? s'étrangla Peter.

— Non, répondit Jasmine. Il lui mord le bout des ailes pour qu'elle ne puisse plus s'envoler, ce qui obligera les abeilles à rester.

Suliman porta la reine jusqu'au tonnelet et la laissa retomber à l'intérieur, avant de scier précautionneusement la branche du chérimolier et de la secouer pour faire tomber les abeilles dans la ruche. Une fois qu'il eut refermé le couvercle, mon père et lui la transportèrent dans une clairière de la forêt, près du ruisseau.

Je n'oublierai jamais le courage de Suliman. Les abeilles durent apprécier leur nouvelle demeure, car quelques semaines plus tard nous savourâmes notre premier miel.

— Ça nous aidera à tenir, dit papa en grattant le rayon de miel.

Trois mois s'étaient écoulés depuis l'invasion. L'école restait fermée pour une période indéfinie, et je n'arrêtais pas de penser à mes camarades. Que devenaient Corrie, Greta, Edda et Lena ? Étaient-elles toujours chez elles ou internées dans des camps ? Et où se trouvaient Mlle Broek, Mlle Vries et toutes les autres institutrices ?

Sans radio, nous étions coupés du monde. Curieusement, cela nous permit de mener une existence presque sereine. La production de caoutchouc continuait, nous nous occupions de notre potager, nagions dans la piscine, montions Sweetie, sans jamais cependant nous éloigner de la maison de crainte de croiser des soldats japonais. Peter jouait avec Jaya, mais Flora me manquait terriblement et je priais pour qu'elle soit saine et sauve. Tous les soirs, je remerciais Dieu d'avoir permis que notre famille ne soit pas séparée, et n'ait pas été forcée de quitter Tepi Gunung, comme l'avait prédit ma mère. Puis, un matin, notre vie fut bouleversée.

J'étais dans le jardin avec ma mère et Peter lorsque papa vint nous trouver. Il nous annonça, effondré, qu'il venait de recevoir un appel du commissariat local : les Japonais avaient changé de politique, et décidé d'interner les planteurs.

Ma mère s'alarma :

— Qu'est-ce qui va se passer ?

Mon père fronça les sourcils.

— Je dois quitter la plantation.

— Alors les Japs sont revenus sur leur parole ?

— Oui. Ils sont convaincus que les planteurs cachent des armes sur leurs terres. Un camion doit passer me prendre à la fin de la semaine.

Ma mère ferma les yeux, comme si elle essayait de chasser cette image de son esprit.

— Ça va être dur, fit-elle d'une voix blanche.

— En effet, acquiesça mon père. Mais nous devons tenir le coup, en espérant que ça ne dure pas longtemps. Annie, tu vas devoir diriger la plantation en mon absence. Suliman t'aidera.

Papa passa ses derniers jours de liberté à faire le tour de la plantation avec ma mère et à lui montrer comment tenir les comptes. La veille de son départ, il nous prit à part, Peter et moi.

— Vous devez tous les deux me faire une promesse solennelle : jurez-moi d'aider votre mère et de faire tout ce qu'elle vous demande, sans discuter. (Il plongea son regard inquiet dans le nôtre.) Compris ?

Nous répondîmes que nous comprenions et jurâmes solennellement de lui obéir. Puis nous rentrâmes en essayant de ne pas pleurer pendant que maman faisait la valise de notre père.

Le lendemain matin aux aurores, un gros camion ouvert se gara devant la maison. Quand on rabattit le hayon, j'aperçus cinq hommes, dont trois de nos voisins planteurs, parmi lesquels se trouvait Ralph Dekker. Comme il n'y avait pas de sièges, ils étaient assis par terre à côté de leurs valises. Ils étaient gardés par quatre soldats armés de fusils et de baïonnettes. L'un d'entre eux ouvrit la valise de papa pour en inspecter le contenu. Il en retira son rasoir, son compas et son canif, puis lui remit la valise.

— *Lekas!* hurla-t-il en indiquant le camion d'un signe de tête. *Lekas!* Dépêcher !

Papa nous embrassa Peter et moi, nous serra très fort dans ses bras, et nous dit que tout allait s'arranger.

— Courage, les enfants, chuchota-t-il.

Il prit maman dans ses bras et l'embrassa avant de monter à bord du camion. Le hayon fut refermé d'un coup sec et le véhicule s'éloigna.

Peter et moi courûmes derrière.

— Au revoir, papa ! Prends soin de toi ! À bientôt ! On t'aime !

Dès que le camion disparut, Peter éclata en sanglots. Maman l'enlaça.

— Tu n'as pas de raison de pleurer, mon chéri.

— Si ! Papa est parti ! Je ne le reverrai plus jamais ! Plus jamais !

Cela me brise le cœur de songer que Peter avait raison.

8.

— Tout va bien, Jenni ? me demanda Klara lorsque je me présentai chez elle le lendemain matin. Vous êtes pâle.

— Je suis assez fatiguée. J'ai encore passé une mauvaise nuit.

— Si vous avez froid dans la chambre, vous trouverez d'autres couvertures dans le dressing.

— Merci, Klara, je n'ai pas froid du tout. Je ne dors jamais bien, comme je vous l'ai déjà dit.

Klara me tendit une tasse de café.

— J'en suis navrée. J'ai fait sécher de la valériane pour que vous vous fassiez des infusions. Je vous la donnerai cet après-midi.

Il faudrait plus qu'une tisane pour m'apaiser, songeai-je.

— Ce doit être difficile pour vous d'être à Polvarth, ajouta-t-elle.

— Que voulez-vous dire par là ? rétorquai-je.

Mon ton abrupt parut étonner Klara.

— Eh bien… simplement que travailler loin de chez vous, ce doit être difficile.

Je poussai un soupir de soulagement.

— C'est difficile, en effet. Certains *ghost writer*s réalisent leurs entretiens par téléphone ou par mail. Mais pour moi, ce serait comme peindre un portrait à partir d'une photo. Je ne peux amener mes sujets à se livrer qu'en les rencontrant en personne.

— Ça se comprend, répondit Klara. Mais votre ami doit vous manquer.

— Oui, beaucoup.

— Il est instituteur, me disiez-vous ?

— Oui, et très apprécié. Les enfants l'adorent.

Elle prit une gorgée de café.

— Comment vous êtes-vous rencontrés ? J'espère que vous ne me trouvez pas indiscrète.

Klara avait manifestement envie de bavarder. Avant chaque séance, elle semblait éprouver le besoin de me faire parler de moi pendant quelques minutes.

— Pas du tout, j'aime bien parler avec vous, Klara. Rick et moi, nous nous sommes rencontrés à l'école où il enseigne. Je fais la lecture aux petites classes tous les mercredis depuis trois ans.

— Les enfants ont, quoi… quatre ou cinq ans ?

— Oui. Ils sont adorables. C'est un vrai plaisir pour moi. Un jour, leur institutrice était absente et Rick la remplaçait. On s'est parlé quelques minutes après la classe et…

— Et c'est comme ça que tout a commencé ?

Je souris.

— Je me suis dit qu'il avait l'air gentil, et qu'il était très doux avec les enfants. Quelques jours plus tard, il est passé devant mon immeuble alors que j'en sortais. Il s'est arrêté pour bavarder, et m'a demandé si je voudrais bien déjeuner avec lui un de ces jours. Alors on a déjeuné.

— Vous faites toujours la lecture aux enfants ?

— Oui. Il n'y avait aucune raison d'arrêter. De toute façon, personne ne savait que Rick et moi avions une histoire. Ensuite, comme mon bail était sur le point d'arriver à terme, il m'a proposé que nous vivions ensemble. Nous avons trouvé un appartement dans le quartier, où nous habitons depuis neuf mois. C'est petit, mais c'est… quel est le mot néerlandais, déjà ? *Gezellig*.

Elle sourit.

— Vous avez le même âge ?

— Il a quatre ans de plus que moi – trente-huit ans.

— Il ne s'est jamais marié ?

— Non. Il a eu des histoires qui n'ont pas duré. Il est resté trois ans avec sa dernière amie, Kitty.

Je repensai aux photos de Kitty que j'avais un jour retrouvées au fond d'un placard. Kitty, blonde et jolie, allongée sur un transat quelque part en Méditerranée ; Kitty en tenue de randonnée près d'un lac ; Rick enlaçant Kitty dans la cuisine de ses parents ; Kitty sur son trente et un pour une soirée de gala…

— Il était très amoureux d'elle, poursuivis-je, mais elle avait huit ans de moins que Rick et elle n'était pas prête à se fixer. Alors elle l'a quitté, elle a voyagé pendant quelques mois, puis elle est revenue. Mais d'après lui, ce n'était plus comme avant et ils se sont séparés peu de temps après. Je crois qu'elle le regrette, maintenant.

— Qu'est-ce qui vous fait dire ça ?

— Elle lui écrit des mails de temps en temps.

— Elle doit bien savoir qu'il est avec vous ?

— Oui, mais je crois qu'elle garde la porte ouverte au cas où…, rétorquai-je en haussant les épaules.

— Eh bien… vous vivez ensemble, dit Klara, et vous avez l'air très heureux.

— Oui… en effet…

Son visage s'éclaira.

— Ce sont les petites vacances la semaine prochaine, n'est-ce pas ?

— C'est exact.

— Pourquoi ne demanderiez-vous pas à Rick de venir vous rejoindre ? Ça ne me dérangerait pas du tout.

— C'est très gentil à vous, Klara, merci. Ce serait formidable, mais à vrai dire je ne pense pas que je vais lui demander parce qu'en fait, Rick et moi…

Sur un coup de tête, je lui racontai ce qui nous arrivait.

— Je vois…, dit-elle lorsque j'eus terminé. J'avais bien deviné que quelque chose vous tourmentait.

Je n'avouai pas à Klara que ce n'était pas la seule cause de mes tourments.

— Souvent, l'homme accepte ce que veut la femme. Mais je suppose que certains hommes ont très envie de fonder une famille.

— Oui, et maintenant, je sais que Rick en fait partie. (Je sortis mon calepin.) Alors en ce moment, nous sommes dans une espèce d'entre-deux. Nous avons décidé de ne pas nous parler pendant quelques jours pour tenter de décider si nous arriverons à surmonter ce problème.

Je me rendis compte que Klara était la première personne à laquelle je me sois confiée.

— Croyez-vous que vous pourriez changer d'avis ?

— Je ne crois pas, non.

— Avez-vous toujours su que vous ne vouliez pas d'enfants ?

— Quand j'étais petite, j'en voulais quatre, deux filles et deux garçons. J'avais même choisi leurs prénoms : Harriet, Marcus, Katie et James.

Je les vis en rang, avec leurs vêtements propres et leurs chaussures brillantes.

— Qu'est devenu ce rêve ? me demanda Klara. Est-ce parce que vous êtes trop prise par votre carrière ?

— Non. Ma carrière n'a rien à voir là-dedans. J'ai simplement décidé, il y a très longtemps, que je ne voulais pas assumer la responsabilité d'un être humain.

Klara fronça les sourcils.

— En effet, c'est assez lourd comme responsabilité, surtout au début quand ils sont tout petits. Mais vous savez, la Nature nous aide à assumer cette responsabilité. Dites-moi de me mêler de ce qui me regarde, Jenni...

— Allez-y...

— ... mais il me semble dommage de vous laisser brider par cette angoisse parfaitement naturelle. (Elle sirota son café.) En tout cas, au moins, aujourd'hui, on n'exige pas des femmes qu'elles aient des enfants.

— Exactement. Il s'agit d'un choix personnel. (Je calai une mèche derrière mon oreille.) Et vous, avez-vous toujours voulu être mère ?

— C'était mon rêve le plus cher, répondit-elle sans hésiter. D'autant qu'on m'avait dit que je n'aurais jamais d'enfant.

— À cause de ce que vous avez vécu durant la guerre ?

— Oui. Au bout de trois ans de mariage, comme je n'étais toujours pas enceinte, je suis allée consulter un spécialiste. Il m'a expliqué que la malnutrition, entre les âges de dix et treize ans, m'avait rendue stérile. (Le mot « malnutrition » me fit mal au cœur.) Mais un an plus tard, alors que nous avions déjà fait une demande d'adoption, je suis tombée enceinte. C'était un miracle, et j'en ai remercié Dieu. (Klara posa sa tasse de café.) Parlez-moi de vos parents, Jenni. Vous êtes proche d'eux ?

— Non. Mon père est mort quand j'avais cinq ans.

— Comme c'est triste, murmura-t-elle. Ça a dû être dur pour votre mère.

— Oui. Ils étaient séparés depuis un an. Ils se sont connus très jeunes. Ma mère m'a eue à dix-neuf ans. Je crois qu'ils se sont mariés parce qu'elle était enceinte. J'avais quatre ans lorsque mon père nous a quittées pour partir avec une collègue de travail. Quelques mois plus tard, alors qu'il était en Écosse avec sa petite amie, un poids lourd a embouti leur voiture. Elle a survécu, mais lui est mort sur le coup.

— Comme c'est horrible. Ça a dû être épouvantable pour votre mère.

— Elle en a été dévastée. Elle l'adorait et elle n'avait pas perdu espoir qu'il revienne.

— Élever seule un enfant n'a pas dû être facile.

Je me tortillai sur mon fauteuil.

— Pour couronner le tout, mon père n'avait pas d'assurance-vie. Ma mère n'avait plus de sources de revenus, alors elle a suivi un cours de comptabilité et elle a trouvé du travail.

— Elle s'est remariée ?

— Non. Il est vrai que ça aurait été une grosse charge pour un homme.

— Vraiment ? s'étonna Klara. Une petite fille ?

— Bref, pour répondre à votre question, ma mère et moi ne sommes pas proches. Nous ne nous voyons pratiquement jamais.

Klara cligna des yeux.

— C'est vraiment dommage : une famille, ça donne de la force.

— Pas toujours, Klara. Tout dépend du type de relation qu'on a avec ses parents, et ma relation avec ma mère… n'est pas bonne.

— Mais pourquoi ?

Habituée au franc-parler de Klara, je ne lui en voulus pas de me poser une question aussi directe.

— Parce qu'il y a de vieux ressentiments. Je suis incapable d'oublier certaines choses qu'elle m'a dites. (Je sirotai une gorgée de café avant de poursuivre.) C'est curieux, non, ce vieux dicton anglais selon lequel les bâtons et les pierres peuvent nous briser les os, mais les mots ne peuvent pas nous faire mal ? J'aurais préféré les bâtons et les pierres, parce que les mots de ma mère me font encore beaucoup souffrir.

Je tentai de ramener la conversation à Klara.

— Mais vous avez sans doute du mal à comprendre, vous qui étiez très proche de votre mère.

Sa réponse m'étonna :

— Pas toujours. Pendant très longtemps, ma mère ne m'a pas adressé la parole.

— Vous vous êtes brouillées ?

— Oui. Une brouille terrible. (Elle détourna le regard.) Je vous en parlerai peut-être, lorsque je m'y sentirai prête.

— Si vous voulez, Klara. Mais si vous ne voulez pas, ne vous sentez pas obligée de le faire. (Elle hocha la tête.) En tous cas, vous avez de bons rapports avec vos fils.

— Oui. Je vois moins souvent Vincent, mais il me téléphone toutes les semaines. Lui et Henry ont toujours été très bons pour moi. Les enfants sont une immense source de réconfort, Jenni. Et puis vous savez, être parent, c'est une grande aventure.

Je me hérissai. Klara essayait de me « vendre » l'idée d'avoir des enfants.

— Je n'en doute pas, Klara. Mais ce n'est pas la seule aventure que peut offrir la vie. Enfin…

Je m'en étais assez ouverte à elle. Je sortis mon magnétophone.

— Bon…, sourit Klara. On se remet au travail ?

— Oui. Remettons-nous au travail.

9.

Klara

Mon père me manquait tellement… Sa présence physique, sa voix, le bruit de ses pas sur la véranda. Ses taquineries. Les histoires qu'il nous lisait avant de dormir. Jour après jour, j'essayais d'imaginer sa vie. Dormait-il dans un dortoir ou une cellule ? Avait-il assez chaud la nuit ? Avait-il pu accrocher son *kelambu* au plafond pour se protéger des moustiques ? Avait-il assez à manger ?

— Ne t'inquiète pas pour ton père, me répétait ma mère. Il est grand, solide et en bonne santé. Il sait que nous l'aimons, ça lui donnera la force de tenir. Il s'en sortira – nous nous en sortirons tous. Mais s'il te plaît, ma chérie, ma vie n'est pas facile sans lui, alors il faut que tu sois sage.

J'ai honte d'avouer que sans parents pour nous surveiller, nous faisions beaucoup de bêtises. Nous nous disputions sans arrêt. Je pris l'habitude de jouer au petit chef avec Peter. Jasmine et ma mère avaient trop à faire pour intervenir. Jasmine s'occupait de la maison pendant que ma mère dirigeait la plantation de caoutchouc. Ça me faisait un effet bizarre de la voir assumer les tâches de mon père : vérifier la saignée des arbres, la récolte du latex, inspecter les feuilles de caoutchouc dans le hangar. Il me semblait plus étrange encore de voir maman ouvrir le coffre-fort tous les vendredis pour payer les employés, ou écouter leurs griefs.

En tant qu'enfant, je ne pensais qu'à ma propre tristesse et non aux difficultés qu'affrontait ma mère, ni au fait que mon père lui manquait, à elle aussi. Je ne pouvais pas m'imaginer qu'elle avait peur, surtout la nuit, des *rompokkers* qui pourraient faire irruption pour piller la maison, ou des soldats japonais qui pourraient débarquer. Mais le pire, c'était de ne pas savoir où mon père se trouvait.

Comme nous avions entendu dire que la plupart des civils étaient détenus à Tjimahi, deux fois par semaine, nous lui écrivions là-bas. Peter et moi lui racontions l'état de nos récoltes ; nous lui envoyions des dessins de nous, souriant au soleil sous le chérimolier. Un jour, Peter dessina des larmes sur son visage : je l'obligeai à les effacer.

— C'est déjà assez dur pour papa, le grondai-je. Tu vas lui faire de la peine !

Pendant plusieurs semaines, nous n'eûmes aucune nouvelle. Puis, un matin, maman reçut une enveloppe affranchie à Tjimahi, contenant une carte de mon père. Nous étions ravis d'avoir enfin de ses nouvelles, mais déconcertés par cette carte : c'était une liste de phrases pré-imprimées qu'il avait encerclées pour nous dire qu'il « mangeait sainement » et qu'il faisait « un travail utile ». On l'avait autorisé à écrire vingt-cinq mots en malais, car le néerlandais était désormais interdit. Il nous disait qu'il allait « bien » mais que nous lui manquions et que nous devions être « courageux ». Dans un coin, il avait dessiné un trèfle à quatre feuilles.

Environ deux mois plus tard, ma mère nous appela, Peter et moi. Elle tenait à la main une lettre d'aspect officiel.

— Maintenant, c'est à nous de quitter la plantation.

— On va où ? lui demanda Peter.

— On quitte Java ? voulus-je savoir.

— Non, soupira ma mère. C'est impossible, à cause des Japonais. Java est devenue une sorte de prison dont nous ne pouvons nous échapper. De toute façon, pas question de partir sans papa, n'est-ce pas ?

— Non, évidemment ! s'exclama Peter. Moi, je ne partirai jamais de Java sans lui.

— Et alors, on va où ? insistai-je.

Ma mère fronça les sourcils.

— Dans un camp.

Peter applaudit.

— Peut-être que ce sera le même que papa !

Elle secoua la tête.

— C'est un camp réservé aux femmes et aux enfants. Cette lettre n'indique pas où il se trouve, seulement qu'un camion passera nous prendre demain, à l'aube. Il faut rentrer faire nos valises, vite, car nous n'avons pas beaucoup de temps.

— Tu es triste ? lui demandai-je en malais tandis qu'elle et Jasmine descendaient nos valises en cuir.

— Oui, répondit ma mère. Je serai très triste sans Jasmine. (Jasmine pleurait.) Tout le monde me manquera, ici. Notre maison me manquera.

Les larmes me montèrent aux yeux : je commençais à appréhender la réalité de ce qui nous arrivait.

— Et Sweetie ? Et Ferdi ?

— Et Jaya ? gémit Peter. Il peut venir avec nous ?

Maman lui caressa les cheveux.

— Bien sûr que non, mon chéri. Que dirait sa mère ? Quant aux animaux, Jasmine s'en occupera jusqu'à notre retour.

— C'est promis, nous assura Jasmine. Ne vous inquiétez pas, les enfants. Vous serez bientôt rentrés.

— Les Alliés vont arriver et chasser les Japonais de Java, nous rassura ma mère. Mais jusque-là, nous allons garder le moral, et considérer toute cette histoire comme une grande aventure.

Selon la lettre, nous avions droit à un matelas par personne, en plus des *harang*, ou bagages, que nous pourrions transporter. Maman sortit les sacs à dos qu'elle nous avait confectionnés, contenant nos vêtements et nos rations. Jasmine et elle remplirent nos valises de moustiquaires, de draps, de serviettes, de vaisselle et de livres. À sa propre valise, maman attacha un wok et un petit réchaud *anglo*. Dans celle de Peter, elle glissa un ours en peluche, un Meccano et le petit Spitfire en bois que papa lui avait fabriqué. Peter alla dans son placard pour en tirer son blaser marine.

— Tu n'auras pas besoin de cette veste, mon chéri, lui dit ma mère.

— Au contraire, répliqua-t-il en la mettant dans sa valise. Je veux la porter le jour où nous reverrons papa.

Du coup, j'allai prendre ma robe de fête en soie jaune et la remis à maman. Sans un mot, elle la rangea dans ma valise.

Je lui demandai ce qu'il adviendrait des employés de la plantation. Elle me répondit que désormais, on ne produirait plus de caoutchouc. Puis elle passa dans le bureau de papa, ouvrit le coffre-fort, et demanda à Suliman de réunir les employés. Elle remit à chacun deux mois de salaire et six mois de salaire à Suliman et Jasmine, afin qu'ils s'occupent de la maison et de nos animaux, et qu'ils distribuent nos récoltes aux familles de la plantation. Elle mit le reste de l'argent dans son sac.

Peter tenait désespérément à prévenir Jaya de notre départ, mais maman lui dit qu'il était trop tard pour aller le voir.

— Nous écrirons à Jaya lorsque nous serons arrivés au camp, promit-elle pour l'apaiser.

Le lendemain marqua le début de notre internement. Ce jour est resté gravé dans ma mémoire.

Nous nous levâmes avant l'aube pour prendre notre dernier petit déjeuner à Tepi Gunung. Tandis qu'une lueur rosée gagnait le ciel, j'allai voir Sweetie dans son box, je lui mis les bras autour du cou et je lui promis que je le retrouverais bientôt. Alors que Peter et moi disions au revoir à Ferdi, nous entendîmes le crissement de gros pneus sur le gravier et vîmes un camion ouvert, semblable à celui qui avait emporté mon père, arriver en cahotant. Trois soldats armés en descendirent et ouvrirent le hayon. Le camion était bondé de femmes et d'enfants, debout, échevelés, le visage recouvert d'une pellicule de poussière.

— *Lekas!* nous crièrent les soldats. *Lekas!*

Jasmine nous embrassa, Peter et moi, puis enlaça ma mère. Soudain, j'entendis des pas précipités sur le gravier : Jaya fonçait vers nous, à bout de souffle, agrippant un sac en batik qu'il tendit à Peter. Il contenait le précieux jeu d'échecs de Jaya. En malais, Jaya dit à Peter qu'il le lui «prêtait» et qu'il fallait qu'il «le rapporte bientôt». Peter sourit et promit de le faire. Ils s'étreignirent jusqu'à ce qu'un soldat les sépare de force en se glissant entre eux. Suliman chargea nos valises et nos matelas à bord du camion, puis il nous souleva, Peter et moi, et serra nos mains dans les siennes, avant d'aider ma mère à monter. Nous fîmes des signes de la main à Suliman, Jasmine et Jaya. Avant que le hayon soit refermé, je contemplai une dernière fois ma maison bien-aimée.

Le trajet sur les routes de montagne fut un enfer. Le camion était si bondé qu'il n'y avait pas de place pour s'asseoir; nous devions nous agripper les uns aux autres chaque fois que nous prenions un virage. Les côtés du camion étaient si hauts que nous ne pouvions rien voir, à part le soleil qui dardait sur nous, et les cimes des palmiers qui s'agitaient au-dessus de nos têtes. Nous nous demandions où se trouvait ce camp – dans la jungle ? Dans une ancienne prison ou des casernes désaffectées ? C'était dans ce genre d'endroit qu'on avait aménagé les « Centres d'internement des civils » qui avaient surgi un peu partout à Java.

Le camion avançait avec une lenteur pénible et n'arrêtait pas de tomber en panne. Une fois, on nous fit descendre pendant qu'on le réparait. Ce fut une bénédiction, car nous avions affreusement soif : des femmes du village voisin prirent pitié de nous et nous apportèrent de l'eau.

— Buvez, nous chuchotaient-elles en nous passant des noix de coco. *Minum*. Buvez.

Quand le camion fut réparé, on nous fit remonter.

Nous aperçûmes enfin des sommets d'édifices et comprîmes que nous étions à Bandung. Le camion passa devant notre école – j'en reconnus le toit de tuiles vertes et la girouette en forme de lune et d'étoiles. Je repensai à mon uniforme tout propre, à mes cheveux brossés et tressés alors que maintenant, nous étions sales et échevelés. Pourvu que Mlle Vries ne me voie pas dans cet état ! Je me rappelai aussitôt que l'école était fermée depuis un an et demi. Dieu sait où se trouvait Mlle Vries. S'appelait-elle encore Mlle Vries, d'ailleurs ? Elle était censée se marier au printemps...

Nous parvînmes au nord de la ville : c'était notre destination, car le camion s'arrêta. Lorsqu'on ouvrit le hayon, nous constatâmes que le quartier était entouré d'une clôture en bambous tressés, qu'on appelait un *gedek*, surmontée de fils barbelés. On avait installé un portail, surmonté d'une tour de guet occupée par quatre soldats armés de fusils et de baïonnettes. Quelqu'un nous apprit que le camp s'appelait

« Bloemencamp », car toutes les rues portaient des noms de fleurs.

Le camion s'arrêta à plusieurs reprises pour faire descendre des femmes et des enfants avec leurs bagages. Lorsque nous parvînmes à la rue Orchideelaan, ce fut à notre tour ; nous prîmes nos bagages et fûmes escortés jusqu'à un bungalow. Il était plus petit que notre maison, mais nous nous disions que ce serait tout à fait vivable jusqu'à ce que nous y mettions les pieds. Stupéfaits, nous découvrîmes qu'il était déjà occupé par une trentaine de femmes et d'enfants, garçons et filles, à raison d'une famille par chambre. On nous assigna une petite remise au fond de la maison.

Ma mère et moi y disposâmes nos matelas sous la fenêtre sans volets. Nos sacs à dos, bourrés de serviettes, nous tiendraient lieu d'oreillers ; nos valises, de petites tables. Ce serait *gezellig*, dit ma mère en fixant une image au mur. Douillet. Elle nous enlaça en nous assurant qu'il n'y avait rien à craindre. Nous avions un toit, un réchaud, de l'électricité et de l'eau. Il fallait être courageux, comme papa nous l'avait demandé. Nous n'étions pas seuls, et nous nous soutiendrions mutuellement durant cette période éprouvante.

— On joue aux échecs ? proposa Peter.

Il disposa le jeu d'échecs de Jaya sur sa valise et nous disputâmes une partie. Peter n'avait plus Jaya, songeai-je, et moi, je n'avais plus Flora. Nous devrions nous tenir compagnie l'un l'autre.

Juste avant la tombée de la nuit, ma mère suspendit nos *kelambus*, mais comme il n'y avait pas assez de place pour les trois, elle en prit un tandis que Peter et moi partagions l'autre. Je n'avais jamais dormi avec mon frère ; c'était curieux de se retrouver blottis ensemble sous la moustiquaire. Peu de temps après, nous entendîmes « extinction des feux », et la chambre fut plongée dans l'obscurité.

— C'est bruyant, non ? murmura Peter au bout d'un moment.

— Très, chuchotai-je.

On entendait parler, tousser, bâiller, prier. Des enfants pleuraient ; une femme chantait une berceuse. Peter s'assoupit. Je restai éveillée, à écouter son souffle doux et régulier. Il me rappelait le bruit des vagues.

Lorsqu'on sonna le réveil à l'aube, tous les occupants de la maison se levèrent précipitamment. Je compris bientôt pourquoi : il n'y avait qu'une toilette et un lavabo dans la maison.

— Qu'est-ce qui va se passer, maintenant ? s'interrogea ma mère tandis que nous faisions la queue pour nous laver. Pourriez-vous nous le dire, s'il vous plaît ? demanda-t-elle à la femme qui nous précédait.

Elle avait environ vingt-cinq ans, des cheveux blonds, un visage large et des yeux noisette pailletés d'or.

— Ce qui va se passer maintenant ? s'esclaffa-t-elle. Ce qui va se passer, c'est ce qui se passe tous les matins et tous les soirs : leur fichu *tenko*.

— Leur fichu *tenko* ? répéta Peter. Qu'est-ce que c'est ?

— L'appel, expliqua la femme d'une voix lasse. *Tenko*, ça veut dire « compter ». Tu sauras bientôt compter en japonais, jeune homme.

Nous mangeâmes un peu de la nourriture que nous avions apportée avant de suivre nos compagnons vers un terrain où des soldats bousculaient femmes et enfants pour qu'ils forment cinq colonnes d'une centaine de personnes environ.

— Et maintenant, qu'est-ce qu'on fait ? demandai-je à ma mère tandis que nous nous alignions sur le gazon sec et jauni.

Elle se mordit la lèvre.

— Je ne sais pas.

C'était la première fois que je voyais ma mère vulnérable et indécise. Cela m'effraya.

En regardant autour de moi, encore épuisée et désorientée par le voyage de la veille, je repérai une camarade de classe derrière nous. Greta et moi n'avions jamais été particulièrement amies, mais je fus folle de joie de la retrouver et nous nous sourîmes. Elle avait des cheveux cuivrés et des taches de rousseur. Mais son teint très clair était désormais hâlé, comme si toutes ses taches de rousseur s'étaient rejointes. Sa grand-mère, Mme Moonen, était à côté d'elle – c'était sa tutrice depuis que les parents de Greta étaient morts du typhus lorsqu'elle avait trois ans.

Ma mère se tourna vers Mme Moonen.

— Qu'est-ce qu'on attend ?

— L'arrivée du commandant, chuchota Mme Moonen. Mais ne parlez pas, sinon vous serez punie.

Puni. C'était un mot que nous n'allions plus cesser d'entendre.

Nous nous tournâmes vers une estrade où se tenait une *Belanda Indo* – une métisse hollandaise-indonésienne. Brandissant un porte-voix, elle nous informa, en malais, qu'elle était l'interprète du camp. Pendant le *tenko*, nous devions nous tourner vers l'est, c'est-à-dire vers le Japon. Le commandant ne tarderait pas. Lorsqu'il arriverait, elle crierait *Kiotsuke!* – « garde-à-vous ! » – puis *Keirei!*, « inclinez-vous ! ». Il était important de faire correctement la courbette, poursuivit-elle, parce qu'en réalité, nous nous inclinions devant l'empereur du Japon. S'incliner de façon désinvolte revenait à insulter Sa Majesté impériale, ce qui nous vaudrait une punition. Elle nous expliqua ensuite qu'il fallait s'incliner à partir de la taille à un angle de trente degrés ; nous devions rester dans cette position jusqu'à ce que nous entendions

Naore! – « repos ». Ensuite, on nous dirait *Yasume!* – « rompez! ». La traductrice ajouta que nous devions faire la courbette à tous les soldats japonais, quel que soit leur grade ; nous ne devions jamais les regarder dans les yeux car nous n'en étions « pas dignes ». Si nous osions le faire, nous serions sévèrement punis.

Peter était consterné.

— On va nous punir ?

— Oui, si nous regardons les soldats dans les yeux, souffla ma mère, ou si nous ne nous inclinons pas correctement.

— Pourquoi il faut s'incliner ? demanda-t-il. C'est idiot, je ne veux pas !

— Il le faut ! siffla ma mère.

Je me rappelai la promesse que nous avions faite à notre père.

— Je m'inclinerai, murmurai-je. Et toi aussi, Pietje. N'oublie pas que nous avons promis à papa de faire tout ce que nous demanderait maman.

Ma mère soupira, soulagée. Son visage était luisant de transpiration.

— Merci, les enfants. Espérons que le commandant arrivera bientôt.

Mais il n'arrivait toujours pas, et la température grimpait à chaque minute. Nous étions debout depuis trois heures. La sueur ruisselait sur nos fronts et nous piquait les yeux ; elle collait nos vêtements à nos dos. Nous devions chasser les fourmis qui nous grimpaient sur les pieds et les chevilles, et repousser les mouches. Tandis que le soleil continuait à monter, je songeai à Ferdi, et au soin que mon père avait pris pour que ce petit animal ait de l'ombre. Et maintenant, femmes et enfants restaient exposés pendant des heures aux rayons du soleil sans avoir droit à un chapeau, même les enfants, et sans que les femmes âgées et les tout-petits aient le droit de s'asseoir. Je comprenais maintenant pourquoi la peau claire de Greta était aussi hâlée.

Autour de nous, des bébés pleuraient et hurlaient. Certaines femmes sanglotaient en suppliant qu'on leur donne de l'eau. L'une d'entre elles s'effondra devant nous. Deux gardes la relevèrent de force. Peter, exténué, tentait sans arrêt de s'allonger par terre : ma mère et moi l'aidions à se tenir debout.

Enfin, le commandant arriva, cravache à la main, chaussé de hautes bottes noires qui brillaient au soleil, l'épée suspendue à la taille. Je ne pouvais pas m'empêcher de la fixer, de l'imaginer en train de trancher et de taillader...

— *Keirei!* hurla l'interprète.

Nous nous inclinâmes.

— Plus bas, nous chuchota ma mère. Aussi bas que vous pouvez.

— Pourquoi? demanda Peter.

— Fais-le! dis-je.

— *Naore!*

Nous nous redressâmes.

L'interprète sauta de l'estrade et le commandant y monta d'un bond, comme un renard. Il se planta sur ses jambes écartées, croisa les bras, et nous hurla que nous avions beaucoup de chance d'être les hôtes de l'empereur du Japon, et d'être placés sous la protection bienveillante de l'Armée impériale japonaise. En échange de cette protection bienveillante, nous devions obéir, ne jamais tenter de nous évader, rester propres et nous habiller avec décence. Nous ne devions ni jouer à des jeux de hasard, ni boire d'alcool, ni nous battre, et nous devions parler uniquement en japonais ou en malais, car le néerlandais était interdit. Et surtout, nous devions faire « du travail utile ».

— *Keirei!* hurla l'interprète.

Tout le monde s'inclina tandis que le commandant s'éloignait à grands pas.

— *Yasume !*

Nous pouvions disposer. J'en fus si soulagée que j'en avais le vertige.

Tandis que Greta et moi quittions le terrain, elle m'apprit qu'elle et sa grand-mère étaient détenues dans ce camp depuis un an. Elle ignorait le sort de nos camarades de classe ; elles étaient sans doute dans d'autres camps.

— Nous sommes des prisonniers, maintenant, ajouta-t-elle d'une petite voix.

Lorsque ma mère, Peter et moi regagnâmes notre nouvelle demeure, la femme à laquelle nous avions parlé ce matin-là se présenta : elle s'appelait Kirsten, et elle était à Bloemencamp depuis un an.

— Pourriez-vous nous dire où se trouve l'école ? lui demanda ma mère.

— L'école ? s'esclaffa Kirsten. Il n'y a pas d'école ! Les Japs ont interdit l'éducation !

— Je vois. Alors c'est moi qui vous donnerai vos leçons, ajouta-t-elle en se tournant vers Peter et moi.

— Vous n'y arriverez pas, dit Kirsten. Vous serez trop fatiguée.

Maman se hérissa.

— Je trouverai la force.

— Ne vous faites pas d'illusions, insista Kirsten. Vous serez épuisée.

Ma mère se mordit la lèvre sans répondre. Je devinais qu'elle trouvait Kirsten antipathique.

Le lendemain, on assigna son travail à maman : elle serait « déménageuse ». Sa tâche consistait à sortir les meubles des maisons abandonnées et à les charger sur une charrette à deux roues, normalement tirée par un cheval ou un buffle.

Une fois les armoires, les tables et les chaises entassées, ma mère, Kirsten et une dénommée Loes devaient tirer la charrette jusqu'à une autre maison, déjà vidée, où l'on entreposait ces meubles, mis à la disposition des Japonais.

Au bout d'une semaine, ma mère était déjà sensiblement plus mince ; son visage et ses tibias étaient marbrés d'ecchymoses. Tous les soirs, elle nous préparait nos repas sur le réchaud mais comme l'avait prédit Kirsten, elle était trop épuisée pour faire autre chose que dormir.

Comme j'avais déjà dix ans et demi, on m'obligea à faire des corvées. Certaines fillettes de mon âge devaient s'occuper des bébés et des bambins pendant que leurs mères travaillaient ; d'autres balayaient les rues ou triaient l'immense pile de déchets entassés près du portail. On m'assigna l'arrachage des mauvaises herbes. Ce n'était pas une tâche aisée, car le sol était cuit par le soleil et il fallait prendre garde aux scorpions. Nous n'avions pas le droit de nous agenouiller – nous devions nous accroupir, position très inconfortable. Greta faisait également ce travail, à quelques mètres de moi. Un jour, je la vis succomber à l'envie de s'agenouiller. En quelques secondes, un garde s'élança vers elle, l'attrapa par le bras et la releva brutalement. Je crus qu'il l'obligerait à s'accroupir à nouveau ; au lieu de cela, il la gifla. Instinctivement, elle détourna la tête et reçut une deuxième gifle sur l'autre joue. Elle tomba à genoux ; il la releva et la gifla encore. Je me redressai et accourus pour l'aider, mais un autre soldat me repoussa, les traits tordus par la colère.

Ce soir-là, je racontai la scène à ma mère.

Elle ferma les yeux un moment.

— Pauvre Greta, murmura-t-elle. Pauvre petite fille.

— Mais pourquoi le soldat l'a-t-il frappée ? Il n'était pas obligé de la frapper, non ?

Ma mère m'expliqua rapidement que si les soldats japonais méprisaient les prisonniers, c'était parce qu'ils auraient préféré se suicider plutôt que de se déshonorer en se rendant. Donc, à leurs yeux, les femmes européennes étaient absolument méprisables ; nous garder était un travail déshonorant. Pour se remonter le moral, ils se défoulaient sur nous.

— Pour éviter qu'ils nous frappent, il faut leur obéir en tout, conclut maman. Nous devons toujours nous incliner devant eux et ne jamais les regarder dans les yeux. Vous comprenez, tous les deux ?

Nous acquiesçâmes solennellement.

Maman s'inquiétait pour Peter, qui avait alors huit ans, car il restait seul toute la journée pendant que nous travaillions. Elle ne voulait pas qu'il vagabonde dans le camp comme d'autres petits garçons, de crainte qu'il ne s'attire des ennuis avec les soldats. Elle le confia donc à une dame prénommée Ina, qui était dans la soixantaine et donc exemptée de travail. Ina était grande et mince, avec des paupières tombantes, de hautes pommettes et un nez recourbé ; elle me rappelait l'aigle que nous avions vu au zoo. Elle n'avait pas eu d'enfants mais elle s'occupait très bien de Peter. Elle lui cuisinait ses rations, jouait aux échecs avec lui et lui apprenait à compter et à écrire en traçant des chiffres et des lettres dans la poussière avec un bout de bois. Elle devait faire semblant de simplement bavarder avec lui : autrement, on l'aurait battue. En échange de ces soins, ma mère donna certains de ses vêtements à Ina.

— Pourquoi Ina veut-elle tes vêtements ? demandai-je à maman. Elle est beaucoup plus grande que toi ; ils ne lui iront pas.

Maman me répondit qu'Ina ne voulait pas porter ses vêtements, mais les troquer. À l'époque, les Japonais toléraient encore le *gedekking*, ou troc ; on rampait sous les clôtures pour échanger de l'argent ou des bijoux contre de la nourriture ou des médicaments avec les habitants de la ville.

— Pourquoi est-ce qu'Ina ne troque pas ses affaires à elle ?

Ma mère m'expliqua qu'Ina avait très peu de possessions parce qu'elle était déjà passée par deux camps : elle avait dû se défaire de presque tout ce qu'elle avait emporté au départ.

— Mais pourquoi les gens veulent-ils nos vieux vêtements ?

Maman m'expliqua qu'à Java, les stocks de coton étaient épuisés ; les détenus échangeaient donc leurs vêtements contre de la nourriture : un mouchoir valait un œuf, une blouse six œufs ou une « main » de bananes. Une robe valait dix œufs.

— Ne donne jamais ma robe en soie à Ina, dis-je à ma mère. Ni la veste de Peter.

— Je te le promets, parce que je sais que vous en aurez besoin.

Au fil du temps, nous apprîmes à connaître les gens de « notre » maison, sauf une dénommée Marjolein qui restait muette.

— Pourquoi est-ce qu'elle ne parle à personne ? demanda ma mère à Kirsten.

— Parce que nous sommes chez elle, répondit Kirsten. Elle déteste partager sa maison avec trente étrangers. J'avoue que je la comprends.

La plupart des familles étaient passées par plusieurs camps ; certaines avaient été à Solo et De Wijk, à l'est ; d'autres à Moentilan et Ambarawa, au centre de Java.

— Les Japs déplacent tout le monde vers l'ouest, observa Kirsten.

— Pourquoi ? demanda ma mère.

— Ils comptent nous entasser dans un grand ghetto pour pouvoir nous surveiller plus facilement, répondit Kirsten. Voilà pourquoi il y a de plus en plus de monde ici.

Tous les jours, en effet, des troupes de femmes et d'enfants débarquaient des camions. Nous reconnaissions parfois d'autres familles de planteurs ou certaines élèves de mon école.

Un jour, j'eus la joie d'apercevoir Corrie Van der Velden descendre d'un camion avec sa mère et ses sœurs jumelles, âgées de dix-huit mois. On leur attribua une chambre dans le pavillon de notre maison. Nous en fûmes ravis, même si les pleurs des jumelles nous empêchaient de dormir. Corrie m'apprit qu'elles avaient été détenues un an dans un autre camp, Karees, dans les quartiers sud-ouest de Bandung. Elles occupaient une maison avec vingt autres personnes, et avaient vécu dans le garage.

— Mais maintenant, le camp est en train d'être évacué, m'expliqua Corrie, alors on nous a emmenées ici.

Son père était à Tjimahi. La dernière fois qu'elle l'avait vu, il était assis les yeux bandés dans un camion avec le reste de son régiment. Mon père avait-il eu les yeux bandés ? Je tentai de chasser de mon esprit cette affreuse image.

Ce dont je me souviens le plus, dans cette maison de la rue Orchideelaan, c'est du bruit : un brouhaha permanent de conversations, de disputes, de cris et de pleurs, jour et nuit. L'une des femmes éternuait constamment – on aurait cru des coups de feu. Ina lisait toujours la Bible à haute voix, sous prétexte de nous réconforter, alors que je trouvais cela agaçant et dérangeant. Mais le pire, c'était les pleurs des bébés. Leurs mères étaient souvent trop épuisées pour les réconforter, et trop sous-alimentées pour leur donner le sein.

À l'époque, nous cuisinions les rations qu'on nous fournissait et les aliments achetés dans un magasin, le *toko*, où chaque famille pouvait se rendre un jour par mois. Lorsque notre tour arrivait, Peter et moi y accompagnions notre mère, mais le *toko* n'avait pas grand-chose à vendre et tout était très cher. Les devises néerlandaises, interdites, avaient été remplacées par des « florins » japonais qui valaient beaucoup moins ; pire encore, nous ne pouvions acheter que de minuscules quantités : une cuiller à thé de sel, quelques grammes de sucre ou de pain, une seule papaye.

Quelques semaines après notre arrivée, des soldats firent irruption dans la maison pour confisquer nos réchauds. Puis on coupa le gaz, et les cuisines furent transformées en chambres pour accueillir d'autres prisonniers. Le *toko* fut fermé. Nous devions désormais aller chercher nos aliments au *dapur*, une cuisine centrale dans une cabane en bambou avec de vieux bidons à pétrole en guise de marmites. Ceux-ci étaient suspendus au-dessus de feux de bois ; deux adolescents les retiraient avec des perches en bois. Il fallait faire la queue avec nos gamelles pour recevoir une soupe aqueuse et une cuillerée de riz pâteux avec un tout petit morceau de viande, une lamelle d'oignon ou une rondelle de carotte. On y ajoutait la moitié d'une tranche de pain caoutchouteux, et parfois un œuf ou une banane – mais ces friandises devaient être partagées entre trois ou quatre personnes. Ces maigres rations diminuaient de jour en jour ; nous maigrissions, alors que les soldats avaient toujours l'air bien nourris.

Un matin, au *tenko*, le commandant nous informa qu'afin de suppléer aux rations, nous devions désormais faire pousser des légumes. On nous remit des graines d'épinard et de tomate, et notre jardin fut divisé en dix sections, une par famille. Je me rappelle avoir vu la mère de Corrie lutter pour percer le sol durci avec une pioche presque aussi grande qu'elle, tandis que les jumelles et Corrie faisaient la sieste à l'intérieur, surveillées par Ina qui était devenue pour nous une gentille tante.

— Ça va, madame Van der Velden ? lui demandai-je. Vous voulez que je vous aide ?

— C'est gentil, Klara, me répondit Mme Van der Velden en s'appuyant sur sa pioche, hors d'haleine. Mais tu es beaucoup trop jeune pour faire ce genre de travail. Et tu n'es pas obligée de m'appeler Mme Van der Velden. Kate, ce sera très bien, ajouta-t-elle en souriant.

Ma mère et Kirsten aidèrent Kate et bientôt, cette terre dure comme de la pierre fut labourée, arrosée, et ensemencée. Les légumes poussaient bien, mais il fallait les surveiller la nuit, autrement on nous les volait.

L'un des gardes, que nous surnommions Johnny Tomate, effectuait ses larcins en plein jour. Il circulait dans le camp sur un vélo trop petit pour lui, avec sa mentionnière qui battait au vent. S'il repérait une tomate mûre, il descendait de son vélo, la cueillait et la mangeait sur place. Un jour, je le surpris à voler dans le jardin de la maison d'en face. Au moment où il s'apprêtait à remonter à vélo, il se figea. Je suivis son regard et vis Marjolein, la tête pendante, épuisée, qui rentrait de son travail au *dapur*. Elle releva la tête, s'arrêta et s'inclina. Avait-elle mis trop longtemps à le faire, ou Johnny était-il simplement de mauvaise humeur ? Il laissa tomber son vélo, s'élança vers elle et se mit à hurler d'une voix saccadée qui ricochait sur les murs. Horrifiée, je le vis sortir son fusil et lui frapper les épaules et le dos avec la crosse, encore et encore, jusqu'à ce qu'elle s'effondre dans la poussière en protégeant sa tête de ses bras. Alors que Kirsten et moi nous élancions à son secours, Johnny remonta sur son vélo et repartit en pédalant.

Les Japonais battaient si souvent les femmes et les jeunes filles que nous ne nous en étonnions plus : cela faisait partie du quotidien. En général, on les giflait ; les soldats commençaient par les frapper avec la paume, puis du revers de la main, puis à nouveau avec la paume, en renâclant sous la peine. *Clac, clac, clac!* Certains préféraient les frapper à coups de pied, à coups de poing ou avec le tranchant de la main. D'autres étaient plus retors ; ils enfonçaient leurs doigts dans les parties les plus vulnérables du corps avec une précision atroce. Quelques-uns, comme Johnny Tomate, se servaient de leurs fusils : leurs victimes avaient les dents cassées ou des fractures aux côtes et aux clavicules.

Ma mère redoutait que ces spectacles violents poussent ses enfants à détester les Japonais.

— Et pourquoi on ne les détesterait pas ? s'indigna Peter. Ils sont horribles.

— Vous ne devez détester personne, répliqua ma mère. C'est la haine qui détruit le monde.

Peu de temps après, l'une des jumelles, Sofie, attrapa la dysenterie. Il n'y avait pas d'hôpital, et Kate était désespérée. Un jour, nous la vîmes sortir en courant, Sofie dans les bras, pour arrêter deux soldats qui passaient devant la maison. Elle s'inclina puis leur montra Sofie, en les implorant de trouver des médicaments pour son « enfant très malade ».

— Imatin, répétait-elle. J'ai besoin d'Imatin pour mon bébé.

Le premier soldat la dévisagea avant de secouer la tête. Kate tomba à genoux, en pressant toujours la fillette contre sa poitrine, et les supplia de l'aider. Mais ils se contentèrent de hausser les épaules et reprirent leur chemin. Kate sanglotait en rentrant avec Sofie.

Cette nuit-là, ma mère et moi fûmes réveillées par des bruits de pas sur l'*emper* qui entourait la maison. Nous repoussâmes nos *kelambus* et vîmes, près de la fenêtre ouverte, le second soldat. Sans un mot, il remit à ma mère un petit flacon brun ; elle lut l'étiquette et courut vers Kate, qui poussa un cri de joie.

— Vous voyez, triompha ma mère lorsque Sofie guérit. Ça prouve qu'en chacun, il y a du bon. Il ne faut jamais l'oublier.

Ma mère avait déjà peiné à diriger seule la plantation, mais la vie à Bloemencamp était encore plus éprouvante. Peter et moi détestions la voir faire un travail aussi éreintant ; nous détestions avoir tout le temps faim, être entassés dans un espace aussi confiné, entendre chaque quinte de toux, chaque ronflement, chaque rot. Je ne supportais pas la saleté, la nourriture épouvantable, l'ennui total. Mais ce que je détestais par-dessus tout, c'était le *tenko*. Le *tenko*, c'était l'enfer.

Matin et soir, nous devions rester debout tandis que les soldats comptaient nos rangs en criant les chiffres :

Ichi ! Ni ! San ! Shi ! Go ! Roku ! Shichi ! Hachi ! Kyu ! Ju !

S'ils se trompaient, ce qui arrivait presque tout le temps, ils revenaient sur leurs pas et reprenaient depuis le début. Les gens gémissaient, pleuraient, s'appuyaient les uns aux autres, se redressaient brusquement pour s'incliner au passage du commandant. Nous étions obligés de l'écouter nous haranguer, nous dire que nous avions été vaincus et que nous devions donc être obéissants, polis et reconnaissants de l'« hospitalité » et de la « protection » qu'on nous accordait. Pire encore, comme si cela ne suffisait pas, les soldats se trouvaient toujours un souffre-douleur, sous le moindre prétexte. Une fois, ils s'en prirent à la grand-mère de Greta, Mme Moonen. Sa bouche était un peu tordue d'un côté ; elle avait peut-être eu un accident cardio-vasculaire. Comme elle était au premier rang, le commandant la remarqua tout d'un coup. Il dut croire qu'elle se moquait de lui, car il aboya un ordre à un garde, qui s'empara d'elle pour l'entraîner. Le lendemain matin, je vis Greta entourer d'un pansement la tête rasée et ensanglantée de Mme Moonen.

Parmi les nombreuses punitions infligées par les Japonais, la tonte était la plus courante. Destinée à humilier la victime, l'opération était réalisée en public, avec une maladresse délibérée. La plupart des femmes tondues se contentaient de se coiffer d'un foulard et de reprendre le fil de leur existence. Souvent, leurs compagnes se coupaient quelques mèches pour les fixer sur le devant de leur foulard. Ma mère l'avait fait si souvent que sa chevelure, jadis luxuriante, lui atteignait à peine le col.

— Et si on s'évadait ? suggéra Peter un matin.

— Pourquoi pas ? renchéris-je. Après tout, nous sommes des milliers et ils ne sont que quelques-uns.

— Mais ils ont des fusils et des baïonnettes, répondit ma mère. Et ils n'hésiteraient pas à s'en servir.

— De toute façon, ajouta Kate, il serait difficile de se cacher. On nous repérerait aussitôt, on nous ramènerait et sans doute nous exécuterait-on. Ne t'en fais pas, ma chérie, dit-elle à Corrie, ça ne risque pas d'arriver.

— Je ne compte pas tenter de m'évader, déclara ma mère. Ma priorité, c'est de rester vivante pour mes enfants.

— Exactement, acquiesça Kate, et moi, je vais rester vivante pour mes filles – même si ça me tue ! ajouta-t-elle avec un petit rire sinistre.

Les jours passaient lentement, péniblement. Nous perdîmes toute notion du temps, bien que ma mère tentât de compter les semaines et les mois en faisant des coches au mur. Notre objectif principal était de ne pas nous faire remarquer par les gardes afin de ne pas être punis. Durant le *tenko*, je restais donc clouée sur place, impassible, en pensant à mon père, à la plantation, à Ferdi et Sweetie, et à la mangue que j'aurais tant aimé manger ; j'en oubliais les diatribes du commandant. Un jour, au *tenko*, l'interprète nous annonça que nous allions être transférés. Un murmure d'étonnement parcourut les rangs. Ma mère nous chuchota que nous partions pour un autre camp, Tjihapit. L'interprète brandit à nouveau son porte-voix pour nous ordonner d'aller faire nos valises immédiatement. Nous devions prendre tout ce que nous pouvions porter, mais ne pas tenter de faire passer des « articles interdits » en contrebande. Nos sacs seraient fouillés à la sortie.

De retour à la maison, nous nous interrogeâmes sur ces « articles interdits ».

— N'importe quel objet hollandais, nous précisa Kirsten. Autrement dit, pas d'argent néerlandais – ni pièces, ni billets –, ni quoi que ce soit où figure le portrait de la reine Wilhelmina.

— Rien d'orange, ajouta Ina, bien que…

Elle souleva sa robe en souriant pour révéler un ruban orange cousu à l'ourlet de sa petite culotte.

— Ma culotte royale, par exemple ?

— C'est très joli, dit Loes. Au *tenko*, je m'attache un bout de laine orange à un doigt de pied pour avoir l'impression de m'incliner devant la Hollande, plutôt que devant ces sales Japs.

— Pas de drapeaux des Pays-Bas, poursuivit Kirsten en faisant sa valise. Pas de composants de poste de radio, ajouta-t-elle en chantonnant. Ni ciseaux, ni couteaux, et – encore pire – pas de livres !

Ceci affligea ma mère car la lecture était, disait-elle, sa façon de se « restaurer » à la fin de chaque journée. Nous dûmes pourtant empiler nos livres devant la maison pour qu'ils soient ramassés et brûlés ; on n'autorisait même pas les Bibles. Ina me fit signe et ouvrit sa veste : sous la doublure, elle avait dissimulé quelques pages arrachées à l'Ancien Testament.

— Quelques-uns de mes psaumes préférés, chuchota-t-elle en posant son doigt sur ses lèvres.

— Ni papier, ni stylo, entonna Kirsten en remplissant son sac. Pas de jeux de cartes, et pas de jeux de société.

Ma mère se tourna vers Peter.

— Tu vas devoir laisser le jeu d'échecs de Jaya.

— Mais je lui ai dit que je lui rapporterais ! Je ne peux pas le laisser ! (Ses yeux se mouillèrent.) Je ne peux pas, maman.

— Il le faut, Pietje. On ne peut pas courir le risque qu'ils le trouvent.

— Parce que s'ils le trouvaient, m'emportai-je, c'est maman qu'ils puniraient, pas toi. C'est de ça que tu as envie ?

Maman essuya les larmes de Peter.

— Après la guerre, nous achèterons un magnifique jeu d'échecs à Jaya pour que tu le lui offres.

Peter déglutit.

— Promis ?

— Promis. Il sera encore plus beau.

Peter se rasséréna.

— Il a toujours rêvé d'un jeu d'échecs en onyx et en marbre.

Maman sourit.

— Alors il l'aura. Je lui achèterai le plus beau jeu d'échecs en onyx et en marbre que je pourrai trouver. Je te le promets solennellement, mon chéri.

Peter renifla et tira le jeu d'échecs de Jaya de sa valise. Avec un grand soupir de regret, il le posa dans un coin de la chambre.

Les photos de famille avaient également été interdites, mais ma mère refusa de se départir de celle de mon père ; elle la cousit donc à l'intérieur de l'ourson de Peter, avec l'unique carte que nous ayons reçue de lui.

Nous tentions de deviner où nous serions transférés. Personne ne le savait. Toutes sortes de rumeurs circulaient : les Japonais étaient en train de perdre la guerre ; ils étaient en train de gagner ; les Alliés arrivaient, ils avançaient dans le Pacifique, d'île en île. Quelqu'un raconta que Tjihapit était un camp punitif, dirigé par les Kempetai, dont personne ne sortait vivant. Quelqu'un d'autre dit qu'au contraire, c'était mieux qu'à Bloemencamp, avec plus de nourriture et moins de monde.

Mais peu m'importait ce qui nous attendait. Au moins, cela nous changerait, et romprait notre insupportable routine.

10.

Nous étions mercredi après-midi. Klara me parlait depuis une heure lorsque je m'aperçus, avec un pincement de culpabilité, qu'elle était exténuée.

— Vous êtes fatiguée, Klara. Ce que vous me racontez est tellement passionnant que je n'avais pas remarqué. Et si on arrêtait pour aujourd'hui ?

— Très bien, soupira-t-elle. Je pense que j'ai assez brassé de souvenirs. De toute façon, il faut que j'ouvre le magasin tout à l'heure.

J'éteignis le magnétophone.

— Alors je vous laisse vous reposer un peu.

Je glissai l'appareil dans mon sac et me levai, mais Klara me retint.

— Ne partez pas tout de suite, Jenni. Je veux vous montrer quelque chose.

Je me rassis, ravie que Klara s'offre spontanément à partager quelque chose avec moi. Elle souleva le couvercle de la boîte en bois qui m'intriguait depuis qu'elle l'avait posée sur la table basse.

— Comme je vous l'ai déjà dit, nous avons quitté Java les mains vides. Mais j'ai quelques souvenirs, d'autant plus précieux qu'ils me rappellent ce à quoi nous avons survécu. En voici un.

Elle sortit un mouchoir blanc soigneusement plié, le déplia et l'étala sur la table. Bordé de dentelle, il était en linon très fin brodé de lettres rouges et bleues et d'un cercle à l'intérieur duquel était cousu, en lettres majuscules, *Bloemcamp, Bandoeng, Juin 43-44*. Une trentaine de noms étaient brodés en toutes petites lettres autour de ce cercle.

— C'est ma mère qui l'a fait, m'expliqua Klara. Elle a brodé les noms de toutes les femmes et enfants qui habitaient la même maison que nous.

Loes Van Rozelaar... Liesbeth de Jong... Kate Van der Velden... Hanke Sillem... Martha Tromp... Kirsten Zwaan...

— Voici Kate, dis-je en scrutant le mouchoir, fascinée. Et Kirsten – il n'y a pas d'autre Kirsten, alors ce doit être celle dont vous m'avez parlé. *Marjolein de Bruin.* C'était sa maison. Et là, c'est Ina. *Ina Bogaardt.*

— Et voici ma mère, ajouta Klara. *Anneke Bennink.* Elle travaillait à ce mouchoir le soir. Je me rappelle lui avoir demandé si c'était difficile de faire d'aussi petits points à la lueur de la lampe. Elle m'a répondu que c'était important pour elle, parce que dans les années à venir, elle voulait se rappeler le nom de tout le monde.

— Certains ne sont que des prénoms. *Corrie... Angelika... Yan...*

— Ce sont les enfants, m'expliqua Klara. Ma mère les a faits comme ça pour les distinguer des adultes. *Saskia... Sofie... Klara... Peter...*

— J'aimerais photographier ce mouchoir pour illustrer vos mémoires. J'apporterai mon appareil photo demain ou après-demain. Vous seriez d'accord ?

Klara replia le mouchoir.

— Bien entendu.

Lorsqu'elle le remit dans la boîte, j'entraperçus autre chose.

— Qu'est-ce que c'est ?

Elle sortit l'objet, un calepin relié en cuir vert éraflé et décoloré par le soleil. Klara le regarda avant de me le passer. Je lus les initiales estampées sur la couverture. *AKB.*

— Il appartenait à votre mère ?

— Oui. Anneke Katrien Bennink.

— C'est son journal intime ?

— Non. Elle n'écrivait pas de journal intime.

— Je peux l'ouvrir ?

Klara hocha la tête. Doucement, je tournai les premières pages aux bords jaunis et friables, et lus la petite écriture nette. *Irish stew. Een pond rundvlees… twee uien… vijf wortels.* Je tournai la page. *Charlotte aux pommes… Vier Kookappels… 200 gram bloem… 200 gram poedersuiker… een theelepel vanille…* Je passai à la page suivante. *Riz au lait…*

— Elle a compilé ces recettes pendant que nous étions à Tjihampit, précisa Klara.

Je la regardai, perplexe.

— Mais pourquoi écrire un livre de recettes dans un camp de concentration ?

— Je vous expliquerai un autre jour, Jenni, fit-elle en désignant l'horloge d'un signe de tête. Il faut que j'y aille, maintenant. (Elle se leva avec raideur.) Je déteste faire attendre les clients – c'est impoli et mauvais pour les affaires.

Je rapportai les tasses et la cafetière dans la cuisine et les posai sur le comptoir.

— Ce doit être difficile pour vous de vous remémorer des événements aussi douloureux, puis d'aller bavarder avec vos clients comme si de rien n'était.

— Ça va, répondit-elle. C'est très intense, comme vous me l'aviez annoncé. Mais c'est moins difficile que je ne me l'imaginais, peut-être parce que c'est facile de vous parler, Jenni. Cela me vient tout naturellement : j'ai la sensation que vous me soutirez mon histoire comme si vous dévidiez une pelote de laine.

— Comme si je vous détricotais ? la taquinai-je.

— Oui, en quelque sorte. (Klara me dévisagea un moment.) Mais je n'arrête pas de me creuser la cervelle pour me rappeler où nous nous sommes rencontrées.

— Nous ne nous sommes jamais rencontrées, affirmai-je gentiment.

Elle secoua la tête.

— Je suis sûre que si. Peut-être avons-nous bavardé sur la route ou sur la plage. Ou alors, comme Jane, j'ai la mémoire qui flanche, soupira-t-elle.

— Mais pourquoi vous souviendriez-vous d'une telle rencontre, alors qu'elle aurait eu lieu il y a vingt-cinq ans ?

Je me sentis rougir.

— Donc, vous êtes venue ici en… 1987 ?

Mon pouls accéléra.

— C'est ça.

Klara cligna des yeux.

— Quelque chose me rafraîchira la mémoire et tout d'un coup, je m'en souviendrai.

Nous nous dirigeâmes vers la porte.

— Vous êtes contente de ce qu'on a enregistré jusqu'ici ?

— Très contente, répondis-je, heureuse de changer de sujet. Mais j'aimerais aussi demander aux membres de votre famille de me dire quelque chose sur vous ; une ou deux anecdotes, ou juste un paragraphe sur la façon dont ils vous voient, sur ce que vous représentez pour eux. Ça enrichirait le texte de points de vue différents, et impliquerait vos proches dans l'écriture de vos mémoires.

— C'est une jolie idée. À qui demanderiez-vous ? Henry et Beth ? Vincent ?

— Oui, et leurs enfants. Je bavarderai avec Adam lorsqu'il passe à la ferme. Et je peux interviewer la fille de Vincent par téléphone, ou alors elle pourrait m'envoyer quelque chose par mail.

— Je suis sûre que Jill acceptera. Elle vit à Rome, je lui donnerai votre contact demain.

— Je pensais aussi interroger un ou deux de vos amis.

— Eh bien, Jane, évidemment, suggéra Klara. Elle se rappelle tout de même certaines choses, même si sa mémoire est imprévisible. Ses souvenirs semblent affluer et refluer comme des vagues.

— Vit-elle dans les environs ?

Klara hocha la tête.

— Elle habite une maison de retraite médicalisée à Trelawn. Je lui rends visite toutes les semaines. Vous pourriez m'accompagner, ou je pourrais l'amener ici, ou bien nous pourrions nous retrouver à St. Mawes.

Nous descendîmes jusqu'à la cour. Klara déverrouilla la porte du magasin avant de se tourner vers moi.

— Je peux vous offrir du pain, un gâteau ? Voudriez-vous des fruits ? Nous avons beaucoup d'œufs, prenez-en une barquette.

— Merci, Klara, ça va, j'ai encore des tas de choses dans le réfrigérateur, et je peux acheter ce qui me manque à Trennick.

— C'est vrai, le magasin est ouvert jusqu'à 21 heures, et le Boathouse fait un bon fish and chips si vous n'avez pas envie de cuisiner. Et vous pouvez toujours dîner avec nous – vous n'avez qu'à vous présenter.

J'hésitai. Je ne voulais pas sembler ingrate mais je me sentais incapable d'affronter un autre repas de famille.

— C'est très gentil, Klara, mais je crois que je vais rester à la maison.

— Je comprends. Bon… (Elle sourit.) À demain, alors.

Il faisait encore jour lorsque je me mis en route pour Lanhay. Le récit de Klara me hantait : sa mère en train de tirer la charrette de meubles ; Kate essayant de piocher le sol poussiéreux ; Greta et Marjolein giflées et battues ; les bébés têtes nues qui pleuraient au soleil. Ma propre vie et mes problèmes s'estompaient.

Un mail d'Honor m'attendait lorsque je rentrai au cottage. Je tentais de la joindre depuis le mariage mais je la ratais toujours. Je lui répondis pour lui apprendre où j'étais et ce que j'y faisais. Comme la connexion était mauvaise, je lui donnai le numéro du fixe du cottage. Une minute plus tard, il sonna.

— Jenni !

— Honor ! dis-je en riant. Rapide comme l'éclair !

— Je tenais vraiment à te parler. Je suis désolée de ne pas t'avoir rappelée, j'ai été très prise. Alors, quoi de neuf ? Je tourne le dos une seconde, et tu en profites pour filer à l'autre bout du pays !

— Ça s'est fait très vite. Et toi, tu es où ?

— Au studio. J'attends de faire une interview pour l'émission de dimanche. Alors si j'ai bien compris, tu es en Cornouailles, en train d'écrire les mémoires de la mère du parrain de Nina ?

— Exactement.

Je lui racontai comment j'avais obtenu le contrat.

— J'avais bien remarqué qu'il t'écoutait très attentivement. Je sais que tu ne peux pas me raconter grand-chose à cause de la clause de confidentialité, mais est-ce que son histoire est intéressante ?

Je lui expliquai, en termes généraux, de quoi il s'agissait.

— Donc, c'étaient des camps de concentration ?

— Oui, où les gens étaient enfermés, affamés et souvent brutalisés.

— Mon Dieu... Un truc comme ça, ça doit laisser des traces toute la vie !

— C'est le cas de Klara. C'est la première fois qu'elle en parle.

— Alors tu t'assieds avec elle et tu te contentes d'écouter.

— Je pose quelques questions mais, en gros, oui.

— Ça doit être difficile d'être avec quelqu'un que tu ne connais pas et qui te raconte des trucs aussi pénibles.

— C'est pénible, mais c'est pire pour Klara d'en parler alors qu'elle en souffre encore énormément. C'est comme si tout ça lui était arrivé hier.

— Ça la remue ?

— Oui. Parfois, elle pleure.

— Et tu arrêtes l'enregistrement dans ce cas-là ?

— Non, je lui tends un mouchoir et je continue. Ça va peut-être te sembler cruel, mais ses larmes représentent une part importante de son histoire.

— Je comprends. Moi aussi, ça m'arrive quand je fais des interviews. Et où habite-t-elle en Cornouailles, au juste ?

— Au sud, dans la région de Roseland.

— Je ne connais pas ; je suis seulement allée dans le nord. Au fait, j'ai une grande nouvelle...

Il y eut une pause théâtrale.

— Oui ?

— Nina est rentrée de lune de miel.

— Très bien.

Je me demandai pourquoi Honor considérait qu'il s'agissait d'une grande nouvelle.

— Ils ont fait un bon voyage en Provence ?

— Très beau, apparemment ; elle regrette de ne pas être restée plus longtemps. Elle m'a aussi dit qu'elle…

— Quoi ? Qu'elle retournait au boulot ?

— Non, ou plutôt, oui, mais ce n'est pas ce que je voulais te dire. Elle est… tu ne devines pas, Jen ?

— Enceinte ? murmurai-je.

— Oui ! C'est génial, non ?

À mon grand étonnement, je sentis les larmes me monter aux yeux.

— Elle vient tout juste de me l'annoncer, reprit Honor. Elle n'avait pas osé en souffler mot, même à nous, avant d'en être certaine.

— C'est compréhensible.

— Elle a passé sa première échographie ce matin et tout va bien. Elle a essayé de t'appeler mais elle n'a pas pu te joindre, alors elle m'a permis de te l'apprendre.

— C'est merveilleux.

Je clignai des yeux pour retenir une larme, et me mis à calculer les dates.

— La première échographie a lieu à douze semaines, ajoutai-je.

— Ah bon ?

— Oui. Ce qui veut dire que le bébé naîtra… mi-mai.

— C'est ce qu'a dit Nina. Elle espère que le baptême aura lieu le jour de leur premier anniversaire de mariage – il faut qu'on « save the date ». Tu préférerais un garçon ou une fille ?

— Un garçon.

— Moi, j'aimerais que ce soit une fille pour que je puisse lui acheter de belles robes ; mais on l'aimera, que ce soit une fille ou un garçon.

— Évidemment qu'on l'adorera.

Je me vis avec le bébé de Nina dans les bras, sa petite main à fossettes agrippant mon doigt.

— Et Rick, ça va ? reprit gaiement Honor.

— Ça va…

— Il te rejoint en Cornouailles ?

J'hésitai.

— Je ne crois pas.

— Ce serait l'occasion pour vous de passer quelques jours ensemble à la campagne. Les vacances de la Toussaint approchent, non ?

— Oui, mais…

— Tu n'as pas le temps ? Tu es trop occupée ?

— Ce n'est pas ça. D'ailleurs, Klara me l'a très gentiment proposé. Mais… Rick et moi, c'est un peu compliqué en ce moment.

— Ah… c'est vrai, je t'ai trouvée un peu éteinte au mariage, soupira Honor. Tu aurais dû m'en parler avant, Jen – je te raconte tout cc qui se passe dans ma vie, mais toi, tu refoules toujours tout. Alors… que s'est-il passé ?

— Rien de dramatique. Nous avons simplement compris que nous avions… des aspirations différentes. Mais je préférerais ne pas t'en parler maintenant, si ça ne t'ennuie pas. Je dois me concentrer sur mon travail. Une chose à la fois.

Honor me connaissait assez pour savoir qu'il valait mieux ne pas me forcer la main

— D'accord. Tu peux m'appeler à la maison si tu veux. J'y serai tout à l'heure.

— Merci, Honor. Je t'appellerai peut-être. Mais un dernier truc en vitesse : tu as eu des nouvelles d'Al ?

Elle poussa un soupir douloureux.

— Non. Ça me vexe un peu, d'autant qu'il m'a donné sa carte. Al, c'est pour Alastair, au fait – ni Alexander, ni Alan, au cas où tu te sois posé la question.

— Ah. En effet, je me réveille la nuit pour y penser.

— Je pensais qu'il appellerait, gémit Honor. Nous nous sommes beaucoup parlé au mariage.

— Pourquoi tu ne l'appelles pas, toi ?

— Non. Trop rentre-dedans.

— Pas de nos jours. Tu pourrais toujours faire semblant de vouloir l'interviewer au sujet de l'orthodontie.

— Tiens, c'est une idée. Tu savais que des gamins avec des dents parfaites se font poser des appareils parce qu'ils trouvent que ça leur donne une sorte de chic *geek* – bizarre, non ? Personne, à part ma mère, ne m'a jamais dit qu'une partie de mon corps était parfaite. Sauf mon gynécologue qui m'a dit une fois que j'avais un très beau... oh, mon producteur m'appelle ! Il faut que j'y aille. Téléphone quand tu veux, Jen ! Vraiment. Au revoir.

Je raccrochai, souriante, en regrettant de ne pas avoir raconté à Honor mes ennuis avec Rick. Mais ce n'était pas une conversation que je voulais avoir par téléphone. Et il fallait vraiment que je me concentre sur le récit de Klara. Je tenais à lui rendre justice.

Je m'assis à la table de la cuisine pour décrypter l'entretien du jour. Tout en écrivant le passage au sujet du mouchoir, je me demandai combien de ces femmes avaient survécu. Je songeai à la mère de Klara, brodant le nom de son fils, sans deviner le chagrin qui l'attendait. Peter était tellement vivant dans le récit de Klara. C'était affreux d'attendre le moment où se produirait la tragédie...

À 19 h 30, j'avais terminé la transcription et je l'avais relue deux fois. Lessivée, j'ouvris la bouteille de vin et m'en servis un grand verre. Je me fis des pâtes, bus encore deux verres de vin, ce qui me donna envie d'un expresso. Je trouvai un percolateur dans le placard, mais pas de café moulu. Mon envie était tellement irrésistible que je décidai d'aller en acheter.

La clé de la voiture était posée à côté du téléphone. Je la pris ; en apercevant la bouteille à moitié vide, je la posai. Je n'étais pas en état de conduire. Enhardie par le vin, je passai mon manteau, pris la lampe de poche et partis à pied.

Une lune basse et ronde baignait le paysage de sa lumière laiteuse. En parcourant le chemin, j'entendis un hibou ; le rugissement assourdi de la mer augmentait au fur et à mesure que je me rapprochais de la plage. Lorsque je m'avançai sur la cale de halage, le vent gifla mes joues et tira mes cheveux. La marée descendante exposait la moitié de la plage ; les rochers dentelés se dressaient, noir sur fond de mer éclairée par la lune.

La mariée monte.

La mariée monte ?

La marée, idiot…

Il faut faire vite.

Je traversai la plage en humant l'odeur de la mer, escaladai les marches en granit menant au sentier, contournai la falaise à travers un rideau d'arbres sculptés par le vent, et me retrouvai à l'orée du village. Une senteur de feu de bois flottait dans l'air. Je me rappelais les rues étroites de Trennick, ses cottages blancs, le pub Three Feathers et le café Boathouse. La vitrine éclairée de l'épicerie du square dessinait un rectangle jaune sur la chaussée. J'achetai le café, le mis dans mon sac, et rebroussai chemin.

Je restai debout sur la falaise un moment pour contempler la mer où les rayons de lune jetaient des flaques d'argent en fusion. Je descendis l'escalier, mais au lieu de traverser la plage, je marchai jusqu'à la lisière de l'eau. Je restai là, à regarder les vagues se dérouler sur le sable, en écoutant les galets crisser et s'entrechoquer doucement. Je fis volte-face, me mis à marcher, puis je m'arrêtai soudain, le cœur battant. J'avais entendu un cri.

Evie… Evie… Attends…

11.

Klara

Le jour de notre transfert, nous empilâmes nos matelas devant la maison, où un camion devait les ramasser, et nous dirigeâmes vers le portail avec notre *barang*. Nos valises avaient été vite bouclées. Au bout d'un an à Bloemencamp, nous ne possédions plus qu'une fraction de ce que nous y avions apporté. Ina n'avait qu'un petit sac : elle porta donc l'une des jumelles, Sofie ; Corrie se chargea de Saskia. Kate ajusta les sangles de son sac à dos, prit leurs sacs et nous partîmes ensemble.

Des centaines de femmes faisaient déjà la queue. Beaucoup d'entre elles avaient enfilé plusieurs couches de vêtements ; elles étaient chargées de valises, de malles, de paniers, de sacs et de balluchons improvisés avec des draps noués. La plupart avaient attaché à leurs sacs à dos casseroles, bouilloires, pots de chambre, plumeaux et seaux émaillés, voire fauteuils pliants.

— Comment s'imaginent-elles qu'elles vont pouvoir transporter tout ça ? demandai-je à Kirsten.

— Elles savent qu'elles ne vont pas loin. Je viens d'entendre dire que Tjihapit, c'est à deux pas.

— Vraiment ? s'étonna ma mère.

Kirsten hocha la tête.

— Il paraît que c'est dans un autre quartier nord de Bandung.

Nous avancions avec une lenteur désespérante car les soldats inspectaient tous les bagages, dépliaient les vêtements, fouillaient les poches et secouaient les objets pour débusquer des « articles interdits ».

Le soleil était maintenant à son zénith. Près de nous, une femme s'évanouit et dut être ranimée. Les enfants pleuraient. Quand Sofie se mit à hurler à son tour, j'eus moi aussi envie de hurler. Soudain, elle régurgita sur l'épaule d'Ina.

— Ce n'est rien, mon chou, chantonna Ina. On va te nettoyer.

Elle prit la gourde d'eau que lui passa Kate et essuya la petite bouche de Sofie avec un chiffon, puis le devant de sa chemisette, et enfin sa propre robe.

— On est bientôt arrivées, ma puce, ensuite maman va s'occuper de toi. C'est pour ça, les mamans...

Nous entendîmes des éclats de voix, suivis de cris étranglés. Une rumeur se propagea jusqu'à nous : une femme avait tenté de passer en contrebande des articles « interdits » – un atlas et un billet de dix florins. Lorsque nous avançâmes, nous la vîmes, debout à côté de la file, les bras levés au-dessus de la tête ; elle n'avait pas plus de quinze ans. Sa joue était zébrée de rouge ; l'un de ses yeux était si tuméfié qu'il était fermé, et ses vêtements étaient maculés de poussière.

— Tu comprends maintenant pourquoi je ne t'ai pas laissé prendre ton jeu d'échecs ? chuchota ma mère à Peter.

Il hocha la tête pitoyablement.

— La pauvre, murmura Kate. Ils vont l'obliger à rester commc ça toute la journée, ces salauds.

Deux heures plus tard, lorsque nous atteignîmes le devant de la queue, la jeune fille était encore là, les bras levés, la tête penchée, soit parce qu'elle était épuisée, soit parce qu'elle ne voulait pas qu'on voie son visage.

Les soldats fouillèrent le sac et les poches de la veste d'Ina. Je redoutais qu'ils trouvent les pages de la Bible qu'elle y avait dissimulées, mais nous passâmes sans incident.

Tjihapit nous sembla beaucoup plus vaste et plus encombré que Bloemencamp. Les rues grouillaient de nouveaux arrivants qui portaient ou traînaient leurs possessions tout en recherchant le logement qui leur avait été attribué. Des femmes et des adolescentes allaient au travail, en revenaient, ou rapportaient du *dapur* des seaux de nourriture. Des « déménageuses » tiraient des charrettes chargées de commodes, de tables et de chaises, et même de pianos. Les enfants s'amusaient dans la rue avec des jouets improvisés : certains marchaient sur des « échasses » faites de boîtes de conserve reliées par de la ficelle ; d'autres poussaient des roues de vélo devant eux avec des baguettes. Plusieurs étaient si maigres et faibles qu'ils se contentaient de rester assis sur le bord du trottoir en faisant semblant de jouer avec leurs mains.

— Jolies maisons, lança Kristen avec un sourire amer.

Les jardins, festonnés de cordes à linge, étaient envahis de mauvaises herbes ; les carreaux brisés ressemblaient à des dents cassées ; les volets pendaient de guingois, comme des paupières tombantes ; la peinture s'écaillait, comme si les murs avaient une maladie de peau.

Kate, ses filles et Ina étaient dans la même maison, sur Riowstraat. Kirsten et ma famille logions non loin de là, sur Houtmanstraat.

En découvrant notre maison, deux fois plus grande que celle d'Orchideelaan, mon soulagement initial céda bientôt à la consternation : elle était déjà occupée par une cinquantaine de femmes et d'enfants. La buanderie qu'on nous assigna donnait sur une cour arrière broussailleuse, au-delà de laquelle s'élevait le *gedek* couronné de fils barbelés.

Nous nous installâmes tant bien que mal. Kirsten posa son matelas dans un coin du salon, à quelques mètres de nous.

— *Home sweet home*, ironisa-t-elle en suspendant son *kelambu*.

Comme Houmantstraat se situait à la lisière du camp, les bruits du monde extérieur nous parvenaient ; le caquètement des poules qu'on emportait au marché, le vrombissement d'un bus, le tintement d'une sonnette de vélo. Nous entendions parfois les cris des vendeurs ambulants se rapprocher, puis s'éloigner.

La chance nous sourit car à Tjihapit, ma mère fut chargée d'accommoder les légumes au *dapur*. Peter et moi la poussions à en profiter pour nous rapporter de la nourriture en douce. À une ou deux reprises, elle dissimula une carotte dans ses vêtements, mais lorsque l'une des cuisinières du *dapur* fut pourchassée par une foule de femmes enragées qui lui lançaient des pierres, ma mère jura de ne plus recommencer.

En revanche, il n'y avait qu'à se baisser pour ramasser les escargots. Un jour, dans la ruelle humide située derrière notre maison, ma mère trouva un escargot géant, ou *keong*, qu'elle nous rapporta.

— On en trouvera d'autres et on va les cuire. Vous savez, les Français en mangent, protesta-t-elle lorsqu'elle nous vit dégoûtés. Pour eux, c'est un mets raffiné, à la carte des meilleurs restaurants.

Nous partîmes donc tous trois à la chasse à l'escargot : lors de notre première razzia, nous en rapportâmes une dizaine. Ma mère fit chauffer de l'eau sur son fer à repasser dans une boîte en fer-blanc – je me rappelle le sifflement affreux qu'ils émirent lorsqu'ils furent plongés dans l'eau bouillante. Comme leur chair était encore dure, elle les fit bouillir à nouveau, puis les entoura d'une étoffe et les broya entre deux briques pour les ramollir. Enfin, elle les découpa et les mit dans notre riz, ainsi que dans celui de Kirsten, qui partageait sa nourriture avec nous.

Kirsten embrassa le bout de ses doigts.

— Miam ! Je n'ai jamais mangé d'aussi bons escargots de ma vie.

— Tu en as déjà mangé ? s'étonna Peter.

— Jamais. Donc, ce sont les meilleurs.

Étonnamment, ces escargots étaient en effet savoureux ; mais le bruit se répandit et très vite, tous les *keong* de Tjihapit furent décimés. Bientôt, limaces, grenouilles, serpents et rats disparurent à leur tour ; à mon grand chagrin, on n'entendait même plus les coassements porte-bonheur du *tokeh.*

Peu à peu, nous apprîmes à connaître nos nouveaux « colocataires ». Ils venaient d'une plantation de thé au centre de Java. Les Japonais avaient abattu son mari parce qu'il avait refusé de leur remettre la clé de sa voiture. Je songeai à ma mère, tentant désespérément de forcer mon père, par la pensée, à remettre la sienne. Shirin, très belle avec ses longs cheveux noirs et ses yeux bruns expressifs, avait souvent l'air triste. Je la croyais *Belanda Indo*, mais un jour, alors que nous bavardions sur le porche, elle m'apprit que son père était Persan. Elle vivait à Balikpapan, à Bornéo, où son mari travaillait pour la Dutch Oil. À l'approche des Japonais, elle avait été évacuée avec les femmes et les enfants. Son mari, avec ses collègues, avait réussi à faire sauter la raffinerie de pétrole. D'une voix basse et calme, Shirin me raconta qu'on les avait décapités. Donc, les rumeurs que nous avions entendues étaient exactes.

Vena, une très jolie blonde, portait une jupe noire moulante et un haut en dentelle blanche à travers lequel on distinguait sa peau nue ; elle mettait du rouge à lèvres rouge tous les matins avant d'aller se poster près du portail. Je demandai à Kirsten pourquoi Vena s'habillait ainsi, et pourquoi les autres femmes de la maison la méprisaient.

— Elles ne supportent pas Vena parce qu'elle est gentille avec les Japs dans l'espoir d'être mieux nourrie et traitée, répondit Kirsten.

Je réfléchis un moment.

— On ne pourrait pas être gentilles avec eux, nous aussi ?

Cela me semblait sensé, car nous maigrissions à vue d'œil.

Kirsten eut un petit rire sombre.

— Non, ma chérie. Il vaut mieux avoir faim.

Je n'étais pas d'accord. Mais que faisait donc Vena pour être « gentille » avec les Japs ? Elle bavardait avec eux ? Elle leur racontait des blagues ? Elle leur chantait des chansons ? Quoi qu'il en soit, ce fut efficace : quelque temps après, Vena partit avec sa valise, sans doute pour vivre à l'extérieur, car nous ne la revîmes plus dans le camp.

Les soldats nous ordonnaient régulièrement de sortir de la maison pour chercher des « articles interdits » dans nos chambres, qu'ils saccageaient. Du jour au lendemain, certaines activités étaient prohibées, notamment les conférences et les cercles de tricot. Le *gedekking*, désormais strictement interdit, se poursuivait clandestinement. L'une des femmes de notre maison réussit à se glisser hors du camp en passant par le fossé des égouts, et revint avec des bananes. Si elle avait été surprise, elle aurait été battue. Quelques jours plus tard, nous apprîmes qu'une autre prisonnière avait troqué une robe de cocktail contre dix œufs. Après avoir reçu les œufs, elle avait lancé sa robe par-dessus la clôture, mais celle-ci s'était accrochée aux fils barbelés. L'Indonésien avait tenté de la décrocher avec un bâton ; un garde l'avait surpris et chassé.

Le lendemain fut un calvaire dont le souvenir me hante encore. Dès l'aube, on rassembla tous les internés dans le pré. Le commandant ordonna à la femme qui avait troqué la robe de se dénoncer. Personne ne se manifesta.

— Vous ne bougerez pas d'ici jusqu'à ce qu'elle se dénonce ! hurla-t-il.

Nous restâmes debout au soleil toute la matinée et tout l'après-midi. Les enfants pleuraient. Les adultes gémissaient. Certaines femmes s'évanouissaient, victimes d'insolation, s'urinaient dessus, ou pire. Nous savions que le commandant nous obligerait à rester plantées là pendant plusieurs jours s'il le fallait, pour « sauver la face ». Car si les détenues pratiquaient le *gedekking*, cela signifiait que les rations n'étaient pas suffisantes, ce qui laissait entendre qu'il ne gérait pas bien le camp.

Au bout de huit heures, je ne voulais qu'une chose : que cette épreuve se termine, peu importe les conséquences. Une vieille dame avait déjà succombé. Plusieurs enfants souffraient d'insolation. Les bébés hurlaient de douleur et de faim.

Des chuchotements furieux parcouraient la foule.

— Pourquoi cette salope ne s'est-elle pas dénoncée ?

— Comment peut-elle supporter de nous laisser souffrir ainsi ?

— Qui est-ce ? Vous le savez, vous ?

Vers la tombée du jour, alors que nous étions debout sous le soleil depuis dix heures, quelqu'un dénonça la *gedekker* à un officier.

Le commandant fut rappelé. Il parcourut les rangs, puis s'arrêta. J'eus un coup au cœur.

— Mon Dieu, entendis-je Kristen murmurer. C'est Kate...

Je me crispai, m'attendant à ce que le commandant explose de rage, mais il se contenta de dévisager Kate quelques instants, presque tristement, avant de la prendre par le coude.

— Attendez, s'il vous plaît, lui dit Kate.

Elle se tourna vers Corrie, la serra dans ses bras, l'embrassa et lui chuchota quelque chose. Puis elle embrassa les jumelles; endormies à ses pieds, elles se réveillèrent et hurlèrent en tendant leurs bras vers leur mère. Alors qu'on emmenait Kate, Corrie tenta de les réconforter, bien qu'elle pleurât, elle aussi.

À compter de ce jour, ce fut Corrie qui s'occupa de ses petites sœurs avec l'aide d'Ina. On ne revit jamais Kate.

Pendant des mois, je rêvai d'elle. Je comprenais pourquoi elle ne s'était pas dénoncée – elle savait qu'elle risquait d'être exécutée. Je me demandais qui avait pu moucharder. En éprouvait-elle des remords? Ou croyait-elle avoir bien agi? Je priais pour ne jamais devoir affronter un pareil dilemme. Pourtant, ce jour vint...

Au bout d'un an dans ce deuxième camp, notre ration de riz n'était plus que d'une tasse par jour. La plupart des femmes en donnaient la moitié à leurs enfants. Pas ma mère. Elle nous expliqua que ces femmes tombaient malades.

— Il ne faut pas que tu tombes malade, maman, protestai-je, brusquement terrifiée. Nous avons besoin de toi.

— Je sais, répondit-elle, et c'est pour ça que je suis déterminée à conserver mes forces.

Elle était pourtant pitoyablement maigre; ses rondeurs avaient fondu depuis longtemps. La nuit, elle tirait la photo de mon père de l'ours en peluche de Peter pour la presser contre sa joue creusée.

On nous ordonna une fois de plus de faire pousser nos propres légumes. Nous plantâmes des tomates et des carottes ; malheureusement, elles étaient toujours volées, soit par nos voisins, soit par les soldats. Un jour, alors que je m'occupais des plantes avec Shirin, je fondis en larmes, exaspérée de travailler aussi fort pour faire pousser de la nourriture que nous ne mangerions jamais. Entre mes sanglots, je regrettai de ne pas pouvoir élever un mur autour de notre lopin pour protéger nos plants. Shirin acquiesça. Elle m'apprit qu'en vieux perse, le mot « paradis » signifiait « jardin clos ». C'est depuis ce jour-là que j'ai rêvé d'avoir un jour mon paradis.

— Quelle ironie du sort, se désolait Kirsten. Nous vivons à Java, où tout pousse à foison, et pourtant nous sommes affamés. Tu y songes parfois, Klara ?

— J'essaie de ne pas y penser, répondis-je amèrement.

Au fil du temps, la nourriture se mit à nous obséder. Un peu d'eau chauffée sur un fer à repasser avec quelques grains de sel devint « une bonne soupe » ; du riz avec une petite lamelle d'oignon devint « un plat délicieux ». Un minuscule carré de sucre dans nos rations faisait tellement sensation que nous en parlions pendant plusieurs jours.

Nous fûmes ensuite prises d'une manie étrange : nous collectionnions les recettes. Nous nous asseyions en cercle et lisions nos préférées à voix haute, en assemblant mentalement les ingrédients, en discutant des méthodes de cuisson, puis en imaginant que nous « mangions » le plat en le savourant longuement. Bizarrement, cela soulageait notre faim. Je pus me remémorer les recettes copiées dans les magazines *Home Notes* d'Irene. Comme il s'agissait de plats anglais, les autres femmes ne les connaissaient pas, ce qui les rendait particulièrement appétissants. Elles faisaient irruption dans notre chambre pour me demander de les réciter, puis elles s'asseyaient par terre, sortaient leurs calepins, et notaient fiévreusement les ingrédients de l'Irish Stew, du Lancashire Hot Pot ou du Victoria Sponge, bien qu'elles se disputassent parfois quant aux quantités, car j'avais du mal à convertir les livres et les onces en grammes. Ma mère rédigeait un livre de cuisine en jurant qu'après la guerre, elle allait confectionner chacun de ces plats.

En réalité, nous n'aurions pas dû être affamées ainsi car la Croix Rouge faisait parvenir au camp des colis alimentaires. Nous n'en voyions jamais la couleur, car les Japonais ne nous les distribuaient pas. Un seul d'entre eux nous parvint, le 25 mai 1944 : je me rappelle la date car c'était l'anniversaire de ma mère. Elle affirma qu'elle n'avait jamais reçu un aussi beau cadeau. Le colis contenait des boîtes de conserve de beurre, de jambon, de sardines, du sucre et du café – ces denrées ordinaires se transformèrent en une manne céleste. Nous les fîmes durer aussi longtemps que possible en savourant chaque bouchée. Mais ce qui nous sustentait plus encore que la nourriture, c'étaient les étiquettes des boîtes, précisant qu'elles avaient été offertes par la Croix Rouge américaine, à Washington, D.C. Jusque-là, nous pensions que le monde nous avait oubliées. Désormais nous savions que des inconnus, dans des pays lointains, tentaient de préserver nos vies. Cette information nous remonta énormément le moral.

La situation alimentaire continua à se détériorer. Les rations diminuèrent encore : nous n'avions plus qu'une demi-tasse de riz par jour. Les femmes et les enfants commençaient à tomber malades. Leurs ulcères tropicaux ne cicatrisaient pas ; certains souffraient de dysenterie ou pire encore, avaient les jambes gonflées, symptôme du béribéri. La situation devenait vraiment alarmante.

— Je regrette presque Bloemencamp, gémissait Kirsten. Là, au moins, on arrivait à peu près à s'en tirer. Mais dans ce trou à rats… (Elle pinça sa hanche décharnée.) Pour la première fois, je comprends que je pourrais mourir.

— Tu ne mourras pas, lui affirma ma mère. Tu vas t'en sortir. On va tous s'en sortir, et on va tous…

Kirsten grimaça.

— Vivre heureux et avoir beaucoup d'enfants ?

Ma mère se pinça les lèvres.

— Qui sait ce que l'avenir nous réserve ? En tout cas, nous devons nous aider les uns les autres à survivre.

Kirsten haussa les épaules.

— Tout le monde n'est pas du même avis…

C'était exact. Les prisonnières se chamaillaient, se disputaient, allaient parfois jusqu'à se battre. La veille, un savon avait déclenché une dispute violente – deux femmes s'étaient giflées et tiré les cheveux avant qu'on les sépare. En ce moment même, on entendait une querelle furieuse et des éclats de voix, parce que le *kelambu* d'une femme prenait trop de place.

La pression était telle qu'il était impossible de maintenir un semblant de civilisation. L'une des femmes de notre maison alla faire du *gedek* et troqua son alliance contre un bout de bacon, qu'elle cuisit pour ses trois enfants sur un fer à repasser. Elle bloqua le bas de sa porte avec une serviette, mais le délicieux arôme nous rendit folles. Certaines femmes sanglotaient ; d'autres l'insultaient et juraient qu'elles la dénonceraient aux Japs.

— Elles ne supportent pas, fit Kirsten. Elles ne supportent pas le fait que cette femme ait pu nourrir ses enfants, alors qu'elles n'arrivent pas à nourrir les leurs.

— Exactement, acquiesça Ina. Et le courage dont elle a fait preuve renforce leur culpabilité.

En voyant les autres mères craquer, Peter et moi redoutions que notre mère flanche à son tour. Mais elle avait un self-control extraordinaire. Au travail, elle évitait les ennuis et se gardait de se quereller avec les autres femmes. Parfois, elle nous grondait lorsque nous nous chamaillions, ce qui nous arrivait souvent. Nous vivions les uns sur les autres, nous avions toujours faim, nous nous ennuyions parce que nous n'avions ni jouets, ni livres. Mais bien que nos querelles chagrinassent notre mère, elle ne nous frappa jamais, alors que certaines mères battaient leurs enfants au vu et au su de tous.

Nous étions désormais plusieurs milliers à Tjihapit. Pourtant, chaque jour, il y avait des centaines de nouveaux arrivants. Les Hollandais et les autres Européens avaient été raflés depuis longtemps ; c'était maintenant au tour des *Belanda Indo*. Jusque-là, ils avaient été exemptés au motif qu'ils étaient en réalité des Asiatiques, et donc du côté des Japonais, même s'ils se sentaient plutôt néerlandais. On les interna car, comme nous le savions désormais, le Japon était en train de perdre la guerre et ses dirigeants voulaient éradiquer la moindre influence occidentale. Nous vîmes donc les *Belanda Indo* franchir le portail du camp.

Elles avaient de nombreuses possessions, que nous dévorions des yeux ; et surtout, de la nourriture – des paniers de poules et de canards, des sacs de farine et de riz, que nous fixions comme des chiens affamés. Je n'ai jamais oublié leur expression d'horreur lorsqu'elles nous découvrirent, maigres à faire peur, d'une saleté répugnante, les cheveux emmêlés et infestés de poux, vêtus de loques rapiécées. Certaines pressaient des mouchoirs contre leur visage tant nous empestions.

— Bienvenue, mesdames, leur lança Kirsten. Bienvenue dans ce camp charmant. Nous espérons que vous apprécierez votre séjour parmi nous – remarquez, nous n'avons pas la moindre idée de l'endroit où l'on pourra vous loger.

D'autres maisons furent dégagées. On entassa les nouveaux arrivants dans des maisons déjà bourrées à craquer. Le camp était désormais si surpeuplé que son alimentation en eau ne suffisait plus : il ne coulait qu'un mince filet des robinets. Les conditions d'hygiène devinrent insoutenables ; nous nous passions nos maladies les uns aux autres. Pire encore, il y avait de moins en moins de nourriture.

Un matin, Shirin nous annonça que les Japs avaient trouvé la façon de résoudre le problème du surpeuplement.

— Comment ? Ils vont nous tuer ? lui demanda Kirsten d'une voix indolente.

— Non, répondit Shirin. Ils comptent envoyer les garçons dans les camps des hommes.

Maman s'affola.

— À partir de quel âge ?

— Treize ans.

Ma mère ferma les yeux, soulagée.

Au début de notre internement, les garçons avaient été autorisés à rester auprès de leurs mères jusqu'à l'âge de quinze ans, mais certaines femmes s'étaient plaintes que les adolescents les reluquaient ou flirtaient avec leurs filles. Les garçons de quinze ans, accusés d'être « un danger pour les femmes », avaient donc été transférés aux camps des hommes. On avait ensuite transféré les adolescents de quatorze ans ; maintenant, c'était au tour de ceux de treize ans. Certaines des mères de la maison de Greta manifestèrent contre cette décision. Elles se vêtirent de blanc, couleur du deuil chez les Bouddhistes, et allèrent expliquer au commandant que ces garçons étaient encore des enfants, en le suppliant de revenir sur sa décision. Il les fit battre et enfermer. On les relâcha trois jours plus tard, pour leur apprendre que les fils seraient transférés au point du jour.

— Elles ne savent même pas où on les envoie, murmura ma mère tandis que les garçons défilaient devant notre maison pour monter à bord des camions.

Certaines mères refusèrent courageusement de pleurer ; mais lorsque les camions démarrèrent, plusieurs d'entre elles hurlèrent en courant derrière et en griffant l'air comme si elles tentaient d'atteindre leurs fils. Les soldats croisèrent leurs fusils et les repoussèrent. Les camions franchirent le portail.

Sans adolescents à Tjihapit, il revint aux jeunes filles d'assurer les tâches les plus lourdes. J'étais obligée de soulever les énormes bidons de nourriture du *dapur*, et de pousser la charrette de détritus jusqu'au portail. Pourtant, le camp continuait à se remplir. En août 1944, nous apprîmes que les garçons de douze ans allaient être transférés. Quelques semaines plus tard, ce fut au tour des garçons de onze ans de partir pour les camps des hommes. Puis une rumeur se répandit : même les garçons de dix ans allaient être raflés. Ma mère s'affola, car Peter avait neuf ans et demi.

— Il faut que Peter reste avec moi. On ne sait pas à quoi ressemblent les camps des hommes. Les conditions y sont peut-être encore pires qu'ici, avec encore moins de nourriture. Et je ne crois pas qu'il survivrait à une autre crise de malaria s'il était seul.

Je ne crois pas qu'il survivrait...

Ces mots me déchirèrent le cœur. Mais en même temps, je compris que ma mère me traitait désormais en adulte et je voulais l'aider.

— Qu'est-ce qu'on peut faire, maman ?

Elle posa son doigt sur ses lèvres.

— Personne, à part nous, ne connaît son âge, chuchota-t-elle. Il suffit de mentir.

— C'est ça, et comme il est très petit pour son âge, je suis sûre qu'on nous croira.

J'étais très fière d'être l'alliée de ma mère et de prendre des décisions importantes avec elle.

— Tu m'aideras à protéger Peter, n'est-ce pas, Klara ?

— Bien sûr, promis-je.

Mais nous fûmes bientôt distraites de notre angoisse par deux nouvelles stupéfiantes. Paris avait été libéré un mois auparavant. Sans radio, nous n'en savions rien. Nous étions tellement euphoriques que nous devions nous retenir pour ne pas sourire ou chanter devant les gardes. Quelques jours plus tard, nous fûmes informés, au *tenko*, que le camp devait être « liquidé ». Il y eut des cris de désespoir, car la plupart s'imaginaient que nous allions mourir. On chuchotait depuis plusieurs mois qu'une fois que les Japonais auraient compris qu'ils perdaient la guerre, nous serions fusillés ou enfermés dans des églises et des écoles auxquelles on mettrait le feu. D'autres rumeurs faisaient rage : on nous déporterait à Bornéo et nous serions lâchés dans la jungle, sans eau ni nourriture. Le mot « liquidé » suscita donc des cris et des larmes. La traductrice brandit à nouveau son porte-voix pour nous ordonner de rester calmes. « Liquidé » signifiait simplement que le camp de Tjihapit allait être fermé. On allait de nouveau nous transférer.

12.

Klara et moi avions presque terminé notre séance matinale. Nous avions bien avancé, mais j'avais du mal à me concentrer. Nous parviendrions bientôt au moment de la mort de Peter. Je le redoutais. Il me fallait m'accrocher à l'idée qu'il était vivant, qu'il survivrait, qu'il grandirait.

— Je vous trouve bien pâle. Vous avez encore du mal à dormir ? me demanda Klara tandis que j'éteignais le magnétophone.

— Je dors mieux, en tout cas je m'endors – grâce à la valériane, je crois. Mais le problème, c'est que je fais… des rêves.

— De quoi rêvez-vous ?

J'hésitai.

— De Peter.

Klara parut perplexe.

— Vous rêvez de mon petit frère ?

— Oui. C'est comme si vos souvenirs l'avaient rendu vivant pour moi. J'ai l'impression de le connaître et j'ai peur de ce qui va lui arriver. Je ne supporte pas d'y penser… parce que… (Le visage de Klara s'était brouillé.) Excusez-moi, chuchotai-je.

Klara était abasourdie.

— Vous n'avez pas à vous excuser, Jenni, je suis très touchée que vous ressentiez ma tristesse aussi profondément…

— Je la ressens, en effet – et je sais à quel point vous aurez du mal à parler de ce qui lui est arrivé.

Je me demandai à nouveau pourquoi la douleur de Klara ne s'était pas atténuée avec le temps. Puis je me rappelai avoir lu que si un événement traumatique n'est pas assumé, de façon à ce qu'on puisse au moins l'accepter, on est condamné à le revivre sans arrêt.

Evie… Evie…

— Je rêve à quelqu'un d'autre aussi, repris-je d'une voix douce. Quelqu'un que j'ai connu il y a bien des années.

— Votre père ? me demanda Klara au bout d'un moment.

— Non, c'est… (Ma voix s'érailla.) C'est…

Klara parut choquée.

— Jenni, mon petit… Je vous en prie, ne pleurez pas. (Je fouillai dans mon sac pour trouver un mouchoir.) Je ne sais pas qui est cette personne, mais ne pourriez-vous pas la contacter, si le fait de ne plus la voir vous bouleverse autant ?

— Je ne peux pas. C'est trop tard.

— J'aimerais pouvoir vous aider, Jenni.

Je résistai à l'envie de tout raconter à Klara, de peur que cela ne détruise notre bonne entente. De toute façon, j'étais là pour travailler, pas pour parler de moi. Je clignai des yeux pour chasser mes larmes et consultai mes notes.

Je priais pour ne jamais devoir affronter un pareil dilemme.

— Klara, vous avez parlé d'un « dilemme ». Je me demandais ce que vous vouliez dire par là ?

Elle blêmit.

— J'ai dû faire un choix très difficile – un choix qui me hante toujours. J'ai l'intention de vous en parler, Jenni, mais je n'y suis pas encore prête. Je vous serais reconnaissante de patienter jusque-là.

— Ne vous en faites pas, Klara, je ne vous bousculerai pas.

Je savais que ce passage de son récit viendrait en son heure.

En déverrouillant la porte du cottage, j'entendis le téléphone fixe sonner. J'ouvris juste à temps pour décrocher. C'était Honor.

— Jenni ? Écoute, je vais prendre quelques jours de congé. J'ai préenregistré l'émission de dimanche, et comme le reste du programme est en direct, j'ai un trou de quatre jours dans mon agenda.

— Alors profites-en.

— J'y compte bien. C'est pour ça que je t'appelle… Je pensais venir te voir.

— Quoi ? Ici ?

— Oui, si ça ne t'ennuie pas.

— Tu veux passer le week-end ici, au cottage ?

— Je ne veux pas forcément dormir chez toi – je pourrais aller dans un Bed and Breakfast. Mais ce serait formidable d'être un moment en Cornouailles avec toi et de découvrir un peu la région. Je peux prendre le train de nuit ce soir et arriver demain matin. Il y a des couchettes libres – je viens de vérifier.

— Honor, ce serait génial. Ça me ferait très plaisir de t'héberger, mais laisse-moi d'abord demander à Klara, et je te rappelle…

Je téléphonai à Klara.

— Bien entendu, vous pouvez inviter Honor, répondit-elle aussitôt. Ça vous fera du bien d'avoir de la compagnie, Jenni. Je m'inquiète pour vous, vous travaillez trop.

Le lendemain matin à la première heure, je me rendis donc à la gare de Truro.

J'arrivai au moment où le train de nuit entrait en gare. Honor se dirigea vers moi en traînant derrière elle sa valise, rose et noire comme un Haribat Haribo géant, avec ses roues qui résonnaient sur le quai.

Elle me serra dans ses bras.

— Jenni ! Comme c'est gentil ! Merci d'être venue me chercher à cette heure indue.

— Tu ne t'attendais pas à ce que je te laisse prendre un taxi ? Tu es adorable de venir me voir. Ton voyage s'est bien passé ?

— Très bien. Le bruit du train m'a bercée. J'adore les trains de nuit, et puis comme ça, je peux passer un peu plus de temps avec toi. Mais je ne t'empêcherai pas de travailler, me promit-elle tandis que je déverrouillais les portières. J'irai me balader, et puis j'ai pris deux ou trois livres et mon iPad. On discutera le soir. Et alors, ça se passe bien avec ta Hollandaise ?

Je mis sa valise dans le coffre.

— Je crois. En tout cas, ça avance.

Nous nous mîmes en route. Honor admira l'architecture géorgienne de Truro. Tandis que nous filions vers le Roseland, elle me parla d'Al, qui l'avait enfin appelée pour l'inviter à dîner la semaine suivante. Elle me donna des nouvelles de Nina, qui soignait ses nausées du matin par l'acupuncture. J'aimais écouter Honor ; sa présence me réconfortait. En traversant Trelawn, je me rappelai que c'était là que vivait l'amie de Klara, Jane. Je m'arrêtai pour faire quelques courses à l'épicerie du village et nous poursuivîmes notre route vers Polvarth.

Honor s'extasia de tout : le cottage, les vaches, la mer…

— C'est ravissant ! s'exclama-t-elle lorsque je lui montrai d'abord sa chambre, puis la mienne.

Elle examina la marine accrochée au mur de ma chambre.

— Magnifique.

— C'est le petit-fils de Klara, Adam, qui l'a peinte.

— Tu sais ce que ça représente ?

— C'est la baie qui est au bout du chemin.

— Tiens, j'y ferai un tour tout à l'heure.

Je ne répondis rien. L'idée qu'Honor se retrouve sur cette plage me faisait éprouver une curieuse sensation.

Nous descendîmes et tout en prenant le petit déjeuner, Honor m'interrogea au sujet de Rick.

— Mon Dieu, murmura-t-elle lorsque je lui eus expliqué la situation. Tu as toujours dit que tu ne voulais pas de gamins. Je pensais que Rick le savait et que ça ne le dérangeait pas.

— Il savait, et il m'avait bien dit que ça ne le dérangeait pas ; mais maintenant, il en veut, et ça nous pose un énorme problème.

— En effet, ça remet tout en question. Et alors, qu'est-ce que tu vas faire si…

La question d'Honor resta en suspens.

— Je suppose qu'on devrait rompre.

L'idée de perdre Rick me rendait malade. Je m'imaginais sur le départ, avec mes vêtements et mes livres emballés dans des boîtes et des malles. Où irais-je vivre ? Pas dans le même quartier, car Rick travaillerait toujours à l'école. Il faudrait que j'arrête de faire la lecture aux enfants ; je me rendis compte soudain qu'ils me manqueraient beaucoup. Je les revis, rassemblés autour de *Monsieur Bout de Bois* ou *Gruffalo*, ou courant vers le Coin Livres pour choisir une histoire. Rick et moi nous dirions-nous adieu, pour ne plus jamais nous revoir ? Ou resterions-nous amis ? Si c'était le cas, pourrais-je supporter qu'il rencontre une autre femme ? Je la voyais dans notre appartement, en train de bercer leur bébé – le bébé de Rick. Puis je me rendis compte que cette autre femme, c'était Kitty, trop heureuse d'avoir enfin pu remettre le grappin sur Rick.

À 11 heures, je me dirigeai vers la ferme.

— Honor est-elle bien arrivée ? me demanda Klara.

— Oui, par le train de nuit. Elle repart samedi midi.

— Elle ne s'ennuiera pas, toute seule ?

— Non, ça ira, elle sait s'occuper. Elle compte faire des balades et bouquiner.

Klara s'inquiéta.

— J'espère que vous avez assez à manger pour deux.

— Nous avons des tas de trucs. Et merci encore de m'avoir permis de l'inviter, je vous promets que ça ne m'empêchera pas de travailler.

— Il faut tout de même que vous fassiez une pause pendant qu'elle est là. D'ailleurs, ça m'arrangerait que nous annulions notre séance de l'après-midi.

— Dans ce cas, je ferai une balade avec Honor. Mais avant de commencer notre entretien, j'aimerais photographier le mouchoir.

Je sortis mon appareil photo et le carton noir que j'utilisais comme fond.

Klara ouvrit la boîte en bois, en tira le mouchoir et l'étala soigneusement sur le carton.

— Je me demandais quand vous pourriez passer voir Jane. Je pense qu'il vaudrait mieux que je l'emmène ici. Nous pourrions bavarder en prenant un café et un gâteau.

Je zoomai sur le mouchoir, en faisant la mise au point sur les noms.

— Ce serait formidable, répondis-je tout en mitraillant.

Je consultai l'écran.

— C'est parfait.

Klara replia le mouchoir et le rangea dans la boîte.

— Voulez-vous également photographier le livre de recettes ?

— Oui, s'il vous plaît.

Lorsqu'elle sortit le carnet vert, j'aperçus d'autres objets dans la boîte : une grosse enveloppe marron, une lettre bleue en papier avion et un objet emballé dans une étoffe blanche.

Klara me tendit le carnet. Je le posai sur le carton, puis photographiai la couverture et plusieurs pages, en tentant d'imaginer la faim atroce qui l'avait inspiré. Je vérifiai la qualité des photos, rangeai l'appareil dans mon sac et sortis le magnétophone.

— Comment vous êtes-vous rencontrées, Jane et vous ?

— Par nos enfants. Le fils de Jane, Frank, était dans la classe de Vincent. Dire qu'il y a déjà cinquante ans !

Klara rangea le carnet dans la boîte, qu'elle referma.

— Jane travaillait-elle ?

Klara hocha la tête.

— L'hiver, elle faisait de la couture et des retouches : elle était très habile de ses mains. L'été, elle s'occupait du snack de la plage.

Une brûlure envahit ma poitrine.

— Pendant combien de temps ?

— Toute la journée. Elle sonnait la cloche quand elle était sur le point de fermer.

— Je veux dire... pendant combien d'années s'en est-elle occupée ? Je pose la question comme ça..., ajoutai-je en remarquant que cette question surprenait Klara.

— Laissez-moi réfléchir, dit-elle en plissant les yeux. Jane et son mari l'ont acheté au début des années 1980 et elle ne l'a revendu qu'en 2006, après la mort de son mari, alors... vingt-cinq ans. Elle l'ouvrait tous les jours du Vendredi Saint à Halloween, par tous les temps. C'était très joli à l'époque ; c'est encore bien maintenant, même si c'est devenu un peu plus snob. Quand Jane l'avait, elle vendait du thé et du café, des glaces et des bonbons, des seaux et des épuisettes ; c'était charmant.

— C'est vrai.

— Ah oui, bien sûr, vous avez connu puisque vous êtes venue en 1987, c'est bien ça ?

— Je crois, je ne sais plus, bredouillai-je. Mais vous savez, Klara, si la mémoire de Jane lui joue des tours, il vaudrait peut-être mieux que j'interviewe quelqu'un d'autre – une autre amie ?

Klara me dévisagea, étonnée.

— Certes, la mémoire de Jane a des caprices, mais je tiens énormément à elle et j'aimerais que vous tentiez le coup. Restons-en au projet initial : vous pourriez peut-être la rencontrer en début de semaine prochaine ?

— Bien sûr, acquiesçai-je, abattue. Bon, alors, où en étions-nous ? Ah oui…

La main tremblante, j'appuyai sur la touche « enregistrer ».

Je rentrai à Lanhay peu avant 13 heures.

— J'ai exploré le coin, me rapporta Honor tandis que j'accrochais ma veste. Je suis allée jusqu'à la plage, mais la marée était haute et elle était totalement submergée, alors je me suis baladée sur le cap. J'ai poussé jusqu'à un bled qui s'appelle Carne, où j'ai acheté un délicieux chocolat chaud dans un camion à glaces, j'ai contemplé avec émotion le spectacle grandiose de la mer et puis je suis rentrée.

Je retirai la cassette du magnétophone et l'étiquetai.

— Sympa.

— C'était magnifique ; il y a encore des tas de fleurs sauvages – j'ai vu plein de valérianes roses. C'est très efficace contre l'insomnie.

— Je sais. Klara m'en a donné.

— Tu as toujours des problèmes de sommeil, Jen ? s'inquiéta Honor.

— Je ne dors pas bien, non.

Elle m'adressa un regard compatissant.

— Ça doit être difficile, de ne pas savoir où tu en es avec Rick.

Je n'avouai pas à Honor qu'autre chose me tourmentait.

— C'est dommage que tu ne veuilles pas d'enfants, reprit-elle. Ça serait tellement plus simple si tu pouvais seulement...

— Avoir des enfants, ça n'a rien de « simple » !

— C'est vrai... je voulais dire que ça simplifierait la situation. Évidemment, avoir des enfants, c'est un énorme défi, et puis c'est épuisant. Mais ça doit être merveilleux – en tous cas, moi, j'espère que j'aurai des enfants un jour. Je n'aurai peut-être jamais cette chance, ajouta Honor en haussant les épaules. Mais toi, Jen, tu as trouvé un homme que tu aimes vraiment et qui t'aime, alors j'espère que tu ne rateras pas l'occasion d'être heureuse. Bon... fin du sermon. Je nous fais à déjeuner ?

Elle ouvrit le réfrigérateur pour en inspecter le contenu.

— Omelette jambon fromage ?

Honor sortit la barquette d'œufs et l'ouvrit.

— Oh ! Ils sont bleus !

— Ils viennent de la ferme. Ce sont des œufs de poules Araucana, précisai-je tandis qu'Honor fouillait dans les placards et en tirait une poêle à frire. Au fait, Klara est prise cet après-midi, alors j'ai congé pour le reste de la journée. Tu voudrais aller à St. Mawes ? Je n'y ai jamais mis les pieds.

— J'adorerais.

Une heure plus tard, nous parcourions une route étroite et tortueuse, en nous arrêtant à St. Just pour admirer une église nichée dans un jardin subtropical en bordure d'estuaire.

Nous poursuivîmes notre route et, après un virage, découvrîmes le village de St. Mawes s'élevant au-dessus du port. Les pins de Monterey lui donnaient un air méditerranéen. Au bout du village se trouvait un petit château dont les jardins descendaient en pente douce vers l'estuaire de Carrick Roads.

— C'est magnifique, murmura Honor. Tous ces bateaux, et cette colline…

— Ce doit être St. Anthony Head. Et là, de l'autre côté de l'estuaire, c'est sans doute Falmouth Docks.

Nous roulâmes tranquillement jusqu'au château de St. Mawes, nous garâmes et y entrâmes par un pont-levis.

Après avoir exploré les remparts, nous descendîmes jusqu'au village et nous promenâmes sur les quais ; des maisons aux noms romantiques comme « Les Contrebandiers », « Trevarth » ou « Les Embruns » se pressaient dans les petites rues escarpées.

Sur Marine Parade, nous passâmes devant une galerie d'art et une boutique de cadeaux qui présentait en vitrine des bonnets et des chaussons de bébé en forme de pingouins ou de lions. Nous nous arrêtâmes pour nous extasier.

— Qu'est-ce que c'est adorable, souffla Honor. J'ai envie d'en acheter pour le bébé de Nina.

— Pas question, c'est trop tôt.

— Tu as raison. Ça porte malheur, non ?

Nous reprîmes notre route.

— Alors, tu vas porter quoi au baptême ? me demanda Honor.

— À vrai dire, je n'y ai pas encore pensé.

— Tu crois qu'on devrait éviter le blanc, comme pour les mariages ?

— Je crois que ce serait préférable, en effet…

Nous passâmes devant l'hôtel St. Mawes et le minuscule bureau de poste avec ses présentoirs de cartes postales, ses seaux et ses épuisettes. Nous parvînmes au port, où un petit ferry était amarré près du quai. Quelques personnes attendaient d'y monter.

— On demande où il va ? suggéra Honor.

Alors qu'elle se dirigeait vers le kiosque, j'avisai un café de l'autre côté de la rue. Klara était assise près de la fenêtre, avec une femme aux cheveux argentés. Lorsque Klara se pencha vers sa compagne pour essuyer quelque chose sur sa veste avec sa serviette de table, je compris, avec un coup au cœur, qu'il s'agissait sans doute de Jane. Klara leva les yeux. Un sourire éclaira ses traits, et elle me fit un signe tandis que l'autre femme suivait son regard, l'air impassible.

Honor revint.

— Qui est-ce ?

— Klara. Alors… il va où, ce ferry ?

— Euh, à Falmouth, puis il remonte Helford Passage… Mais, dis, j'aimerais bien faire la connaissance de Klara. On passe la saluer en vitesse ?

Pas moyen de me défiler.

— Comme tu veux.

Lorsque nous entrâmes dans le café, Klara s'était déjà levée et nous avançait des chaises.

— Je vous présente Honor, dis-je.

— Ravie de vous rencontrer, Klara. Merci infiniment de votre hospitalité.

— Tout le plaisir est pour moi, répondit Klara. Et voici mon amie Jane.

Honor eut un sourire radieux.

— Bonjour, Jane. Je m'appelle Honor.

Jane lui répondit par un sourire gentil mais absent.

— Honor ? Honor…, répéta-t-elle, en plissant les yeux comme si elle réfléchissait à une question ardue.

— Je passe le week-end à Lanhay, expliqua Honor.

Jane fronça les sourcils.

— Lanhay ?

— Mon cottage, intervint Klara. Tu t'en souviens, Jane ? Harry et moi l'avons fait construire il y a dix ans. D'ailleurs, tu as confectionné de ravissants rideaux.

— Ah bon ? demanda Jane. J'aime bien les rideaux. Depuis toujours.

Lorsque son regard clair et enfantin se posa sur moi, j'eus un choc. Tout d'un coup, je la reconnaissais. Je revis son visage compatissant ; je l'entendis tenter de me rassurer. Je me rappelai ses mains aux ongles soigneusement manucurés, en train de brasser des cartes. Pourvu qu'elle ne me reconnaisse pas, elle aussi ! Soulagée, je vis qu'elle restait impassible. Elle ne soupçonnait pas mon identité. Soudain, ses yeux s'écarquillèrent et elle me sourit largement.

— Snap !

— Snap ? fit Klara.

— Snap ! répéta Jane.

— Tu dis des bêtises, ma chérie, la gronda gentiment Klara. Jane, je te présente Jenni, s'entêta-t-elle. Jenni habite Lanhay pendant qu'elle m'aide à écrire un livre. Je t'ai dit qu'elle venait habiter là quelques jours, tu t'en souviens ?

— Oui, acquiesça Jane, je m'en souviens, et les rideaux sont très jolis, en effet, oui, oui, très jolis, mais… (Elle soupira.) Elle ne s'appelle pas Jenni.

— Mais bien sûr que si, insista doucement Klara. Bon, allez, on va commander encore un peu de thé.

Elle fit signe à la serveuse puis se tourna vers Honor et moi.

— Que voulez-vous, mesdemoiselles ? C'est moi qui invite, évidemment.

— Elle ne s'appelle pas Jenni, persista Jane, contrariée.

— Mais si, répondit Klara d'une voix égale.

Elle prit le menu et me jeta un coup d'œil.

— Le gâteau au citron est délicieux, ici. Laissez-moi le commander pour vous.

Jane secouait la tête, les lèvres pincées.

— Elle s'appelle Genevieve.

Klara la regarda.

— Non, Jane : elle s'appelle « Jenni », comme dans « Jennifer ».

Honor éclata de rire.

— En fait, Klara, Jane a raison : elle s'appelle bien Genevieve. (Elle regarda Jane.) Mais c'est curieux que vous sachiez ça. Personne n'appelle Jenni « Genevieve », pas vrai ? ajouta-t-elle à mon intention.

J'avais la bouche sèche.

— Seulement ma mère.

Klara me dévisagea, perplexe.

— J'étais persuadée que vous vous prénommiez Jennifer.

— Les gens s'imaginent toujours ça, mais Jane a raison.

C'était comme si j'avais été précipitée dans un gouffre. Et maintenant je tombais…

— Mais évidemment, que c'est Genevieve, dit Jane. Et on jouait à Snap ! ajouta-t-elle avec un sourire indulgent. Pas vrai ?

— Genevieve ? répéta Klara.

Elle m'interrogea du regard. Puis son visage perplexe s'éclaira.

— Évidemment, murmura-t-elle avec un regard inquiet. Je me rappelle, maintenant.

Ce fut alors que je me rappelai d'elle, moi aussi.

— Comment se fait-il que Jane connaisse ton prénom ? me demanda Honor tandis que nous rentrions au cottage.

— Nous nous sommes déjà croisées il y a plusieurs années, me contentai-je de répondre.

— Ici ? (Je hochai la tête.) Alors tu étais déjà venue à Polvarth ?

— Oui.

— Tu ne m'en avais jamais parlé. Tu as passé des vacances ici ?

— Oui, quand j'étais petite.

— Et c'est à ce moment-là que tu as rencontré Jane ?

— C'est ça. Elle avait un snack sur la plage.

— C'est insensé qu'elle se soit souvenue de toi après tant d'années, surtout qu'elle est un peu désorientée. Tu as dû beaucoup la marquer. (Je ne répondis rien.) Et Klara a dit qu'elle t'avait rencontrée, elle aussi.

Je sortis de la route principale.

— En effet. J'avais… oublié.

— C'était formidable, cette excursion à St. Mawes, s'exclama Honor tandis que je garais la voiture devant Lanhay quelques minutes plus tard. Dis donc, maintenant que la marée est basse, on pourrait aller jeter un coup d'œil à la plage avant qu'il fasse nuit ?

— Bien sûr.

Nous nous mîmes en route.

— Ça va, Jen ? me demanda Honor au bout d'une minute. Tu as l'air préoccupée. C'est à cause de Rick ?

— Non, ça n'a rien à voir avec lui.

Nous atteignîmes la rangée de maisons de vacances et je m'arrêtai devant Penlee.

— C'est là que j'habitais quand nous sommes venus, il y a vingt-cinq ans.

Honor regarda la maison, puis nous reprîmes notre chemin, passant devant la vieille cabine téléphonique rouge et le portail en pierre de l'hôtel.

— Tu devais avoir neuf ans, c'est ça ? Tu es venue avec ta mère ?

— Oui.

Soudain, la plage nous apparut. Honor applaudit.

— C'est superbe ! Et la mer s'est complètement retirée !

Le sable ondulé scintillait sous le soleil rasant.

Tandis que nous descendions la cale de halage, j'entendis à nouveau une voix fluette et aiguë qui dérivait vers moi.

Evie ! Attends ! S'il te plaît, attends, Evie ! Evie…

— Voilà le snack, remarqua Honor. Il est sans doute fermé pour la saison.

Nous traversâmes la plage en enjambant les tas d'algues brunes qui jonchaient la ligne de marée haute. Honor s'inclina pour ramasser un bout de bois flotté.

— Regarde, Jen, il a dû passer plusieurs années dans la mer ; il est tout blanc, et lisse comme du satin.

Elle me le tendit mais je n'y jetai qu'un coup d'œil distrait.

— Tu es sûre que ça va, Jen ?

— Ça va.

Elle regarda autour d'elle.

— Ça doit être génial, ici, l'été.

Vous n'avez pas beaucoup de temps.

Il faut que tu le tiennes par la main.

— Et ces rochers sont superbes, s'extasia Honor en se dirigeant vers eux. Je ne les avais pas vus hier parce qu'ils étaient recouverts par la mer. On peut aller regarder dans les trous d'eau ?

Je ne veux pas.

Eh bien tu es obligé.

— Si tu veux, répondis-je distraitement.

Je suivis Honor sur le sable clair et nous escaladâmes les rochers.

— Oh, des bébés moules ! s'exclama Honor en se perchant sur le premier rocher.

Elle les contourna sur la pointe des pieds.

— Il ne faut pas les écraser.

Elle sauta sur le rocher suivant puis se pencha, les mains sur les genoux.

— Regarde comme il est joli, ce trou d'eau, avec ses belles algues : c'est du fucus, non ? me demanda-t-elle lorsque je la rejoignis. Et je crois que la plus large s'appelle « baudrier de Neptune »… Oh, regarde ! Une crevette ! Là, à côté des patelles.

Elle se redressa, passa au rocher suivant et s'inclina à nouveau au-dessus d'un trou d'eau, ses cheveux blonds soulevés par la brise. Elle le scruta un bon moment, puis me fit des signes frénétiques.

— Un poisson ! me chuchota-t-elle, les yeux écarquillés.

Elle se pencha un peu plus pour tenter de le repérer à nouveau.

Donne-moi l'épuisette !

C'est mon tour !

— Il s'est caché sous ce rocher. Il est énorme – au moins cinq centimètres, brun avec des taches et des nageoires à froufrous.

Honor éclata de rire en ajoutant :

— Je pourrais faire ça pendant des heures !

La cloche sonne, Evie.

Je n'entends rien.

Rappelle-toi ce que maman a dit.

Honor sauta au-dessus d'une crevasse.

— Attention, il y a une crevasse, ici – elle est assez profonde.

Je ne la suivis pas.

— J'aimerais bien trouver un crabe, lança-t-elle par-dessus son épaule.

Tu n'es qu'un bébé !

Je peux l'attraper, Evie – je peux !

C'est trop tard ! Tu as tout gâché !

— J'adore la pêche à pied, me lança Honor en passant au rocher suivant. D'ailleurs, j'aimerais bien revenir demain – on pourrait acheter un seau et une épuisette. Qu'est-ce que tu en penses, Jenni ? (Elle se retourna.) Jenni ? Qu'est-ce qui t'arrive ?

Elle s'élança vers moi en sautant par-dessus la crevasse.

— Qu'est-ce qui ne va pas ?

Elle posa sa main sur mon bras, ses yeux bleus pleins d'inquiétude.

— Ne pleure pas, s'il te plaît. Si c'est à cause de Rick, ça ne sert à rien de pleurer : il faut simplement que tu décides ce qui serait le pire pour toi – perdre Rick, ou avoir un enfant alors que tu n'en as pas vraiment envie, alors que Dieu sait si beaucoup de femmes de notre âge seraient ravies d'avoir un mec qui veut fonder une famille avec elles.

— Ce n'est pas à cause de Rick, murmurai-je. Je te l'ai déjà dit.

— Alors qu'est-ce que c'est ? Qu'est-ce qui s'est passé, Jen ?

Le visage d'Honor s'éclaira.

— C'est à cause de Jane, c'est ça ? Elle a été un peu bizarre avec toi, en effet, mais bon, elle n'a pas toute sa tête, alors à ta place, je ne m'inquiéterais pas pour ça.

Elle fourra sa main dans sa poche, en extirpa un paquet de mouchoirs et m'en passa deux.

— S'il te plaît, ne pleure pas, Jenni. Enfin, pourquoi cette pauvre vieille dame t'a-t-elle bouleversée à ce point ?

Je sentis une première larme glisser dans ma bouche, salée.

— Elle s'en souvient, dis-je d'une voix brisée. Tout le monde s'en souvient probablement, dans le coin.

— Ils se souviennent de quoi ? (Honor fronça les sourcils, déroutée.) De quoi se souviennent-ils, Jen ?

Elle s'assit sur un rocher et me tendit la main pour que je m'asseye à côté d'elle. Lorsque je le fis, elle passa son bras sous le mien.

— Jen, mon cœur, ça me fait de la peine de te voir comme ça. Je te demande pardon, je suis tellement bavarde que je ne te laisse jamais la possibilité de te confier à moi. J'aimerais bien que tu me dises ce qui ne va pas, me cajola-t-elle.

Je ne répondis rien.

— Je peux peut-être t'aider.

— Tu ne peux rien pour moi. Personne ne peut m'aider.

Ma gorge était endolorie de sanglots ravalés. Je regardai la mer, piquetée de voiles blanches.

— Je n'aurais jamais dû revenir ! Je m'étais persuadée que ce serait peut-être une bonne idée ; que je pourrais peut-être enfin retrouver un peu de sérénité… Mais c'est impossible. Je suis blessée à vie.

Honor me dévisageait.

— Jenni, de quoi tu parles ? me demanda-t-elle posément.

Je ne répondis rien.

— Je t'en prie, Jen, au nom de notre amitié, dis-moi ce qui te bouleverse tant.

— Très bien. (Je fermai les yeux.) Je vais te le dire.

13.

Klara

En octobre 1944, nous quittâmes Tjihapit pour notre nouveau camp. Comme nous étions nombreux, nous fûmes transférés par groupes successifs. Le nôtre fut l'un des premiers à partir.

Comme lors du transfert précédent, toutes les femmes étaient chargées de valises, de balluchons en draps noués et de sacs à dos bourrés à craquer, auxquels étaient accrochés des casseroles et des poêlons. Greta, Mme Moonen, Shirin et Ilse faisaient la queue devant nous. Maman, Peter et moi étions avec Kirsten, Corrie, Ina et les jumelles. Le regard de Corrie reflétait, comme toujours, un mélange de douleur, d'indignation et de détermination. Ployée sous le poids de son sac à dos, elle portait Saskia, tandis qu'Ina portait Sofie. Kirsten et moi transportions le reste du *barang* de Corrie. Alors que nous avancions en traînant des pieds, je sentis que notre groupe de femmes et d'enfants formait désormais une famille, qui faisait de son mieux pour s'entraider et se protéger.

Deux gros camions nous attendaient par-delà le portail. Des prisonniers européens, torse nu dans la chaleur torride, y chargeaient nos matelas et nos bagages. Je n'avais pas vu d'hommes européens depuis deux ans. Je fus choquée par leur maigreur, leurs orbites creusées et leurs côtes apparentes. Ils travaillaient lentement malgré les *Lekas!* réitérés des gardes.

Il nous fallut faire la queue pour être comptés ; on nous ordonna de rester en rangs pour attendre l'autobus qui nous transporterait vers notre destination.

— C'est bon de sortir du camp, soupira Ina en caressant les cheveux de Sofie. Pas vrai, ma chérie ?

— C'est vrai, murmurai-je. Même cette petite parcelle de liberté est bonne à prendre.

Nous observions les gens qui marchaient autour de nous, bavardaient ou roulaient à vélo. Un vendeur ambulant avec un panier de bananes s'approcha ; je mourais d'envie de lui en acheter une – bien que je n'aie pas d'argent – mais un garde le chassa.

Les autobus arrivèrent enfin.

— Les vitres sont peintes en noir, fit observer ma mère tandis que les véhicules se rangeaient dans un nuage de gaz d'échappement.

— Les Japs ne veulent pas que nous voyions où on nous emmène, dit Ina.

— Ni qu'on nous voie, ajouta Kirsten.

Je réprimai un frémissement.

Les portes s'ouvrirent et nous nous entassâmes à bord.

— *Lekas!* nous hurlaient les soldats. *Lekas!*

L'autobus démarra. Nous nous étions préparées à un long voyage, mais au bout de quelques minutes, il s'arrêta et on nous ordonna de descendre.

On nous avait conduites à une petite gare. Nous nous assîmes sur le quai dans la chaleur croissante, affalées contre nos bagages. Je me demandai où menaient les rails.

Une petite locomotive entra enfin en gare, nappant le quai d'un nuage de vapeur gris-blanc qui nous fit tousser. Les soldats nous poussèrent à bord de voitures de quatrième classe qui n'avaient pas de sièges, seulement un banc en bois sans dossier fixé aux côtés. Par miracle, ma mère parvint à nous y trouver des places, tandis que Kirsten, Ina et Corrie s'asseyaient en face de nous, avec les jumelles sur les genoux. Nous nous perdîmes bientôt de vue, séparées par la foule qui se pressait dans la voiture.

Les fenêtres, qui auraient normalement dû être ouvertes, étaient obstruées par des bambous fendus qui plongeaient l'intérieur dans l'obscurité. Une fois de plus, on nous traitait comme une vermine sur laquelle il serait indigne de poser les yeux.

— Tu as vu les toilettes ? chuchota Peter. C'est un trou dans le sol, sans porte. (Il grimaça.) Je n'irai pas !

— De toute façon, tu aurais bien du mal à les atteindre, fit remarquer ma mère. Espérons que le trajet ne sera pas trop long.

Près de nous, une vieille dame fit un malaise. Une adolescente se leva pour lui céder sa place. La femme s'y affala, reconnaissante, en ahanant. La chaleur était intensifiée par tous ces corps entassés les uns contre les autres, et par le toit en métal sur lequel cognait le soleil.

— Ça ira mieux dès que le train partira, nous rassura ma mère. Ça ne saurait tarder, mes chéris.

Mais le train ne bougeait pas. Une heure plus tard, nous étions toujours là, inondés de sueur, suffoquant. Au moment où cette fournaise semblait impossible à supporter un instant de plus, le train émit un grincement métallique et s'ébranla. Un soupir collectif parcourut la voiture.

— Merci, mon Dieu ! s'écria Ina de l'autre côté de la voiture. Heureusement que vous m'écoutiez !

Lorsque le train accéléra, quelques femmes écartèrent les baguettes de bambou, permettant à quelques rayons de lumière de percer l'obscurité.

— Nous traversons les quartiers nord de Bandung, dit ma mère.

En savourant la brise, je commençai à croire que je pourrais supporter cette nouvelle épreuve. Mais au bout de quelques minutes, le train s'arrêta à nouveau.

— Oh non ! murmura Peter.

— Ils le font exprès pour nous faire souffrir le plus possible, ces maudits Japs ! s'écria une femme.

Nous restâmes stationnaires encore deux heures dans une atmosphère suffocante. Les femmes et les enfants pleuraient. Quelqu'un demanda un chiffon, car son enfant avait eu un accident. La respiration de la vieille dame devenait de plus en plus sifflante ; chaque fois qu'elle inspirait, elle recroquevillait les épaules tant l'effort de remplir ses poumons était pénible. Elle parvint à nous dire qu'elle avait perdu sa gourde ; ma mère lui donna un peu de notre eau dans un gobelet en laiton.

Enfin, le train se remit à avancer. Quelques kilomètres plus loin, nous entrâmes en gare. Le nom « Tjimahi » parcourut la voiture. C'était là que plusieurs maris et pères avaient été internés. J'écartai les bambous pour regarder au dehors, cherchant désespérément des yeux mon père, ou du moins à voir l'endroit où nous supposions qu'il était encore. Des soldats, baïonnettes pointées au cas où quelqu'un chercherait à s'évader, s'alignaient sur le quai.

Le train stationna deux heures à Tjimahi. Dans la voiture, la température approchait des quarante degrés, et l'air était âcre de sueur et d'odeurs plus nauséabondes : les gens se soulageaient sur place. On entendait des cris et des sanglots. Corrie tentait de réconforter les jumelles.

— Ne pleurez pas, les filles, chantonnait-elle. Ne pleurez pas, mes chéries. On arrive très bientôt.

J'entendis la voix d'Ina. Elle récitait un Psaume, où il était question de lever les yeux vers les collines. Quelqu'un se mit à chanter l'Ave Maria. Puis nous entendîmes le début d'une dispute, qui dégénéra rapidement, avec des cris et des pleurs, quand le bruit d'une gifle retentit.

— Arrêtez, hurla Kirsten. Pour l'amour de Dieu, arrêtez, et restez calmes !

Enfin, le train se remit en marche.

Avec le crépuscule, la chaleur s'atténua ; les cris et les pleurs se turent. Tard dans la nuit, nous nous arrêtâmes dans une gare dont quelqu'un distingua le nom : Purwakarta. À l'aube, nous atteignîmes une autre ville, Tjihampek. Là aussi, nous attendîmes, avec la faim qui nous tenaillait les entrailles.

Heureusement, nous repartîmes, et à la lumière du soleil levant, j'aperçus des bribes du paysage que nous traversions : un paradis de palmiers, de bosquets et de jacarandas. Il y avait des rizières partout ; leur eau miroitante reflétait le bleu du ciel et les petits nuages blancs.

— Ce pays est si beau, murmura ma mère.

Soudain, Peter se mit à pleurer. Il pressa son visage contre le bras de ma mère, ses épaules fluettes secouées par le chagrin.

— Ne pleure pas, Peter, chuchota-t-elle. Ça n'est rien. Je te nettoierai lorsque nous serons arrivés.

— J'ai fait pareil, Peter, dis-je. Comme tout le monde. On ne peut pas s'en empêcher. Ne pleure pas.

— Ils transportent le bétail avec plus de dignité, lança Kirsten amèrement.

— Mais où va-t-on ? gémit une femme.

Comme l'air devenait de plus en plus humide, nous devinâmes que nous nous dirigions vers la côte. Au bout d'un moment, nous nous arrêtâmes une fois de plus, cette fois sur une voie de garage. Deux heures plus tard, le train repartit avec une secousse, dans un grand grincement métallique. Nous longeâmes des villas entourées de pelouses et d'arbres. Quand le train s'arrêta encore, je vis que nous étions dans une petite gare. Cette fois, nous entendions des gardes courir de long en large, en hurlant et en tapant sur le flanc des voitures avec des bâtons. Ils criaient *Turun ! Turun !* Sortez !

— Où sommes-nous ? demandai-je.

Ma mère secoua la tête.

— Je ne sais pas.

Peter renifla.

— Qu'est-ce qui se passe ?

Son visage était strié de poussière, de sueur et de larmes.

— Il faut descendre.

Les mères secouaient leurs enfants pour les réveiller et ramassaient leurs affaires. Les soldats déverrouillèrent les portes et nous glissâmes sur le plancher souillé avant de trébucher en clignant des yeux sur le quai. Il bruinait. Un panneau abîmé indiquait Tanah Abang.

— Nous sommes à Batavia, dit ma mère.

Le trajet de Batavia à Bandung durait normalement quatre heures. Nous en avions passé vingt-huit dans le train. Blottis les uns contre les autres, épuisés, apeurés, affamés et sales, nous levâmes nos visages reconnaissants vers la pluie.

Quand je me retournai pour regarder le train, je constatai que certaines passagères étaient tellement brisées par le voyage qu'elles étaient incapables de marcher ; on les portait. Je vis des soldats portant plusieurs femmes par les épaules et les pieds, dont la vieille dame assise près de nous. Un soldat tenait une petite fille dans ses bras : elle était molle comme une poupée de chiffon, avec un bras pendant. Un autre soldat portait un bébé. Ils les allongèrent sur le quai, côte à côte.

Peter les fixait, choqué.

— Morts ? chuchota-t-il à ma mère.

Elle hocha la tête avant de se détourner.

Un officier aboya un ordre et l'on nous fit sortir de la gare en direction de gros camions bâchés. Les soldats nous crièrent de monter. Les corps immobiles et un sac à dos furent abandonnés sur le quai.

Le camion démarra et une fois de plus, nous roulâmes dans le noir, sans savoir où nous allions, complètement dissimulés aux yeux du reste de l'humanité. Ici et là, la bâche était déchirée, et j'entraperçus de belles maisons dans des rues résidentielles. Puis le camion s'arrêta, on souleva la bâche et on nous ordonna de descendre. Nous étions dans une longue avenue. Ma mère passa Sofie à Ina tandis que Corrie portait Saskia.

— C'est Laan Trivelli, dit Corrie. J'y suis déjà venue.

À notre droite se trouvait un canal avec un pont : les soldats nous poussèrent vers lui. Alors que nous avancions péniblement, j'aperçus notre destination. Devant nous, de l'autre côté du pont, se dressait un portail semblable à celui de Tjihapit, mais plus haut et plus large ; les tours de guet qui le flanquaient étaient beaucoup plus élevées. En le franchissant, j'aperçus un corps de garde. Un long râtelier d'armes, plein de fusils, se trouvait sur la véranda.

Tandis que nous avancions à pas traînants, trois femmes émaciées en vêtements complètement rapiécés s'avancèrent vers nous. D'une voix retentissante, l'une d'entre elles nous annonça que nous étions arrivés au camp de Tjideng.

Soudain, nous entendîmes un brouhaha.

— Qu'est-ce qui se passe ? demanda Kirsten.

À quelques mètres de nous, une autre inspection des *barang* était en cours, mais cette fois, l'officier se comportait comme un fou. Si les femmes n'ouvraient pas leurs sacs immédiatement, il les giflait. Si le fermoir d'une valise était coincé, il lui donnait des coups de pied, et son contenu s'éparpillait sur la chaussée. Il était en uniforme mais chaussé de pantoufles.

Notre tour arrivé, ma mère rassembla nos sacs et les posa sur la table. Elle fit la courbette, quelques secondes trop tard sans doute, car lorsqu'elle se redressa l'officier lui asséna un coup si violent à la tête qu'elle tomba à genoux.

Peter poussa un cri étranglé et s'élança vers elle.

— Laissez-la ! cria-t-il. Laissez ma maman tranquille !

Je me jetai sur lui pour le rattraper.

— Tais-toi, murmurai-je tandis que maman se relevait, ou bien il va encore la frapper !

Nous attendîmes pendant que maman, muette et blafarde, se soumettait à l'inspection. Elle nous rejoignit, encore secouée.

— Alors c'est comme ça, à Tjideng, dis-je.

J'eus l'impression que nous venions de franchir les portes de l'enfer.

Peter me tirait par le bras.

— Regarde !

En suivant son regard, j'aperçus, à côté du portail, une grande cage sur pilotis. Deux paires d'yeux bruns curieux nous scrutaient entre les barreaux.

— Regardez, les filles, des singes ! s'exclama joyeusement Corrie.

Soudain, les bêtes se mirent à pousser des cris stridents et se jetèrent contre les barreaux en faisant osciller la cage. Les jumelles glapirent de terreur et se mirent à pleurer. Corrie tenta de les réconforter.

— Pourquoi ils ont des singes ? me demanda Peter.

Je frémis.

— Je ne sais pas.

L'avenue de Laan Trivelli se déroulait devant nous, bordée d'arbres formant une voûte. Un groupe de femmes s'était rassemblé pour nous dévisager. Tandis que nous défilions devant elles, elles nous lancèrent « Sales Tjihapiters ! » et « Grosses vaches ! ».

Nous étions trop choqués par leur apparence pour nous en offusquer. L'expression « rien que la peau et les os » nous vint aussitôt à l'esprit. La plupart étaient pieds nus ; d'autres portaient des sandales grossières attachées avec de la ficelle, en bois ou en lambeaux de pneus. D'autres se couvraient les seins avec des torchons, et plusieurs avaient entortillé des bandanas sur leurs crânes rasés.

Une grande femme décharnée vêtue d'une robe jaune rapiécée s'approcha de nous. Elle portait un brassard et avait manifestement une sorte de poste officiel. Nous nous rassemblâmes autour d'elle.

— Bonjour, je m'appelle Mme Cornelisse et je suis votre *hancho*, ou chef de groupe. C'est moi qui suis chargée de vous aider à vous installer. Ces six maisons, là-bas, ont été dégagées pour vous.

Elle désigna une rangée de villas.

Ma mère en resta bouche bée.

— Six maisons ? répéta-t-elle. Pour cinq cents personnes ?

Sans lui répondre, Mme Cornelisse expliqua que l'homme qui avait inspecté nos bagages était le commandant du camp, le lieutenant Sonei, et que nous devions l'éviter car il pouvait être méchant. Ma mère acquiesça de tout cœur. Mme Cornelisse précisa que l'édifice à gauche du portail était le bureau du camp. La grande villa, à droite, était occupée par Sonei. Mon cœur se serra à l'idée que nous allions être logés aussi près de la demeure de ce monstre.

Mme Cornelisse nous conduisit à notre maison, un grand bungalow avec une véranda, des galeries et un toit en tuiles rouges. Il avait dû être coquet jadis, mais maintenant, la porte et les cadres de fenêtres avaient été arrachés et la cour n'était plus qu'un lopin de terre dénudé. Kirsten, Ina, Corrie et les jumelles entrèrent avec nous, ainsi que Greta, son *oma*, Shirin et Ilse.

Le salon était déjà bondé de femmes et d'enfants. Toutes les chambres étaient prises, mais ma mère nous trouva trois places dans la salle à manger, sous une fenêtre ouverte.

— S'il vous plaît, pas plus de cinquante centimètres par personne ! criait Mme Cornelisse.

Une fois que nous eûmes déposé nos affaires, elle nous convoqua dans la cour pour nous expliquer que nous devions choisir deux personnes pour aller au *dapur*, avec un récipient assez grand pour contenir cinquante litres de nourriture. On se mit à en rechercher un frénétiquement ; on finit par trouver une bassine. Mme Moonen et Shirin acceptèrent de s'en charger et revinrent une heure plus tard avec la bassine, si lourde qu'elles avaient peine à la transporter. Elle contenait à peine assez de porridge de sagou pour fournir une tasse de nourriture par personne. Il avait un goût de colle pour papier peint, mais nous étions tellement affamés que nous en dévorâmes la moindre parcelle, ainsi que nos minuscules tranches de pain gris translucide.

Ce soir-là, Mme Cornelisse revint dans la cour avec son porte-voix pour nous convoquer au *tenko* – notre premier à Tjideng.

Nous sortîmes de la maison et formâmes des colonnes en face d'un grand édifice où était inscrit « École Juliana ». Une jeune femme à ma droite m'apprit que ce n'était plus une école, mais un hôpital.

— On y va pour mourir, pas pour guérir, ajouta-t-elle gaiement.

À en juger par son corps émacié et par le torchon noué autour de sa poitrine, elle était à Tjideng depuis longtemps.

Mme Cornelisse cocha soigneusement nos noms sur une liste ; je remarquai qu'elle n'arrêtait pas de lancer des regards anxieux vers la villa de Sonei.

Alors que nous contemplions la large avenue déserte, un bourdonnement aigu nous parvint. Il me rappelait le son des abeilles lorsqu'elles avaient essaimé vers nous. Il enflait de plus en plus... Stupéfaite, je découvris qu'il émanait d'un flot interminable de femmes et d'enfants se déversant sur Laan Trivelli. Ils arrivaient par centaines, à droite, à gauche, de toutes les rues transversales. À Tjihapit, le *tenko* était effectué au fil de la journée par groupes successifs. Ici, apparemment, il avait lieu lors d'un grand rassemblement, sur la rue principale de Tjideng.

En scrutant, abasourdie, la marée humaine qui déferlait vers nous, un sursaut me parcourut brusquement l'échine. J'agrippai le bras de ma mère si fort qu'elle glapit.

— Qu'est-ce qui se passe ? me demanda-t-elle, furieuse.

Je désignai trois silhouettes, au loin. Ma mère suivit mon regard en abritant ses yeux de sa main en visière pour les protéger du soleil couchant. Je l'entendis pousser un cri étranglé.

— C'est elle ? murmura-t-elle. C'est elle... (Un sourire euphorique éclaira son visage.) C'est Irene ! Mais elle est tellement maigre, Klara ; elle est méconnaissable.

Je me demandai si Irene aurait du mal à nous reconnaître, nous aussi : nous avions tellement changé.

— Voilà Susan, ajouta joyeusement ma mère. Mais elle a les cheveux courts. Et notre chère petite Flora. (Ma mère avait les larmes aux yeux.) Mon Dieu, Klara! Elles sont saines et sauves et elles sont ici! (Elle se tourna vers Peter.) Nous avons repéré les Jochen, lui annonça-t-elle, enthousiaste. Laisse-moi te soulever, mon chéri, pour que tu les voies.

— Chuuttt! siffla Mme Cornelisse dans son porte-voix. Silence.

Derrière nous, l'immense portail s'était ouvert. Une phalange de soldats marchait vers nous, menée par Sonei.

Mme Cornelisse brandit à nouveau son porte-voix.

— *Kiotsuke!* cria-t-elle. *Keir-ei!*

Nous nous inclinâmes. Après avoir passé une éternité courbés à trente degrés, l'ordre «*Naore!*» retentit et nous nous redressâmes. Le comptage interminable débuta.

— *Ichi! Ni! San! Shi! Go!*

Parfois, une colonne devait être recomptée deux fois, voire trois, avant que Sonei ne soit satisfait.

— *Roku! Shichi! Hachi! Kyu! Ju!*

Sonei courait de long en large entre les colonnes en agrippant sa cravache, avec son épée qui lui rebondissait sur la cuisse. Il était vêtu d'un uniforme impeccable, mais toujours chaussé de pantoufles qui faisaient un bruit de «chlouf-chlouf» lorsqu'il courait. Il était suivi par Mme Cornelisse qui lançait ses ordres à chaque colonne successive. Une vague de *Kiotsukete* et de *Keirei* amplifiés par le porte-voix ricocha ainsi jusqu'au bout de Laan Trivelli; elle fut noyée peu à peu par le bruit des conversations qui avaient repris autour de nous.

Je mourais d'envie de courir rejoindre Flora. Mais il fallait rester en rang jusqu'à ce que les milliers de prisonniers aient été comptés, ce qui dura plus de deux heures. Je me demandais avec ma mère depuis combien de temps les Jochen étaient à Tjideng, et où Wil pouvait bien se trouver.

— Peut-être qu'il est dans le même camp que papa, suggéra Peter.

— Peut-être, acquiesça maman, dont je vis le visage s'assombrir.

Nous ne savions toujours pas où se trouvait mon père.

La jeune femme à qui nous avions parlé plus tôt se présenta : elle s'appelait May. Elle habitait la maison voisine de la nôtre, et elle était à Tjideng depuis le début de l'occupation. Ses cheveux blonds avaient été décolorés par le soleil ; sa peau avait pris la couleur du thé.

Je demandai à May combien de personnes étaient dans le camp. Elle m'apprit que nous étions plus de dix mille, en précisant qu'un an auparavant, ils n'étaient que deux mille cinq cents, dans un camp beaucoup plus vaste. Mais Sonei n'avait pas cessé d'en réduire la superficie.

— Pourquoi ? demandai-je.

— Plus le camp est petit, mieux il peut nous garder à l'œil, répondit May. Un conseil : lorsque vous faites la courbette, posez le petit doigt sur la couture de votre jupe, comme ça... (Elle nous en fit la démonstration.) Sinon, Sonei vous mettra une raclée ou sortira ses ciseaux. Pas vrai, Louisa ? dit-elle à la femme rousse à côté d'elle.

— Absolument, confirma Louisa. Ce type est un monstre. Dans son dernier camp, il arrachait les cheveux des femmes par les racines. (Elle désigna le portail.) Vous avez vu la cage des singes ? (Je hochai la tête.) L'une des femmes du camp les a donnés à Sonei dans l'espoir d'obtenir un traitement de faveur. Il a placé la cage dans le camp pour « nous divertir ». Parfois, il les affame pendant une semaine avant de les lâcher pour « nous amuser », précisa Louisa, méprisante. Mais ces bêtes nous terrorisent. Elles ont déjà mordu plusieurs enfants.

Ma mère nous enlaça, Peter et moi.

— Comme c'est horrible, murmura-t-elle.

— Ah, pour ça, ce sont de vilaines bêtes, poursuivit Louisa. Mme Ament – la directrice du camp, à l'époque – s'en est plainte à Sonei. Il l'a écoutée très attentivement. (Elle se tut un instant.) Puis il a ouvert la cage, il a attrapé un des singes et il lui a fracassé la tête contre un mur. Il y avait du sang partout. Il a expliqué qu'il l'avait fait pour punir Mme Ament de son « ingratitude » pour la « distraction » qu'offraient les singes. (Elle frémit.) Elle a eu de la chance que Sonei ne la tue pas, elle aussi. Une fois, il a décapité une femme durant le *tenko*.

Ma mère, horrifiée que Peter et moi apprenions ces brutalités, murmura que Sonei devait être fou.

— Il est fou, en effet, acquiesça May. C'est un lunatique, au sens propre du terme. Vous verrez, à la prochaine pleine lune ! C'est là qu'il passe ses bottes à coque en acier et que les choses se gâtent.

Nous regardâmes Sonei conduire ses soldats jusqu'au portail, ce qui semblait signaler la fin du *tenko*. Avec un soupir de soulagement, notre groupe rompit les rangs. Je voulais m'élancer vers Flora, mais il faisait noir, et ma mère préféra nous faire rentrer à la maison. Elle nous promit que nous retrouverions Flora et sa famille dès le lendemain.

Dans la maison, le sol était un océan de matelas recouverts de moustiquaires fantomatiques. Maman avait réussi à suspendre un *kelambu* au plafond ; il nous recouvrait à peine tous les trois. Lorsque retentit « Extinction des feux », nous nous blottîmes en dessous. Ma mère et Peter s'endormirent mais je restai éveillée, bercée par leurs souffles et émerveillée d'avoir retrouvé Flora.

14.

Sur la plage, Honor, en état de choc, restait bouche bée.

— Tu avais un petit frère ? balbutia-t-elle enfin.

Je hochai la tête.

— Ted. Il s'appelait Ted. Il avait cinq ans.

Elle cligna des yeux, abasourdie.

— Comment est-ce que je peux te connaître depuis quinze ans sans savoir ça ?

— Personne ne sait. Je n'en ai jamais parlé à personne. Ni même à toi ou à Nina.

— Tu l'as quand même dit à Rick ? (Je secouai la tête.) Mon Dieu…

Un mélange de compassion et de stupéfaction se lisait dans le regard d'Honor.

— Mais… que s'est-il passé ?

— C'était en août. Nous étions ici avec ma mère et son nouvel ami, un dénommé Clive. J'étais furieuse qu'il nous accompagne lors de nos vacances en famille, et je voulais m'éloigner de lui le plus possible. Alors je suis allée à la pêche à pied avec Ted. Il ne voulait pas venir avec moi, mais je l'ai obligé, ce qui me culpabilise encore plus… (J'exhalai douloureusement.) Sur la plage, nous avons rencontré un garçon et une fille qui avaient à peu près le même âge que nous, et qui faisaient un énorme trou dans le sable.

Je jetai un coup d'œil à l'endroit où ils avaient creusé. Je m'attendais à moitié à les voir là.

— La fille avait un « J » sur son tee-shirt, poursuivis-je. Je ne sais pas pourquoi, mais ce détail m'est resté gravé dans la mémoire. Elle était grande et mince comme moi, avec des cheveux bruns, sauf que les siens étaient très longs ; les miens étaient courts à l'époque. Son frère était trapu, avec des cheveux blond-roux. Ted et moi avons parlé de leur tunnel, puis nous avons poursuivi vers les rochers. Mais la marée montait.

— Oh, Jenni, murmura Honor.

— Nous sommes allés loin, trop loin, presque jusqu'à Trennick. Nous nous amusions à pêcher des poissons et des crabes avec notre épuisette, il faisait très beau et puis… (Je me tus un instant.) La cloche a sonné.

— La cloche ?

— La dame qui s'occupait du snack faisait toujours sonner sa cloche à 18 heures pour nous avertir qu'elle fermait. Notre mère nous avait demandé de rebrousser chemin dès que nous l'entendrions. Ted m'a prévenue qu'il l'entendait. J'ai fait comme si de rien n'était parce que je ne voulais pas rentrer. Mais… (Mes doigts se crispèrent sur le mouchoir.)… quand j'ai vu que les vagues se rapprochaient, j'ai dit qu'il fallait rentrer et je me suis dirigée vers la plage… Je croyais que Ted me suivait.

— Oh mon Dieu.

— Quand je suis arrivée sur le sable, j'ai jeté un coup d'œil au tunnel – il était énorme. J'ai poursuivi ma route en cherchant des coquillages. Quand j'ai relevé les yeux, j'ai vu ma mère au loin, qui nous cherchait. J'ai agité la main, et elle m'a répondu avec un sourire de soulagement. Ensuite je me rappelle que son sourire s'est évanoui. Elle s'est mise à courir vers moi ; elle criait comme une folle à quelqu'un qui était derrière moi. Quand je me suis retournée, j'ai entendu un chien aboyer. Puis j'ai vu Ted. Il était loin, mais il était très facile à repérer parce qu'il portait un maillot de bain rouge. Il était debout sur un rocher, le chien essayait de le mordre, et Ted criait.

Le regard d'Honor débordait d'angoisse.

— Le chien l'a mordu ?

— Non. Je ne pense pas qu'il voulait vraiment le mordre – il était simplement surexcité, il avait passé toute la journée sur la plage à courir après des balles. Je pense que sa balle avait dû rebondir sur les rochers près de Ted, et qu'il voulait simplement que Ted la lui lance. Mais Ted avait très peur des chiens. Ma mère a vu ce qui se passait, elle courait vers lui en essayant de rappeler le chien. Elle lui criait de laisser Ted, mais ça ne faisait que pousser le chien à aboyer encore plus fort. Juste au moment où elle allait atteindre Ted, le chien a bondi. (Je déglutis.) Et Ted a disparu. À cet instant-là, j'ai compris où il se tenait. Ici même… Il était au bord de cette crevasse, le chien a dû le faire sursauter et il a perdu pied. Ma mère escaladait les rochers pieds nus. Elle criait encore au chien de s'en aller, sans se rendre compte qu'il était déjà parti, parce que ses propriétaires l'avaient appelé.

— Ils ne se sont pas rendu compte de ce qui se passait ?

— Je ne crois pas, parce que je les ai vus se diriger vers la cale de halage avec toutes leurs affaires. Ma mère s'est glissée dans le ravin et a soulevé Ted, puis elle l'a descendu des rochers – ses pieds étaient en sang – pendant que j'essayais de l'aider. Lorsqu'elle a allongé Ted sur le sable, j'ai vu qu'il avait un côté de la figure enflé et les yeux fermés. Il y avait de la salive sur ses lèvres, comme de l'écume. Ma mère n'arrêtait pas de répéter son nom, de caresser son visage, mais il ne réagissait pas. Son ami est arrivé en courant et quand il a vu Ted, il a crié qu'il allait à l'hôtel pour appeler une ambulance et il est reparti sur la plage en courant. Entre-temps, les gens s'étaient rassemblés autour de nous. Ils avaient tous une expression étrange, comme s'ils étaient très tristes, mais fascinés en même temps.

— Oh, Jen, souffla Honor.

— Une femme s'est avancée vers nous en disant qu'elle était infirmière : pendant qu'elle examinait Ted, maman lui a expliqué ce qui s'était passé tout en sanglotant. Elle pensait qu'il avait une commotion cérébrale. La femme a dit qu'il respirait normalement, mais qu'il fallait l'emmener à l'hôpital le plus vite possible. Alors ma mère a traversé la plage en portant Ted dans ses bras. Le garçon et la fille qui creusaient le tunnel nous fixaient, sous le choc. Au bout de quelques minutes, j'ai entendu une sirène, et l'ambulance a traversé le champ derrière le snack – elle ne pouvait pas se rapprocher plus de la plage. Les deux ambulanciers ont couru vers nous et ont donné les premiers soins à Ted ; puis ils l'ont allongé sur une civière. Ma mère les a suivis jusqu'à l'ambulance et a attendu qu'ils mettent Ted dedans. J'ai fait mine d'y monter aussi mais ma mère m'a dit de ne pas venir – je pense qu'elle ne voulait pas que je voie Ted dans cet état. Mais comme son ami voulait l'accompagner, ma mère a dit qu'il fallait que quelqu'un s'occupe de moi. La dame du snack s'est portée volontaire. Elle a dit à maman qu'elle m'emmènerait à l'hôtel et qu'elle ne me quitterait pas jusqu'à ce que maman rentre, quelle que soit l'heure. Maman l'a remerciée et m'a demandé de la suivre. (J'inspirai.) Cette dame m'a demandé mon nom et m'a dit qu'elle s'appelait Jane. J'avais oublié – jusqu'à aujourd'hui, ajoutai-je d'une petite voix. Je m'en souviens maintenant – tous les détails me reviennent.

Tandis que les portières de l'ambulance se refermaient, Jane m'a mis le bras sur les épaules et m'a entraînée.

— Oh, Jenni, souffla à nouveau Honor.

— Elle m'a aidée à ramasser nos serviettes et nos articles de plage, en disant qu'on en aurait besoin le lendemain car on prévoyait du beau temps. Puis nous avons remonté le chemin jusqu'à l'hôtel.

Le directeur nous a indiqué un coin dans le hall, avec une télé et une boîte de jeux pour enfants. Jane m'a dit que ma mère serait bientôt rentrée. Le directeur m'a apporté à manger mais je n'avais pas faim. J'ai regardé la télé avec Jane, mais l'écran aurait aussi bien pu être vide. Elle a sorti des jeux de société et on a joué au jeu de l'échelle ; après ça, on a fait des parties de Snap ! à n'en plus finir. Au petit matin, ma mère est revenue.

Je m'étais endormie sur le canapé et Jane m'avait recouverte avec un plaid. Je me rappelle avoir entendu la voix de ma mère. J'ai ouvert les yeux et quand je l'ai vue, j'ai été soulagée. Maman était de retour, tout allait s'arranger, Ted allait se remettre, nous pourrions continuer nos vacances et même Clive ne me gênerait plus, parce qu'il avait été gentil d'appeler l'ambulance. Il allait faire soleil le lendemain. D'une voix basse et atone que j'avais peine à reconnaître, maman a remercié Jane de s'être occupée de moi et nous sommes rentrées à pied à Penlee. J'ai demandé à ma mère des nouvelles de Ted, mais elle ne m'a pas répondu. Je lui ai demandé s'il était toujours à l'hôpital, et elle a dit que oui. En entrant dans la maison, j'ai encore demandé s'il allait rester longtemps, parce que je tenais vraiment à le voir. C'est alors que ma mère m'a assise sur ses genoux et m'a dit que Ted était mort.

— Si seulement j'avais su, répéta une fois de plus Honor, plus tard ce soir-là.

Nous étions assises dans la cuisine, pratiquement en silence. Par la fenêtre ouverte, nous entendions le soupir de la mer.

— Ça me fend le cœur de penser que tu as porté ce fardeau pendant aussi longtemps, sans en parler. Tu as dû te sentir… très seule.

— Je me suis sentie seule, c'est vrai, répondis-je calmement. Mais toutes les fois que je repense à ce jour-là, ce qui m'arrive presque constamment, je repense au garçon et à la fille qui creusaient le tunnel. Peut-être parce que c'est la dernière conversation « normale » que j'ai eue avant la mort de Ted. Ou peut-être simplement parce qu'ils étaient là – en tout cas, ils en sont indissociables.

— Ça a dû être tellement dur pour toi de marcher sur la plage aujourd'hui, et encore plus d'aller sur ces rochers. Et même le simple fait de revenir à Polvarth…

— Quand j'ai compris où je devais me rendre, j'aurais pu refuser, et j'en avais l'intention. Je ne sais pas ce qui s'est passé : je me suis entendue accepter. Une part de moi-même voulait revenir, parce que cette histoire me hante depuis des années.

Honor me dévisagea, encore sonnée par ce qu'elle venait d'apprendre.

— Tu n'en as jamais parlé à personne ?

— Pas à âme qui vive. Maintenant, tu dois te demander s'il y a autre chose que tu ne sais pas de moi, ajoutai-je d'une voix morne. Mais il n'y a rien d'autre.

Elle repoussa son assiette.

— Cette histoire me fait tellement de peine, Jen. Mais je ne comprends toujours pas pourquoi tu ne nous en as jamais parlé ; encore moins pourquoi tu ne l'as jamais raconté à Rick. Comment peux-tu partager ta vie avec lui sans lui dire une chose aussi importante ?

— Je voulais le dire à Rick. Évidemment.

— Et alors, pourquoi ne l'as-tu pas fait ?

J'étais incapable d'avouer la vérité à Honor.

— Je… J'attendais… le bon moment, mais ce moment n'est jamais venu. Plus j'attendais, plus ça devenait difficile. C'est pour ça qu'il n'a jamais rencontré ma mère : si on allait chez elle, il verrait toutes les photos du frère qu'il ne sait pas que j'ai eu.

— Je n'ai rencontré ta mère qu'une fois, dit Honor, à la cérémonie de remise des diplômes. Je me rappelle l'avoir trouvée triste, mais j'ai supposé que c'était parce que vous n'étiez pas proches – ça, je l'ai toujours su. Je pensais aussi que c'était peut-être à cause de ce qui était arrivé à ton père. Mais ça, c'est encore pire – la pauvre. (Elle soupira.) Alors… c'était un traumatisme crânien ?

Je hochai la tête.

— C'est ce qu'on appelle un traumatisme crânien « catastrophique ». Ils l'ont opéré d'urgence mais il est mort dans la nuit.

— C'est pour ça que vous avez quitté Goring ?

— Oui. Ma mère ne supportait plus d'habiter cette maison sans Ted ; elle ne supportait plus d'aller me chercher à l'école et de rentrer sans lui. Ça la bouleversait de voir ses camarades de classe, et elle n'en pouvait plus de la compassion de leurs parents et des commerçants locaux. Goring, c'est tellement petit que tout le monde savait ce qui s'était passé – ils savaient déjà ce qui était arrivé à mon père.

— Et tu voulais partir, toi ? Quitter tes amis ?

— Sans doute pas. Mais je crois que j'étais trop traumatisée pour protester, alors j'ai accepté ce que voulait ma mère : fuir. Elle n'y retourne que pour se rendre au cimetière.

Je repensai à la petite pierre tombale de Ted, dans le coin des enfants. Elle portait son nom, les dates de sa naissance et de sa mort, un bouton de rose et l'inscription *Dors, mon chéri*.

— Pourquoi s'est-elle installée à Southampton ? Elle y avait des connaissances ?

— Personne – c'était justement le but. Vivre dans une grande ville où elle se sentirait anonyme. Elle a trouvé du travail au service comptabilité d'une grosse imprimerie, et m'a inscrite à l'école locale.

— Tu n'as pas parlé à tes nouveaux amis de ce qui s'était passé ?

— Absolument pas. J'ai tout gardé pour moi. Quand on me demandait si j'avais des frères et sœurs, je me contentais de répondre « non », ce qui n'était pas un mensonge.

— Mais ce n'était pas exactement la vérité.

— Je ne voyais pas ce qui m'aurait obligée à dire la vérité. Ces gens étaient des étrangers. Ça ne les regardait pas.

— Mais Jenni, je ne suis pas une étrangère, moi ; Nina non plus – ni Rick. Pourquoi tu as eu le sentiment que tu ne pouvais pas nous en parler, même à nous ? Je ne comprends pas.

Je regardai mes mains, incapable de lui expliquer.

— C'était tout simplement un sujet trop triste pour que je l'aborde. Ça me tourmentait, et ça me tourmente encore. Au moment où je vous ai connues, Nina et toi, je l'avais enfoui si profondément en moi qu'il était presque... fossilisé. (Je levai les yeux pour regarder la mer.) Mais maintenant, je suis ici, et je l'ai exhumé, et je suis à nouveau tourmentée par la culpabilité.

— La culpabilité ? répéta doucement Honor. Mais c'est un accident, Jen. Un accident horrible, arrivé sans raison, simplement parce qu'un petit garçon a eu peur d'un chien surexcité. C'était un accident, insista-t-elle. Ce n'est la faute de personne.

Je me levai, allai à la fenêtre et descendis le store.

Le lendemain matin, je me rendis à la ferme. Chemin faisant, j'aperçus Henry et Beth dans la cour. Nous échangeâmes quelques menus propos, mais je devinai à leurs sourires amicaux teintés de compassion qu'ils avaient appris mon histoire. Klara leur avait raconté ma rencontre avec Jane, c'était tout naturel. Cette idée me donna l'impression d'être mise à nu, vulnérable.

Je montai à l'appartement. Lorsque Klara m'ouvrit, je sentis qu'elle me regardait autrement, comme si elle ne savait plus comment se comporter avec moi.

— Jenni, dit-elle en m'adressant un sourire plein de sollicitude. Entrez. Voulez-vous du café et du gâteau ?

— Du café, s'il vous plaît, mais pas de gâteau, merci. Je n'ai pas faim.

Cette fois, Klara n'insista pas.

— J'ai été ravie de rencontrer Honor, dit-elle en apportant le plateau. Quels sont ses projets, aujourd'hui ?

— Elle va marcher jusqu'au phare de St. Anthony Head. Je passe la prendre à 13 h 30, et nous déjeunerons quelque part dans un pub. Alors… (Je sortis le magnétophone.) J'ai transcrit ce que nous avons fait hier matin ; le voyage infernal jusqu'à Tjideng… (Je remplaçai rapidement les piles de l'appareil.) J'ai eu du mal à réécouter ce passage.

Klara eut un sourire sinistre.

— Cette expérience est restée marquée au fer rouge dans ma mémoire ; et je vous assure qu'après avoir vécu ça, je ne me suis jamais plainte d'un voyage en train.

J'acquiesçai.

— Je me demandais si nous pouvions parler de ce qui s'est passé à votre arrivée. J'ai appris, en me documentant, que Tjideng était l'un des pires camps de Java.

— Oui, à cause de Sonei. C'était… un démon.

— Donc, Klara, nous sommes en octobre 1944 et vous venez de vous installer dans votre troisième camp. La guerre est presque finie, mais vous ne le savez pas. Pouvez-vous me raconter vos premiers jours ou vos premières semaines là-bas ?

Klara ne répondit rien. Elle fixait ses cuisses. Un moment, je crus qu'elle était trop bouleversée par la perspective de parler de Tjideng. Elle m'avait dit qu'elle n'arriverait pas à décrire certaines choses trop pénibles. Nous en étions peut-être à ce point. Elle m'avait narré tant d'incidents douloureux que j'osais à peine imaginer ce que ces expériences pouvaient être. J'étais en train de réfléchir à une façon de les contourner lorsque Klara leva les yeux.

— Donc, j'avais raison, dit-elle d'une voix douce.

Ayant compris que nous ne parlerions pas de Java, j'éteignis le magnétophone.

— Oui, en effet.

— Je savais bien que je vous connaissais, dès le moment où je vous ai vue. Bien entendu, vous avez changé – vous n'étiez qu'une enfant – mais j'étais certaine que nous nous étions déjà rencontrées.

— Je ne me souvenais pas vraiment de vous, jusqu'à hier – j'ai dû faire un blocage.

Comme c'était curieux, songeai-je, que mon esprit ait refoulé certains souvenirs alors que d'autres avaient été préservés avec la limpidité du cristal.

— Quand je vous ai vue avec Jane, ça m'est revenu. Vous étiez à l'hôtel.

Klara acquiesça.

— J'ai passé presque toute la nuit à penser à ce qui est arrivé ce jour-là. Je me le rappelle très nettement. J'étais à la ferme quand j'ai entendu la sirène. Puis Henry est arrivé et m'a raconté ce qui s'était passé ; il rentrait à pied de Trennick et avait vu l'ambulance. Plus tard, Jane m'a téléphoné. À voix basse, elle m'a dit qu'elle était à l'hôtel, qu'elle s'occupait d'une petite fille pendant que sa mère était à l'hôpital avec le petit garçon qui était tombé dans les rochers.

— Alors vous êtes venue vous asseoir avec nous.

— Je pensais qu'il valait mieux que je tienne compagnie à Jane dans cette situation délicate. Il était tard, et j'avais cru que vous seriez endormie ; mais vous faisiez des parties de Snap. Je me rappelle avoir pensé que vous étiez très courageuse.

— Je n'étais pas courageuse du tout, Klara – loin de là ! Mais je me rappelle que vous êtes venue dans la pièce, et que vous nous avez parlé, à Jane et à moi, comme si tout était parfaitement normal. Nous avons joué aux cartes, et vous êtes partie au bout d'un moment. Ensuite, ma mère est revenue. (J'avais mal à la gorge.) Et puis…

Les albums, la boîte sculptée et les tasses de café s'étaient embrouillés. Je fouillai maladroitement mon sac pour trouver un mouchoir et me tamponner les yeux.

J'entendis Klara soupirer.

— C'était tellement triste, Jenni.

Je me tus.

— Je ne l'ai jamais oublié, dit-elle. Je pense que tous les habitants de notre petite communauté ont longtemps souffert de cette tragédie. On a frôlé la catastrophe sur la plage à quelques reprises ; il y a cinq ans, deux jeunes garçons avaient creusé un tunnel qui s'est effondré sur eux, et on les a déterrés juste à temps. Mais il n'y a eu qu'un mort, et de temps en temps, les gens d'ici en reparlent.

Un silence nous enveloppa. J'entendais le bourdonnement du réfrigérateur.

— Je comprends maintenant pourquoi vous restiez aussi vague au sujet de votre séjour à Polvarth.

— Je ne voulais pas que vous sachiez.

— Je repensais aussi au fait que vous m'avez dit ne pas avoir de frères et sœurs.

— Je n'en ai plus, depuis longtemps.

— En fait, vous savez, je pensais déjà à cette histoire, pour le livre. Je vous en aurais parlé lorsque nous en serions arrivées à cette période de ma vie.

— Je le savais, et je le redoutais. Je ne sais pas comment j'aurais réagi ; je crois que je n'aurais rien dit et que j'aurais fait semblant que ça n'ait rien à voir avec moi.

— Mais si toute cette histoire vous fait encore souffrir au point que vous n'êtes même pas arrivée à nous dire qui vous étiez, ou ce que vous aviez vécu à Polvarth, pourquoi donc êtes-vous revenue ?

— J'essaie de comprendre, dis-je, agrippée à mon mouchoir. Quand Vincent m'a téléphoné pour me demander de rédiger vos mémoires, votre histoire m'a aussitôt intéressée, et j'ai eu très envie de l'écrire. Mais au moment où j'acceptais la commande, il m'a dit où vous habitiez.

— Vous avez dû avoir un choc.

— C'était comme si on m'avait donné un coup de poing. L'idée, non seulement de revenir ici, mais d'y habiter, m'a fait souffrir le martyre. J'ai essayé de faire marche arrière. J'étais en train d'aligner des excuses de plus en plus désespérées quand tout d'un coup, je me suis entendue dire à Vincent que j'acceptais. Je ne sais même pas pourquoi.

— Peut-être vouliez-vous – comment dire ? – exorciser un fantôme ?

J'eus un petit rire sinistre.

— En effet. Je pensais pouvoir y arriver, simplement en revenant ici, mais j'en suis incapable. Je sens la présence de Ted. Il me hante.

— Il vous hante ?

— Je l'entends dire mon nom : il m'appelait toujours « Evie » parce que quand il était tout petit, il n'arrivait pas à prononcer « Genevieve ». Maintenant, j'ai toujours sa voix dans la tête.

Klara posa sa tasse.

— C'est ce qui m'arrive avec Peter. Donc, effectivement, vous comprenez ce que je ressens.

— Oh oui ! Sauf que j'en souffre sans doute plus que vous, Klara. (Je fermai les yeux.) Parce que ce qui est arrivé à Ted, c'est ma faute.

La voix de Klara devint tranchante, tout d'un coup :

— C'était un accident, Jenni. Il est tombé.

— Oui, il a été effrayé par un chien et il a perdu pied.

— Alors en quoi cela serait-il votre faute ? S'il faut accuser quelqu'un, ce sont les propriétaires du chien. S'il représentait un danger pour les enfants, il aurait dû être tenu en laisse.

— Je pense qu'il voulait simplement jouer. Mais Ted avait très peur des chiens. Il criait, et ça a dû exciter le chien encore plus – je ne le saurai jamais. Tout ce que je sais, c'est que je ne me suis pas occupée de lui.

— C'était à vous de le faire ?

— Oui. J'avais quatre ans de plus que lui.

— Vous n'étiez qu'une enfant. Quel âge aviez-vous ? Huit ans ?

— Neuf ans… Neuf ans et demi, précisai-je, car ces six mois supplémentaires me semblaient importants. Ma mère m'avait demandé de tenir Ted par la main, et je ne l'ai pas fait, non pas parce que je n'étais « qu'une enfant », mais parce que j'étais fâchée contre lui.

— Fâchée ?

— Nous nous étions disputés au sujet de l'épuisette. Il me l'avait arrachée des mains, et il avait perdu le crabe que je venais d'attraper. J'étais furieuse. Puis j'ai vu que la marée montait et je lui ai dit qu'il fallait rentrer. Mais j'étais encore fâchée – pas seulement à cause du crabe, évidemment. J'étais fâchée contre ma mère parce qu'elle avait emmené son nouveau copain en vacances. Je détestais le fait qu'il soit avec nous, sur la plage, dans notre maison, dans la chambre de ma mère. Ça me gênait, ça gâchait tout, alors que j'avais tellement hâte qu'on parte en vacances. Je me suis défoulée sur Ted, et je suis partie devant.

— Vous saviez où il était ?

— Je savais qu'il me suivait.

— Comment le saviez-vous ?

Une vague de culpabilité m'envahit.

— Je l'entendais pleurer. Il m'appelait, me suppliait de l'attendre. Mais je faisais semblant de ne pas l'entendre, et puis sa voix est devenue de plus en plus faible au fur et à mesure que je m'éloignais.

— Que pensiez-vous qu'il lui arriverait ?

— J'ai dû penser qu'il me suivrait et rentrerait tout seul. Je savais que ce n'était pas gentil pour lui, mais je croyais qu'il se débrouillerait. Quand je me suis enfin retournée, il y avait ce chien sur les rochers qui aboyait et faisait mine de le mordre. Tout d'un coup, le chien a bondi et Ted est tombé…

— Je comprends tant de choses, maintenant, Jenni, murmura Klara. Je comprends pourquoi vous étiez aussi… réservée, comme si vous redoutiez une quelconque révélation.

C'était vrai. Et c'était pour cette raison que je me sentais toujours plus en sécurité en restant à l'ombre. Invisible.

— C'est pour ça que vous ne voulez pas d'enfant ?

Je me tus longtemps avant de répondre :

— Je ne me fais pas confiance. J'étais tellement en colère que j'ai abandonné mon petit frère. Et si je recommençais, avec mon enfant ? Si je n'en prenais pas bien soin, par incompétence ou pire encore, par négligence, comme cette fois-là ? Si je m'étais contentée d'obéir à ma mère, comme j'aurais dû le faire, Ted serait sans doute encore vivant. J'aurais chassé ce chien, ou au moins, j'aurais empêché Ted de tomber, parce que je lui aurais tenu la main. Mais je ne lui ai pas tenu la main, et il est mort. (Je déglutis.) Et après ça, ma mère ne m'a…

Ma voix mourut.

— Votre mère ne vous a plus tenu la main ? suggéra Klara d'une voix douce.

Je hochai la tête.

— Elle prétendait que c'était parce que j'étais trop grande, mais je savais que ce n'était pas la vraie raison. Elle me punissait parce que je n'avais pas tenu celle de Ted ce jour-là.

— Elle vous reprochait ce qui était arrivé ?

— Elle me l'a toujours reproché. Voilà pourquoi nous sommes en froid.

— Mais vous étiez une petite fille. Ne vous a-t-elle pas aidée ? Consolée ? Vous deviez être traumatisée.

— Oui. Évidemment. Mais elle ne songeait qu'à sa propre douleur. Elle n'arrêtait pas de me demander comment j'avais pu laisser Ted tout seul. Ce qui m'était passé par la tête. Pourquoi j'avais fait ça. Elle me posait sans cesse la question – j'ai cru qu'elle ne s'arrêterait jamais. (J'exhalai.) J'ai fini par lui avouer la vérité. Je l'ai aussitôt regretté. Elle s'est contentée de me fixer, sous le choc. Puis elle m'a dit que le fait que je l'aie fait exprès aggravait les choses – que j'étais impardonnable.

Impardonnable… Ce mot résonnait dans ma tête depuis vingt-cinq ans.

— Où était-elle, lorsque ça s'est produit ?

— À l'autre bout de la plage, avec son petit ami.

— Donc, elle ne vous surveillait pas.

— Je pense qu'elle était tellement heureuse d'être à nouveau avec un homme après tous ses malheurs qu'elle se concentrait sur lui plutôt que sur ses enfants. Elle était très jeune – elle avait vingt-huit ans, six de moins que moi aujourd'hui.

— Jeune ou pas, c'était votre mère. Elle ne s'est jamais reproché ce qui était arrivé à Ted ?

— Non. En tout cas, pas à ce qu'il me semble.

— Mais les parents sont responsables de leurs enfants, et vous n'aviez que neuf ans.

Je haussai les épaules.

— J'étais assez grande pour agir de façon responsable.

— Vous disiez que la marée montait – elle devait le savoir, non ?

— Peut-être. Je ne sais pas.

— Et elle savait que votre frère avait peur des chiens. Pourquoi assumez-vous l'entière responsabilité de ce qui s'est passé ?

— Pourquoi pas, alors que je l'ai laissé tout seul ? (J'essuyai mes paupières.) Ted aurait trente ans, maintenant. Je pense à lui tous les jours en me demandant à quoi il ressemblerait, quel travail il ferait, si nous nous serions vus souvent. Puis je repense à lui, debout sur les rochers, en train d'attendre que je revienne l'aider. (Je serrai le mouchoir dans mon poing.) Et comme je regrette, comme je regrette de ne pas l'avoir fait !

— Ça a dû être très dur, pour vous, par la suite, de vivre avec votre mère. Vous avez dû avoir l'impression qu'un mur s'était dressé entre vous.

Je la regardai, étonnée.

— C'est exactement ce que j'éprouvais.

— Vous ne pouviez pas vous réconforter l'une l'autre.

— Non. J'avais tellement besoin qu'elle me console – mais elle en était incapable, parce qu'elle m'en voulait. (À ces mots, Klara hocha la tête, émue.) Parce que je me sentais coupable, je me suis renfermée. Je ne voulais pas m'ouvrir aux autres, au cas où ils découvrent ce que j'avais fait. Quand je suis arrivée dans ma nouvelle école, je me suis rebaptisée « Jenni », comme si le prénom « Genevieve » n'était pas le mien. Je ne me suis pas fait d'amis. Parce que dans ce cas, ils seraient venus chez moi, ils auraient vu les photos de Ted, j'aurais été obligée de leur raconter, et ils m'auraient jugée.

— Vous pensez vraiment qu'ils vous auraient jugée ?

Je haussai les épaules.

— Ma mère l'avait bien fait, alors j'étais persuadée qu'ils feraient de même. Elle a même prétendu que si nous avions déménagé, c'était parce qu'elle ne voulait pas que les habitants du village découvrent que Ted était mort par ma faute.

Klara cligna des yeux.

— Elle ne vous a rien épargné, n'est-ce pas ?

— Non. Alors je ne me suis rien épargné, moi non plus.

— Elle ne se sentait en aucune façon responsable ?

Je haussai les épaules.

— Elle ne l'a jamais admis. Quand j'avais dix-sept ans, nous avons eu une dispute épouvantable. C'était l'anniversaire de Ted ; elle avait bu et elle s'est mise à pleurer. Puis les reproches ont commencé. C'était insupportable. Je lui ai dit que c'était à elle de nous surveiller, qu'elle avait préféré batifoler avec son petit ami – un type qu'elle venait à peine de rencontrer et qu'elle n'a jamais revu. Elle m'a rétorqué que j'avais été méchante et négligente. Que je l'avais privée de Ted. Que j'avais gâché sa vie. Elle a dit pire encore – bien pire. (Je n'arrivais pas à le répéter à Klara.) Alors dès que j'ai eu mon bac, je suis partie.

— Ça a dû être un soulagement, à plus d'un titre.

— Je me suis sentie libérée. Après neuf ans passés sous le regard accusateur de ma mère, je pouvais enfin essayer d'aller de l'avant, de fuir cette tristesse permanente, d'être moi-même. Depuis, je ne vois ma mère qu'une fois par an. Nous nous téléphonons de temps en temps et nous échangeons des cartes de vœux, mais nous savons toutes les deux que c'est purement pour la forme.

— La pauvre, murmura Klara. J'ai de la peine pour elle. Avez-vous parlé à quelqu'un de ce qui est arrivé ?

Je secouai la tête.

— Je ne voulais pas que mes amis le sachent.

— Je veux dire, un professionnel ?

— Un psy ?

— Oui, ou un thérapeute.

— Non, soupirai-je. Ça ne se faisait pas à l'époque. Ça m'aurait peut-être aidée, parce que sans personne à qui me confier, j'ai intériorisé toute ma souffrance, toute ma culpabilité. Vous pourriez me répéter dix mille fois que je n'étais qu'une enfant, ça ne me retirerait pas ma conviction d'être entièrement coupable de ce que j'ai fait – ou plutôt, de ce que je n'ai pas fait. J'ai tenté de lire des ouvrages de développement personnel, avouai-je. Mais ça me démoralise encore plus, alors j'arrête au bout de quelques pages.

— Je pense que c'est le destin qui vous a ramenée à Polvarth, dit Klara au bout d'un moment.

— Peut-être.

Je haussai les épaules et pris mon stylo, pour laisser entendre que j'étais prête à revenir au récit de Klara. Je ne regrettais pas de m'être confiée à elle – j'en étais même heureuse – mais il était temps de passer à autre chose.

— Quand vous expliquez le processus de la rédaction des mémoires, vous parlez d'honnêteté affective, insista Klara.

Et si, dans cinquante ans, vous écriviez vos propres mémoires ? Parleriez-vous de Ted ?

— Eh bien… oui. Ce serait trop énorme pour être passé sous silence.

— Mais auriez-vous le courage de dire la vérité ? De dire ce qui s'est vraiment passé, plutôt que de simplement relater l'accident ?

— Je ne sais pas si j'en aurais le courage. (Je la dévisageai.) Pourquoi cette question ?

— Je… me demandais.

— Klara, je suis venue ici pour écrire l'histoire de votre vie, pas la mienne. La semaine dernière, vous vous demandiez si vous apprendriez à me connaître. Maintenant, vous en savez sans doute plus sur moi que vous ne l'auriez souhaité.

Avant que Klara n'ait pu protester, j'allumai le magnétophone avec un soupir de soulagement.

15.

Klara

Il faisait encore noir lorsque nous fûmes réveillés pour le *tenko* du matin. Nous sortîmes dans la lueur rosée de l'aurore et rejoignîmes les centaines de femmes et d'enfants qui marchaient en silence. J'aperçus Irene, Susan et Flora qui agrippait sa poupée, avant qu'elles ne soient happées par la foule immense. Les soldats nous comptèrent, puis le brouhaha des conversations reprit autour de nous tandis qu'ils s'éloignaient. Deux heures passèrent avant que nous soyons congédiés. Mme Cornelisse vint nous demander d'envoyer deux femmes prendre le petit déjeuner. Cette fois, ma mère se porta volontaire. Transportant la bassine vide, Louisa et elle empruntèrent Laan Trivelli en direction du *dapur*. Une heure plus tard, elles revinrent avec la bassine pleine. Elles avaient dû la poser à plusieurs reprises car les anses métalliques leur faisaient mal aux mains.

Tandis que je les aidais à la porter sur la véranda, ma mère m'adressa un sourire extatique.

— Je les ai retrouvées ! chuchota-t-elle. Elles étaient à la cuisine. Nous n'avons pas pu nous parler longtemps, mais Irene m'a indiqué où se trouvait leur maison. Nous irons les voir cet après-midi.

Des larmes de bonheur me piquèrent les yeux.

— J'ai tellement hâte, maman ! J'ai hâte de revoir Flora !

Louisa distribua la nourriture tandis que cent visages affamés s'attroupaient pour recevoir leur tasse de porridge insipide et leurs cinq centimètres de pain dur et gris. Chacune observait ses voisines d'un œil soupçonneux, pour que personne ne reçoive plus que sa part. Les enfants les plus jeunes avaient le droit de gratter les restes. Je regardai les jumelles se lécher les doigts. Elles avaient presque trois ans, mais des corps de bébés d'un an.

Après le petit déjeuner, Mme Cornelisse nous indiqua à quelles équipes de travail nous étions affectées. L'une travaillait au *dapur*, une autre lavait les draps et les pansements à l'hôpital. Il y avait aussi une équipe « hygiène » chargée de la fosse septique. Il fallait d'abord brasser les eaux usées avec un bâton, puis vider la fosse avec de petits seaux dont on reversait le contenu dans le fossé d'écoulement qui longeait le *gedek*. Dans chaque maison, une équipe de jeunes femmes était affectée à cette corvée absolument dégoûtante. Kirsten venait d'apprendre qu'elle en ferait partie.

Elle fixa Mme Cornelisse, incrédule.

— Vous venez de me dire qu'il faut que je brasse de la crotte ?

Mme Cornelisse hocha la tête.

Kirsten joignit les mains comme pour prier, et leva les yeux au ciel.

— Allez, Dieu, quoi ! Déjà que vous m'avez fait manger des escargots, mais brasser de la crotte ?

Il y avait aussi une équipe *kawat* affectée aux palissades du camp, qui n'étaient que des rouleaux de fils barbelés avec des poteaux en bois, et qui avaient souvent besoin d'être réparées. Ma mère fut soulagée d'apprendre qu'elle faisait partie de ce groupe. Je fus assignée à l'équipe qui balayait les rues et transportait les détritus jusqu'au portail. On nous précisa qu'entre 14 et 16 heures, les heures les plus chaudes de la journée, nous pouvions nous reposer.

— Vous devez dormir pour conserver votre énergie, nous conseilla Mme Cornelisse.

Mais comment dormir dans le vacarme et les tensions de ces maisons affreusement surpeuplées ? De toute façon, ma mère, Peter et moi ne comptions même pas essayer. Nous allions trouver les Jochen.

Ma mère savait comment s'y rendre, et nous nous mîmes en route. J'étais tellement excitée que je voulais courir, mais ma mère m'obligea à marcher. Alors que nous remontions Ampasiet Weg, nous vîmes un soldat qui se dirigeait vers nous. Nous nous inclinâmes bien bas puis, lorsqu'il nous eut dépassés, nous nous redressâmes et reprîmes notre chemin. Les maisons de ce quartier étaient plus petites et moins belles, mais leurs jardins, où étaient tendues des cordes à linge chargées de loques, étaient plus ombragés. La rue était déserte, mais nous distinguâmes trois silhouettes sous un arbre. Incapable de me contenir, je courus vers elles avant de me figer, sous le choc.

La robe en lin bleu d'Irene pendait en gros plis autour de son corps. Les rondeurs enfantines de Flora avaient fondu ; ses mains et ses pieds semblaient trop grands pour ses membres grêles. Le visage de Susan était émacié, ses pommettes saillantes, ses yeux immenses. Ses longs cheveux avaient été coupés à la serpe. Je courus vers elles et serrai doucement Flora et Susan dans mes bras. Ma mère et Irene restèrent longtemps enlacées sans parler, en se tapotant les épaules.

Irene essuya une larme avant d'éclater de rire :

— Regarde-nous ! On ressemble à des épouvantails – et des épouvantails débraillés, en plus !

Nous secouâmes la tête, décontenancées par ce que nous étions devenues. Tout en guettant l'éventuel passage d'un soldat, nous nous assîmes à l'ombre pour discuter.

Irene nous apprit que Wil avait été interné à Tjimahi – elles avaient reçu deux cartes postales de lui, mais rien depuis un an.

— Nous supposons qu'il y est toujours, jusqu'à preuve du contraire.

— Peut-être qu'il est avec mon papa ? suggéra joyeusement Peter.

Irene lui caressa la joue.

— Sans doute. J'espère seulement que mon Wil ne donne pas trop d'ordres à ton père ! ajouta-t-elle en riant.

— Que s'est-il passé après votre départ de la plantation ? voulut savoir maman.

— Nous sommes allés à Batavia, répondit Irene. Wil avait réservé des billets pour Singapour à bord du *Star of Asia*, mais nous l'avons raté parce que notre voiture est tombée en panne. Le lendemain, nous faisions la queue pour monter à bord du bateau suivant lorsqu'on nous a appris qu'un sous-marin japonais embusqué au large de l'île de Bangka avait torpillé le *Star of Asia*. (Elle frémit.) J'ai dit à Wil que nous l'avions échappé belle et qu'il n'était pas question que nous tentions à nouveau le sort. La traversée vers Singapour était trop risquée. Nous devions rester à Java en priant pour que l'armée néerlandaise tienne le choc.

Les Jochen avaient loué une maison à Batavia de façon à pouvoir partir immédiatement s'ils pouvaient embarquer vers l'Afrique du Sud ou l'Australie. Mais la bataille de Java avait déjà éclaté.

— On l'a vue, intervint Peter, les yeux écarquillés. Le ciel était tout rouge.

— Nous étions en plein dedans, dit Flora. Les avions japonais passaient au-dessus de nos têtes – ils avaient des soleils peints dessus. Nous avons vu tomber une bombe, on aurait dit une cloche. Puis nous avons entendu une explosion affreuse, et vu des nuages de fumée noire partout. Nous avons couru nous réfugier dans un abri anti-aérien, où on nous a donné des bouts de caoutchouc à mordre pour que nos dents ne soient pas cassées par les ondes de choc du bombardement. C'était terriblement bruyant, même si on avait du coton dans les oreilles.

Le visage de Peter exprimait un mélange d'émerveillement et d'envie.

— Formidable, murmura-t-il.

— Non, Peter, mon chéri, dit Irene en secouant la tête. C'était terrifiant. Nous pensions que nous allions mourir. Au bout d'une semaine, Java est tombée. Ensuite, tout est allé très vite. Des milliers de soldats japonais défilaient dans les rues, et les soldats néerlandais qui s'étaient rendus étaient assis dans des camions.

— Vous avez vu le père de Corrie ? demandai-je. Elle est ici, elle aussi, je voulais vous le dire. Nous sommes arrivés ensemble à bord de ce train horrible.

— La maman de Corrie est morte, lâcha Peter. Les Japs l'ont tuée parce qu'elle avait acheté des œufs. Ils l'ont pendue.

Irena plaqua ses mains sur son visage.

— Mon Dieu…

— C'est Corrie qui s'occupe de ses petites sœurs, expliquai-je.

— C'est leur maman, maintenant, ajouta Peter.

Il jeta un coup d'œil à notre mère, puis à moi, et je savais ce qu'il pensait.

— Nous aidons Corrie du mieux que nous pouvons, affirma ma mère. Une autre amie, Ina, fait beaucoup pour elle, mais c'est très difficile pour une petite fille d'assumer une telle responsabilité.

Des larmes luisaient dans les yeux d'Irene.

— La pauvre chérie, murmura-t-elle.

— Greta est ici aussi avec son *oma*, dis-je à Flora.

— Et depuis combien de temps êtes-vous ici, toutes les trois ? demanda ma mère.

— Depuis le début de l'internement, répondit Irene. Deux ans et demi. Mais racontez-nous, que vous est-il arrivé, à vous ?

Ma mère lui expliqua que nous avions réussi à rester à la plantation jusqu'en juin 1943.

— Mais ne pas avoir de nouvelles de Hans, c'est insupportable. Nous sommes très inquiets pour lui.

— Mieux vaut ne rien savoir, rétorqua Irene. La plupart des gens apprennent la mort d'un être cher lorsqu'on leur renvoie une carte postale adressée à cette personne avec le mot « Décédé » tamponné dessus. Ou alors, on leur fait parvenir un petit colis avec le nom de l'homme, une mèche de ses cheveux, ses rognures d'ongle et sa montre – c'est encore plus brutal. Alors crois-moi, Annie, pas de nouvelles, bonnes nouvelles.

— Et Arif ? nous demanda Susan. Vous l'avez vu ? Il va bien ?

— Il a travaillé pour nous jusqu'à notre départ ; il allait très bien, répondit ma mère. Mais je ne sais pas ce qu'il est devenu depuis, ni d'ailleurs ce que sont devenus les autres travailleurs de la plantation.

Peter s'appuyait contre l'épaule de maman. Il leva les yeux vers elle.

— On va rentrer à la maison après la guerre ?

Elle l'embrassa sur le sommet du crâne.

— Bien entendu, répondit-elle.

Mais je décelais le doute dans sa voix.

— Il faut qu'on rentre à la maison, insista Peter. J'ai promis à Jaya. Et n'oublie pas qu'on doit lui acheter un jeu d'échecs.

— Je n'oublierai pas, l'assura-t-elle.

Nous interrogeâmes ensuite les Jochen sur Tjideng.

— Au début, la vie n'était pas trop mauvaise, nous raconta Irene. Nous avions le droit de faire la cuisine et nous étions même autorisées à sortir du camp dans la journée à condition d'être rentrées pour le *tenko* du soir. Nous pouvions organiser des messes et même des concerts – la pianiste Lili Kraus nous a donné quelques récitals. Elle était en tournée ici et s'est retrouvée prise au piège par l'invasion. Mais le 1er avril, Kenichi Sonei a débarqué – ce fut le pire des Poissons d'avril. L'un de ses premiers actes fut de détruire tous les pianos à la hache.

Peter cligna des yeux, stupéfaits.

— Pourquoi ?

— Le *dapur* commençait à manquer de carburant. Alors on a brûlé tous les meubles, et même les portes. Il a diminué nos rations de moitié et doublé le nombre de *tenkos.* Il a aussi commis des actes absolument diaboliques, par exemple de tirer tous les malades hors de leurs lits d'hôpital.

— Pourquoi ? demandai-je.

— Parce qu'il ne voulait pas qu'ils meurent dans le camp, ce qui aurait terni sa réputation à Tokyo. Il les a purement et simplement largués devant le portail, même les vieilles, et il les a laissés mourir. C'était affreux. Et alors…

Irene ferma les yeux, comme si elle s'armait de courage avant l'épreuve.

— Plusieurs personnes étaient venues au camp avec leurs chiens, reprit-elle. Une nuit, Sonei a fait mettre tous les chiens dans des sacs ; il a donné des matraques à tous les adolescents et leur a ordonné de battre ces pauvres bêtes à mort, sous peine d'être eux-mêmes battus. (Elle frissonna.) Les garçons pleuraient – nous pleurions tous. Plusieurs ont refusé de le faire, et ont été brutalement battus, mais à la fin, ce fut fait.

Peter serra les poings.

— Je voudrais bien mettre Sonei dans un sac et le matraquer, lui.

— Le moral est au plus bas, dit Susan. Nous comptons chaque grain de riz, chaque goutte de soupe. Nous nous accusons constamment de vol les unes les autres – on vole surtout des vêtements, mais aussi du savon et des aliments.

Elle expliqua que si quelque chose disparaissait, les Tjihapiters étaient habituellement soupçonnées les premières car elles avaient moins de possessions.

Ma mère hocha la tête.

— Ce qui explique la façon dont on nous a reçus à notre arrivée.

Irene eut un rire morne.

— Mais nous sommes tous pauvres, maintenant. Pensez à tout ce que nous avions, jadis… Maintenant, notre « fortune » se mesure en cuillers, en tasses, en assiettes ou en vêtements – la moindre loque est précieuse. Vous avez vu ce que portent les femmes en guise de haut : des torchons ! Elles se font des robes avec des draps, et la plupart d'entre nous n'avons plus de chaussures, parce qu'elles sont tombées en lambeaux.

— Regardez comme nos pieds sont calleux, intervint Susan en désignant les siens.

Je lui demandai ce qui était arrivé à ses cheveux. J'avais peur qu'elle ait été tondue, mais elle indiqua sa mère d'un signe de tête en faisant le geste de couper avec des ciseaux.

— Je les ai coupés, expliqua Irene, parce que je ne voulais pas que les soldats remarquent Susan. Bientôt, je couperai ceux de Flora, et Anneke, je te suggère de couper ceux de Klara.

Peter, intrigué, demanda pourquoi.

— Parce que les soldats tentent parfois de se trouver des petites amies parmi les jeunes femmes qui sont ici, répondit prudemment Irene. Si elles refusent, les soldats les prennent de force. Pour cette raison, il vaut mieux que les jeunes filles aient l'air le plus quelconque possible, alors nous avons dû sacrifier les beaux cheveux de Susan.

— Ne t'en fais pas, Sue, dit Flora, en cinq ans, tout aura repoussé.

Susan la foudroya du regard.

— Pas la peine de frotter du sel dans la plaie !

— Je ne disais pas ça pour ça ! gémit Flora.

Susan tira les cheveux de Flora.

— Toi aussi, on va bientôt te couper les tiens, ma petite.

Irene se redressa.

— Ne vous disputez pas, les filles, fit-elle d'une voix lasse. La vie est bien assez dure comme ça. Venez voir nos installations luxueuses.

Nous les suivîmes dans la maison.

— C'est vrai, c'est un luxe d'avoir une chambre, s'émerveilla Peter.

— Oui, même si elle n'a pas de porte, répondit Irene. Mais au moins, on a un peu d'intimité.

Pour parvenir à leur chambre, nous avions dû contourner plusieurs femmes endormies ; deux d'entre elles avaient les jambes gonflées par l'œdème de la malnutrition. Nous entrâmes dans la chambre des Jochen et nous assîmes sur leurs matelas. Flora me montra ses poupées : Lottie avait perdu une main et l'une des commissures de la bouche souriante de Lucie s'était effilochée.

Flora prit Lucie, puis posa un doigt sur ses lèvres.

— Toutes nos possessions les plus précieuses sont cousues dedans, me chuchota-t-elle. Les bijoux de maman et nos passeports. Je la prends avec moi quand nous allons au *tenko*, par mesure de sécurité. Mon autre trésor, je le cache ici.

Elle souleva son oreiller et en tira un bout de tissu entortillé. Son lézard en bronze se trouvait à l'intérieur. Impulsivement, je fis courir mes doigts sur sa beauté sinueuse et regrettai une fois de plus qu'il ne m'appartienne pas.

Irene nous demanda où nous habitions sur Laan Trivelli. Lorsque ma mère le lui apprit, une ombre passa sur les traits d'Irene. Je pensais que c'était parce qu'elle savait que c'était tout près du portail, mais ce n'était pas la raison.

— Vous vivez dans la Maison des Garçons, nous dit-elle. C'est là que les garçons étaient détenus quelques jours avant d'être transférés aux camps des hommes. Les plus jeunes avaient dix ans. Certains s'accrochaient encore à leurs ours en peluche en montant dans le camion.

— Comme c'est triste, murmura ma mère, et comme c'est cruel de classer les petits garçons parmi les hommes.

— Annie, je ne veux pas t'effrayer, mais il y a quelque chose que tu dois savoir…

— Oui ? dit anxieusement ma mère. Quoi ?

Irene inspira.

— Nous avons entendu dire que Sonei s'apprêtait à faire un autre transfert de garçons de dix ans.

Cela me réconfortait immensément d'avoir retrouvé Flora. Parmi les femmes et les enfants qui se déversaient dans Tjideng, je reconnus encore deux camarades de classe,

Edda Smits et Lena Bosch. Lena et sa mère furent logées dans la maison des Jochen, ce qui me fit redouter que Lena devienne la meilleure amie de Flora.

Edda avait vécu au camp de Kampong Makassar. Elle nous apprit que Mlle Broek et Mlle Vries s'y trouvaient aussi.

— Mlle Vries est tellement maigre, maintenant, nous confia-t-elle. Elle pleure tout le temps parce que son fiancé a été tué dans un bombardement aérien.

Un jour, ma mère, Peter et moi retournâmes chez nous pour trouver Marleen Dekker qui déroulait son matelas dans un coin du salon. Nous ne savions même pas qu'elle était à Tjideng.

Ma mère, d'abord prise de court, alla droit vers elle pour la saluer. Mme Dekker fit comme si elle ne la voyait pas – manifestement, elle n'avait pas oublié que ma mère lui avait reproché son snobisme au sujet de l'amitié de Peter et Jaya.

— Elle m'en veut encore, me chuchota ma mère tandis que nous nous éloignions.

D'ici peu, nous allions découvrir que Mme Dekker n'était pas seulement rancunière, mais aussi revancharde.

Elle était à Tjideng depuis un an, sur Moesi Weng, mais elle s'était tellement fait détester par les autres femmes de sa maison – qui la surnommaient « la Reine Marleen » – que leur chef de groupe l'avait déménagée. Ce fut ainsi que, peu de temps après notre arrivée, Mme Dekker fit son apparition chez nous. Son fils n'était pas avec elle : il avait fait partie du groupe de garçons transférés le mois précédent.

— Elle me fait de la peine, Klara, me confia ma mère. Elle doit être très inquiète pour Herman ; mais j'aurais tout de même préféré qu'elle habite ailleurs. Cela dit, je ne me laisserai pas affecter par sa présence, reprit-elle. Je suis trop heureuse qu'Irene et les filles soient ici.

Chaque fois que c'était possible, Peter et moi allions rejoindre Susan et Flora. Nous fermions les yeux et faisions semblant d'être de retour dans la plantation, en train de contempler les montagnes. À Tjideng, le *gedek* était notre seul horizon.

Flora et moi faisions partie de l'équipe de balayage de rue, et parfois nous nous promenions en faisant semblant de travailler. Nous allions jusqu'à l'extrémité ouest du camp, pour regarder le monde extérieur par-dessus les fils barbelés. Souvent, les gens nous remarquaient et nous dévisageaient. En général, ils semblaient choqués par notre maigreur et notre saleté, mais aussi par notre allure de garçons – Irene nous avait coupé les cheveux à toutes les deux. Mais certains souriaient, comme s'ils étaient ravis de la dégradation subie par les colons hollandais, jadis privilégiés. Ce n'était pourtant pas ce qui me surprenait le plus.

— Pourquoi ne sont-ils pas aussi maigres que nous ? demandai-je à Flora.

Elle haussa les épaules.

— Je suppose qu'ils ont plus à manger.

— Donc… les Japs nous affameraient exprès ?

Flora pinça les lèvres.

— C'est ce qu'on dit. Je ne sais pas.

À Tjideng, le temps semblait s'être arrêté. Nous passions notre vie à attendre : d'être comptés, d'aller travailler, de recevoir nos maigres rations ou d'aller au lit. Durant nos rares loisirs, ma mère et Irene se relayaient pour nous donner des leçons, comme elles s'étaient relayées pour nous garder quand nous allions à l'école. Nous écrivions sur une tuile avec un bout de plomb, ou faisions des marques dans la poussière avec un bout de bois. Parfois, Corrie se joignait à ces « leçons » pendant qu'Ina et Kirsten gardaient les jumelles. Les garçons jouaient aux osselets avec des bouts d'os ; les filles, à la marelle avec des pierres blanches pour délimiter les cases, ou au tic-tac-toe en traçant des croix et des zéros du bout des doigts dans la poussière.

Le *tenko* avait parfois lieu trois ou quatre fois par jour : Sonei nous convoquait à toute heure, à l'improviste. À la pleine lune, il nous faisait appeler au milieu de la nuit. Les mères apportaient des couvertures pour que leurs enfants s'y allongent. Dès qu'elles voyaient Sonei s'approcher, elles les réveillaient aussitôt pour qu'ils se mettent debout. Cependant, le *tenko* n'était pas ce qu'il y avait de pire à Tjideng. Le pire, à Tjideng, c'était le portail. Nous l'appelions « de Poort » et nous en étions terrifiés, car c'était là que les scènes les plus affreuses se déroulaient. C'était là qu'on administrait les punitions – en général, des tontes ou des passages à tabac. Parfois, on obligeait les femmes à s'agenouiller avec un morceau de bambou entre les genoux, ce qui coupait la circulation du sang dans les jambes ; ou bien elles étaient suspendues par leurs poignets attachés derrière leurs dos, leurs pieds effleurant à peine le sol. Pour les « crimes » les plus graves, elles étaient ligotées à une chaise, au soleil, sans boire ni manger, parfois pendant plusieurs jours. La plupart n'y survivaient pas, succombant rapidement à la déshydratation et à l'insolation. Donc, pour nous, ce portail était la porte de l'enfer. Nous l'avions franchi pour entrer à Tjideng, et nous étions de plus en plus convaincues, au fil des mois, que nous ne le franchirions dans l'autre sens qu'à notre mort.

En février 1945, les détenus mouraient en grand nombre, non seulement de malnutrition mais aussi de dysenterie, de pellagre, de coqueluche ou de béribéri. La mort devint si banale qu'elle ne nous frappait même plus. Je jouais avec un enfant, puis deux jours plus tard, on m'annonçait que cet enfant « n'était plus ». Dans le monde « réel », cet événement aurait été choquant. Mais cela ne m'affectait plus parce qu'à

Tjideng, la mort faisait partie du quotidien. Il y avait même un groupe de travail affecté à la fabrication des cercueils en bambou : Shirin, qui en faisait partie, en tirait une sorte de fierté perverse.

Peter voulait jouer avec les autres enfants, mais ma mère l'obligeait désormais à rester à la maison car elle redoutait de plus en plus qu'il révèle son âge par inadvertance.

— Si on te pose la question, il faut que tu soustraies un an à ton âge, lui chuchota-t-elle. Tu comprends ? (Il hocha la tête.) Toi, Klara, tu ne dois jamais avouer l'âge de ton frère à qui que ce soit. Tu promets ?

— Je le jure, dis-je en plaquant ma main sur ma poitrine. Je jure solennellement que je ne révélerai jamais, jamais l'âge de Peter.

Pendant plusieurs semaines, on n'entendit pas parler de transferts et je me pris à croire qu'ils n'auraient jamais lieu. Puis, en mars 1945, le couperet tomba. Tous les garçons de dix ans et plus, représentant « un danger pour les femmes », seraient transférés.

Mme Cornelisse vint voir ma mère, munie d'un bloc.

— D'après notre dossier, votre fils, Peter, aurait dix ans le 8 avril. Est-ce exact, madame Bennink ?

Je vis un muscle tressaillir à la commissure de la bouche de ma mère.

— Non, répondit-elle calmement. Il aura neuf ans.

Elle précisa que lorsqu'ils étaient allés s'enregistrer à Garut, le fonctionnaire avait inscrit par erreur 1935 au lieu de 1936 comme année de naissance pour Peter.

— J'ai écrit à l'administration pour que ce soit corrigé, ajouta-t-elle sans perdre son sang-froid, mais manifestement, ils ne l'ont jamais fait. Il aura neuf ans ce jour-là, répéta-t-elle fermement.

Mme Cornelisse déclara qu'elle enquêterait et s'éloigna.

Peter n'y comprenait rien.

— Je veux bien aller dans le camp des hommes, me chuchota-t-il, parce que je reverrais papa.

— On ne sait pas où il se trouve, lui rappelai-je, encore moins si tu serais envoyé au même endroit. De toute façon, maman ne veut pas que tu y ailles.

— Mais je...

— Peter, l'interrompis-je, nous avons promis à papa de faire tout ce que maman demande, sans discuter. Tu as intérêt à respecter cette promesse, parce que sinon, il va être très fâché contre toi.

Peter accepta donc d'obéir à ma mère.

Le 8 avril, maman célébra ostensiblement l'anniversaire de Peter – dans la mesure où l'on pouvait célébrer quoi que ce soit à Tjideng. Elle lui donna un petit pain qu'elle avait mis de côté, et nous cueillîmes des fleurs d'hibiscus rouges que nous disposâmes dans un bocal. Nous chantâmes « Joyeux Anniversaire » et applaudîmes neuf fois. Plus tard ce jour-là, Mme Cornelisse nous annonça qu'elle avait été incapable de tirer au clair l'année de naissance de Peter et qu'elle retirait donc son nom de la liste.

Ma mère reçut la nouvelle calmement, comme si elle s'y était attendue. Mais dans son for intérieur, elle était folle de joie. Son euphorie fut cependant de courte durée. Deux jours plus tard, elle reçut une lettre l'informant que Peter Hans Bennink serait transféré au camp des hommes le 15 avril. Elle courut voir Mme Cornelisse qui l'informa qu'elle devrait en discuter avec la chef de camp, Mme Nicholson. Ma mère se rendit donc aux bureaux de l'administration, en nous emmenant avec elle, Peter et moi.

Mme Nicholson, assise à un petit bureau, était en train de parcourir une liste de noms. Dans le bureau adjacent, on entrevoyait le lieutenant Kochi, presque aussi détesté que

Sonei. Absorbé par ses tâches administratives, il ne nous remarqua pas.

Ma mère était très pâle.

— Mon fils a neuf ans, affirma-t-elle à Mme Nicholson.

Elle passa derrière Peter et lui posa les mains sur les épaules.

— Regardez comme il est petit.

— La plupart des garçons sont petits, signala Mme Nicholson.

— Certes, mais vous pensez bien que je me rappelle quand j'ai donné naissance à mon propre enfant ? Quoi qu'il en soit, pourquoi la décision a-t-elle été annulée ?

Mme Nicholson hésita.

— Je préférerais ne pas en parler.

— Je veux savoir. J'ai le droit de savoir.

Mme Nicholson la dévisagea avant de répondre :

— Très bien… Une source fiable nous a confirmé que Peter avait bien dix ans.

Ma mère cilla.

— Qui ?

Mme Nicholson mordit sa lèvre inférieure.

— Il y a quelques jours, Mme Dekker est venue me voir. Elle avait surpris votre conversation avec Mme Cornelisse. Elle m'a dit que sa famille vous avait rendu visite le jour du sixième anniversaire de Peter, il y a quatre ans.

Ma mère s'empourpra.

— Mme Dekker se trompe. Elle et sa famille nous ont bien rendu visite, mais c'était le cinquième anniversaire de Peter ce jour-là.

— Pourquoi se tromperait-elle ? demanda Mme Nicholson.

— Parce qu'elle n'a plus toute sa tête. Je suis sûre que c'est dû aux pressions de la vie dans le camp, et c'est très triste, mais cela signifie qu'on ne peut pas la croire sur parole.

Je me rendis compte soudain que le lieutenant Kochi nous observait.

— Peter, dit Mme Nicholson, quel âge as-tu ?

Peter rougit et regarda ma mère, qui resserra les doigts sur son épaule.

— J'ai... neuf ans.

Le lieutenant Kochi entra dans le bureau et nous nous inclinâmes. En malais, il déclara qu'il en avait assez de nous entendre nous quereller et qu'il tirerait cette affaire au clair – « avec l'aide de la fille », ajouta-t-il en me désignant.

Ma mère se décomposa.

— Je ne veux pas que ma fille soit interrogée, dit-elle à Mme Nicholson. Je vous en prie, demandez au lieutenant Kochi de ne pas lui parler.

— Je n'en ai pas l'autorité, répondit Mme Nicholson. Je suis désolée, madame Bennink.

Ma mère s'inclina à nouveau devant Kochi. Puis, sans croiser son regard, elle l'implora, en malais, de me laisser partir.

— Ce n'est qu'une enfant, plaida-t-elle d'une voix éraillée. Elle est très jeune, elle n'a que douze ans. S'il vous plaît, lieutenant Kochi, je vous supplie respectueusement, au nom de Sa Majesté impériale l'Empereur, de ne pas...

Mais le lieutenant Kochi m'entraînait déjà hors du bureau. Il me fit traverser la cour et entrer dans le corps de garde.

Je passai devant le râtelier d'armes et fus conduite dans une pièce aux murs nus au fond de l'édifice. Il n'y avait qu'une table et deux chaises, et pas de fenêtres. Seule la lumière du jour filtrant entre les bambous éclairait la pièce, jetant des striures d'ombres sur le sol poussiéreux. En voyant des mégots de cigarette par terre, j'eus la nausée en songeant à la façon dont on avait pu s'en servir. Je savais qu'on enfonçait des éclats de bambous sous les ongles de certaines prisonnières, ou qu'on leur arrachait les ongles des doigts de pieds avec des pinces.

Kochi s'assit à la table. Je restai debout devant lui. Je respirais à peine. Mes genoux tremblaient.

— Quel âge a ton frère ?

— Mon frère ? Il a neuf ans, balbutiai-je.

— Quelle est sa date de naissance ?

— Le 8 avril 1936.

J'avais peur que Kochi ne comprenne pas « 1936 », car je savais que le calendrier japonais était différent du nôtre.

— Quel âge a ton frère ?

— Neuf ans.

Kochi dut me poser deux cents fois la question, parfois en se taisant pendant une minute, voire deux, entre chaque question. Je restais clouée sur place en fixant un coin de la table, de peur de trahir la moindre émotion. Puis un autre soldat entra dans la pièce – un homme avec de petites lunettes rondes, le sergent Asako. Ils discutèrent en japonais ; Asako m'interrogea à son tour, en malais, mais je répétais toujours la même réponse.

— Tu ne dis pas la vérité, insistait Asako.

Il sortit un paquet de cigarettes de sa poche et en alluma une.

— Alors nous allons nous y prendre autrement.

Je ne sais pas combien de temps j'ai passé dans le corps de garde. La pièce devenait de plus en plus sombre et se rafraîchissait au fur et à mesure que le jour baissait. Puis, enfin, après que l'interrogatoire eut pris un tour différent et plus sombre, mon calvaire se termina. Ils me relevèrent en me tirant par les épaules, me donnèrent un message pour ma mère et me poussèrent hors de la pièce.

En sortant, je luttais contre les larmes. J'avais peur de retrouver ma mère mais elle était là : elle observait sans doute la porte du corps de garde depuis notre maison. Elle accourut vers moi, défigurée par l'angoisse.

— Qu'est-ce qu'ils t'ont fait ? gémit-elle en me soutenant. Qu'est-ce qu'ils t'ont fait, ma chérie ? Dis-moi, sanglota-t-elle en inspectant mes bras et mes jambes pour savoir si j'étais blessée. Je t'en prie, Klara, je suis ta mère : dis-moi ce qu'ils t'ont fait pour que je puisse te réconforter.

Mais ma mère était la seule personne au monde à qui je ne pouvais rien dire. Nous rentrâmes dans la maison, et d'une voix que je reconnaissais à peine, je lui livrai le message.

— Demain matin ? répéta-t-elle d'une voix faible. Peter doit être au portail demain matin ? (Je hochai la tête.) Ils ont avancé la date du transfert ?

— Oui.

Son visage se remplit de terreur et de désespoir. Puis, une expression différente apparut dans ses yeux.

— Tu leur as dit son âge.

— Non.

— Tu l'as dit, forcément.

Je tentai de déglutir mais j'avais la bouche trop sèche.

— Je t'ai juré de ne rien dire à personne, et je n'ai rien dit. Tu dois me croire, maman.

Elle ne me répondit pas. Mais comme il n'y avait plus rien à faire, elle ouvrit la valise de Peter et y plaça des cachets anti-malaria, une couverture, les quelques vêtements qu'il possédait encore et son ours en peluche, à l'intérieur duquel elle laissa la précieuse photo de mon père. Elle ajouta une casserole, une assiette, une tasse et une cuiller. Puis elle décrocha notre *kelambu*, le déchira en deux et en fit une nouvelle moustiquaire pour Peter, en la cousant avec des fils tirés de sa robe. Lorsqu'elle eut terminé, elle lui montra comment l'accrocher et comment l'attacher, puis elle le mit dans la valise. Elle recousit le reste de la moustiquaire et nous nous blottîmes en dessous pour passer notre dernière nuit ensemble.

J'étais incapable de dormir ; Peter était éveillé lui aussi : je voyais ses yeux briller dans le noir. Notre mère, épuisée par l'angoisse, s'était assoupie.

— Je te demande pardon, Peter, chuchotai-je.

— De quoi ?

— De toutes les choses méchantes que je t'ai dites et que je t'ai faites.

— Ça ne fait rien, murmura-t-il. Je ne m'en souviens même pas.

— Je t'ai donné des ordres, je me suis disputée avec toi, je t'ai traité de tous les noms.

— Eh bien… tu ne le pensais pas vraiment. De toute façon, la guerre sera bientôt finie, et papa et moi on reviendra, et puis on rentrera tous ensemble chez nous à Tepi Gunung.

Nous parlâmes de la plantation, en évoquant le jour où les abeilles étaient venues et l'acte courageux de Suliman. Nous parlâmes de Sweetie et Ferdi. Nous partageâmes d'autres souvenirs – mon père, qui nous éclaboussait avec le tuyau d'arrosage quand il faisait chaud ; les orchidées roses et blanches de ma mère dans leurs pots ; nos jeux avec Flora et Jaya ; la panthère qui était passée en silence près de nous ; les chauves-souris qui s'envolaient du figuier indien au crépuscule.

Le lendemain matin, nous nous levâmes au point du jour. Peter s'habilla et roula son matelas. Puis il ouvrit sa valise, en retira son blaser et le revêtit. C'était la première fois qu'il le portait depuis près de deux ans, mais il lui allait encore parce qu'il n'avait presque pas grandi.

Ma mère lui sourit.

— Qu'est-ce que tu es chic.

— Il le faut, parce que je vais voir papa. Quand je le verrai, je vais courir vers lui.

Ma mère hocha la tête, incapable de parler. Elle lui boutonna sa veste, puis nous prîmes ses affaires et sortîmes. Dehors, nous vîmes de petits groupes solennels qui marchaient sur Laan Trivelli. Chaque groupe était rassemblé autour d'un petit garçon. Certaines femmes et petites filles étaient déjà en larmes. Je jetai un coup d'œil à ma mère : elle était blême, mais ses yeux étaient secs.

Irene, Susan et Flora nous rejoignirent tandis que nous cheminions vers le portail. Là, un gros camion attendait, avec son moteur qui tournait ; l'odeur de l'essence imprégnait l'air. Les garçons durent s'aligner. Certains portaient leurs cartables ; d'autres, des jouets en peluche usés. Mme Nicholson lisait les noms et les numéros de sa liste, et au fur et à mesure que les garçons répondaient « présent », les gardes les faisaient monter en vitesse dans le camion.

Lekat ! Lekat !

Le tour de Peter arriva trop vite. Il se jeta au cou de ma mère pour se blottir contre elle pendant qu'elle le serrait de toutes ses forces.

— Ce n'est qu'une nouvelle aventure, mais nous serons réunis très bientôt, lui promit-elle.

Elle embrassa Peter et colla sa joue contre la sienne.

— Je t'aime, Pietje, murmura-t-elle. Au revoir, mon trésor. Au revoir, et à bientôt.

J'enlaçai mon frère.

— Au revoir, Peter. Je t'aime, moi aussi.

Irene, Susan et Flora le serrèrent dans leurs bras, puis ma mère embrassa Peter une dernière fois, lui remit sa valise, et il s'avança. Lorsqu'il monta dans le camion, Irene enlaça ma mère – elles pleuraient toutes les deux – puis on referma le hayon d'un coup sec. Certains garçons sanglotaient, mais Peter, dans son blaser élégant, souriait et agitait la main lorsque le camion démarra, franchit le portail et disparut.

16.

Samedi soir, je relus ma transcription. En songeant à Peter quittant sa mère et sa sœur sans savoir s'il les reverrait, les larmes me montèrent aux yeux. Mais eux, au moins, avaient pu se faire leurs adieux et se dire combien ils s'aimaient, pensais-je avec une pointe de jalousie. Et Klara, elle, n'avait pas à se reprocher le sort de son frère, tandis que moi… Je refermai le fichier et tentai de me ressaisir avant de consulter mes mails. Le premier était de Nina.

Jenni, tu recevras bientôt une carte, mais Jon et moi voulions vous remercier, Rick et toi, pour ce superbe cadre en argent – nous y avons déjà mis notre photo de mariage préférée. À propos, tu trouveras quelques photos de la journée en pièce jointe. Nous avons passé une lune de miel géniale, il a fait beau, la nourriture était délicieuse, même si je n'avais pas très envie de manger – Honor t'aura expliqué pourquoi. C'est encore tôt, mais je ne peux pas m'empêcher de penser qu'elle et toi, vous seriez des marraines merveilleuses… À propos, il paraît que tu es en Cornouailles avec la mère de mon parrain – Klara est quelqu'un de remarquable. Profite bien de ton séjour, et à bientôt ! N x

Marraine… Impulsivement, je cliquai sur plusieurs sites de vêtements pour bébés et admirai les couvertures roses et bleues, les grenouillères et les minuscules chapeaux et chaussures. Comme Honor, je dus résister à l'envie d'acheter quelque chose tout de suite.

Parmi les photos envoyées par Nina se trouvait celle de Rick et moi devant l'église : elle était flatteuse, mais nos sourires n'avaient pas tout à fait gagné nos yeux. Dans la photo de groupe, Honor riait pour l'objectif à quelques centimètres d'Al, dont elle n'avait pas encore fait la connaissance. Il y avait une photo de notre table : Amy et Sean bavardaient avec Rick ; je parlais avec Carolyn, tandis que Vincent m'observait, l'air pensif. Tout cela avait eu lieu à peine deux semaines auparavant.

Il y avait aussi un message de la fille de Vincent, Jill.

J'ai toujours su que Mamie Klara avait souffert de privations terribles quand elle était petite, et que le plus grand drame de sa vie, c'était la nourriture. Quand nous allions à Polvarth, nous devions nous préparer à affronter ses énormes petits déjeuners, ses déjeuners plantureux et ses dîners somptueux. La table était chargée de sandwichs, de flans, de mousse au chocolat et de meringues. Je me faisais gronder si je ne mangeais pas ce que je m'étais servi – Mamie ne supportait pas le gaspillage. Je me rappelle qu'une fois, elle s'est fâchée quand j'ai dit que je « mourais de faim ». « Tu n'as pas le droit de dire ça ! » m'a-t-elle rétorqué sèchement.

Elle m'a fait promettre que lorsque je serais grande, je ne ferais jamais de régime. « Contente-toi de remercier Dieu d'avoir assez à manger», disait-elle. Mamie a toujours travaillé sans relâche; elle a été une bonne voisine, une amie attentionnée, une mère et une grand-mère dévouée. Elle m'a tant appris sur le jardinage que pour moi, Mamie est aussi une «planteuse». Quand j'étais petite, j'adorais aller dans son jardin clos – son «coin de paradis», comme elle aimait à l'appeler, et j'aime toujours y aller, avec elle…

J'étais sur le point de refermer ma boîte mail lorsqu'un autre message apparut. C'était Honor, qui venait d'arriver à Londres. *Je suis ravie d'être venue te voir,* écrivait-elle, *et j'espère que ça va s'arranger avec Rick. Mais Jenni, quoi qu'il arrive, il faut que tu lui racontes ce que tu m'as confié.*

Si seulement c'était aussi simple! Après avoir entendu mon histoire, Rick n'hésiterait plus à me quitter. Si je lui avais caché quelque chose d'aussi énorme, pendant aussi longtemps, comment pourrait-il avoir le sentiment de me connaître, me faire confiance? Je repris la lecture du message d'Honor.

Je voulais aussi te dire qu'en faisant des recherches sur mon iPad dans le train, je suis tombée sur un site qui t'intéressera sans doute, si tu ne le connais pas déjà. Ça s'appelle «Tjideng revisité». Il y a des récits de survivants. Je pensais que ça pourrait t'être utile. En vitesse, et avec toute ma tendresse, H. x.

Je notai le nom du site – je le consulterais plus tard. Puis je pris mon téléphone, inspirai profondément, et appelai Rick.

Ensuite, je descendis jusqu'à la plage – la lune était énorme et tellement brillante que mon ombre se dessinait sur le chemin. Je m'assis sur un banc près du snack pour contempler les lumières de Trennick qui scintillaient sur l'eau sombre. Rick et moi avions parlé plus d'une heure. Je lui avais d'abord demandé de ses nouvelles – les petites vacances avaient commencé mais il ne bougerait pas parce qu'il voulait envoyer des lettres de candidature. Il avait vu un poste de directeur annoncé dans le *Times*, pour une école à Norwich. Je lui avais dit que la côte du Norfolk devait être jolie ; il m'avait répondu qu'il allait tenter le coup. Il voulut savoir si j'avançais bien sur le livre. Je lui répondis que tout allait bien, puis je lui parlai de la visite d'Honor et il me demanda ce que nous avions fait. Je lui répondis que nous avions marché et parlé de toutes sortes de choses. Puis, je ne sais pas trop comment, je trouvai les mots pour raconter à Rick ce qui s'était passé à Polvarth vingt-cinq ans auparavant.

Lorsque j'eus terminé, il y eut un silence si profond que je crus qu'il avait raccroché. Puis je l'entendis me dire qu'il comprenait maintenant pourquoi j'avais autant hésité à aller à Polvarth, et pourquoi je n'avais pas voulu que ma mère sache où j'étais. Je lui dis que Klara était présente ce jour-là, et que je l'avais rencontrée. Rick me demanda comment je pouvais m'en souvenir, alors que c'était il y a si longtemps. Je lui expliquai que je m'en rappelais très clairement parce que j'avais passé des années à me rejouer ces événements dans mon esprit. Je lui demandai s'il était fâché que je ne lui aie pas raconté cette histoire plus tôt. Il me répondit qu'il n'était pas fâché, seulement sous le choc – il ne pouvait imaginer qu'on garde un tel secret pour soi. Je lui expliquai que j'avais été incapable de lui en parler parce que j'avais trop honte.

— J'avais peur que tu me méprises.

— Mais tu n'étais qu'une enfant, protesta Rick. Je serais incapable de mépriser un enfant, quoi qu'il ait fait. En plus, tu n'avais pas l'intention de faire du mal à Ted…

J'eus un coup au cœur en entendant Rick prononcer le nom de Ted – ce nom que je lui avais caché si longtemps.

— Ma mère n'est pas de cet avis.

— Mais… pourquoi croirait-elle une chose pareille, Jenni ?

— D'après elle, chaque fois que Ted m'énervait, je lui assénais que je voulais le voir mort.

— Les enfants disent souvent des choses dans ce genre-là. Les frères et sœurs ont parfois des rivalités très violentes.

— Elle m'a raconté que je disais souvent que je regrettais qu'il soit né.

— Mais tu ne parlais pas sérieusement.

— Si, au contraire.

— Pourquoi ? me demanda Rick au bout d'un moment. Étais-tu jalouse de Ted ? Parce qu'il avait pris ta place ?

— Non. Ce n'est pas pour ça…

Je revis mon père me hisser sur ses épaules et courir autour du jardin avec moi ; me faire la lecture au lit et me raconter des histoires qu'il avait inventées rien que pour moi, au sujet d'une souris appelée Milo. Puis je me rappelai ma mère, avec son gros ventre, le suppliant en larmes de ne pas la quitter.

Je soupirai.

— Mon père nous a quittées le jour de la naissance de Ted. Peu de temps après, il s'est tué, donc dans mon esprit, mon père était mort parce que Ted était né. Ma mère a peut-être raison. C'est sans doute pour ça, au fond, que je l'ai abandonné…

— Je comprends mieux, maintenant, dit Rick posément. Je comprends pourquoi tu ne revois plus ta mère, et pourquoi tu n'as jamais voulu que je la rencontre.

— Si nous étions allés chez elle, tu aurais vu les photos d'un frère dont tu ignorais l'existence.

— Mais elle, où était-elle quand ça s'est passé ?

Je racontai à Rick.

— Elle aurait dû s'accuser elle-même, dit-il, ou n'accuser personne. C'était un accident affreux – un jeu de circonstances qui a provoqué une tragédie que personne n'aurait pu prévoir. Tu ne voulais pas que Ted meure, Jenni.

— Bien sûr que non, mais je suis incapable d'oublier les paroles de ma mère. Et maintenant que je suis de retour à Polvarth, je sens…

— Quoi?

— La présence de Ted.

— Il doit être très présent dans ton esprit, en effet.

— Oui, mais c'est plus que ça… Je l'entends, Rick. Je l'entends pleurer et m'appeler. Il est ici. Il me hante.

— Il te hante? répéta Rick. Non, Jenni, ce n'est pas vrai. Ne dis pas ça, s'il te plaît. Finis ce boulot et rentre à la maison…

Le signal s'interrompit et je n'entendis plus rien.

Je redescendis l'escalier et traversai la plage jusqu'à la lisière de l'eau. Je tendis l'oreille, mais je n'entendais rien, à part le ressac.

Je remontai la cale de halage, puis le chemin, et passai devant l'hôtel illuminé. Une fois rentrée, je montai, me déshabillai et me couchai en laissant les rideaux ouverts.

Je dormis mal et rêvai de Peter, dans le camion, en train d'agiter la main.

Un peu avant l'aube, je me réveillai, affolée. Il y avait quelqu'un dans la chambre. Je le sentais dans le noir. En scrutant l'obscurité, j'avais le cœur qui cognait contre mes côtes. Puis il ralentit peu à peu quand je compris qu'il n'y avait personne d'autre que moi dans la chambre.

Je repoussai la couette, allai à la fenêtre et restai assise à contempler le jardin éclairé par la lune et la mer scintillante. Je restai là longtemps avant de retourner me coucher. En me glissant sous la couette, je regardai le tableau sur le mur : la mer houleuse sous un ciel marbré; les vagues qui déferlaient et se brisaient dans une gerbe d'écume. Mais je remarquai un détail qui n'y était pas auparavant. Debout sur les rochers, une épuisette à la main, un petit garçon blond avec un maillot de bain rouge…

Prise de panique, je fus incapable de me rendormir. Puis j'entendis la voix d'Honor. Un instant, je crus qu'elle était revenue à Lanhay, avant de comprendre que je m'étais endormie et que c'était le radio-réveil qui s'était allumé. Je m'assis dans le lit et scrutai le tableau. La silhouette en maillot rouge avait disparu. Ou plutôt, elle n'y avait jamais été, me dis-je sévèrement. C'était mon esprit tourmenté qui l'avait fait apparaître. Je devenais folle.

— N'oubliez pas qu'on recule les horloges d'une heure aujourd'hui, disait Honor. Alors si vous étiez sur le point de vous arracher à votre lit douillet – restez-y ! Restez bien au chaud sous la couette pour la deuxième partie de l'émission, où nous parlerons d'Halloween. Que pensez-vous de la collecte de bonbons ? Est-ce que ça vous amuse ? Sculptez-vous des citrouilles, accrochez-vous des fausses toiles d'araignée aux fenêtres, traînez-vous vos enfants de maison en maison, déguisés en vampires et en zombies ? Ou bien est-ce que ça vous énerve ? Vous pourrez nous donner votre avis dans un instant, mais d'abord, voici Jason avec le journal…

Je passai dans la salle de bains pour prendre une douche. Lorsque je revins, Honor bavardait avec le présentateur météo, puis, toujours sur le thème d'Halloween, elle se mit à parler des fantômes.

— Les fantômes existent-ils ?

— Oui, murmurai-je.

— Voilà de quoi nous allons parler ce matin. D'après un sondage récent, vous êtes quarante pour cent à croire aux fantômes. Dans le studio avec nous, notre invité Barney Crewe, « chasseur de fantômes » professionnel. Barney, bienvenue. Manifestement, vous y croyez, vous.

— Oui, répondit Barney. Non seulement je crois aux fantômes, mais je suis certain qu'ils existent et qu'ils se trouvent parmi nous.

— Pourquoi en êtes-vous aussi sûr ? demanda Honor tandis que j'enfilais mon jean.

— Parce que j'en ai vu, répondit Barney. J'ai vu des objets se déplacer tout seuls ; j'ai vu une silhouette traverser un mur ; j'ai entendu le jouet d'un enfant jouer de la musique, alors qu'il n'y avait pas de piles dedans ; j'ai vu des choses qui ne peuvent tout simplement pas être expliquées par la logique ou le raisonnement scientifique.

— Nous allons maintenant prendre vos appels, annonça Honor. Vous pouvez nous raconter vos propres histoires de fantômes ou poser des questions à Barney. Et nous avons Cathy, qui nous appelle de Sevenoaks. Bonjour, Cathy. Avez-vous déjà vu un fantôme ?

— Oui, répondit fermement Cathy. C'est arrivé il y a trente ans, quand j'avais dix ans. J'ai vu mon grand-père me sourire en haut de l'escalier. J'étais surprise, parce que je ne savais pas qu'il était dans la maison. Ce que j'ignorais, c'était qu'il était mort subitement deux heures auparavant ; mes parents me l'ont annoncé ce soir-là. Quand je leur ai raconté que je l'avais vu, ils m'ont répondu que c'était impossible, mais je l'avais bien vu. Je crois que mon grand-père était venu me dire adieu.

— Oooh, j'en ai la chair de poule, s'exclama Honor. Merci de votre témoignage, Cathy, et restez en ligne un moment pendant que nous parlons à Patrick, de Bath, sur la ligne deux. Qu'en pensez-vous, Patrick ?

— Je suis sceptique. Je crois que lorsqu'on meurt, tout est fini – on ne nous revoit plus.

— Donc, d'après vous, Cathy n'a pas pu voir son grand-père ?

— Je… en fait, non.

— Écoutez, si je vous dis que j'ai vu mon grand-père, je l'ai vu, rétorqua Cathy. C'est comme une expérience mystique – une vision, par exemple, ou la visite d'un ange. Vous n'avez pas le droit d'affirmer : « Non, vous n'avez rien vu. » C'est d'une arrogance totale.

— Les non-croyants peuvent être très arrogants, en effet, renchérit Barney. Je suis d'accord avec Cathy là-dessus. Si une personne affirme qu'elle a vu un fantôme ou a ressenti la présence d'un ange, alors il s'agit de la vérité subjective de cette personne.

— Exactement, intervint Patrick. « Subjective », c'est le mot. Je ne crois donc pas aux fantômes. En revanche, je crois qu'on peut être hanté.

— Quelle est la différence ? lui demanda Honor.

— Je crois qu'une pression psychologique aiguë peut engendrer la sensation d'être « hanté », mais sans que quelque chose soit réellement là.

— Autrement dit, vous réduisez ce phénomène à une hallucination, fit remarquer Honor. Ou… à une névrose.

— Je ne suis pas d'accord, insista Barney. D'après les non-croyants, il est impossible de voir une silhouette traverser un mur, parce que cela contredit les lois de la physique – donc, le témoin « a des visions ». Mais qui nous dit que le fantôme n'est pas la manifestation d'un autre univers, régi par des lois physiques différentes du nôtre ?

— Ça donne à réfléchir, intervint Honor. Pattie, en ligne trois – qu'en pensez-vous ?

— Je crois que les morts peuvent laisser une empreinte, répondit Pattie. Comme un écho qu'on peut parfois déceler. Je pense que c'est plus probable lorsque la personne a eu une mort violente ou traumatique…

J'éteignis la radio, incapable d'en écouter davantage.

En me rappelant qu'Honor m'avait recommandé le site *Tjideng Revisited*, j'allumai mon ordinateur et le consultai. On y trouvait l'histoire du camp, des photos des maisons délabrées avec leurs jardins jonchés de bassines, de pots de chambre, de seaux et de chaises brisées, et leurs vérandas tendues de cordes à linge. Il y avait des photos déchirantes d'enfants aux membres décharnés et aux yeux immenses, et de files de femmes faisant la courbette, les bras plaqués contre le corps.

Je cliquai sur les récits des survivants. Renata racontait qu'elle fouillait les ordures pour trouver des aliments encore comestibles, et qu'elle essayait d'attraper des sauterelles pour les manger. Max parlait de leur plaisir quand, de temps en temps, ils recevaient un œuf : il le partageait avec sa sœur, puis leur mère broyait la coquille, la dissolvait dans l'eau et leur donnait la mixture à boire, pour le calcium. Katrin décrivait son frère en train d'essayer de fabriquer un jouet avec deux clous rouillés – ce souvenir, écrivait-elle, la faisait toujours pleurer. Je cliquai ensuite sur le récit d'Edda.

J'ai été internée d'abord à Kampong Makassar, puis à Tjideng. Ce qui m'a le plus marquée, ce sont les punitions, pour des peccadilles – s'incliner une seconde trop tard ou croiser le regard d'un soldat. Je me rappelle une jeune fille suspendue par les poignets parce que les soldats avaient trouvé une pièce de monnaie néerlandaise dans sa chambre. Une femme de ma maison avait raté le tenko *– elle avait refusé de se lever parce qu'elle était malade. On l'a ligotée à une chaise, au soleil, pendant deux jours, et elle a failli mourir. Il y avait des interrogatoires durant lesquels on avait recours à la torture ; les soldats faisaient preuve d'une étrange courtoisie en demandant à la victime de choisir la méthode. Imaginez qu'on vous demande si vous préférez vous faire brûler avec* *des cigarettes ou vous faire arracher les ongles ? Ces interrogatoires se déroulaient dans le corps de garde. Un jour, j'ai vu une camarade de classe, Klara, en ressortir. Je ne sais pas ce qu'on lui avait fait, mais je n'oublierai jamais son expression dévastée. Elle donnait l'impression que le monde venait de s'écrouler pour elle.*

17.

Klara

Peter était parti depuis un mois et nous n'avions aucune nouvelle de lui. Nous ne pouvions qu'espérer qu'on le traitait correctement, ou du moins qu'on ne le maltraitait pas. Je me consolais en songeant qu'où que soit Peter, ce ne pouvait pas être pire qu'à Tjideng ; mais peut-être manquais-je d'imagination.

Un matin, Flora et moi étions de corvée de balayage lorsque nous vîmes le camion de pain arriver. Il remonta Laan Trivelli en dégageant un arôme qui fit sortir les enfants ; ils couraient derrière le camion avec toute l'énergie dont ils étaient capables. Nous attendions que le camion s'arrête, mais il fit demi-tour pour refranchir le portail.

— Pourquoi il fait ça ? gémit Flora.

Je secouai la tête.

— Je ne sais pas.

Une minute plus tard, le camion revint, parcourut à nouveau Laan Trivelli suivi par les enfants, mais fit encore demi-tour et ressortit. Lorsqu'il recommença une troisième fois ce manège, plus personne ne se dérangea. Nous avions compris que Sonei voulait simplement nous faire souffrir.

Plus tard, Mme Cornelisse nous expliqua pourquoi le commandant avait donné cet ordre au chauffeur. La veille, quand le camion de légumes était arrivé, aucun des prisonniers ne s'était incliné devant le conducteur – un employé de l'Empereur !

— Le lieutenant Sonei considère qu'il s'agit d'une grave insulte envers Sa Majesté impériale. Et donc...

Quand Mme Cornelisse se tut, je sus qu'elle allait annoncer une mauvaise nouvelle.

— Il prive le camp de nourriture pendant trois jours.

Il y eut des cris de désespoir.

— Il ne peut pas faire ça !

— Nous allons mourir !

— Il est fou !

— Parlez-lui, madame Cornelisse !

— Oui, pour l'amour de Dieu, suppliez-le de ne pas nous faire ça !

— Je suis désolée, dit Mme Cornelisse. Toutes les chefs de groupes ont tenté de le dissuader, mais Sonei est résolu. Nous allons devoir supporter cette épreuve du mieux que nous pourrons.

Les cris de douleur reprirent, mais le pire nous attendait encore. Les cuisiniers reçurent l'ordre de creuser des tranchées et d'y jeter le porridge et le pain qu'ils étaient sur le point de distribuer. Sonei en personne jeta de la terre dessus pour s'assurer que plus rien ne serait comestible. Les aliments qui auraient nourri dix mille femmes et enfants affamés étaient détruits !

Cette nuit-là, il me fut impossible de dormir. Les sanglots incessants me résonnaient dans les oreilles. Les jumelles n'arrêtaient pas de pleurer, Corrie leur hurlait « taisez-vous, taisez-vous, voulez-vous bien vous taire »...

Nous entendîmes les cris stridents des singes.

— Ils mangent, eux, lâcha amèrement Kirsten.

Un désespoir profond s'abattit sur le camp. Certaines femmes, rendues folles par la faim, parlaient de pénétrer par effraction dans les bâtiments de l'administration pour trouver de la nourriture. Il devait bien y avoir quelque chose à manger, hurlaient-elles, quelque part dans cet endroit *godvergeten*, dans cet enfer absolu. Elles allaient jusqu'à projeter de se faufiler dans la villa de Sonei, dont s'échappaient toujours de délicieux arômes.

— Ma cousine lui fait la cuisine, dit une dénommée Mies. Sonei lui demande d'amener ses enfants pour qu'ils le regardent manger – apparemment, il trouve ses repas encore plus délicieux comme ça, ce maudit démon !

Nous dormions tous autant que possible pour éviter de gaspiller notre énergie. Allongée, je pensais à toutes les choses que je regrettais de n'avoir jamais mangées. Je regrettais d'avoir levé le nez sur le riz au lait de la cantine scolaire ; de ne pas avoir accepté le gâteau de manioc qu'on m'avait proposé un jour chez Flora. Je regrettais d'avoir dédaigné les croûtes du pain de mie, le lait de bufflonne et l'intérieur des tomates. Je regrettais même de ne pas avoir mangé plus d'escargots.

Le personnel médical distribua des quantités minuscules de pain et de lentilles, prélevées dans leurs rations d'urgence. Mais nous n'avions rien pour les faire cuire puisque Sonei avait confisqué tous les réchauds. Alors nous les broyâmes entre des pierres, les mélangeâmes à de l'eau et les mangeâmes avec notre minuscule bout de pain gris.

Ma mère contempla nos lentilles.

— Nous sommes revenus à l'âge de pierre, fit-elle observer. Voilà ce qu'ils ont fait de nous.

Ces trois jours nous parurent durer trois semaines. Sonei donna enfin l'ordre de rouvrir le *dapur*. En attendant qu'on nous appelle, nous restions au lit, trop faibles pour bouger. J'avais trouvé un bout de carton avec lequel je m'éventais, mais ma mère me conseilla d'arrêter car même cet infime effort brûlait de précieuses calories.

— Quand pourrai-je revoir Flora ? lui demandai-je.

Nous n'avions pas pu nous voir durant les « jours de la faim » et elle me manquait.

— Quand nous aurons mangé, répondit-elle d'une voix lasse.

Quand le porte-voix de Mme Cornelisse convoqua les porteuses de nourriture à la cuisine, ma mère et Kirsten partirent aussitôt avec la bassine. Lorsqu'elles revinrent, ma mère semblait troublée, mais elle ne voulut pas me dire pourquoi. Je savais qu'elle s'en faisait pour Peter, dont nous n'avions toujours pas de nouvelles. Elle me donna ma tasse de porridge, puis, dès que nous eûmes fini de manger, elle m'apprit qu'elle avait vu Susan.

— Tu lui as dit que je passerais les voir ?

— Oui, mais…

— Mais quoi ? Qu'est-ce qui ne va pas, maman ?

Elle posa sa main sur la mienne.

— Klara, dit-elle d'une voix douce, Flora est malade.

Une brûlure me monta dans la poitrine.

— Pourquoi tu ne l'as pas dit avant ?

— Parce que j'avais peur que tu ne manges pas.

Je me levai.

— Il faut que j'aille la voir.

— Ce n'est pas une bonne idée, dit ma mère, mais j'avais déjà traversé la moitié de la cour.

En parvenant à la hauteur du portail, je vis Irene et Susan, avec deux autres femmes, qui portaient Flora sur une civière. Flora avait trop souffert de la faim, me dis-je. Il lui fallait simplement un supplément de nourriture ; je lui donnerais ma part. Mais lorsqu'elle passa devant nous en direction de l'hôpital, je remarquai son teint gris et son corps qui se tordait de douleur sous le drap mince. Ce n'était pas la faim qui l'avait mise dans cet état. Affolée, je courus vers ma mère pour lui demander ce qu'elle avait.

Elle m'expliqua que la veille au soir, Flora et Lena avaient trouvé des galettes de *bunkil* dans une remise et qu'elles en avaient mangé. Le *bunkil* était un aliment pour bestiaux, fait de flocons de germes de soja.

— Pourquoi ça a rendu Flora malade ? demandai-je. Les germes de soja, c'est bon.

Ma mère m'expliqua que le *bunkil* était bon pour les animaux mais toxique pour les êtres humains. Lena n'en avait pas beaucoup mangé et s'en remettrait, mais Flora était très malade. Je demandai à ma mère si je pouvais aller la voir à l'hôpital, mais elle me répondit que Flora allait trop mal. Nous n'avions plus qu'à attendre et à prier pour sa guérison.

Je priais matin, midi et soir, sauf quand Susan venait nous donner des nouvelles. À la fin de la première journée, Flora était à peine consciente ; la deuxième, elle tomba dans le coma. Dans l'après-midi du troisième jour, ma mère et moi étions assoupies sous la moustiquaire quand j'entendis le *tokeh* : je comptai ses coassements, en espérant en entendre sept, mais il s'arrêta à six. Il fallait que je recommence. Un… deux… trois… J'ouvris les yeux. Susan se dressait à côté de notre *kelambu.* Dans mon demi-sommeil, je crus que c'était un ange.

Je me redressai, le cœur battant.

— Comment va-t-elle ? Comment va Flora ?

Susan ne répondit rien et s'agenouilla à côté de moi.

— Les médecins ont fait tout ce qu'ils ont pu, me chuchota-t-elle à travers le filet. Ils ont fait de leur mieux, ils ont essayé de toutes leurs forces de la sauver… Je suis désolée, Klara.

Comme dans un rêve, ma mère et moi raccompagnâmes Susan à Ampasiet Weg où nous trouvâmes Irene en train de bercer la poupée en porcelaine de Flora, Lottie. Le visage de la poupée était mouillé de larmes.

— Je ne savais pas, sanglotait Irene. Je ne savais pas qu'il y avait du *bunkil* là-dedans, je ne l'aurais jamais laissée en manger !

Elle pressa la poupée contre sa poitrine en se berçant.

Le lendemain matin, nous accompagnâmes le petit cercueil en bambou de Flora qu'on chargea dans un camion avec cinq autres cercueils ; le portail s'ouvrit et le véhicule s'éloigna en direction du cimetière.

Ma mère et Susan pleuraient, la tête pendante. Irene, un peu à l'écart, fixait le portail. Je m'approchai d'elle.

— C'était ma meilleure amie. Je n'aimerai jamais personne comme j'ai aimé Flora.

Une larme glissa sur la joue d'Irene.

— Tu auras d'autres amies, Klara. (Elle déglutit.) Mais s'il te plaît, n'oublie pas Flora.

— Je ne l'oublierai jamais, jurai-je. Jamais.

Au cours des semaines qui suivirent, nous vîmes à peine Irene et Susan. Puis, un jour, Irene se présenta chez nous. Elle me dit qu'elle voulait me donner un souvenir de Flora.

— Ce n'est qu'une petite chose, dit-elle en me la remettant.

L'objet était lourd dans ma paume. Je parvins à la remercier. Pour la raison la plus triste qui soit, le petit lézard était à moi.

Fin mai, grâce à une femme très courageuse prénommée Henny qui avait fait rentrer un poste de radio en contrebande, nous apprîmes qu'Hitler était mort et que la Hollande avait été libérée. Les Alliés avaient gagné en Europe et repris les Philippines, Bornéo, ainsi que plusieurs îles du Pacifique.

Du coup, une nouvelle ambiance régna dans le camp. Tout le monde parlait de liberté ; on ne disait plus « si », mais « quand ».

Début juin, ma mère et moi fûmes folles de joie de recevoir une carte de Peter. Elle provenait de Tjimahi et avait été postée deux mois auparavant. Il avait coché les cases habituelles déclarant qu'il était « en excellente santé », qu'il avait « de la bonne nourriture fraîche » et qu'il était « bien traité » par l'armée nippone. Dans ses vingt-cinq mots « libres » il était arrivé à nous faire savoir qu'il allait « bien » et que « papa et Wil lui manquaient ». À la fin, il ajoutait : « Herman est gentil avec moi. »

L'angoisse assombrit le visage de ma mère.

— Donc, ton père n'est pas à Tjimahi. Pauvre Peter, il était tellement certain de le revoir. Wil non plus. Il faut que j'aille prévenir Irene.

— Maman, Herman est là, lui. On devrait le dire à Mme Dekker, non ?

Ma mère me dévisagea.

— Pas question. Sans cette affreuse bonne femme, Peter n'y serait pas.

J'éprouvai un pincement de culpabilité. Ma mère se mordilla la lèvre.

— Mais nous devrions lui transmettre cette information. Vas-y, toi, Klara.

— D'accord.

Depuis que Peter avait été emmené, ma mère ne pouvait même pas regarder Mme Dekker. Elle l'ignorait, sinon elle l'aurait battue. Mais Marleen Dekker ne supportait pas d'être ignorée.

— Mon fils à moi est bien parti, Anneke ! Pourquoi vous en seriez-vous tirée avec vos mensonges, vous ? cria-t-elle au dos de ma mère.

Pendant que maman se hâtait d'aller retrouver Irene, je partis à la recherche de Marleen. Contrairement à ma mère, je ne lui reprochais pas le transfert de Peter. Je savais que j'en étais responsable. Après la guerre, quand tout serait rentré dans l'ordre, je raconterais à ma mère ce qui s'était passé dans le corps de garde ce jour-là. Non seulement elle comprendrait, mais elle me pardonnerait, et tout serait oublié. C'était mon plan.

Je trouvai Mme Dekker dans son coin du salon. Elle était allongée, et à travers le *kelambu* je voyais que ses pieds et ses jambes étaient gonflés par un début d'œdème de malnutrition.

— Madame Dekker…

Elle se redressa.

— Oui ? dit-elle, l'air méfiant.

— Madame Dekker, nous venons de recevoir une carte de mon frère. Il est à Tjimahi, et votre Herman est avec lui. Je suppose que vous êtes déjà au courant, mais au cas où vous ne l'auriez pas su, je me suis dit qu'il fallait vous en informer.

Elle écarta la moustiquaire pour me dévisager, visiblement étonnée que je lui parle d'une voix amicale.

— Je le savais, souffla-t-elle, à bout de forces. Mais… merci.

— Peter dit qu'Herman est gentil avec lui.

Mme Dekker sourit.

— Tant mieux, ça me fait plaisir. C'est vrai qu'il est gentil, mon garçon. Si Herman me donne des nouvelles de Peter, je te le ferai savoir, Klara.

— Merci, madame Dekker.

J'allais m'éloigner lorsque soudain, je fis volte-face.

— Madame Dekker, il faut que je vous dise que ce n'est pas votre faute si Peter a été transféré.

Elle se tut pendant un moment, en tripotant le col de sa robe élimée.

— Je n'aurais pas dû faire ce que j'ai fait. Je le regrette, mais j'étais… en colère.

— Ne vous en faites pas. Je tenais à vous dire que je ne vous reproche rien.

Elle parut perplexe.

— Eh bien… tant mieux. Merci, Klara.

Ma mère rentra de chez Irene un peu plus tard. Elle s'assit sur son matelas, sortit une carte crasseuse qu'elle avait mise de côté et commença à écrire.

— C'est si bon de savoir où se trouve Peter, Klara, fit-elle avec un sourire radieux. Et c'est merveilleux de pouvoir lui écrire après nous être autant inquiétées.

— Tu vas lui dire, pour Flora ?

— Non, ça lui ferait trop de peine. Nous lui apprendrons la nouvelle quand il nous reviendra. Prions pour que ce jour arrive bientôt.

— Je prie pour son retour, tu le sais.

Ma mère ignorait avec quelle ferveur. Un après-midi, fin juin, Louisa entra en courant.

— Sonei est parti ! s'écria-t-elle. Il est parti. Sonei est PARTI !!!

Tandis que nous nous rassemblions autour d'elle, Louisa nous expliqua que c'était lié à la fin prochaine de la guerre.

— C'est merveilleux, non ?

Ina renifla.

— Je n'y crois pas. Nos espoirs ont trop souvent été déçus.

Quant à la fin de la guerre, nous ne savions pas à quoi nous en tenir, car notre radio avait été découverte. Henny, qui l'avait fait entrer en contrebande, avait été ligotée à la chaise. Nous étions parvenues à lui apporter un peu d'eau lorsque les gardes ne regardaient pas. Malgré cela, elle était morte le soir du quatrième jour.

— Ce n'est pas une punition, avait ragé Kirsten. C'est une exécution.

Quelques jours plus tard, la grand-mère de Greta, Mme Moonen, se précipita dans la maison.

— Je viens de voir un nouvel officier près du portail, haleta-t-elle. Il s'appelle Sakai et il remplace Sonei. Il paraît que Sonei a été promu au rang de capitaine et qu'il a été muté : voilà pourquoi nous ne l'avons pas vu récemment – parce qu'il est réellement parti !

Des cris de joie s'élevèrent autour d'elle.

Ce soir-là, il y eut des célébrations partout dans Tjideng. Certaines pleuraient de soulagement ; d'autres étaient tellement euphoriques qu'elles décidèrent d'aller faire du *gedekking*. Elles se rendirent à l'angle nord-ouest, le plus éloigné du portail. On nous raconta par la suite qu'elles étaient si gaies qu'elles ne troquaient pas dans un silence terrifié comme elles l'auraient fait normalement, mais en parlant et en riant. Puis les rires s'étaient tus tout d'un coup.

Nous apprîmes que pendant que ces femmes étaient encore au *gedek*, Sonei, parti fêter sa promotion en ville, les avait surprises en rentrant. Sous la menace des armes, il avait escorté cinq d'entre elles jusqu'au corps de garde, où il les avait battues, puis enfermées dans la salle d'interrogatoire.

Le lendemain, les chefs de groupe arpentèrent le camp avec leurs porte-voix pour ordonner à toutes les *gedekkers* de la veille de se rendre au portail. Personne ne se dénonça. Au cours du *tenko* du soir, l'un des gardes, un Coréen dénommé Oohara, conseilla à Louisa de demander à des volontaires de se présenter pour apaiser Sonei, qui était en train de devenir *gila* – fou.

Nous sortîmes dans la cour pour voir ce qui se passait. Au début, une douzaine de femmes se rendirent au portail : pour Sonei, c'était insuffisant. En moins d'une heure, il y en eut soixante-dix, mais il n'était toujours pas satisfait. À minuit, cinq cents femmes immobiles et muettes attendaient au clair de lune, prêtes à souffrir pour un acte qu'elles n'avaient pas commis, afin d'épargner celles qui l'avaient commis.

Chaussé de ses bottes à coque de métal, Sonei arpentait leurs rangs de long en large. Il s'arrêta devant une femme, qu'il tira des rangs pour la gifler et la rouer de coups de poing. Il en choisit ensuite cinq autres. Avec ses gardes, il emmena ces six femmes à marche forcée vers la maison en face de la nôtre, qui servait d'abri anti-aérien. Il les fit s'aligner sur la véranda où, à la lumière de l'unique ampoule électrique, je distinguais leurs visages terrifiés. J'entendais les singes hurler, comme s'ils sentaient qu'il se passait quelque chose d'affreux.

— Qu'est-ce qu'il va faire ? murmura maman.

— Je ne sais pas, répondit Louisa, mais ça va être terrible.

Sonei se mit à haranguer les femmes en mauvais malais. Il les traita de « putes ingrates » qui avaient osé désobéir à la « divine volonté » de Sa Majesté impériale, l'Empereur. Il poussa la femme la plus proche pour la faire agenouiller. Elle s'accroupit en se protégeant la tête de ses mains, alors qu'il la battait avec la crosse de son fusil.

— *Notre Père qui êtes aux cieux*, murmurait Ina.

Tandis que d'autres femmes se joignaient à sa prière, Sonei continua à faire pleuvoir les coups. Nous les entendions tomber sur le corps de la femme avec des bruits mats. À deux reprises, elle se releva en titubant, mais cela ne faisait qu'enrager Sonei de plus belle. Il la jeta sur une chaise, sortit son couteau de son fourreau, l'attrapa par les cheveux et lui tira la tête en arrière. La lame étincela lorsqu'il la pressa contre sa gorge.

— Mon Dieu, souffla Kirsten.

— *...et délivrez-nous du mal.*

Sonei se mit à scalper sa victime. Le sang ruissela sur ses joues, au son des hurlements et des cris étranglés. Je cachai mon visage entre mes mains.

Ma mère sanglotait.

— Si on ne peut rien faire, on ne devrait pas regarder.

— Au contraire, il faut regarder, rétorqua Louisa. Bientôt, la guerre va se terminer et nous pourrons raconter au monde entier ce que ce démon nous a fait subir. Nous devons regarder – et nous souvenir !

— Comment pourrions-nous oublier ? sanglota Kirsten tandis que la femme retombait par terre une dernière fois.

Sonei battit et tondit les autres femmes. Puis il descendit du porche au pas de course. Tandis qu'il se dirigeait vers le *dapur*, nous nous élançâmes pour emmener la femme à l'hôpital. Pendant ce temps, Sonei renversait les bidons contenant le repas du lendemain matin. Lorsque toute la nourriture fut répandue par terre, il rentra dans sa villa, sa mission accomplie.

Cette nuit infâme fut le chant du cygne de Sonei. Il quitta Tjideng avant l'aurore. Nous ne le revîmes jamais.

Le lendemain, le nouvel officier, le lieutenant Sakai, prit son poste. Presque aussitôt, l'ambiance s'améliora. Nous n'avions plus qu'un *tenko* par jour, et au fil des semaines, nos rations augmentèrent, même si cela ne suffisait pas à empêcher les gens de mourir.

À la mi-août, Mme Dekker vint me retrouver en marchant péniblement. Elle tenait une carte.

— J'ai des nouvelles d'Herman. Peter va bien.

J'aurais pu l'embrasser.

— Merci, madame Dekker. Je vais le dire à ma mère.

— La carte a mis deux mois à arriver, précisa-t-elle. Il l'a écrite le 16 juin. Mais je m'inquiète, parce que dans ses mots « libres », il a écrit « je pars ».

Lorsqu'elle me montra la carte, mon euphorie s'évanouit. *Aku pergi.*

— Je pense qu'il essayait de m'avertir qu'ils risquaient d'être transférés. J'espère que ce n'est pas le cas, ajouta Marleen, angoissée.

— J'espère.

J'imaginai Peter suffoquant dans un train surpeuplé.

Mme Dekker soupira.

— C'est horrible, la guerre, n'est-ce pas ?

— Horrible.

— Mais la fin est proche, très proche, il paraît.

— Je prie pour que ce soit vrai, madame Dekker.

Nous ne pouvions pas savoir que la guerre était déjà finie depuis une semaine. Ultime cruauté, on ne nous en avait pas averties.

Un matin, fin août, nous nous rassemblâmes comme d'habitude sur Laan Trivelli. Je fus étonnée qu'on ne nous fasse pas mettre en rangs. Mme Cornelisse nous apprit que nous n'avions plus, désormais, à nous incliner. Sur l'estrade, le lieutenant Sakai prit la parole. L'air sombre, il nous annonça, par le truchement de l'interprète, que ce serait notre tout dernier *tenko*. Un murmure de perplexité parcourut la foule. Sakai ajouta que l'Empereur avait ordonné la fin des hostilités.

— Une nouvelle sorte de bombe a été lâchée sur mon pays. Elle a fait des centaines de milliers de victimes. Sa Majesté impériale a donc décidé de mettre fin à la guerre. Vous êtes libres, maintenant.

Nous restâmes clouées sur place. Cette foule de femmes et d'enfants émaciés regardait fixement Sakai sans comprendre. Une nouvelle sorte de bombe avait été lâchée sur le Japon et avait tué des centaines de milliers de personnes ? Ces mots nous semblaient incompréhensibles. Tout ce que nous comprenions, c'était le *tenko*, les coups, les latrines dégoûtantes ; nous comprenions les punaises et les cercueils en bambou, et les cinquante centimètres alloués à chacun. Nous restâmes d'abord muettes, trop stupéfaites pour parler. Puis, un murmure commença à s'élever. Une euphorie naissante s'emparait de nous. Quelqu'un commença à chanter l'hymne national des Pays-Bas, d'abord timidement, puis plus fort ; d'autres voix se joignirent à la sienne, avec une passion croissante. Une femme brandit un drapeau néerlandais ; comment elle l'avait caché, je l'ignore, mais le fait qu'elle puisse l'afficher ouvertement prouvait que la guerre était vraiment finie. Quelques femmes britanniques chantaient « God Save the King ». Ina pleurait ; Corrie embrassait les jumelles et les faisait tournoyer en l'air. Elles riaient, la tête renversée en arrière.

Ma mère agrippa mon bras. Elle souriait mais des larmes brillaient dans ses yeux.

— Klara, il faut aller retrouver Peter. Partons pour Tjimahi, là, tout de suite ! Quand nous l'aurons retrouvé, nous irons chercher papa – ils seront tellement heureux de nous voir ! Vite, ma chérie, il faut partir !

Elle se dirigea vers le portail. Tout en la suivant, je m'inquiétais : il faudrait au moins retourner à la maison prendre nos effets. Puis je me rappelai que nous n'avions plus rien. Mais comment voyager sans argent ? De plus, nous n'étions pas assez fortes pour entreprendre ce trajet – ma mère pesait quarante kilos et pouvait à peine marcher, sans compter que nous n'avions aucune idée de l'endroit où se trouvaient mon père et Peter. Si Peter avait été transféré à nouveau, Dieu sait où il pouvait être.

J'étais sur le point de tenter de raisonner ma mère lorsque Sakai reprit la parole. Nous nous retournâmes pour l'écouter.

— Mesdames, pour l'instant vous devez rester dans le camp. C'est trop dangereux pour vous à l'extérieur. Si vous partez, vous risquez d'être tuées.

Cette nouvelle était encore plus stupéfiante et incompréhensible que les précédentes. Si la guerre avec le Japon était finie, et si les Japonais ne voulaient plus nous tuer, qui donc nous menaçait ?

Irene et Susan franchirent la foule pour nous rejoindre. Ma mère leur annonça qu'elle partait.

— Annie, s'il te plaît, reste, au moins pour l'instant, la supplia Irene.

Elle posa sa main sur le bras de ma mère.

— Mais je veux mon fils et mon mari, pleurait ma mère. La guerre est finie et maintenant je veux les retrouver !

— Naturellement, fit Irene en caressant la joue de ma mère. Mais Annie, c'est dangereux de partir à leur recherche maintenant…

Je compris bientôt pourquoi. Totalement coupées du monde, nous ignorions que le nationalisme javanais, attisé par les Japonais, avait gagné l'île entière : la République indépendante d'Indonésie avait été proclamée. Des gangs de jeunes hommes, les *pemuda*, patrouillaient les rues avec des lances en bambou et des sabres en hurlant « *Merdeka !* » – « Liberté ! » – tandis qu'ils pourchassaient les Hollandais pour les tuer. Je n'y comprenais rien. Les Javanais, parmi lesquels nous avions vécu si longtemps, étaient désormais disposés à nous tailler en pièces. Ainsi, bien que la guerre soit finie, nous restions donc prisonnières de ce camp sale et surpeuplé.

Dans les tout derniers jours d'août, nous reçûmes une deuxième carte de Peter. Comme celle d'Herman, elle avait été écrite le 16 juin. Dans ses mots « libres », Peter nous disait qu'il avait « assez à manger » et qu'il restait « courageux », mais ne parlait pas de transfert. Celui-ci n'avait peut-être pas eu lieu, en fin de compte.

Ma mère scrutait la carte comme si elle pouvait y déchiffrer un message codé.

— Il va bien. (Elle leva les yeux vers moi.) Il a ses cachets anti-malaria, sa moustiquaire, assez à manger, et maintenant que la guerre est finie, il nous reviendra bientôt.

Un jour, des bombardiers australiens survolèrent le camp – c'étaient les premiers avions Alliés que nous voyions depuis le début de la guerre. Alors que nous agitions les bras, le ciel se remplit soudain de parachutes bleu, blanc et rouge qui flottèrent vers le sol, comme des pétales, avec des boîtes carrées suspendues à leurs cordes. Ces colis furent aussitôt collectés et rapportés au camp ; nous nous précipitâmes pour ouvrir les boîtes de conserve qu'ils contenaient, bien que le personnel de l'hôpital nous avertît à plusieurs reprises qu'il était dangereux de trop manger, vu notre état de malnutrition.

Nos réchauds nous furent rendus. Comme nous n'avions plus de bois à brûler, nous arrachâmes des pans de *gedek*. Sakai nous demanda d'arrêter : les palissades restaient nécessaires pour nous protéger des rebelles. Désormais, nous devions donc nous abriter derrière ces murs honnis des gangs de *pemuda* qui se déchaînaient autour de nous. La nuit, on entendait des coups de feu et des cris.

Certaines femmes se risquèrent à quitter Tjideng, mais la plupart d'entre nous considérions qu'il valait mieux rester sur place. Dans le camp, nous étions non seulement protégées et nourries, mais plus susceptibles d'apprendre le sort de nos hommes. L'angoisse et la douleur succédèrent à la joie occasionnée par la fin de la guerre lorsque les listes des morts des camps des hommes commencèrent à nous parvenir.

La Croix Rouge affichait tous les jours de nouvelles listes : nous nous précipitions au portail pour les consulter. Durant cette épreuve, ma mère et moi nous tenions par la main. D'abord, nous parcourions la colonne des *Vivants* ; ensuite, le cœur battant, celle des *Morts*. Tout autour de nous, des femmes et des enfants s'effondraient en sanglotant. Certains se cachaient le visage, cloués sur place. D'autres faisaient demi-tour et s'éloignaient lentement. Début septembre, Susan vint nous retrouver, une lettre à la main. Pour la première fois depuis la mort de Flora, elle souriait.

— Mon papa est vivant !

En luttant contre les larmes, Susan nous expliqua que sa mère avait reçu une carte de la Croix Rouge. Déporté en Birmanie pour construire le chemin de fer, Wil récupérait actuellement à Singapour.

— Maman a commencé à lui écrire, mais elle n'a pas pu trouver les mots pour… (La voix de Susan trembla.) Alors… c'est moi qui lui ai écrit, et je vais à la poste pour lui envoyer la lettre, mais je voulais d'abord vous apprendre la nouvelle.

— C'est merveilleux, dit ma mère. Mais comme c'est étrange, de penser que Wil soit aussi loin de Java.

Susan hocha la tête.

— Alors que nous le pensions à Tjimahi, il était à des milliers de kilomètres au nord. Nous sommes tellement soulagées qu'il ait survécu ; mais il doit encore rester à Singapour six semaines, car il ne pèse plus que cinquante kilos.

Je tentai d'imaginer le gros Wil réduit à l'état de squelette, sans y parvenir. Nous raccompagnâmes Susan jusqu'à la cour. Elle nous dit au revoir et fit quelques pas sur Laan Trivelli avant de se figer. Elle posa sa main sur sa tête, comme pour lisser les longs cheveux blonds qu'elle n'avait plus. En suivant son regard, nous vîmes une haute silhouette s'avancer vers elle.

— Arif, murmura ma mère. C'est Arif, Klara ! sourit-elle. Il est venu la chercher.

— Naturellement, répondis-je.

Le visage d'Arif s'illumina lorsqu'il aperçut Susan. Ils s'avancèrent l'un vers l'autre. Elle le fixait avec une sorte de perplexité euphorique.

— Te voilà, dit-il. Je te cherchais.

Il lui tendit la gamelle qu'il portait.

— Mais tu dois manger, Susan. Tu es tellement maigre. Tu dois manger.

Puis il l'enlaça et elle fondit en larmes.

18.

Lundi, Klara devait emmener Jane à l'hôpital pour consulter un spécialiste. Je m'accordai donc une pause et fis une randonnée jusqu'à Carne sur le sentier douanier. En regardant la mer, je vis Adam dans son bateau qui remontait ses prises. La famille de Klara ne savait presque rien de ce qu'elle avait vécu. Elle avait assumé ses souvenirs en silence, et malgré sa tristesse, elle s'était construit une belle vie. Je devais l'imiter.

Le lendemain matin, je retournai à la ferme. En remontant le chemin, j'aperçus Klara.

— Jenni, vous pourriez faire quelque chose pour moi ?

— Bien sûr, que voulez-vous que je fasse ?

— Je dois couper les citrouilles et les rapporter au magasin. J'aurais besoin d'un coup de main ?

Je posai mon sac, traversai la cour avec Klara et passai dans le jardin clos. J'aimais bien être en plein air avec elle, loin de l'ambiance intense des entretiens. Seul le vrombissement d'un bourdon rompait le silence.

— C'est toujours paisible, ici, fit remarquer Klara comme si elle avait lu dans mes pensées. On entend à peine la mer.

Elle tira son sécateur de la poche de son tablier et coupa les citrouilles au niveau du pédoncule. Je les chargeai dans la brouette, que je poussai jusqu'à la cour.

— Merci, dit Klara tandis que nous les déchargions et les disposions sur une table, à côté de l'entrée du magasin.

Elle les essuya avec un coin de son tablier pour enlever la terre.

— Il y a beaucoup d'enfants qui viennent ici pour les vacances de la Toussaint, ajouta-t-elle.

— J'en ai vu plusieurs arriver quand j'ai raccompagné Honor à la gare.

— Ils font la collecte des bonbons pour Halloween, alors ces citrouilles se vendront. Bon, à votre avis, laquelle est la plus grosse… ?

Le chat roux était à nouveau dans la cour, et cette fois, il me suivit lorsque je montai l'escalier menant à l'appartement de Klara, puis se roula en boule à côté de moi en ronronnant.

Klara fit du café.

— Je suis désolée de ne pas avoir pu vous voir hier, mais Jane a des rendez-vous réguliers à Truro et c'est toujours moi qui l'accompagne, puisque son fils habite Londres.

Je caressai le chat.

— Vous êtes une très bonne amie pour elle.

— Et elle a été une amie merveilleuse pour moi.

— Lui avez-vous parlé de Java, puisque vous étiez aussi proches ?

Klara secoua la tête.

— Très peu. J'ai toujours eu le sentiment de ne pouvoir en parler à personne qui n'avait pas vécu ça personnellement.

Elle sortit la porcelaine de Delft, ouvrit une boîte en métal et disposa quelques biscuits sur une assiette.

— Jill m'a envoyé un très joli mail à votre sujet, dis-je à Klara tandis qu'elle alluma la bouilloire. Et j'aimerais que Jane me raconte quelques souvenirs de vous. Quand pourrions-nous organiser la rencontre ?

— Elle vient au vernissage d'Adam demain soir, ce serait peut-être une bonne occasion. (Elle mit du café dans la cafetière.) Vous venez, j'espère ?

— Oui, merci. Ce sera mon dernier soir ici. Je pars le lendemain.

Son visage se décomposa.

— Ah… nos conversations vont me manquer, Jenni.

— Vous me manquerez aussi, Klara. J'ai l'impression de vous connaître depuis des années – d'une certaine manière, après nos entretiens, c'est le cas.

Je pris le plateau et le posai sur la table tandis que Klara apportait la cafetière.

— J'ai quelque chose à vous montrer, dis-je. Vous n'avez pas d'ordinateur, me semble-t-il ?

— Je n'en ai jamais eu, et je suis trop vieille pour m'y mettre maintenant, me répondit-elle en me donnant mon café. Pourquoi cette question ?

— Parce qu'il existe plusieurs sites consacrés aux camps, dont un sur Tjideng.

— Jill m'a parlé de ces sites il y a quelque temps, mais je lui ai répondu que je ne voulais pas les consulter. C'est déjà bien assez difficile de vivre avec mes souvenirs ; je n'ai aucune envie d'avoir ceux des autres dans ma tête.

— Je comprends, mais on parle de vous sur ce site, Klara. Je crois qu'il s'agit de l'une de vos camarades de classe, Edda. Je peux vous montrer ?

La main de Klara tremblait lorsqu'elle versa le café.

— Oui.

Je tirai l'ordinateur de mon sac, l'allumai et ouvris la capture d'écran que j'avais sauvegardée. Je passai l'ordinateur à Klara qui le posa sur ses cuisses et tendit la main pour prendre ses lunettes de lecture sur la table basse.

Elle les mit et scruta l'écran.

— Oui, fit-elle au bout d'un petit moment. C'est bien l'Edda que j'ai connue ; elle utilise son nom de jeune fille, Smits. Elle vit à Hilversum, apparemment…

— Oui.

— Elle a des enfants et des petits-enfants…

Klara retira ses lunettes. Elle se tut un bon moment.

— Merci de m'avoir montré ça, Jenni. Je suis heureuse de savoir qu'elle a survécu.

— Vous vous rappelez l'incident décrit par Edda ?

Klara mit longtemps à répondre.

— Évidemment. Je ne l'oublierai jamais.

Le silence retomba sur nous.

— Klara, quel est ce dilemme terrible que vous avez dû affronter ?

Elle ferma les yeux.

— J'ai été obligée de faire un choix… un choix qui me tourmente depuis ce jour-là. (Elle me dévisagea.) Mais je ne suis pas prête à en parler, Jenni, pas même à vous…

La boîte en bois était ouverte. À l'intérieur, je distinguais le carnet de recettes, le mouchoir replié et quelques lettres sur papier aérien. Il y avait aussi une grosse enveloppe brune et un objet enveloppé dans un tissu blanc. Suivant mon regard, Klara le sortit, le déballa et soudain, le lézard luit dans ma main. Je fis courir le bout de mon doigt de son nez à sa queue, en m'imaginant Irene en train de le donner à Klara après la mort de la pauvre Flora.

— C'est vrai qu'il est beau.

Klara acquiesça.

— Je me sens coupable de l'avoir convoité. Parfois, je le tiens dans ma main en pensant à Flora, et à ce que son amitié signifiait pour moi. Mais j'aurais préféré qu'il ne m'appartienne jamais !

Je lui rendis le lézard, que Klara enveloppa soigneusement avant de le remettre dans la boîte. Elle en tira l'enveloppe marron qu'elle me remit. Je soulevai le rabat, dont la colle était brillante et friable, et en sortis doucement un petit tableau. C'était le portrait d'un petit garçon aux cheveux blondis par le soleil, avec des yeux verts rieurs et un visage trop mince.

— Peter, murmurai-je.

Klara hocha la tête.

— Quelques jours avant son transfert.

— C'est Susan qui l'a peint ?

— Oui. Elle était parvenue, je ne sais comment, à cacher sa boîte d'aquarelles aux soldats. Elle a très bien saisi l'expression de Peter.

Je l'examinai quelques instants et le rendis.

— Klara... De quoi Peter est-il mort ?

Dans le silence qui suivit, j'entendis le tic-tac de l'horloge.

— Malaria ? repris-je.

— Non, même si c'était ce que ma mère redoutait le plus. (Elle toucha la boîte.) Jenni, vous m'avez dit, lorsque nous avons entamé ces mémoires, que c'était à moi de décider à quel point je serais honnête. (J'acquiesçai.) Mais je ne sais toujours pas. Et maintenant que nous en sommes arrivées à ce point de mon histoire, j'essaie de décider si je vais vous raconter l'histoire simple, « superficielle », de ce qui est arrivé à Peter, ce qui me serait facile ; ou l'histoire plus profonde, plus vraie, ce qui me fera souffrir atrocement.

— Klara, ce sont vos mémoires. C'est à vous de décider.

Elle fit glisser le portrait dans l'enveloppe et je l'observai lutter contre elle-même. Je ne voulais pas la pousser à me raconter des choses qu'elle ne voulait pas me révéler. Je consultai mes notes.

— Nous pourrions peut-être parler d'Arif. Il a dû avoir du mal à reconnaître Susan.

— Non. Quand on aime, c'est facile. Il l'a tout de suite reconnue, mais, en effet, quand il l'a vue dans cet état, ça lui a fait un choc.

— Comment savait-il où la retrouver ?

— Il ne savait pas. Il n'avait aucune idée de l'endroit où elle se trouvait, il ne savait même pas si elle était vivante. Mais le jour où la guerre a pris fin, il s'est mis à sa recherche.

— Il ne pensait pas qu'elle était à Singapour ?

— Non, parce qu'après avoir raté ce bateau au destin tragique, Susan lui avait écrit pour lui apprendre qu'ils restaient à Java. Quand le bruit se répandit que les femmes et les enfants européens avaient été raflés et internés, Arif supposa que Susan était dans un camp situé à Java Ouest. Il a donc fait du stop jusqu'à Bandung et s'est rendu à Tjihapit, qui était presque désert. Il l'a cherchée au camp de Karees, mais elle n'y était pas. Il a pris le train jusqu'à Batavia et s'est rendu aux camps de Kramat et de Grogol avant d'apprendre que Susan était sans doute à Tjideng.

— Il a mis longtemps à la retrouver ?

— Deux semaines au moins, me semble-t-il, car comme il n'avait pas d'argent, il allait partout à pied. Souvent, il devait se cacher parce qu'il y avait des snipers à tous les coins de rue. Il se mit à brandir le drapeau rouge et blanc des nationalistes, parce qu'à ce stade, les *pemuda* ne tuaient pas seulement les Européens mais aussi les Indonésiens soupçonnés d'être pro-néerlandais. Mais Arif est enfin parvenu jusqu'à Tjideng. Lorsqu'il a franchi le portail, la première personne qu'il a vue, c'était Susan qui marchait vers lui, comme une apparition.

19.

Klara

Susan et Arif ne s'étaient pas revus depuis trois ans et demi. Pendant tout ce temps-là, elle avait ignoré si elle le reverrait un jour. Elle lui apprit la mort de Flora avant de l'emmener voir Irene. Ma mère et moi les accompagnâmes.

Nous lui demandâmes des nouvelles de Tepi Gunung. Arif nous raconta que les Japonais avaient coupé la plupart des arbres pour en faire du bois à brûler, et avaient planté des graines de ricin que les employés de la plantation avaient été obligés de cultiver en tant que *romusha* – travailleurs forcés. Ils avaient subsisté en vivant de la terre. Nos maisons avaient été occupées par les Japonais. Après leur départ, elles avaient été saccagées. L'idée que notre maison bien-aimée ait été pillée me fit mal au cœur.

J'interrogeai Arif sur le sort de nos animaux. Il me répondit que Suliman et Jasmine s'en étaient occupés aussi longtemps que possible, mais que Ferdi avait disparu depuis quelques mois.

— Peter va avoir du chagrin, murmura ma mère. Mais nous lui achèterons un autre lapin. Ou peut-être préférerait-il un chien ? Oui, je pense qu'un petit chien lui ferait plaisir, pas toi, Klara ?

— Oui, acquiesçai-je, hésitante. Et mon poney ? demandai-je à Arif.

Il me dit que les Japonais avaient harnaché Sweetie pour traîner des troncs d'arbres, mais qu'il ne l'avait pas revu depuis la reddition. Des larmes me piquèrent les yeux.

Ma mère me prit la main.

— Nous le chercherons, Klara. Peut-être le retrouverons-nous.

— Alors on rentre à la maison ? lui demandai-je. À la plantation ?

— Peut-être, répondit ma mère. Mais d'après ce que j'entends, papa aura beaucoup à faire. Nous l'aiderons, n'est-ce pas ?

— Jaya sera heureux de revoir Peter, dit Arif. Il lui a beaucoup manqué. Mais où est Peter, au fait ?

— Nous n'en avons aucune idée, répondis-je.

Ma mère me foudroya du regard.

— Mais si, Klara. (Elle se tourna vers Arif.) Peter est à Tjimanhi, un camp pour les hommes et les jeunes garçons, à l'ouest de Bandung. Nous avons reçu une carte de lui il y a peu de temps et il allait bien.

Je n'osai rappeler à ma mère que cette carte remontait à dix semaines. Je ne lui avais pas encore appris que selon Herman, il risquait d'être à nouveau transféré. Je priais pour son retour ; c'était affreux de rester ainsi sans nouvelles.

Nous ne savions rien non plus du sort de mon père. Tous les matins, ma mère et moi nous armions de courage pour consulter les listes, stupéfaites de découvrir l'ampleur des déportations. Soldats et civils avaient été envoyés dans des camps de travaux forcés en Birmanie, à Sumatra, à Bornéo et en Mandchourie. Plusieurs étaient morts durant la traversée vers le Japon.

À la mi-septembre, nous n'avions toujours pas de nouvelles. Un matin, nous étions près du portail lorsqu'à notre grand étonnement, nous vîmes un pilote néerlandais le franchir. C'était le premier militaire néerlandais que nous voyions depuis le début de la guerre. Il fixa les femmes et les enfants squelettiques qui accouraient vers lui ; certains lui faisaient la courbette, comme nous le faisions toujours par réflexe devant un uniforme. La femme et le petit garçon du capitaine Arens se trouvaient à Tjideng. Il était venu les chercher avec son hydravion, amarré dans le port. Quelqu'un courut les chercher, et quand l'épouse et le fils du pilote s'élancèrent vers lui pour se jeter dans ses bras, ce fut pour la plupart d'entre nous un spectacle à la fois doux et amer. Ému par notre sort, il nous offrit de se charger de toutes nos lettres à destination des Pays-Bas. Nous nous précipitâmes pour trouver de quoi écrire. Ma mère dénicha un lambeau de papier et un bout de crayon, et écrivit un mot à ses parents pour leur dire que nous étions vivantes, mais que nous attendions toujours des nouvelles d'Hans et Peter.

Le temps que ma grand-mère lise notre lettre, nous en avions reçu.

Un jour, fin septembre, ma mère et moi étions allées consulter les listes, comme d'habitude, mais comme d'habitude il n'y avait rien.

— Pas de nouvelles, bonnes nouvelles, entonnai-je comme un refrain tandis que nous faisions demi-tour. Pas de nouvelles…

Soudain, une fonctionnaire sortit des bureaux de l'administration avec une autre liste. Lorsqu'elle l'eut épinglée au tableau, ma mère et moi nous avançâmes. Ma mère s'empara de ma main et la serra de toutes ses forces. Puis je sentis ses doigts se relâcher.

Mort.

C'était comme s'il n'y avait aucun autre nom sur la liste.

Bennink.

Je crus d'abord qu'il s'agissait de mon père. Mais lorsque nous nous rapprochâmes, nous vîmes *P.H.* devant le nom, suivi de *8 avril 1935 – 10 août 1945. Tjikalengka.*

Les genoux de ma mère cédèrent sous elle. Je la soutins – elle était si légère ; nous nous éloignâmes lentement. Comme nous n'avions nulle part où aller, nous rentrâmes à la maison, refermâmes la moustiquaire et laissâmes entrer l'obscurité d'une vie sans Peter.

— J'aurais dû me battre encore plus fort pour l'empêcher de partir, chuchota-t-elle.

— Tu as fait tout ce que tu as pu. Tu n'as jamais renoncé.

— Je savais que je me battais pour sa vie. J'ai perdu, ajouta-t-elle d'une voix morne. J'ai perdu. Mais… pourquoi était-il à Tjikalenka ?

— Il a dû y être transféré.

Elle cligna des yeux.

— Oui… Ce doit être pour ça. Je me demande ce qui lui est arrivé, Klara. Nous ne savons pas ce qui lui est arrivé, tu comprends ? Nous ne savons pas ce qui lui est arrivé, ni comment il…

Son corps frêle fut convulsé par des sanglots qui se transformèrent en lamentations déchirantes. Quand elles s'apaisèrent, elle accusa Mme Dekker, comme je m'y attendais. Elle me dit qu'elle la haïrait jusqu'à la fin de ses jours.

— Si seulement je ne l'avais pas contrariée le jour de l'anniversaire de Peter, gémissait-elle. Si j'avais su où ça mènerait, je n'aurais rien dit.

— Ce qu'a fait Mme Dekker est horrible, mais…

— C'est pire qu'horrible, sanglota-t-elle. C'est méchant ; c'est diabolique – elle a condamné mon fils à mort !

— Non, maman. Ce n'est pas elle.

Ma mère me dévisagea à travers ses larmes.

— Mais si, c'est elle, Klara. Si elle ne s'en était pas mêlée, il serait resté ici, avec nous, et il aurait survécu.

Ce raisonnement paraissait imparable à ma mère.

— Ce n'est pas la faute de Mme Dekker si Peter a été transféré.

— Bien sûr, que c'est sa faute, rétorqua ma mère, furieuse. Je ne sais pas pourquoi tu me contredis, Klara.

— Parce que...

J'étais au bord du gouffre. Je contemplai l'abîme, et sautai.

— ... c'est ma faute, murmurai-je.

— Que veux-tu dire par là ? Comment ? Comment serait-ce ta faute ?

Elle me fixait, les yeux rouges de larmes, puis son visage s'éclaira.

— Alors tu leur as avoué son âge, ce jour-là.

— Non. Ce n'est pas ça que je veux dire.

— De quoi parles-tu, Klara ?

Je racontai enfin à ma mère ce qui s'était passé dans le corps de garde. Les mots se déversaient en torrent.

— Ils m'ont interrogée pendant des heures. Puis ils m'ont dit qu'ils allaient me faire mal, et que je pouvais « choisir ». J'ai pensé qu'ils me demandaient de choisir entre me faire brûler avec des cigarettes, me faire enfoncer des éclats de bambou sous les ongles ou me faire suspendre par les poignets, et j'aurais préféré n'importe laquelle de ces tortures, plutôt que...

— Que quoi ?

Ma mère n'y comprenait plus rien.

— Ils m'ont dit qu'ils ne transféreraient pas Peter. J'étais tellement soulagée et euphorique que je les ai remerciés mille fois : j'en pleurais presque de bonheur. Puis ils ont ajouté qu'ils te puniraient à la place. Ils m'ont dit qu'ils te ligoteraient à la chaise pendant cinq jours, peut-être plus. Si je ne voulais pas que ça t'arrive, il fallait les laisser transférer Peter. C'était à moi de choisir.

Ma mère eut un cri étranglé.

— Alors tu as choisi qu'il parte ? (J'acquiesçai.) Mais tu aurais dû me choisir, moi. Tu aurais dû me choisir, répéta-t-elle.

— Comment était-ce possible, sachant que tu en mourrais ?

— Non. J'aurais supporté.

— Impossible. Mme Tromp est morte au bout de deux jours sur la chaise ; Henny a tenu quatre jours – et tu étais déjà si frêle, maman. Comment aurais-je pu les laisser te faire ça ?

La bouche de ma mère se tordit de douleur.

— Comment as-tu pu les laisser prendre Peter ?

Les larmes me piquèrent les yeux.

— Parce que j'ai cru que c'était le moindre des deux maux.

Je repensai à ce jour-là. Alors que j'attendais dans le corps de garde, je m'imaginais Peter tentant de se débrouiller seul parmi des centaines d'hommes et d'adolescents. Je le voyais maltraité, affamé, avoir froid la nuit, ou avoir une crise de malaria sans personne pour le soigner. Mais mon esprit me ramenait à l'image de ma mère, ligotée à une chaise sous le soleil brûlant.

— Maman, je ne savais pas quoi faire. Kochi m'a dit que si je ne choisissais pas, ils feraient les deux. Il m'a laissée toute seule pendant deux heures pour que je me décide.

Durant ce temps, je m'étais persuadée que Peter s'en tirerait. La guerre serait bientôt finie – dans quelques semaines, disait-on. Dans ce camp, des hommes au bon cœur auraient pitié des jeunes garçons et leur viendraient en aide. Je me persuadai même que mon père y était. Puis les soldats revinrent et je leur donnai ma réponse, en priant pour n'avoir jamais à l'avouer à ma mère.

Lorsque Herman Dekker revint à Tjideng à la mi-octobre, il passa nous voir. Nous nous assîmes dans un coin tranquille de la maison. Il nous remit la valise de Peter. Ma mère l'ouvrit et en tira le vieil ours en peluche de mon frère, puis sa veste. Elle l'étala sur ses cuisses et caressa l'étoffe. Elle la boutonna. L'ours en peluche serré contre son cœur, elle demanda à Herman de lui raconter ce qui était arrivé à son fils.

Herman posa ses mains sur ses genoux maigres, comme s'il se préparait à encaisser un choc. Il n'avait que douze ans et il était visiblement bouleversé. Il nous expliqua qu'à Tjimahi, Peter avait été traité assez correctement. Il était là depuis dix semaines, et la situation était supportable, d'autant que le chef de camp s'était assuré que les garçons aient assez à manger.

— Si nous avions pu rester là, Peter s'en serait peut-être tiré, poursuivit Herman d'une voix blanche. Mais en juillet, on nous a transférés.

— Pourquoi ? La guerre était presque finie, s'étonna ma mère.

Il haussa les épaules.

— C'était de la folie, mais les Japs avaient commencé à construire une nouvelle ligne de chemin de fer entre Tjikalengka et Madjalala. En juillet, ils ont déporté des centaines de garçons de Tjimahi pour y travailler. Nous étions au milieu de la jungle, dans un camp de cabanes en bambou, sans eau courante, et nous avions à peine de quoi manger. Nous travaillions toute la journée au soleil, en short, sans chemises ni chapeaux. La plupart d'entre nous n'avaient même pas de chaussures, encore moins les pantalons et les bottes qu'on aurait dû porter pour faire ce genre de travail.

— Quel genre de travail ? demanda ma mère.

— Nous retirions les roches de l'endroit où le rail devait être posé. Voilà ce que nous faisions toute la journée, poursuivit Herman. Soulever des roches et les transporter. Je travaillais à côté de Peter et il s'en sortait bien – il était même de bonne humeur. Il n'arrêtait pas de répéter que c'était une « aventure ». Puis un jour, en soulevant une grosse roche, il… (Herman ferma les yeux.) Il y avait un cobra.

Ma mère plaqua sa main sur sa bouche.

— Mais… Peter savait ce qu'il fallait faire, protesta-t-elle. Nous avons toujours appris à nos enfants à rester absolument immobiles.

— C'est ce qu'il a fait, madame Bennink. Moi aussi, quand j'ai vu le serpent, je me suis figé. Nous attendions qu'il s'en aille. Mais un autre garçon, Markus, a pris une roche et avant que nous n'ayons pu l'en empêcher, il l'a lancée sur le serpent. Peter a poussé un cri. Le cobra l'avait mordu à la main, qui s'est immédiatement mise à gonfler. Il y avait un médecin dans le camp alors j'ai couru le chercher, il a posé un garrot sur le poignet de Peter pour que le venin ne se répande pas, et nous l'avons transporté jusqu'à l'abri. Mais au bout d'un moment, le médecin m'a pris à part et m'a dit… (Les yeux d'Herman luisaient de larmes.) Nous avons continué à parler à Peter comme si tout allait bien, mais je pense qu'il savait ; il allait de plus en plus mal, et nous ne pouvions rien faire sauf…

Herman baissa la tête. Une larme tomba sur sa cuisse, tachant l'étoffe vert clair de son short.

— Tu es resté avec lui ? lui demanda ma mère d'une voix douce.

Herman hocha la tête.

— Je ne l'ai pas quitté, madame Bennink. Pas une seconde.

— Merci, chuchota-t-elle.

— Les médecins ont prié pour lui, nous avons chanté un hymne... et puis...

Il mit la main dans sa poche et en tira un bout de papier qu'il tendit à ma mère.

— Sa tombe ? murmura-t-elle.

— Oui, répondit Herman. J'ai fait une carte, pour que vous puissiez la retrouver un jour. Elle est marquée d'une grosse pierre, avec son nom inscrit dessus.

Ma mère fixa la carte, le visage vidé par la douleur.

— Quelques jours plus tard, on nous a annoncé que les Japs s'étaient rendus, et on nous a ramenés à Tjimahi en camion. Nous avons dû y rester un mois, à cause des rebelles, puis un groupe d'entre nous a été ramené à Tjideng. Je suis tellement navré, madame Bennink.

Ma mère lui adressa un demi-sourire.

— J'ai toujours su qu'il ne reviendrait pas. Mais je te remercie d'avoir été un bon ami pour lui, Herman.

Après le départ d'Herman, je me demandai pourquoi il avait été aussi gentil avec Peter. Avait-il découvert ce qu'avait fait sa mère, s'était-il senti coupable ? Ou était-ce simplement parce que c'était un bon garçon qui essayait de bien se comporter ?

— Tu aurais dû me choisir, me répéta ma mère un matin alors que nous étions assises sur le porche de la maison.

Je regardais droit devant moi, redoutant de croiser son regard.

— Je savais que tu mourrais.

Non. Mon amour pour mes enfants m'aurait permis de survivre !

Elle désigna les femmes émaciées qui allaient et venaient sur Laan Trivelli.

— Elles auraient pu mourir, elles aussi. Elles ont tenu parce qu'elles devaient rester vivantes pour leurs enfants, et j'aurais tenu pour les miens ! (Son visage était crispé par la douleur.) Alors c'est pour ça que tu refusais de me dire ce qui s'était passé dans le corps de garde ce jour-là.

— Oui. Je savais que tu demanderais à être punie.

Ma mère posa ses mains sur ses genoux. J'y distinguais chaque os.

— Pour sauver Peter, j'aurais accepté de subir cette punition. Je me serais sacrifiée pour lui, s'il le fallait. Mais tu ne m'as pas laissé le choix. Et je crois que tu as choisi Peter parce que tu avais besoin de moi, Klara !

— Non, soufflai-je, consternée. Ce n'est pas vrai.

— Je m'occupais de toi, donc tu redoutais ma mort plus que celle de Peter.

— Non ! Je ne voulais pas que vous mouriez, ni l'un, ni l'autre !

Ma mère secoua la tête.

— Pauvre Hans, il ne s'en remettra jamais. Moi non plus. Jamais.

— Moi non plus ! m'écriai-je furieusement. Surtout si tu m'accuses ! À t'entendre, c'est comme si j'avais tué Peter de mes propres mains !

Ma mère me dévisagea – les couleurs s'étaient retirées de son visage. Je l'avais choquée, et je m'étais choquée moi-même.

Après cela, nous ne reparlâmes plus de Peter. Mais au fil des jours, je fis mon examen de conscience. Ma mère avait-elle raison ?

J'avais bel et bien été terrifiée à l'idée de la perdre. C'était ce que les enfants du camp redoutaient le plus. Cela avait-il influencé mon raisonnement, inconsciemment, lorsque j'avais choisi Peter ? Je ne sais pas. Je regrettais seulement, de tout mon cœur, d'avoir eu à faire un tel choix.

20.

— Je n'ai jamais raconté à personne ce qui s'est vraiment passé, me dit Klara, pas même à Harold. Ma famille sait seulement que Peter est mort d'une morsure de serpent. Ils n'ont jamais su comment il s'est retrouvé là, ni le rôle que j'ai joué.

— On vous avait mise dans une situation impossible, insoutenable, Klara : choisir entre votre mère et votre frère.

— Oui. C'est ainsi qu'ils m'ont torturée – une torture psychologique dont je souffre encore aujourd'hui. Dans son chagrin et sa colère, ma mère m'a accusée. Voilà ce que nous avons en commun, vous et moi, Jenni.

— Ce n'est pas la même chose ! Vous avez cru agir pour le mieux. Moi, je savais que ce que je faisais était mal.

— Vous ne vouliez pas faire de mal, Jenni. Vous n'étiez qu'une petite fille perdue et en colère. Mais tout ça est arrivé il y a très longtemps, et c'est dommage qu'il y ait encore un tel gouffre entre votre mère et vous.

— Il existera toujours, m'obstinai-je.

— Pas nécessairement. Les choses pourraient changer, si vous vouliez.

Je haussai les épaules.

— Les choses ont-elles changé entre vous et votre mère ?

— Ça a mis très longtemps. Elle supportait à peine de me parler ou d'être en ma présence. Elle me répétait que j'avais promis de l'aider à garder Peter auprès de nous, et que je l'avais fait transférer dans son dos. Elle m'a dit que c'était la trahison la plus atroce possible. Que c'était « impardonnable ».

Impardonnable…

— Klara, est-ce pour cette raison que vous avez demandé pardon à Peter avant son départ ?

— Oui, au cas où je ne le revoie jamais. Je croyais que ses chances de rentrer étaient bien supérieures aux chances qu'avait ma mère de survivre à la punition. Mais elle ne voyait pas les choses de la même façon, ce qui la rendait incapable d'accepter mon acte.

— Ça a dû être difficile d'être avec elle après ça.

— Très difficile. Parfois, je surprenais son regard douloureux et perplexe, et c'était comme si elle m'accusait à nouveau.

— Je sais exactement ce que vous ressentiez, Klara. Ce devait être une période très sombre pour vous : vous aviez déjà perdu Flora, ce qui était déjà assez grave, puis Peter. Et en plus, vous deviez avoir le sentiment d'avoir perdu votre mère.

— D'une certaine façon, c'était vrai. Voilà pourquoi j'ai de la peine pour vous, Jenni, à cause de ce que vous avez vécu.

— Mais comment êtes-vous parvenue à tenir au quotidien ?

— En prenant mes distances. J'aidais Corrie avec les jumelles, je jouais avec Lena et Greta. Je parlais avec Ina et Kirsten, et je passais du temps avec Susan et Irene.

— Irene vous a-t-elle aidée ?

— Elle a essayé. Elle est allée parler à ma mère, et lui a dit que je n'avais aucun moyen de savoir ce que le sort réservait à Peter. Elle a ajouté qu'elle-même, elle aurait fait le même choix que moi. Puis elle a averti ma mère qu'après avoir perdu un enfant, si elle n'y prenait pas garde, elle perdrait les deux.

Je sentis des larmes brûler mes paupières.

— C'est ce qui est arrivé à ma mère.

Klara hocha la tête avec compassion.

— Mais Jenni, vous pourriez abattre le mur qui s'est dressé entre vous.

— Non, c'est trop tard.

— Tant que vous serez vivantes toutes les deux, il n'est pas trop tard. Et je suis sûre que votre mère le désire, elle aussi.

— Sans doute, mais nous ne savons pas comment être ensemble, alors nous nous repoussons l'une l'autre. De toute façon, ça n'efface pas ma faute.

— Vous seule, vous pouvez vous pardonner, Jenni. Après d'aussi longues années, vous ne pensez pas qu'il serait temps ?

Je secouai la tête.

— C'est un fardeau que je porterai toute ma vie. (Je déglutis.) Vos rapports avec votre mère se sont-ils améliorés ?

— Plus ou moins, avec le temps. Mais ça n'était plus la même chose. Je savais que si mon père nous revenait, cela aiderait ma mère. Mais nous ignorions toujours où il se trouvait, et même s'il était vivant. Puis, à la mi-octobre, ma mère a reçu une carte de la Croix Rouge, qui l'informait qu'en décembre 1943, Hans Roland Bennink, né à Rotterdam en 1912, était arrivé au Japon.

— Ça a dû vous faire un choc, d'apprendre qu'il était là.

— Nous étions stupéfaites. Mais nous étions déjà soulagées qu'il ait au moins survécu au trajet, car nous savions que plusieurs hommes en étaient morts. Nous n'avions plus qu'à prier qu'il soit toujours vivant au bout de deux ans. Quelques jours plus tard, en allant aux bureaux du camp comme je le faisais chaque matin pour voir s'il y avait du courrier pour nous, on me remit ceci.

Klara fouilla à nouveau la boîte en bois. Elle en sortit une grosse enveloppe de courrier aérien, affranchie à Manille.

Je contemplai l'écriture nette à grandes boucles.

— C'était ce que vous attendiez.

— Oui. Avec un cri de joie, j'ai couru la porter à ma mère qui l'a ouverte, les mains tremblantes.

— Je peux voir ?

— Allez-y.

Le papier bleu ciel était devenu friable. En haut de la première page, le père de Klara avait dessiné un trèfle à quatre feuilles. Il y avait six pages d'écriture serrée, recto verso, en néerlandais.

— Je vais vous la traduire, dit Klara.

Je lui rendis la lettre et elle entama sa lecture.

Mon Anneke chérie,

Je suis à Manille depuis le 5 septembre mais c'est seulement maintenant, au bout de six semaines, que j'ai assez de forces pour tenir un stylo. Comment vas-tu, mon amour, et comment vont nos enfants chéris ? Chaque minute de la journée, je prie pour recevoir une lettre de toi me disant que vous êtes tous en bonne santé.

Je suis dans un camp de tentes ; la nourriture est bonne et abondante, et je reprends un peu de poids chaque jour. Nous faisons des exercices pour refaire nos muscles et passer le temps en attendant d'être rapatriés par avion. Les prisonniers de guerre les plus fragiles ont la priorité, mais comme je suis « en bonne santé », je dois attendre, ce qui est très frustrant car je suis impatient de vous retrouver, toi, et nos enfants chéris, Klara et Peter. Les troubles à Java me rendent fou d'inquiétude, et chaque minute, je prie que vous soyez sains et saufs. Je n'arrive pas à croire qu'il y a près de quatre ans que je ne vous ai pas vus tous les trois, que je ne vous ai pas parlé, tenus dans mes bras, comme j'espère le faire bientôt ! Mais laissez-moi vous raconter ce qui m'est arrivé – mon étrange voyage après mon départ de Tepi Gunung.

Le camion nous a emmenés à Bandung, au camp de Tjimahi, où nous sommes restés cinq semaines. Nous sommes ensuite passés dans un autre camp, ADEK, pendant deux mois ; puis, à la mi-mai, nous fûmes stupéfaits d'apprendre que nous allions au Japon. Fin août, nous nous rendîmes à Batavia, où nous fûmes détenus dans une grande école. Début septembre, nous partîmes pour Singapour à bord du Makassar Maru. *Il y avait deux mille hommes dans la cale de ce bateau, dont Ralph Dekker. Nous étions ravis de nous retrouver. À Singapour, on nous fit construire une piste d'atterrissage dans une chaleur accablante. C'était très dur de faire un travail aussi éreintant avec d'aussi maigres rations, et certains hommes de notre groupe moururent.*

En novembre, nous fûmes embarqués à bord du Maru Shichi, *qui devait nous emmener au Japon. Il faisait partie d'un convoi de huit bateaux et, une fois de plus, nous étions tassés comme des sardines. Nous ne pouvions pas nous laver et les toilettes, c'était deux caisses suspendues au-dessus du bastingage : il fallait s'accrocher pour ne pas se faire emporter par les vagues !*

Au bout de trois semaines, nous atteignîmes Formose, où l'on nous autorisa à nous laver sur le pont avec des seaux d'eau de mer. Mais alors que nous repartions, le convoi fut attaqué par l'aviation chinoise. Notre bateau ne fut pas touché, mais deux autres furent coulés et nous embarquâmes les survivants. Puis, juste avant d'atteindre le Japon, nous fûmes frappés par un typhon. Ça tanguait épouvantablement dans la cale, car le bateau était secoué par des vagues gigantesques. Après avoir survécu à ces épreuves, nous dûmes affronter un froid glacial, car c'était l'hiver au Japon et la plupart d'entre nous ne portaient qu'un maillot de corps et un pantalon en toile. Nous longeâmes la côte, puis enfin, le 3 décembre, nous mîmes à quai à Modji, sur l'île de Kyushu, au sud du Japon. Là, le sergent nous apprit que nous allions travailler dans une mine. Nous étions stupéfaits ; nous n'avions aucune expérience des mines. Au moins, on y aurait chaud, fit remarquer l'un des prisonniers d'un air sinistre tandis que nous frissonnions. Certains pauvres types étaient trop faibles pour se tenir debout. Ils restaient allongés dans la neige.

Les Japs nous firent marcher jusqu'à la gare en traînant nos sacs. Nous tentions d'aider les malades du mieux que nous pouvions, en les laissant s'accrocher à nos épaules ; nous marchâmes jusqu'à la gare dans cet état pitoyable. Si on s'arrêtait ne serait-ce qu'un instant, un Jap arrivait en courant pour nous frapper avec la crosse de son fusil. Certains des gars étaient en si mauvais état qu'ils s'allongeaient en hurlant qu'ils voulaient mourir, mais nous les ramassions en leur demandant de penser à leurs familles. Et c'est ainsi que nous sommes arrivés à nous traîner jusqu'à la gare pour monter dans le train.

Pour une fois, nous étions contents d'être entassés comme des bestiaux, parce qu'au moins ça nous tenait chaud. Nous finîmes par atteindre une petite ville minière, Miata. De la gare, il fallut marcher une demi-heure pour arriver jusqu'au camp. Nos lits n'étaient que des nattes minces posées à même le sol. Il n'y avait pas de chauffage et nous avions tellement froid, malgré nos couvertures, que nous dormions habillés.

Durant cette première journée, plusieurs hommes sont morts, et par la suite, chaque jour, certains mouraient d'épuisement, de dysenterie ou de pneumonie. À ce stade, il ne restait plus que 400 hommes sur 500.

On nous avait annoncé que nous allions travailler dans une mine à proximité du camp. On prit la photo de chacun d'entre nous, avec un numéro à la main, et nos empreintes digitales, comme des criminels. Nous étions d'ailleurs traités comme tels et sévèrement punis pour la moindre infraction aux nombreuses règles. Un seul « méfait » commis par l'un d'entre nous, et tout le camp en souffrait terriblement, notamment lors des « jours de la faim » qui tuèrent plusieurs des nôtres. Mais j'étais déterminé à vivre pour vous revoir, toi et nos enfants chéris.

Je n'arrête pas de me demander si Peter et Klara ont beaucoup grandi. Peter a-t-il encore le Spitfire que je lui ai fabriqué ? Sinon, dis-lui que je lui en ferai un autre quand nous serons rentrés chez nous – je prie pour que notre maison ait survécu à cette guerre terrible.

En décembre, nous commençâmes à travailler dans la mine de Nioroski, à mi-chemin entre Hiroshima et Nagasaki. Il fallait s'y rendre à pied tous les jours, dans la neige. On nous donna des salopettes et des casques de mineurs avec une petite lampe dessus. Une fois parvenus à une profondeur d'environ quatre cents mètres, nous devions encore marcher en file indienne pendant deux kilomètres. Je n'arrêtais pas de repenser à un livre que j'avais lu quand j'étais petit, Voyage au centre de la terre, *parce que c'était exactement ça, avec des galeries qui montaient et d'autres qui s'enfonçaient. Enfin, nous atteignions un cul-de-sac et c'était là que nous nous mettions à l'ouvrage, pour extraire le charbon avec une pioche.*

Les galeries n'étaient pas bien étayées et à plusieurs reprises, le plafond s'est effondré. Un effondrement particulièrement catastrophique tua deux gardes et cinq prisonniers, parmi lesquels, hélas, Ralph Dekker. Ce sera très dur à encaisser pour Marleen et Herman. C'est dans cet enfer que j'ai peiné pendant sept mois. Les rations étaient si minuscules que nous maigrissions à vue d'œil. On comptait nous faire travailler jusqu'à ce que nos corps flanchent. Puis, un jour, on nous envoya dans une autre mine, l'Ibigizachi, plus proche de notre camp. Le 6 août, nous avons ressenti d'énormes vibrations dans la mine, de grosses secousses et des remous. Nous avons supposé que c'était un tremblement de terre. Mais c'était la première bombe atomique qui tombait sur Hiroshima.

La fin arriva quelques jours plus tard : nous fûmes convoqués au tenko *où un officier japonais nous annonça que le Japon avait capitulé. Nous étions libres, mais nous devions rester dans le camp jusqu'à ce que l'armée américaine nous prenne en charge. Au cours des semaines qui suivirent, nous fûmes nourris grâce à des colis alimentaires largués par des avions américains. Puis nous fûmes emmenés en camion à Nagasaki. Ma chérie, ce spectacle me hantera jusqu'à la fin de mes jours. Ce n'était plus qu'un paysage plat, fumant, un immense vide où seules se dressaient quelques colonnes en acier. Nous n'arrivions pas à imaginer quelle sorte de bombe pouvait provoquer de tels dégâts, et même lorsqu'on nous expliqua qu'il s'agissait de bombes « atomiques », nous ne comprenions pas ce que cela signifiait.*

Ce fut le début de la fin. Ou plutôt, je l'espère, le début d'un recommencement. Au port, nous fûmes conduits à travers divers édifices bâtis par l'armée américaine. Il fallut retirer nos vêtements et nos chaussures pour qu'ils soient brûlés ; on nous donna des tenues militaires. Nous fûmes ensuite pris à bord d'un navire de guerre américain, le Renville, *où nous reçûmes notre premier repas civilisé. Ce n'était que du pain ordinaire, mais pour nous, c'était un délicieux gâteau !*

Nous sommes arrivés par avion à Manille où l'on nous soigne pour que nous retrouvions la santé. Plusieurs d'entre nous ont pratiquement perdu la vue, à cause de la malnutrition. Mais on nous donne de la levure et des œufs tous les jours, et ma vue s'est beaucoup améliorée, assez pour pouvoir enfin t'écrire.

Pardonne-moi, ma chérie, cette lettre s'est transformée en confessionnal, les mots se déversent ; mais je suis si inquiet de ne pas savoir ce que vous êtes devenus, les enfants et toi, pendant mon absence. J'espère et je prie pour que vous ayez pu rester à la maison, à l'abri. Alors écris-moi bien vite, rassure-moi, dis-moi que vous allez tous bien, dès que tu peux. Il y a deux semaines, la Croix Rouge nous a remis des formulaires nous permettant de demander des nouvelles de nos familles. J'en ai rempli un pour toi, Peter et Klara, qui sera envoyé à Batavia, d'où toutes les informations disponibles à votre sujet me seront renvoyées. J'espère donc recevoir de bonnes nouvelles d'ici peu.

Annie, serre les enfants dans tes bras pour leur papa, et dis-leur que je les aime tellement. Et toi, ma femme adorée, je veux te tenir dans mes bras et ne plus jamais te lâcher. Si j'ai survécu, Dieu sait comment, c'est uniquement parce que je voulais rester vivant afin de vous rendre heureux, toi et nos enfants chéris.

Avec toute ma tendresse, ton mari qui t'aime,

Hans

21.

Klara

Je pleurais en songeant à tout ce que mon père avait subi. Il avait survécu par miracle. Ma mère lui répondit et lui apprit le sort de Peter. Je lui avais demandé de ne pas dévoiler mon rôle dans cette histoire, car je voulais m'expliquer de vive voix. Elle avait accepté. Elle lui raconta brièvement notre vie dans les camps, et le sort des Jochen et de Flora. Enfin, elle dit à mon père que nous l'attendrions à Tjideng, où notre existence s'améliorait de jour en jour.

Les Américains, chargés de nous jusqu'au retour des Néerlandais, nous fournissaient de la nourriture et de l'eau potable. Ils avaient aussi installé un immense cinéma en plein air. Par une belle soirée douce, cinq cents enfants s'assirent en tailleur sur Laan Trivelli – Corrie et moi avions chacune une jumelle sur les genoux – et à la tombée de la nuit, nous regardâmes *Blanche Neige*. Pour plusieurs d'entre nous, c'était la première fois que nous allions au cinéma, et je fus enchantée par ces images magiques brillant sur fond de ciel étoilé. Nous vîmes aussi d'autres films : je n'oublierai jamais

Le Magicien d'Oz. Ces divertissements nous distrayaient de notre angoisse croissante, car la révolution Bersiap se déchaînait à Java. Dans un renversement de situation ahurissant, les Alliés avaient ordonné aux Japonais de rester sur place pour protéger les camps des rebelles nationalistes.

— On en est là, grommela Kirsten un matin. Libérées, mais pas libres. En paix, mais encore en guerre, et protégées par ceux-là mêmes qui, jusqu'à récemment, nous affamaient et nous battaient.

Elle pointa un revolver imaginaire contre sa tempe pour souligner l'absurdité de la situation.

— Vous croyez qu'on sortira un jour de ce trou à rats ? s'interrogea Ina. Et alors, que deviendra-t-on ? Pourra-t-on revenir aux *tempoe doeloe* ?

— Au bon vieux temps ? traduisit Kirsten. Je ne vois pas comment ce serait possible – ces jours-là sont finis.

— Mais non, riposta Mme Moonen, les Hollandais reviendront pour rétablir l'ordre.

— En tout cas, ils ont intérêt à se dépêcher avant que les *pemuda* nous massacrent, grogna Kirsten.

Aucun Européen n'osait désormais s'aventurer dans les rues, surtout après le coucher du soleil. Une nuit, une foule énorme armée de lances en bambou et de *klewangs* – des épées en forme de sabre – parcourut Laan Trivelli en hurlant *Merdeka ! Merdeka !* Tapies dans nos maisons, nous croyions entendre *Meurtre ! Meurtre !* Soudain, j'entendis le bruit de quelque chose qui volait en éclats.

— Le *gedek* ! s'écria Corrie en serrant les jumelles contre elle. Ils démolissent le *gedek* !

À l'approche des *pemuda*, nous nous serrâmes les unes contre les autres ; les femmes protégeaient les enfants de leurs corps, avec des pleurs et des gémissements. Plusieurs priaient. J'entendis des coups de feu et les ordres du lieutenant Sakai.

Lui et ses soldats tiraient en l'air, ce qui finit par disperser la foule. Nous émergeâmes lentement de nos maisons, tremblantes.

— Quand on pense à tout ce qu'on a survécu durant la guerre…, lâcha Ina, sinistre. Et maintenant, ça ! (Elle brandit son poing vers le ciel.) N'avons-nous pas assez souffert, Seigneur ? Vous commencez à me faire perdre patience !

Nous ne fûmes guère réconfortées d'apprendre qu'un calme relatif régnait à Batavia alors que l'est et le centre de Java étaient plongés dans un bain de sang. Les *pemuda* avaient commis des atrocités ; ils avaient massacré cent femmes et enfants hollandais qui tentaient de quitter leur camp à Surabaya. Le conflit avait dégénéré en orgie de tueries où tous les Européens, *Belanda*, Chinois, Japonais et Indonésiens pro-néerlandais étaient visés.

On ne parlait plus désormais de *tempoe doeloe* mais de rapatriement.

— Mais la Hollande est en ruines ! Comment pourrions-nous retourner là-bas ? gémissait Ina alors que nous étions assises sous un tamarinier.

— Pour la plupart d'entre nous, il n'y a nulle part d'autre où aller, fit observer Kirsten.

Ma mère, un peu plus sereine depuis la lettre de mon père, était d'accord avec Kirsten.

— Quand Hans nous aura rejoints, nous rentrerons à Rotterdam. En ruines ou pas, c'est chez nous. De toute façon, je ne pourrai plus jamais être heureuse à Java.

Irene acquiesça vigoureusement.

— Nous irons en Angleterre. De là, nous partirons peut-être en Australie.

Susan se leva d'un bond pour aller chercher de l'eau.

Une fois qu'elle fut hors de portée de voix, ma mère se tourna vers Irene.

— Si vous allez en Angleterre, qu'adviendra-t-il d'Arif et Susan ?

Irene haussa les épaules.

— Ils sont jeunes, tous les deux. Il est rentré à la plantation, comme vous le savez. Il nous a dit qu'il voulait aller dans un lycée technique, ce qui veut dire qu'il devra beaucoup étudier. Susan a raté quatre ans de lycée, il faudra qu'elle les rattrape. Alors ils vont s'écrire, et on verra par la suite. Mais comme elle sera en Angleterre et qu'Arif sera à Java, les circonstances ne jouent pas en leur faveur.

— Tu crois que Wil s'opposerait à leur union ? demanda ma mère.

— Non, répondit Irene. Plus maintenant.

Elle nous montra la dernière lettre de Wil, en désignant un paragraphe vers la fin :

> *Irene, ma chérie, après avoir perdu notre Flora adorée, et avoir failli mourir au sein de scènes d'une cruauté absolue, que je n'oublierai jamais, les barrières artificielles entre les races et les classes sociales ne m'importent plus. Ce qui m'importe, ce sont les choses concrètes, quotidiennes de la vie : avoir assez à manger, un abri, et surtout, l'amour de ma famille et de mes amis. Rien d'autre ne compte.*

Début novembre, Irene et Susan partirent. La RAF, qui évacuait les sujets britanniques, les emmenait en avion jusqu'à Singapour, où elles retrouveraient Wil ; de là, ils s'embarqueraient pour l'Angleterre. Elles firent leurs adieux à Kirsten, Ina, Corrie et les jumelles avant de prendre congé de nous. Ce fut un arrachement affreux : ma mère et moi les connaissions si bien. Nous avions vécu tant de choses ensemble. Mais notre tristesse était atténuée par la perspective de revoir bientôt mon père.

Ce jour arriva enfin, en novembre 1945. À cause des troubles de Java, les familles étaient réunies à Balikpapan, à Bornéo. Ce matin-là, je passai ma robe en soie, ma mère revêtit sa seule robe encore portable, et nous montâmes à bord du camion bâché qui nous conduirait vers le terrain d'aviation. On nous ordonna de nous allonger par terre, à cause des snipers. Tandis que nous foncions, je priai pour que le camion ne soit pas attaqué ; mais nous arrivâmes saines et sauves jusqu'au bombardier B-52 qui nous attendait sur la piste.

La plupart d'entre nous n'avaient jamais pris l'avion et toutes souriaient, excitées, d'autant que nous allions bientôt revoir nos proches. Le bruit et la vibration de l'avion étaient effrayants, et je retins un cri lorsque nous nous élevâmes dans les airs. Tandis que nous volions vers Bornéo, je contemplai le bleu scintillant de la mer de Java par le hublot.

En descendant de l'avion, parmi les dizaines d'hommes qui attendaient, je scrutai la foule pour repérer mon père avec un pincement de déception : il n'était pas là. Soudain, je sursautai en comprenant qu'il était en face de moi. La dernière fois que je l'avais vu, mon père était un homme jeune. Maintenant, il avait l'air d'un vieillard. Ses cheveux presque ras, jadis blonds, avaient pris une couleur de cendre. Alors qu'il était grand et vigoureux, il était devenu pitoyablement maigre ; ses muscles avaient fondu. Mais quand ma mère et moi courûmes vers lui, son regard débordait d'amour. Nous nous étreignîmes de toutes nos forces, en pleurant d'avoir été séparés autant d'années et d'avoir autant souffert. Mais surtout, nous pleurions parce que Peter n'était pas avec nous.

Il y avait des centaines de tentes vertes dans le camp, soigneusement alignées en longues rangées. J'en partageais une avec ma mère, car les époux n'étaient pas autorisés à cohabiter. Son soulagement d'avoir retrouvé mon père l'avait radoucie. Quand nous prîmes notre première douche, on nous remit du savon et du dentifrice – nous n'en avions pas vu depuis trois ans – ainsi que des serviettes. Le seul fait d'avoir de l'eau courante propre nous semblait un miracle.

À l'heure des repas, nous nous dirigeâmes vers d'immenses tentes où de longues tables étaient chargées de nourriture que nous fixâmes, déconcertées par une telle abondance. Les enfants avaient le droit de prendre tout ce qu'ils voulaient, et de se resservir autant de fois qu'ils le souhaitaient. J'étais assise à côté d'un petit garçon qui prit un œuf dur, le mangea et tendit la coquille à sa mère, l'air anxieux, pour qu'elle la broie. Elle lui caressa la joue en lui disant que ce n'était plus nécessaire, désormais.

Quand mon père nous rejoignit, souriant mais taciturne, je tentai de l'imaginer en train de piocher le charbon dans le noir et la chaleur, ou grelottant dans l'hiver japonais. Je le vis allongé dans la cale d'un bateau, avec deux mille hommes, sur des mers tumultueuses. Je l'imaginai ébranlé par l'impact des bombes.

— C'est quoi, une bombe atomique ? lui demandai-je.

Il secoua la tête.

— Je ne le sais toujours pas, mais je suis heureux d'avoir été dans la mine à ce moment-là, car plusieurs des prisonniers qui étaient à l'extérieur ont entendu une explosion terrible, et vu des éclairs et des nuages étranges.

Un soir, j'avouai à mon père la vérité sur Peter.

Comme ses yeux se remplissaient de larmes, je paniquai à l'idée qu'il m'accuse lui aussi d'avoir mal fait, qu'il me reproche mon choix, qu'il m'accuse d'avoir trahi Peter. Mais il prit mes mains dans les siennes.

— Ma pauvre Klara, murmura-t-il, comme tu as dû souffrir.

— J'aurais préféré qu'ils me plantent des éclats de bambou sous les ongles ou qu'ils me suspendent par les poignets. J'aurais pu tout supporter, mais ça, non ! Maman pense que je lui ai enlevé Peter. Elle m'a dit que j'avais pris une décision égoïste, parce que je ne voulais pas qu'il lui arrive quelque chose, à elle.

— Elle n'éprouvera pas ce sentiment éternellement, m'assura mon père. Il lui faut du temps, Klara. Il nous faut du temps, à tous les trois. Ce ne sera pas facile. Sois patiente avec elle.

Quelques jours plus tard, mon père fut déclaré apte à être « démobilisé », et nous nous rendîmes au port de Balikpapan. Durant la bataille de Bornéo, deux des quais avaient été réduits en gravats ; il y avait une nappe d'huile sur la mer, et une odeur âcre flottait encore dans l'air. Sur la plage, parmi les palmiers déchiquetés qui jonchaient le sable, gisaient les épaves carbonisées de tanks japonais.

Nous embarquâmes sur le *SS Noordam* qui nous ramènerait en Hollande. Il fit d'abord escale à Batavia, rebaptisée Jakarta, pour embarquer des centaines de réfugiés. À cause du conflit, on ne nous permit pas de descendre : nous fîmes donc nos adieux à Java depuis le pont. Ma mère murmura que cela faisait dix ans exactement que nous étions arrivés. Je me rappelai le visage joyeux de mon père ce jour-là lorsqu'il s'était précipité vers nous pour nous accueillir, notre trajet vers la plantation, ma découverte des terrasses incurvées des rizières, ondulant comme des vagues au flanc des montagnes, et des volcans revêtus de jungle avec leurs couronnes de nuages…

En entendant le long mugissement de la corne de brume, nous nous penchâmes au bastingage pour regarder l'île disparaître. Je pleurai, mais pas parce que nous avions perdu notre maison, ni pour ce que nous avions souffert.

Je ne partirai jamais de Java sans papa...
Je pleurai parce que nous partions sans Peter.

Nous fîmes escale à Colombo avant de nous diriger vers Ataka, sur la mer Rouge, où l'on nous emmena à un dépôt de vêtements de la Croix Rouge, mis en place pour équiper les réfugiés des Indes orientales en vue des hivers européens. Nous traversâmes le désert en train jusqu'à un immense entrepôt entouré de dunes. À l'intérieur, nous fûmes accueillis par un orchestre composé de prisonniers de guerre allemands et italiens en uniformes dépenaillés, avec des numéros écrits au pochoir sur le dos. Il y avait aussi de longues tables avec des boissons douces et des piles de sandwichs. Je n'arrivais toujours pas à me faire à l'idée qu'on puisse prendre autant de nourriture qu'on voulait. Après des années de privation, cette abondance me semblait indécente.

Les portants de vêtements s'allongeaient sur des kilomètres, et dégageaient une forte odeur de boule à mites. C'était bizarre d'essayer ces vêtements épais dans la chaleur du désert. Nous sélectionnâmes chacun un manteau d'hiver. Mon père prit un costume en tweed, quelques chemises, un chapeau et des chaussures, ainsi que des caleçons longs, des maillots de corps et des cravates. Ma mère et moi choisîmes des vestes en laine peignée, des robes à manches longues, des cardigans et des chapeaux, ainsi que des sous-vêtements et des sacs à main. Il nous semblait miraculeux que ces vêtements, offerts par des associations caritatives, puissent nous appartenir sans qu'on doive troquer en risquant d'être battues et tondues.

Nous retournâmes au bateau avec notre nouvelle garde-robe et reprîmes notre voyage. Nous atteignîmes Port Saïd, où le bateau se ravitailla en carburant pour la dernière étape du voyage, traversâmes le canal de Suez et passâmes en Méditerranée. Nous longeâmes le Portugal et la côte Atlantique de la France. En passant par la Manche, je contemplai les falaises blanches de Douvres en songeant aux Jochen, qui étaient sans doute dans le Kent. Nous parvînmes en mer du Nord où le bateau fut secoué par la houle. Enfin, le soir du 19 février, nous vîmes scintiller les lumières de la côte néerlandaise. Le *Noordam* fut piloté jusqu'au port d'Amsterdam, et au matin, nous nous rassemblâmes sur le pont pour débarquer.

Un comité d'accueil nous attendait : une fanfare jouait l'hymne national tandis que les réfugiés descendaient la passerelle et posaient le pied en terre hollandaise. Pour plusieurs *Belanda Indos*, c'était la première fois qu'ils voyaient cette « mère-patrie » qu'ils considéraient comme leur véritable pays.

Mes parents et moi fîmes trois heures d'autocar jusqu'à Rotterdam. En roulant sur les routes défoncées, jonchées de gravats, devant des édifices sans façades et des églises sans clochers, je découvris les cicatrices d'une guerre que je n'avais pas connue. *Leur* guerre. Alors que la nôtre avait été une guerre de *tenko* et de dysenterie, de *gedekking* et de barbelés, de baïonnettes, de béribéri et de têtes tondues…

Nous habitâmes quelques jours chez ma grand-mère, mon Oma. Ma mère était triste à l'idée de n'avoir jamais revu son père qui faisait partie des milliers de victimes de « l'hiver de la faim », durant le blocus du nord des Pays-Bas. Ma grand-mère avait failli ne pas y survivre, elle non plus. Ils avaient brûlé les armoires de la cuisine pour se chauffer, puis les tables et les chaises. Il ne lui restait presque plus rien. Mais elle avait conservé les albums où elle avait compilé les nombreuses photos envoyées par ma mère avant la guerre. Lorsque ma mère en ouvrit un, je vis ses yeux se remplir de larmes et me dis qu'elle regardait sans doute une photo de

Peter. En me rapprochant, je découvris qu'il s'agissait d'une photo de moi, en Cendrillon, pieds nus et en haillons. Ma grand-mère referma doucement l'album, et le rangea avec les autres. Ils ne seraient pas rouverts avant longtemps.

Nous apprîmes que nous serions logés dans un « camp de rapatriés » installé dans une ancienne caserne à Nijmegen, près de la frontière allemande. On nous alloua une salle de séjour et une chambre avec des sacs en jute remplis de paille en guise de lits, qu'on devait secouer avant de dormir dessus. Le « camp » était entouré d'un grillage ; son propriétaire vivait dans une maison près du portail. C'était un écho de ce que nous avions enduré à Java, sauf qu'on nous nourrissait au lieu de nous affamer, et que nous ne cuisions pas sous le soleil, mais frissonnions dans le froid cinglant.

Notre soulagement d'avoir trouvé un logis céda bientôt à la consternation. Des foules d'habitants du coin se rassemblaient aux grillages pour insulter les *Indos*, qu'ils traitaient de *uitzuigers*, de sangsues. La Hollande avait tant souffert durant l'occupation nazie et elle était maintenant tellement pauvre que ces gens ne voulaient pas des colons, rentrés les mains vides en s'attendant à être logés et nourris. Pire encore à leurs yeux, nous avions droit à des doubles rations, ce qui suscitait un profond ressentiment dans la population car les Hollandais, eux aussi, avaient subi la famine. J'allais avec ma mère à une épicerie locale ; un jour, quand elle ouvrit son sac pour en sortir ses tickets de rationnement, une femme derrière nous fit claquer sa langue en signe de réprobation.

— Regardez-vous, cria-t-elle, bande de mendiants ! Alors que vous vous prélassiez sous le soleil des Tropiques, nous, on avait les Allemands sur le dos. Vous devriez vous débrouiller seuls !

J'étais bouleversée, mais ma mère me dit de l'ignorer, et nous nous hâtâmes de sortir ; ce type d'incident se reproduisit à plusieurs reprises. Nous nous sentions à nouveau isolés et indésirables. Mais c'était pire encore pour les *Belanda*, qui, en plus, subissaient le racisme.

Je fus inscrite dans un lycée local où, comme les autres rapatriés, je suivis des cours de « rattrapage » pour tenter de combler les énormes lacunes de notre éducation. Parfois, une autre réfugiée, Carola, tentait d'expliquer à nos camarades ce que nous avions subi durant l'occupation japonaise, mais elles ne voulaient rien entendre.

— Au moins, vous aviez chaud, disaient-elles, alors que nous, on gelait. On mangeait des bulbes de tulipes et des betteraves crues, on se cachait dans les fossés, ou on se faisait envoyer à Auschwitz pour y mourir, comme nos amis juifs.

Il n'y avait rien à répondre. Elles avaient souffert à leur façon, nous à la nôtre, mais alors que les enfants hollandais parlaient ouvertement et avec volubilité de la guerre, nous apprîmes à nous taire. En allant au lycée à vélo tous les matins, je passais devant des arbres carbonisés et fracassés, je contournais des cratères laissés par les obus et les grenades. Je me jurai de ne plus penser qu'à l'avenir.

Nous demeurâmes un an à Nijmegen, avant de déménager dans un village plus proche de Rotterdam, où nous habitions la cave d'une grande villa. Grâce aux « contrats de pension », le gouvernement néerlandais payait les propriétaires de grandes maisons pour qu'ils en ouvrent une partie aux réfugiés. D'ordinaire, une seule pièce était attribuée par famille. Nous eûmes de la chance : nous en avions deux, ainsi qu'une petite salle de bains privative ; il y avait aussi un grand jardin qui embaumait les roses. En regardant ma mère s'y promener, je savais qu'elle songeait à son propre jardin à Tepi Gunung.

Le jour, je ne pensais pas à la plantation ; mais elle me revenait en rêve et j'y voyageais, portée par la vague de mes souvenirs. J'étais assise sur la véranda avec ma mère et Peter à regarder les *tjik tjaks* sortir, je jouais avec Flora, je montais Sweetie, je marchais dans la forêt de caoutchoucs avec mon père en essayant de rester à sa hauteur. Il me donnait jadis l'impression d'être un géant, mais désormais, vieux et rabougri, il était l'ombre de l'homme qu'il avait été.

Mon père voulait travailler mais on n'offrait du travail que dans le bâtiment, puisqu'il fallait reconstruire la ville, et il n'était pas en état de faire ce genre de labeur. La poussière de charbon et le froid, sans compter les conséquences de la malnutrition, avaient eu raison de sa santé.

Nous avions souvent des nouvelles des Jochen, qui habitaient désormais Fremantle, à l'ouest de l'Australie, où Wil avait des cousins. Wil aida mon père à obtenir une pension de l'entreprise agricole néerlandaise propriétaire de la plantation. Mon père fut étonné de constater qu'elle nous suffirait à vivre modestement. Wil parlait aussi des demandes de réparations de guerre faites au Japon, mais nous savions que cela mettrait des années, voire des décennies.

Mes parents suivirent avidement les reportages sur le Tribunal des crimes de guerre en septembre 1946. Quand nous apprîmes que Konichi Sonei avait été condamné à mort, nous eûmes le sentiment que les souffrances de milliers de femmes et d'enfants innocents étaient vengées. Quand je l'imaginai devant le peloton d'exécution néerlandais, je n'arrivai pas à éprouver la moindre pitié pour cet homme.

Jusqu'en 1948, la guerre d'indépendance fit rage. En 1949, on hissa le drapeau de la République d'Indonésie sur l'archipel, et les derniers fonctionnaires néerlandais partirent.

Ma grand-mère mourut cette année-là. Elle avait légué son appartement à ma mère, et il devint notre foyer. J'allais à l'école Erasmiaans ; j'avais seize ans et je tentais d'oublier la guerre. Mes rapports avec ma mère s'étaient améliorés, dans la mesure où elle agissait toujours en mère attentionnée. Mais son ressentiment restait ancré en elle ; quand je décelais son passage fugace dans le regard de ma mère, j'avais l'impression qu'elle m'accusait à nouveau. J'avais des cauchemars sur les camps, qui me faisaient revivre le voyage en train jusqu'à Tjideng, revoir le visage gris de Flora, les femmes émaciées alignées les nuits de pleine lune, leurs enfants blottis à leurs pieds. Mais l'amour inconditionnel de mon père me réconfortait. Il me conseilla de me tourner exclusivement vers l'avenir.

Que ferais-je de ma vie ? Deviendrais-je institutrice, infirmière ? Je pourrais peut-être étudier pour devenir interprète : grâce à Irene, j'avais un bon niveau d'anglais. Ayant grandi dans une plantation, l'idée de travailler dans le commerce des fleurs m'attirait, d'autant que l'industrie hollandaise des bulbes renaissait rapidement.

En septembre 1949, j'assistai avec une camarade de lycée, Mina, à une soirée dans un nouveau music-hall sur Delft Street, où l'on dansait le *jive* sur la musique des Andrews Sisters et de Buddy Clark. Il y avait des garçons de notre lycée, et pendant que Mina bavardait avec l'un d'entre eux, un beau jeune homme, de deux ou trois ans mon aîné, s'approcha de moi. Il me demanda si je parlais anglais ; je répondis que oui. Il me dit qu'il s'appelait Harold et qu'il aimerait bien inviter une fille à danser, mais qu'il ne savait pas comment le demander en néerlandais. Pouvais-je l'aider ?

— Bien sûr. On dit : « *Wilt u met me dansen ?* » ou encore : « *Ik zou graag met u willen dansen ?* » L'un et l'autre conviennent.

— Vous parlez très bien l'anglais. Vous êtes d'origine anglaise ?

— Non, j'ai appris quand j'étais petite. Enfin, maintenant vous savez quoi dire… bonne chance !

— Alors, il faut que je dise…

Harold fronça les sourcils en tentant de se remémorer les mots.

— …« Will you mit me… dancern ? »

Il me sourit.

— Que sont-elles censées répondre ?

— Tout dépend de ce qu'elles ont envie de vous répondre. Si c'était moi, je dirais : « *Ik zou graag* » – « J'en serais ravie ».

Harold sourit largement en m'offrant son bras.

— Voilà la réponse que j'espérais !

J'éclatai de rire tandis que nous passions sur la piste de danse.

Harold m'apprit qu'il était sous-lieutenant dans la Navy britannique, et qu'il était à Rotterdam avec le HMS *Vanguard*, où il devait servir encore deux ans.

— Et ensuite, quels sont vos projets ? lui demandais-je lorsque nous nous assîmes.

— J'irai aider mes parents à s'occuper de notre ferme en Cornouailles.

— Vous faites pousser des fleurs ? Des jonquilles ?

— C'est une ferme laitière, mais nous avons un petit champ de jonquilles, en effet, que nous vendons aux fleuristes de la région.

Nous dansâmes et parlâmes, puis Harold me raccompagna. Avant de me quitter, il me demanda s'il pouvait m'inviter à dîner. Je répondis que je devrais demander la permission à mes parents. Ils acceptèrent, à condition qu'Harold monte les rencontrer. Il le fit, et fut charmant : je voyais qu'il plaisait à mes parents. Il leur expliqua qu'à l'époque de la guerre, il était trop jeune pour faire son service militaire, mais qu'il s'était enrôlé dès qu'il avait eu seize ans.

— Pourquoi avez-vous choisi la marine ? lui demandai-je plus tard, alors que nous dînions.

— Parce que notre ferme est au bord de la mer : je connais les bateaux.

Il m'interrogea sur la plantation.

— Donc, vous aussi vous êtes fermière, Klara.

— En quelque sorte.

La veille du départ du bateau d'Harry, nous sortîmes une dernière fois. Il me demanda des détails sur ce qui nous était arrivé à Java. Son regard débordait de compassion lorsque je lui racontai notre vie dans les camps. Il resta parfaitement immobile lorsque je lui parlai de Peter et de Flora. Je lui décrivis ce que nous mangions, nos efforts pour faire pousser nos propres aliments, et mon rêve d'avoir un jour un jardin clos.

Harry sourit.

— Vous l'aurez. Je sais que vous l'aurez.

— Comment ?

— Parce que je vais vous le construire.

Harry repartit. Nous nous écrivîmes toutes les semaines pendant qu'il naviguait sur l'Atlantique et que j'étais au lycée. De cette façon, nous apprîmes à nous connaître.

Le fait que je me marie aussi jeune n'inquiétait pas mes parents. Ils tenaient à ce que je saisisse ma chance d'être heureuse : ils ne savaient que trop bien que tout ce que nous aimons, tout ce qui nous est précieux, peut nous être arraché du jour au lendemain. En mai 1952, nous nous mariâmes à la mairie de Rotterdam, l'un des rares édifices historiques à avoir survécu aux bombardements de la Luftwaffe. Un petit déjeuner de mariage eut lieu dans un hôtel voisin et passâmes notre lune de miel dans le Devon.

Je n'oublierai jamais la première fois que j'ai aperçu Polvarth. J'admirais les caps et les criques, la mosaïque des champs, la lumière étincelant sur la mer, en buvant de grandes goulées de cet air merveilleux. Harry avait raison, c'était vraiment très beau. J'entamai ma nouvelle vie dans le bonheur.

Mes parents me rendaient visite tous les printemps. En juin 1953, ils assistèrent à l'inauguration du jardin clos. On célébrait Coronation Day ce jour-là ; Harry et Seb venaient de finir les travaux. Nous décorâmes le jardin de drapeaux et de banderoles, et lui portâmes un toast avec du champagne. Mes parents nous aidèrent à délimiter les plates-bandes, et mon père se retroussa les manches pour m'aider à planter le pêcher. Soixante ans après, il pousse encore.

J'allais en Hollande tous les deux ans. Quand je tentais de parler de Java à ma mère, elle se contentait de me répondre qu'elle « ne se souvenait plus ». Mais je sortais les albums et parfois, elle venait s'asseoir avec moi ; nous parlions de Tepi Gunung alors que je tournais les pages. Peu à peu, elle et mon père furent capables de regarder les photos en souriant. En 1955, ils retournèrent là-bas.

Ma mère avait écrit à la Commission des sépultures de guerre des Pays-Bas et fin 1954, on l'avait informée que Peter avait été ré-inhumé au cimetière d'Ereveld Pandu, à Bandung. La lettre leur précisait le numéro et l'emplacement de la tombe. Mes parents achetèrent donc des billets de deuxième classe à bord d'un bateau de croisière et s'y rendirent au printemps suivant. Je ne pus les accompagner car j'étais enceinte – je n'avais aucun besoin de retourner à Java pour garder Peter dans mon cœur. Je tentais d'oublier le passé, de me consacrer à ma nouvelle vie avec Harry, à la nouvelle vie qui grandissait en moi. La lettre que m'écrivit ma mère à la toute fin de son voyage compte parmi mes possessions les plus précieuses.

Nous sommes passés par le canal de Suez et Colombo ; de Jakarta, nous avons pris le train pour Bandung. La ville est tellement plus animée aujourd'hui, Klara. Il y a beaucoup plus de monde, de voitures et de commerces. On a remplacé tous les anciens noms de rue néerlandais par des noms indonésiens, ce qui nous a déroutés jusqu'à ce que nous retrouvions nos marques. Nous avons vu ton école et nous avons pensé à toi et à Flora, bras dessous, bras dessous sous le porche. Puis, comme nous étions près de Tjihapit, j'ai emmené ton père à Houtmanstraat, qui s'appelle maintenant Jalaan Supratma, pour lui montrer la maison où nous avons vécu cette année-là. En la revoyant, je me suis rappelé les femmes et les enfants ; je m'imaginais que j'entendais à nouveau le bruit et le tumulte de la maison. Je me suis dit que tu avais été une bonne petite fille, et que tu avais été très courageuse dans ces circonstances difficiles, souvent effrayantes. J'étais triste en songeant à l'enfance que tu aurais dû avoir et qui t'a été volée.

Le lendemain, ton père et moi nous sommes levés de bonne heure pour nous rendre à Ereveld Pandu. Le cimetière est immense, et comprend un « Champ d'honneur néerlandais » – ce n'est pas un champ mais une vaste plaine plantée de milliers de croix blanches identiques, alignées à perte de vue en rangées parfaitement rectilignes. La plupart des tombes sont celles des civils morts au cours du conflit, et en parcourant les allées, nous avons remarqué les noms de plusieurs connaissances : ton institutrice, Mlle Vries, Mme Uys de la banque Grindlay, et Roelph Smits, le père d'Edda. C'était tout aussi triste de lire « Inconnu » sur tant de tombes.

Nous sommes enfin parvenus à « notre » tombe. Même si nous nous étions préparés à ce moment, le fait de voir le nom de Peter nous a fait un choc. Comme si sa mort s'était concrétisée. Nous avons pleuré et posé un bouquet d'orchidées roses et blanches sur la tombe de notre fils chéri, qui aurait eu vingt ans ce jour-là, mais qui aura dix ans à jamais. Nous sommes restés longtemps sans pouvoir nous y arracher ; puis nous avons tous deux embrassé la croix et nous nous sommes éloignés. Nous n'étions pas moins tristes, mais nous nous sentions réconfortés d'être au moins revenus voir l'endroit où Peter repose. Le fait qu'il soit entouré de tant d'autres tombes m'a aidée à considérer son sort autrement – Peter a simplement été victime des circonstances, pris dans le raz-de-marée de cette guerre affreuse. Je regrette seulement de t'avoir accusée, Klara, sous le coup de la douleur et de la colère. Tu seras bientôt mère à ton tour, et j'espère que cette lettre te permettra de comprendre – et de me pardonner.

Il me restait une dernière chose à faire. Ton père hésitait à retourner à la plantation, mais il a accepté de m'accompagner. Hier, nous avons donc franchi le portail de Tepi Gunung. Suliman était là pour nous accueillir ! Il n'a pratiquement pas changé, mais je ne peux pas en dire autant de la plantation, qui ne s'est pas encore remise de l'occupation. La plupart des arbres ont été replantés et c'était bizarre de voir autant de jeunes pousses. C'était étrange d'être là, Klara ; je m'attendais à moitié à vous voir, Peter et toi, en train de courir vers le ruisseau. Suliman nous a présenté le nouvel administrateur, M. Aceh, qui nous a gentiment invités à aller jusqu'à la maison. Le jardin est plein de broussailles, ce qui m'a fait de la peine, mais mon cher chérimolier est toujours là. M. Aceh nous a proposé d'entrer, mais nous avons répondu que nous ne voulions pas déranger sa famille. En réalité, nous voulions nous souvenir de notre maison telle qu'elle était avant. Suliman nous a emmenés chez lui. Nous avons donc marché jusqu'au kampong, *lentement, à cause de ton père. Nous étions presque arrivés lorsque nous avons vu Jasmine qui courait vers nous, main dans la main avec Sushila, une adorable petite fille qui a presque sept ans –*

une bénédiction qui leur est arrivée sur le tard. J'ai pleuré en revoyant Jasmine. Nous sommes entrés chez eux et avons échangé des nouvelles en malais, en buvant du thé et en mangeant du gâteau spekkoek. *Pendant que nous parlions, je revoyais deux petites têtes, une blonde, une brune, penchées ensemble sur la véranda. C'est alors que nous avons entendu des pas à l'extérieur : tout d'un coup, Jaya est apparu – c'est un beau jeune homme de dix-neuf ans, maintenant. Il étudie les mathématiques dans une université de Garut et il espère devenir ingénieur des travaux publics. Jaya nous a dit à quel point il avait été triste d'apprendre le sort de Peter, et qu'il pensait souvent à lui. J'ai ouvert mon panier, j'en ai tiré un colis soigneusement emballé et je le lui ai remis. Perplexe, Jaya a dénoué la ficelle et retiré le papier brun. Quand il a vu ce qui se trouvait à l'intérieur, il a souri.*

22.

— En onyx et en marbre, murmurai-je en détournant la tête pour que Klara ne me voie pas pleurer.

Elle acquiesça et posa la lettre.

— En onyx et en marbre. Ma mère l'avait acheté à Colombo. Elle raconta à Jaya qu'elle avait regardé des dizaines de jeux d'échecs, et que celui-là était le plus beau. Elle lui expliqua ce qu'il était advenu de son jeu en bois, le chagrin de Peter lorsqu'il avait dû l'abandonner, puis sa promesse à Peter et son bonheur de l'avoir enfin tenue.

— Jaya a dû être… très touché.

— Bien sûr. Il leur a promis de le conserver précieusement toute sa vie. Mes parents ont fait leurs adieux et sont retournés à Jakarta pour prendre le bateau qui les remmènerait chez eux.

— Et Arif? demandai-je à Klara tandis qu'elle rangeait la lettre dans la boîte en bois. Ils ne l'ont pas revu au village?

Klara secoua la tête.

— Il était déjà parti depuis longtemps.

— Que lui est-il arrivé? Vous l'avez su?

— Oui, il est allé au lycée technique de Tasikmalaya. Des parents l'ont hébergé pendant ses études. Ensuite, il a fait un apprentissage chez un imprimeur et il est devenu typographe au *Jakarta Post*, un quotidien anglophone.

— Et Susan ?

— Elle a étudié au lycée à Fremantle, puis dans une école d'art de Perth, et elle est devenue graphiste. À l'âge de vingt-cinq ans, elle a épousé un collègue, mais ça s'est mal passé et elle l'a quitté. Elle était donc divorcée, à l'âge de vingt-huit ans, et terriblement triste. Ses parents lui ont dit de ne pas s'inquiéter – elle était encore jeune, elle trouverait à nouveau le bonheur.

— J'espère qu'elle l'a trouvé.

— Elle l'a trouvé.

Klara ouvrit l'un des albums photo, tourna les pages, et me désigna la photo d'un homme brun de haute taille, debout sur la pelouse à côté d'une belle femme blonde dans la trentaine avancée, et de deux petites filles d'environ huit et dix ans.

— Alors… voilà Susan, dis-je.

— Exactement.

J'interrogeai Klara du regard :

— Et lui… c'est Arif?

— Oui, rit Klara. La photo a été prise dans leur jardin à Rockingham, près de Perth.

— Alors… comment ont-ils… ?

— Elle et Arif ont correspondu pendant un certain temps. Leurs nouvelles vies ont pris le dessus, ce qui était inévitable, surtout après le mariage de Susan. Mais elle n'avait jamais oublié Arif. Elle n'arrêtait pas de repenser au jour où il était arrivé à Tjideng ; au fait qu'il ait marché deux semaines pour la retrouver, en s'exposant aux balles et aux coups de couteau. Après son divorce, elle lui a donc écrit en espérant qu'elle pourrait encore le joindre à son ancienne adresse.

Moins d'une semaine plus tard, il l'appelait ! Arif, qui avait appris l'anglais entre-temps, a quitté son poste pour venir à Perth, où il a trouvé du travail au *West Australian*. Sue et lui se sont mariés en 1958.

— J'en suis… ravie. Les avez-vous revus, Klara ?

— Oui, ils sont venus à Londres en 1965 et je les ai rejoints avec mes garçons : nous avons eu une réunion très joyeuse à Regent's Park. Arif est mort en 2004, Susan quatre ans plus tard ; mais j'échange toujours des cartes de Noël avec leurs deux filles, Florence et Bea.

— Que sont devenus Wil et Irene ?

— Wil était plus robuste que mon père, et il s'est suffisamment remis pour recommencer à travailler : il est devenu directeur général d'un vignoble près de Fremantle.

— Donc, une autre plantation.

— Oui. Irene et lui sont restés en contact avec mes parents, ou plutôt avec ma mère, puisque mon père est mort en 1957. Ensuite, ma mère est venue me voir plus souvent, pour être avec Henry et Vincent, et avec moi. C'est durant cette période que nous nous sommes rapprochées. Nous parlions souvent de Java. Elle est morte en 1978.

Klara me raconta sa vie à la ferme – faire rentrer le bétail des champs et traire les vaches dans le hangar où se trouvait maintenant le bateau ; le Bed and Breakfast qu'ils avaient ouvert un temps pour arrondir leurs fins de mois ; la pêche quotidienne ; la vache qui était partie nager. Elle me parla des plaisirs de la maternité, des amis qu'elle avait rencontrés grâce à ses enfants et à l'église. Elle évoqua ses années de bonheur avec son mari et leurs noces d'or, les liens étroits l'unissant à ses fils et à leurs familles, et conclut en espérant qu'elle pourrait encore travailler jusqu'à l'âge de quatre-vingt-dix ans. Je lui demandai ses dernières considérations sur son enfance extraordinaire.

— Je n'ai pas eu une enfance extraordinaire, me corrigea-t-elle. Mon enfance m'a été volée. Nous avons perdu ce temps où nous aurions dû être à l'école, apprendre, lire, jouer avec nos amis ; il nous a été pris, et nous avons été obligés de voir et de faire des choses qu'aucun enfant ne devrait affronter.

— En quoi pensez-vous que ces années dans les camps vous ont affectée ?

Klara soupira.

— Mes privations m'ont appris que tout était précieux, même les choses les plus triviales, les plus insignifiantes en apparence – un bout de ficelle, un clou, un fil tiré d'une vieille robe. J'ai encore du mal à jeter. J'ai appris à apprécier la nourriture à sa juste valeur, et d'une certaine manière, ma vie adulte a toujours tourné autour de la nourriture – la cultiver, la distribuer, m'assurer qu'on n'en gaspille pas la moindre parcelle.

— Avez-vous jamais oublié la faim que vous avez éprouvée à l'époque ?

Le regard de Klara étincela.

— Ça ne s'oublie jamais ! Encore aujourd'hui, la peur de ne pas avoir assez à manger me taraude. Mais ces années dans les camps m'ont aussi rendue plus forte dans l'adversité. Chaque fois qu'il m'arrivait un malheur, je me disais : « J'ai survécu à Tjideng, je peux survivre à ça. » Et par-dessus tout, j'ai vu ce qu'une mère peut faire pour son enfant. J'ai vu des femmes se prostituer pour leur trouver de la nourriture, ramper dans des égouts pour aller leur chercher des médicaments, les tenir dans leurs bras au *tenko* des heures durant. J'ai vu des femmes risquer d'être battues sauvagement, ou même tuées, afin de troquer au *gedek* de quoi se procurer l'œuf ou la banane qui permettrait à leur enfant de survivre un jour de plus. Et cela m'est resté toute ma vie.

Enfin, Klara feuilleta à nouveau les albums photo pour sélectionner celles qu'elle voulait reproduire dans le livre.

Elle en choisit quinze, les retira de leurs coins et les glissa dans une enveloppe cartonnée pour que je les rapporte à Londres. Je la rangeai soigneusement dans mon sac.

— Alors, maintenant, comment ça se passe ? me demanda Klara.

— Je rentre à Londres et je prends deux semaines pour réécrire et éditer le manuscrit, et vérifier les faits. Ensuite, je vous l'envoie, pour que vous puissiez le relire.

— Vous m'avez dit que vous retireriez tout ce qui ne me plairait pas, me rappela anxieusement Klara.

— Absolument. Vous avez été très ouverte, Klara, mais je veux que vous assumiez chaque mot.

— Merci, Jenni. Alors... (Elle prit ma main dans les siennes et me regarda dans les yeux.) Nos conversations me manqueront, mon petit. Je me sens... J'ai du mal à décrire ce que je ressens.

— Vous vous sentez... détricotée ? la taquinai-je.

— Je me sens... comme si j'avais fait un voyage en moi-même. Ça a été cathartique, en effet, plus encore que je ne l'aurais imaginé. Et vous, Jenni ? Comment vous sentez-vous ?

— Moi aussi, j'ai l'impression d'avoir fait un voyage – qui n'aurait pas eu lieu sans vous, Klara. Vous m'avez raconté votre histoire, et elle a fait ressurgir la mienne.

— Alors... êtes-vous heureuse d'être revenue ?

— Oui.

À Lanhay, ce soir-là, je bouclai ma valise avant de me rendre au vernissage d'Adam. J'étais en train de me changer quand j'entendis frapper à la porte. Je descendis et à travers les carreaux, je distinguai une petite silhouette. On frappa à nouveau, de façon plus insistante. J'ouvris pour découvrir un mini-Dracula aux yeux bordés de rouge avec des canines en plastique.

— *Trick or treat?*

La mère du petit garçon m'adressa un sourire un peu gêné.

— *Trick or treat?* insista-t-il.

— Tu me prends un peu au dépourvu, dis-je. Un instant…

Je passai dans la cuisine et en revins avec un KitKat.

— Ça ira ?

Le petit garçon le fourra dans son sac.

— Merci.

Il repartit en vitesse, avec sa grande cape noire flottant derrière lui.

Une minute plus tard, on frappa encore : cette fois, c'étaient deux petits squelettes.

— *Trick or treat?*

Je leur donnai le reste de mes KitKat.

Je me maquillai légèrement et consultai l'horloge. Si je prenais la voiture pour aller à Trennick, je ne pourrais pas boire ; de toute façon, marcher me ferait du bien. Je passai donc mon manteau et verrouillai la porte.

Des citrouilles sculptées, illuminées de l'intérieur par des bougies, souriaient et grimaçaient à toutes les fenêtres. J'entendais des cris et des rires ; des sorcières et des fantômes filaient d'une maison à l'autre ou attendaient devant des portes closes. En passant à la hauteur de l'hôtel, j'aperçus des flammes au fond du jardin. Dans le champ, derrière la balançoire, un feu de joie crépitait en lançant des étincelles, entouré d'une foule de petits zombies, diables et vampires avec leurs parents. Spiderman plongeait la tête dans un bol pour tenter d'attraper une pomme avec ses dents. Des odeurs de fumée, de hot-dogs et de vin chaud flottaient dans l'air.

La lune était pleine, mais nappée de nuages de pluie qui s'étaient amassés au cours de la journée. Je descendis jusqu'à la plage, qui était à mi-marée, puis empruntai le sentier douanier jusqu'au village, où d'autres citrouilles lançaient leurs lueurs tremblotantes.

En me rendant sur la place du village, j'entendis des petits rires et des pas de course dans les ruelles étroites alentour, ainsi qu'un carillon de sonnettes. Je passai devant le magasin général, et parvins à la galerie. *Adam Tregear – Œuvres récentes* avait été inscrit au pochoir sur la vitrine.

Je fus accueillie par la propriétaire de la galerie, Caroline, une femme à la silhouette droite et mince. Elle m'invita à me servir à boire. J'accrochai mon manteau, me versai un verre de vin et allai admirer les tableaux d'Adam : marines tourmentées avec des nuages bouillonnants menaçant des mers déchaînées ; paysages côtiers sereins avec une mer scintillant au soleil ; natures mortes de homards, de carrelets mouchetés et de fleurs sauvages. Un grand format représentait un trou d'eau dont la surface limpide ondulait dans une brise que l'on pouvait presque sentir sur sa peau.

J'abordai Adam.

— Bravo, c'est superbe, le félicitai-je en sirotant mon vin. Comment avez-vous trouvé le temps de peindre autant de tableaux ?

— Je peins le matin, après avoir posé les filets. (Il regarda autour de lui.) Tout ça représente deux années de travail ; je ne crois pas que j'arriverais à en vivre, mais j'aime ça.

Une jolie jeune femme aux cheveux bruns et courts entra dans la galerie, salua Adam d'un signe et nous rejoignit. Un petit garçon était accroché à sa poitrine avec un porte-bébé. La spirale de cheveux sombres au sommet de sa tête ressemblait à un ouragan miniature.

— Voici ma douce moitié, Molly, dit Adam. (Molly sourit.) Et ça, c'est le petit Leo.

Je tendis la main à Leo, qui m'agrippa l'index.

— Qu'est-ce que tu es mignon, murmurai-je.

— Moll, je te présente Jenny. Elle aide Mamie à écrire ses mémoires, expliqua Adam.

— Ah oui, bien sûr.

Molly souleva Leo hors du porte-bébé, et Adam dézippa sa veste matelassée pour la lui retirer.

— Tout s'est bien passé avec Klara ? me demanda Molly en se débarrassant du porte-bébé.

— Très bien. D'ailleurs, je viens de terminer les entretiens. Alors… vous êtes peintre, vous aussi ?

Molly m'apprit qu'elle était illustratrice – elle et Adam s'étaient rencontrés dans une école d'art à Falmouth, cinq ans auparavant.

— Ça doit être dur de travailler avec un bébé.

— Presque impossible, à moins d'avoir une assistante maternelle, et comme nous n'en avons pas les moyens, j'essaie de travailler un peu pendant qu'il dort. Mais je ne me plains pas.

Molly embrassa Leo, qui ferma les yeux en gloussant ; elle recommença en riant.

— Il adore quand je lui fais ça, pas vrai, mon cœur ? Mais dis, Adam, j'aimerais bien prendre un verre et bavarder – tu peux le prendre ?

— Bien sûr.

Adam prit Leo et le posa contre son épaule. Leo le contempla d'un air bienveillant en suçant son poing.

Tandis que Molly se dirigeait vers le buffet, je jetai un coup d'œil par la vitrine et vis Klara descendre de voiture. Elle passa du côté passager pour aider Jane et lui donna le bras pour entrer dans la galerie avec sa vieille amie.

Caroline leur ouvrit.

— Bonsoir, mesdames. Vous êtes très en beauté toutes les deux. Bonsoir, Jane.

— C'est ça, dit Jane. En beauté. En beauté. Bon… (Elle regarda autour d'elle en fronçant les sourcils.) Je suis déjà venue ici ?

— Absolument, Jane, répondit Caroline. Je suis ravie de vous revoir. Adam a peint de merveilleux tableaux. Puis-je prendre vos manteaux ?

Henry et Beth arrivèrent à leur tour et vinrent me retrouver.

— Désolé, nous vous avons à peine croisée durant votre séjour, dit Henry. Nous avons un nouveau veau qu'il a fallu nourrir au biberon, nous avons été très occupés ; mais il paraît que vous vous êtes très bien entendue avec ma mère.

— Oui. Ça n'a pas été difficile, Klara est quelqu'un de merveilleux.

Henry jeta un coup d'œil à Klara, qui contemplait une grande marine turquoise, bleu cobalt et blanche.

— A-t-elle été ouverte avec vous ?

— Oui, plus que je ne l'avais prévu.

Il sourit.

— Vous savez sans doute des tas de choses sur elle que nous ignorons.

— Eh bien… c'est possible. C'est la nature de mon travail qui veut ça.

— Il paraît que vous partez demain, dit Beth. (J'acquiesçai.) Venez dîner avec nous ce soir. Passez quand vous voulez.

— Merci. Je… je viendrai peut-être.

— Bon, dit Henry, allons voir les tableaux.

Henry et Beth s'éloignèrent tandis que Klara et Jane s'approchaient de moi.

Jane me fixa avec ses yeux bleus brillants.

— Je sais que nous nous sommes rencontrées… quelque part…

— À St. Mawes, la semaine dernière, lui rappelai-je.

Jane haussa les épaules, perdue.

— Au café, lui souffla Klara. Nous avons pris un thé ensemble, Jane. Honor était là.

Le visage de Jane s'éclaira.

— Ah oui. Honor ! Je me souviens d'elle, maintenant. (Elle me regarda.) Mais vous, comment vous appelez-vous, déjà ?

— Jenni, répondis-je. Genevieve. C'est mon vrai nom.

— Genevieve ! répéta-t-elle. Évidemment !

La galerie se remplissait, le niveau sonore augmentait tandis que les invités commentaient les tableaux.

— J'aime bien ce homard !

— Porthcurnick Beach, non ?

— Moi, je préfère le maquereau.

— On sent presque les embruns.

Leo commençait à devenir grognon ; il émettait des cris perçants. Adam le passa à Beth, qui le câlina un moment avant de le remettre à Klara, qui se mit à le bercer.

Entre-temps, je persévérais avec Jane.

— Jane, je me demandais si vous aimeriez me parler de votre amitié avec Klara. C'est pour le livre que je l'aide à écrire.

— Un livre ? répéta Jane, ébahie.

— Oui, Klara écrit ses mémoires.

— Ah bon ? s'étonna-t-elle, comme si c'était la première fois qu'elle en entendait parler.

— Ils vont être publiés pour son anniversaire, en janvier.

— Le 30 janvier. Son anniversaire, c'est le 30 janvier.

— Tout à fait. Je demande à sa famille et à ses amis de me parler d'elle. Pourriez-vous me dire ce que Klara représente pour vous ?

— Eh bien… Klara est merveilleuse. C'est une amie merveilleuse, si, si, je vous assure, protesta-t-elle comme si je l'avais contredite. Je la connais depuis longtemps… si longtemps. C'est une amie merveilleuse : Klara, c'est dix sur dix, tout le temps, tout le temps.

— C'est un très bel hommage, dis-je en notant ses paroles dans ma tête. Merci, Jane.

Je l'entendis soupirer.

— Mais c'est tellement triste, reprit-elle en secouant la tête. Il est mort, vous savez, pendant la guerre. Elle m'a parlé de lui une fois, rien qu'une fois. Il est tombé et il s'est cassé la tête, le pauvre petit garçon.

Klara nous rejoignit, Leo dans les bras ; je fus soulagée qu'elle nous interrompe.

— Je commence à avoir mal aux bras, Jenni. Ça vous ennuierait de prendre le bébé ?

— Pas du tout, si ça ne dérange pas Adam et Molly.

— Ne vous en faites pas. Vous avez écrit un livre sur les bébés, je suis sûre que vous saurez vous débrouiller. Tenez.

Avant que j'aie pu répondre, elle me le mit dans les bras.

À mon grand soulagement, Leo ne pleura pas. Je savourais la sensation de son petit corps solide contre le mien tandis que je me promenais en lui désignant les tableaux. J'étais en train de me demander s'il était à l'aise ou s'il valait mieux le changer de position lorsque je me rendis compte qu'il s'était endormi, la joue contre mon épaule. Je caressai sa tête, douce comme du duvet de cygne, et inspirai l'odeur suave de ses cheveux.

Jane était assise sur un petit canapé dans un coin de la galerie. Il n'y avait personne à côté d'elle ; je m'installai précautionneusement. Le souffle de Leo caressait mon cou comme un minuscule zéphyr, et sa petite cage thoracique palpitait contre ma poitrine. Son cœur battait rapidement, ce qui m'inquiéta jusqu'à ce que je me rappelle que les bébés ont un rythme cardiaque plus rapide que celui des adultes. Soudain, la tête de Jane retomba sur sa poitrine. Alarmée, je fis signe à Klara.

Elle jeta un coup d'œil à son amie.

— Ce n'est rien, me souffla-t-elle. C'est son nouveau traitement : elle s'endort, comme ça, tout d'un coup. Elle se réveillera dans quelques instants, fraîche comme une rose. Vous avez pu en tirer quelque chose pour votre livre ?

— Oui, chuchotai-je, elle a dit de très jolies choses sur vous. Elle était assez lucide, et se rappelait la date de votre anniversaire, et puis... elle s'est embrouillée.

Je n'expliquai pas de quelle manière.

— C'est la nature de son état, fit remarquer Klara. Parfois, nous pouvons presque avoir une conversation ; d'autres jours, ce qu'elle dit n'a ni queue, ni tête. Mais ça ne vous dérange pas, de tenir Leo ? Il fait un bon petit somme, là, mais je peux le reprendre si vous êtes fatiguée.

— Non, tout va bien, Klara. Allez, amusez-vous.

Je restai assise à bercer le bébé tout en écoutant le brouhaha du vernissage.

— Oui, les citrouilles sculptées sont très jolies, disait Klara, mais c'est vraiment du gaspillage : impossible de les manger ensuite parce qu'elles sont pleines de suie, à cause de la bougie.

Un fantôme masqué et une petite fille habillée en noir avec une toile d'araignée argentée peinte sur la figure avaient rejoint leurs parents

Soudain, Jane se réveilla, aussi alerte que si elle n'avait pas dormi. Lorsqu'elle commença à me parler, Leo s'agita. Il poussa ses mains contre ma poitrine et leva la tête. Sa joue était plaquée de rose à l'endroit où il s'était appuyé contre moi. Un fil de salive pendait de ses lèvres ; je l'essuyai avec un mouchoir en papier.

Jane regarda Leo, puis moi.

— Il a vos yeux.

Les gens commençaient à partir. Klara apporta sa veste à Jane et l'aida à la passer. Puis Molly me rejoignit et sourit à Leo.

— Tu as l'air heureux, mon trésor, mais il est temps d'aller faire dodo.

Elle lui passa son manteau pendant que je le tenais.

Adam s'approcha.

— Merci de vous être occupée du bébé, Jenni.

— Tout le plaisir est pour moi. C'est un petit amour.

— Allez, on rentre, Leo, dit Molly.

Elle le souleva de mes cuisses, que son corps avait réchauffées ; brusquement, j'éprouvai une sensation de vide.

— J'ai été ravie de vous rencontrer, Jenni. Vous reviendrez peut-être dans le coin ?

— Peut-être, je ne sais pas. En tout cas, j'ai été ravie de vous rencontrer, moi aussi. Et ça a été un privilège de passer autant de temps avec votre grand-mère, Adam.

Il sourit.

— Alors au revoir, Jenni.

— Au revoir, et encore bravo. (Je caressai la main du bébé.) Au revoir, mon cœur.

Klara me rejoignit. Elle me toucha le bras, l'air triste.

— Donc… vous partez demain matin.

— Oui, vers 10 heures. Je passerai chez vous avant de partir. Au revoir, Jane, ajoutai-je.

Mais Jane se dirigeait déjà vers la porte.

Je descendis la colline où les citrouilles jetaient toujours des lueurs tremblotantes et sortis du village. Le ciel était presque dégagé ; quelques lambeaux de nuages marbraient encore la lune. Lorsque j'arrivai à la hauteur du snack, je vis une lanterne volante dériver vers le large, comme une méduse incandescente.

Je descendis les marches vers l'eau.

Evie…

J'observai les vagues déferler, se retirer, puis s'avancer à nouveau avec un grand *chhuutt.*

Evie….

Je me dirigeai vers les rochers, déchiquetés sur fond de mer argentée, et grimpai.

Evie… attends… attends-moi…

— Ne pleure pas, chuchotai-je. Je suis là, maintenant, Ted. Je suis là. Je vais t'aider. Je vais t'aider. Viens…

S'il te plaît…

Je sentis une petite main se glisser dans la mienne.

Cette nuit-là, je rêvai de Ted, toujours avec la même nostalgie mais sans la douleur perçante qui accompagnait d'ordinaire ces rêves. Puis Ted s'évanouit et lorsque j'ouvris les yeux, il faisait grand jour. Je consultai le réveil. Il était 9 heures. J'avais dormi toute la nuit.

Après avoir rangé mes bagages dans le coffre, j'allai une dernière fois à la plage. Chemin faisant, je me rappelai soudain que c'était le 1er novembre, donc la Toussaint. Le lendemain serait le jour de la commémoration des morts.

Je contemplai le cap et les champs. Du sommet de la cale de halage, j'observai un cormoran plonger dans la mer comme un petit missile noir, puis je marchai jusqu'au sable. Je ramassai un galet gris-bleu et le glissai dans ma poche avant de rentrer au cottage prendre ma voiture.

Quand je me garai dans la cour de la ferme, une mouette était perchée sur le toit de la maison, comme une girouette. Le chat faisait sa toilette, assis près de la porte du magasin.

J'y entrai, sachant que j'y trouverais Klara. Elle était au comptoir avec son tablier blanc. Elle me sourit.

— Bonjour, Jenni.

— Bonjour, Klara.

— Vous avez fait vos valises ?

— Oui, je suis prête à partir. Je vous rends ça…

Je posai la clé de Lanhay sur le comptoir.

Klara me tendit un sac de courses en papier kraft.

— J'espère que vous n'êtes pas trop chargée pour le prendre.

Le sac contenait de la marmelade, des pommes et un gâteau au chocolat enveloppé dans de la cellophane, entouré d'un ruban rouge.

— Merci, Klara, c'est très gentil. Et merci de votre hospitalité, j'ai passé un séjour très agréable.

Mes propos me semblaient curieusement impersonnels et guindés.

— Revenez quand vous voulez, Jenni. Il suffit de me prévenir à l'avance pour que le cottage soit libre.

— C'est très aimable à vous. Mais… je ne suis pas certaine de revenir.

Klara haussa les épaules.

— Je comprends. Vous me manquerez, reprit-elle, et j'espère vous revoir, sinon ici, peut-être ailleurs, ou… nous pourrions nous téléphoner de temps en temps ?

— Bien entendu, je veux rester en contact avec vous, Klara. C'est tout naturel, après tout ce que nous…

Je lui tendis la main et elle la serra dans les siennes.

— Merci, Klara, vous avez été une cliente formidable. Et bien plus qu'une cliente : une amie.

Klara me serra contre elle. Nous restâmes ainsi un bon moment. Elle me tapota l'épaule.

— Merci à vous, Jenni, me chuchota-t-elle.

Lorsque nous nous séparâmes, elle me sourit.

— Je penserai souvent à vous. Vous avez des choix importants à faire.

— Oui, murmurai-je, le cœur serré.

Nous sortîmes. Je montai dans ma voiture et Klara agita la main tandis que je m'éloignais. Lorsque je regardai dans le rétroviseur, elle était toujours là, agitant la main.

Dans le train, je regardai les Cornouailles disparaître tandis que les dernières paroles de Klara résonnaient dans mon esprit. Je pensai à mon retour.

Un, je change d'avis ; deux, c'est toi qui changes d'avis ; ou trois...

Rick et moi en étions toujours à trois. Je me demandai si nous romprions graduellement, ou si nous trouverions le courage de le faire d'un coup, rapidement, douloureusement, comme on arrache un pansement. Je n'avais pas l'impression que notre conversation téléphonique ait résolu quoi que ce soit. Rick me comprenait-il un peu mieux ? J'étais certaine que ce n'était pas suffisant.

En arrivant à la station Angel, je sentis mon pouls s'affoler. Je sortis sur City Road et m'engageai sur Noel Terrace. Au moment où je mettais la clé dans la serrure, la porte s'ouvrit sur Rick, en jean et en polo, pieds nus, avec son sourire aux yeux bleus qui me faisait toujours fondre.

— Salut. Je t'ai entendue arriver.

— Salut...

Il me fit la bise – une bise d'ami, pas d'amant.

— Tu t'es coupé les cheveux.

Il passa sa main sur sa tête.

— J'en avais besoin. Tu as bonne mine, ajouta-t-il, comme on le dirait à une copine.

L'appartement me parut étrange : il n'était plus *gezellig*. Je jetai un coup d'œil aux étagères bien rangées, au parquet propre et aux coussins gonflés du canapé.

— Tu as fait le ménage ?

— En ton honneur. Et je t'ai préparé à dîner.

— C'est gentil, merci. Klara m'a donné un gâteau.

J'ouvris le sac et posai le gâteau sur le comptoir de la cuisine.

— On pourrait le manger au dessert.

Rick ouvrit le réfrigérateur et en sortit une bouteille.

— Un verre de vin ? Tu en as sans doute besoin après avoir passé la journée dans le train.

Il prit le tire-bouchon dans un tiroir.

— Cinq heures, en fait ; mais, oui, ce serait génial. Laisse-moi d'abord défaire mes valises.

Je rangeai mon ordinateur sur mon bureau et posai le galet à côté ; puis je passai dans la salle de bains, me déshabillai et me fis couler une douche. Sous le jet, je fermai les yeux. Lorsque je les rouvris, Rick était assis dans le fauteuil en osier. Au bout d'un moment, il se leva et retira son polo, dézippa son jean, l'enleva avec son boxer, fit coulisser la cloison en verre et me rejoignit dans la douche. Il me savonna et lava mes cheveux en les tortillant entre ses doigts ; puis, dans l'eau ruisselante, il m'embrassa. Je caressai sa poitrine et ses bras, passai mes mains sur le renflement de ses fesses en sentant son érection contre moi, élastique et ferme. Nous sortîmes et nous séchâmes l'un l'autre ; flageolante de désir, je le suivis dans la chambre.

Ce fut intense et passionné, comme toujours lorsqu'une histoire tire à sa fin. Nous restâmes enlacés, sans oser exprimer la tristesse que nous ressentions.

Il faisait presque nuit, maintenant. Rick se leva pour fermer les rideaux et passa son peignoir.

— On va prendre un verre, et on discutera en mangeant.

— D'accord, dis-je d'une voix désinvolte, bien que le mot « discuter » me remplisse d'effroi.

Mais il n'y aurait pas grand-chose à discuter, songeai-je en passant un tee-shirt propre et un jean. Il ne s'agirait que de convenir de la façon dont nous gérerions notre rupture, et de décider qui garderait l'appartement.

Nous descendîmes. Rick versa le vin et alluma une bougie ; je mis la table et fis une salade. Il sortit les lasagnes du four et m'en servit avant de se servir lui-même. Mes cheveux, toujours mouillés, dégoulinaient jusqu'au creux de mon dos.

Ni l'un ni l'autre ne semblait disposé à entamer la conversation, de peur du tour qu'elle prendrait. Je rompis le silence :

— Tu t'es porté candidat à ce poste qui t'intéressait ? Celui de Norwich ?

— Oui, j'ai renvoyé le formulaire aujourd'hui. J'en ai vu d'autres – deux dans le Sussex, un au nord du pays de Galles, et puis il y a une école qui me semble pas mal à Bath.

— Bath, ce serait génial, dis-je en me servant de salade. Je te vois bien là-bas.

Rick posa son verre.

— Tu me vois là-bas, moi ? C'est bien ça que tu veux dire, Jen ? ajouta-t-il d'une voix douce. Ou tu *nous* vois bien là-bas ?

Je le dévisageai, prise de court.

— Je veux dire toi, Rick, parce que je ne sais pas comment je pourrais parler de « nous » quand nous avons encore un problème énorme – un problème qui n'est pas près de disparaître. Nous voulons des choses différentes, complètement incompatibles, parce que tu veux des enfants et…

— Oui, je voudrais des enfants, m'interrompit Rick.

Je posai ma fourchette.

— Je comprends très bien.

— J'adorerais avoir des enfants.

— Je sais, tu n'as pas à te justifier. Mais moi, je n'en veux pas.

— Donc…, soupira-t-il. Ça va être dur.

— Oui, dis-je en sentant un sanglot monter dans ma gorge. Très dur.

Les larmes me piquèrent les yeux.

Rick poussa à nouveau un soupir douloureux, et j'attendis les paroles qui mettraient un terme à notre histoire en fermant les yeux.

— Mais ce que je veux, encore plus que des enfants, Jenni, c'est toi.

Je les rouvris pour dévisager Rick, étonnée.

— J'ai été malheureux sans toi, Jenni. Avant que tu partes en Cornouailles, je pensais que nous pourrions nous quitter. Que nous y serions obligés. Mais je n'éprouve plus la même chose, maintenant.

— Pourquoi ne pas me l'avoir dit tout de suite ? Dès que je suis arrivée ?

— Parce que c'est une décision importante. J'attendais de voir ce que j'éprouverais quand je te reverrais, quand je te reparlerais, quand je te tiendrais à nouveau dans mes bras. Maintenant, je sais que je ne veux pas te perdre. J'ai besoin de toi, Jen… pour être heureux. Je dois être avec toi.

— Mais… rien n'a vraiment changé entre nous, Rick. Sauf que maintenant, tu sais… maintenant, tu sais, pour…

La chandelle se tordait et se brouillait. Je baissai la tête et laissai monter les larmes.

Rick tendit la main et essuya mes larmes du bout des doigts.

— Quand tu m'as dit, pour Ted, j'ai éprouvé une immense tendresse pour toi, Jenni.

Je déglutis.

— Je pensais que ça te convaincrait que tu ne pourrais jamais réellement me connaître. Que ça serait plus facile pour toi de me quitter, après ça.

— Non. Ça m'a donné envie de rester. Si je dois recommencer ma vie ailleurs, je préfère la recommencer avec toi.

— Même si ça veut dire que… que tu n'auras pas ce que tu veux ?

— Oui. Sauf que j'aurai ce que je veux, Jen. Parce que je t'aurai, toi.

Au cours des deux semaines qui suivirent, Rick se porta candidat à plusieurs postes de directeur d'école, partout dans le pays. Je reçus plusieurs propositions, notamment pour écrire une « romance torride » destinée aux femmes, avec des « scènes très explicites », projet pour lequel Rick se déclara ravi de m'assister. Une autre femme me demanda d'écrire pour elle un roman de science-fiction. *J'ai trouvé l'intrigue et c'est une histoire super*, m'écrivait-elle. *J'espère que vous êtes intéressée*. Je finis par accepter de rédiger les mémoires d'un ancien pilote d'essai de Spitfire. J'avais envie d'en savoir plus sur la Seconde Guerre mondiale.

Je retrouvai Nina, dont le ventre s'arrondissait déjà, et Honor, que ses amours naissantes avec Al rendaient radieuse. Je dormais beaucoup mieux, et Rick et moi nous sentions plus proches que jamais.

Je continuai à écrire et à peaufiner l'histoire de Klara, et à réfléchir à la disposition des photos. Je les étalai devant moi. Il y avait une photo du *SS Indrapoora*, et une vue aérienne de Tepi Gunung ; un instantané de Peter et Jaya en train de pêcher, et un autre de Klara et Flora sur les marches de l'école. Il y avait des photos de Klara abritant Peter avec un parasol, et de leurs parents, bras dessus, bras dessous, sur la pelouse. Le mouchoir de Bloemencamp, le livre de recettes d'Anneke, le camp de Njimegen, et la ferme à Polvarth. La dernière photo était celle que j'avais prise de Klara dans le jardin clos qu'elle aimait tant. J'en avais fait encadrer un autre tirage, qui ornait mon bureau.

À la mi-novembre, je lui envoyai une copie du manuscrit. Je me demandais ce qu'elle ressentirait en lisant ses propres expériences, ses peurs, son bonheur, sa douleur et ses regrets, une fois mis en forme. Une semaine plus tard, elle me téléphona.

— Eh bien… je l'ai lu.

— Et… ? Dites-moi, fis-je, anxieuse.

— Je suis ravie, Jenni.

Je fus submergée par une vague de soulagement.

— Y a-t-il quelque chose que vous souhaitez retirer ?

— Rien. Pas un mot.

— Alors… le corps de garde à Tjideng, le départ de Peter pour Tjimahi, ce qui s'est passé à Tjikalengka… vous en êtes contente ?

— Oui. J'en suis contente. Ou plutôt, je suis contente que ces choses soient dans le livre. Elles représentent une part essentielle de mon histoire, et je ne pourrais pas me pardonner d'avoir fait l'impasse là-dessus.

— J'en suis heureuse, Klara. C'est très courageux de votre part.

— Je pense qu'il vaut mieux dire la vérité.

Klara me précisa qu'elle voulait dédier le livre à ses parents, en néerlandais et en anglais. Je notai sa dédicace dans les deux langues.

— Et le titre ?

Elle me le donna et je l'écrivis. *Des ombres sur le paradis.*

Je le regardai, séduite par ce mélange de beauté et de menace.

— C'est très évocateur, Klara. Alors… Voilà. C'est fini. La prochaine fois que vous verrez ce texte, ce sera sous la forme de livres reliés avec votre nom sur la couverture. Je les ferai porter chez vous par coursier une semaine avant votre anniversaire.

— J'en offrirai un exemplaire à tout le monde lorsque nous irons à l'hôtel pour ma fête. J'aurais bien aimé que vous puissiez y assister, Jenni.

— Merci, Klara. Je penserai à vous ce jour-là, et je porterai un toast à votre prochaine décennie.

— Et vous, mon petit, comment allez-vous ?

— Eh bien… ça va.

— Et Rick ? J'espère que ça ne vous ennuie pas que je vous pose la question.

— Pas du tout. Je pourrais vous confier n'importe quoi, Klara. Mais, oui, Rick va bien, lui aussi.

— Tant mieux. Je pense souvent à vous. Donc, vous êtes toujours ensemble ?

— Oui. Et nous avons décidé que nous allions le rester.

— J'en suis ravie. Et… avez-vous changé d'avis ?

— Non, c'est lui qui a changé d'avis.

— Ça doit vous toucher beaucoup, Jenni, qu'il vous aime assez pour faire ça.

— Ça vaut tout l'or du monde.

Épilogue

Nailsworth, Gloucestershire

C'est l'été indien, et je tiens dans mes bras un bébé remuant avec des yeux bleus dansants, une mèche blonde et une dent unique qui perce ses gencives roses.

— Souriez, me demande le photographe.

— Mais je souris déjà, dis-je en riant.

— Souriez encore plus. C'est un baptême, pas un enterrement !

— Je ne pense pas être capable de sourire plus que ça. À ton avis, Rick ?

Rick, à côté du photographe, me regarde et secoue la tête.

— C'est son réglage de bonheur maximum, hélas.

— Le mien aussi, lance Honor, debout à mes côtés. J'en ai mal aux joues.

— Alors mesdames, on ne bouge plus...

Le photographe prend encore deux photos puis se retourne pour prendre un autre objectif, posé sur une pierre tombale, et le fixer sur son appareil.

— Encore quelques-unes... superbe.

— C'est à mon tour de la tenir, dit Honor. Allez, Jen. Donne.

Je lisse la robe en dentelle du bébé et le passe à Honor ; nous prenons la pose pour la photo suivante.

Nina s'avance.

— C'est bon pour les marraines. On peut avoir les parrains pour la prochaine photo ?

Al se place à côté d'Honor, et le frère de Jon, James, me rejoint. Il y a une rafale de déclics, puis Nina et Jon se mettent au milieu. Honor passe le bébé à Nina.

Le photographe consulte son écran.

— Très joli. Qu'est-ce qu'on fait, maintenant ?

— On entre pour la cérémonie, dit Nina.

Et c'est ainsi qu'un an jour pour jour après leur mariage, Nina et Jon nous convient à nouveau à St. Jude pour célébrer le baptême de leur petite Clementine. Il y a une cinquantaine d'invités et comme la dernière fois, c'est le frère cadet de Jon, Tim, qui nous remet nos livrets de cérémonie. L'organiste joue à nouveau une partita de Bach, et Rick et moi nous asseyons sur le même banc. Mais au lieu de la tension et de la tristesse que nous éprouvions à l'époque, nous sommes détendus et heureux. Rick me sourit et me prend la main. Je m'appuie contre lui.

Nous contemplons le vitrail représentant Jésus bénissant des enfants. Le soleil se déverse à travers le verre coloré, pailletant les murs de petits arcs-en-ciel.

Je me retourne en entendant des pas derrière moi : c'est Vincent Tregear, un sac-cadeau argenté à la main. Lorsqu'il me voit, il me fait signe et je le salue. Curieusement, c'est grâce à lui que tout s'est passé.

Le pasteur nous accueille à St. Jude ; nous nous levons pour chanter « All Things Bright and Beautiful ».

— La naissance d'un enfant est le moment de célébrer et de rendre grâce au Seigneur, dit le pasteur.

Il appelle Nina et Jon à l'autel ; ils lui remettent Clemmie. Elle bat des bras, puis lui fait « pfft » en lui tirant la langue, ce qui fait éclater de rire l'assemblée. Toujours souriant, le pasteur se tourne vers Nina et Jon.

— Recevez-vous Clementine Alexandra comme un don de Dieu ?

— Oui, répondent-ils.

— Demandons maintenant à Dieu de bénir Clementine, poursuit le pasteur. Tous ensemble, rendons grâce pour elle, et prions pour ses parents.

Nous baissons la tête pour prier, puis on appelle les parrains et marraines. Nous prenons fièrement place autour des fonts baptismaux…

— C'était charmant, non ? me glisse Honor alors que nous ressortons de l'église. Renoncer à Satan, j'ai adoré ! ajoute-t-elle en gloussant.

— Et à ses pompes.

— Oui – en tout cas, la plupart.

— Sans oublier ses œuvres.

— D'accord. Et ça vaut pour toi aussi, dis !

Nous posons encore pour quelques photos de groupe, puis nous traversons le champ en direction de la maison. Jon tient Clemmie dont la robe en dentelle flotte dans la brise.

Les murs de la Vieille Forge sont à nouveau revêtus de buisson ardent et de vigne vierge ; les plates-bandes, embrasées de dahlias écarlates. Le goûter de baptême est servi en plein air, et nous nous installons dans des chaises sur la pelouse, ravis que le soleil de fin d'été nous le permette.

Clementine passe de bras en bras ; Honor et moi faisons de notre mieux pour ne pas nous la disputer.

— Elle a été très sage à l'église, dit Honor. Pas vrai, ma chérie ?

Lorsque Honor pose Clemmie sur ses genoux, un diamant étincelle à sa main gauche.

— Dire qu'il y a un an, elle existait à peine. (Elle se tourne vers Al.) Et dire qu'il y a un an, je ne te connaissais pas. On n'a pas intérêt à rompre, ajoute-t-elle en riant. Ce serait un peu délicat, étant donné que nous sommes parrain et marraine de ce petit bout de chou.

— Ça ne risque pas, sourit Al.

— Et alors, ce mariage, c'est pour quand ? demande la mère de Nina, Betty, en découpant le gâteau de baptême.

— En juin, répond Honor. On commence tout juste à l'organiser. C'est la première couche du gâteau de mariage, ça ?

— En effet. Soigneusement conservée pour cette occasion.

Betty offre une tranche de gâteau à Rick.

— Il paraît que tu as trouvé un nouveau poste ?

— Oui, répondit-il. Je viens de commencer.

— Rick est directeur d'école, maintenant, lui précise Nina.

— Formidable. C'est à Londres ?

— Non, dans la New Forest, répond-il, près de Romsey. On est encore en train d'explorer la région.

— C'est un coin magnifique, dit Betty. Vous n'êtes qu'à quelques kilomètres de la mer, et Southampton est tout près. Quelle bonne idée de vous être installés là-bas.

— J'aurais pu avoir un poste à Norwich, explique Rick, mais nous avons choisi Romsey pour vivre plus près de la mère de Jenni.

— C'est sympa pour elle.

— Et pour nous, dit Rick. Nous la voyons assez souvent, maintenant.

Je repense au visage de ma mère lorsque Rick et moi lui avons rendu visite pour la première fois l'an dernier. Elle était heureuse de me voir et de rencontrer Rick, qui avait fait tout son possible pour briser la glace.

Pendant que ma mère et moi étions assises sur le canapé, Rick avait regardé les photos posées sur le buffet.

— Jenni m'a raconté, pour Ted.

Ma mère hocha la tête.

— C'est triste, dit-elle doucement. Terriblement triste, n'est-ce pas, Genevieve ?

Elle posa sa main sur la mienne et je la pris.

— Oui, c'est vrai.

J'avais le sentiment que je commençais à me pardonner.

Maintenant, Betty me passe une tasse de thé.

— Vous avez trouvé une maison, toi et Rick ?

— Pas encore. Pour l'instant, nous louons, mais nous espérons acheter bientôt.

— Vous avez quelque chose en vue ? demande le père de Nina, Derek.

— Il y a une maison que j'adore, répond Rick.

Il est sur le point d'ajouter quelque chose lorsque Vincent Tregear s'assied à côté de moi. Il ouvre le sac argenté et remet son cadeau à Nina.

— Un petit cadeau pour l'adorable fille de ma filleule.

Il sourit à Clemmie, qui gazouille sur les genoux d'Honor.

— Merci, oncle Vincent, dit Nina. Je peux l'ouvrir ?

— Bien entendu.

Nina s'exécute, aidée par Clemmi, qui se penche en avant pour attraper le papier. Le sac contient une boîte à bijoux en argent avec un chérubin sur le couvercle.

— C'est magnifique, s'exclame Nina en souriant à Vincent. Merci infiniment.

— Je pensais que tu pourrais y mettre sa première dent, suggère-t-il.

— Eh bien lorsqu'elle tombera, c'est là que je la mettrai. Tu en as de la chance, ma petite ! dit-elle à Clemmie en l'embrassant.

Vincent s'adresse à moi.

— Ça me fait plaisir de vous revoir, Jenni.

— Moi aussi ça me fait plaisir, Vincent. C'est curieux de penser que nous nous sommes rencontrés il y a un an, jour pour jour.

Il acquiesce.

— Et j'en suis heureux. Je sais que vous êtes restée en contact avec ma mère, et je voulais vous dire que vous avez fait un travail formidable. Vous avez vraiment réussi à lui faire raconter son histoire.

— Merci. C'était une histoire qu'elle tenait à raconter. Nous nous sommes très bien entendues et je crois que ça a aidé.

— Sûrement. Elle nous a dit que vous étiez un « fantôme » charmant.

Vincent fouille à nouveau dans le sac.

— Quand je suis allé à la ferme la semaine dernière, j'ai dit à ma mère que je vous verrais aujourd'hui…

Il en tire un petit paquet, qu'il me tend.

— Elle m'a demandé de vous donner ceci.

Je regarde le paquet, intriguée.

— Qu'est-ce que c'est ?

C'est lourd.

— Je n'en ai aucune idée. Elle l'avait déjà emballé et ne voulait pas me le dire. Elle m'a simplement précisé qu'elle tenait beaucoup à vous l'offrir.

Toujours perplexe, je défais le nœud et arrache le papier. Lorsque je l'écarte, mon cœur s'arrête de battre un instant.

— C'est pour moi ?

— Oui. (Vincent le regarde.) C'est le lézard dont elle parle dans le livre ?

— Oui.

Il luit doucement au creux de ma main.

— Alors vous savez à quel point elle y tenait.

J'essaie de parler, mais les mots ne sortent pas.

— S'il vous plaît, remerciez-la pour moi, parviens-je à articuler. Je lui écrirai, mais s'il vous plaît, s'il vous plaît, remerciez-la et dites-lui que je le conserverai précieusement toute ma vie.

— Je n'y manquerai pas. Elle sera heureuse de savoir que je vous ai vue ; vous avez très bonne mine.

— C'est vrai, renchérit Nina. Tu es absolument radieuse, Jenni.

Je souris en contemplant le lézard, incapable de croire que Klara ait pu m'offrir quelque chose d'aussi précieux pour elle. Je me force à revenir au reste de la conversation. Nina est en train d'interroger Rick au sujet de la maison qui nous intéresse.

— Tu allais nous en parler.

— Ah oui, répond-il. Eh bien… la maison en elle-même n'a rien de spécial – elle est moderne ; mais le jardin est fantastique, avec une immense pelouse. Ce sera génial pour recevoir, ajoute-t-il, mais je sais que Rick, en réalité, rêve des enfants qui pourraient y jouer en riant.

Je les vois aussi. Mais maintenant, au lieu de s'évanouir comme des fantômes, ils courent vers nous. Ils courent sur la pelouse.

Je leur ouvre les bras.

Remerciements

Je tiens à remercier ma géniale éditrice, Thalia Suzuma, d'avoir cru en ce roman, de ses conseils inspirés et de son soutien à toute épreuve. J'éprouve pour elle une gratitude sans limites. Je suis aussi reconnaissante à Sarah Ritherdon et à toute l'équipe d'HarperCollins – Kate Elton, Martha Ashby, Claire Palmer, Lucy Upton et Jaime Frost. Un énorme merci, comme toujours, à mon agent Clare Conville, et à l'équipe formidable de Conville and Walsh, notamment Henna Silvennoinen, Alexandra Nicholl, Kinga Burger, Jake Smith-Bosanquet et Alexander Cochran. Aux États-Unis, je suis redevable de ses précieux conseils à ma merveilleuse éditrice chez Random House Inc., Kate Miciak. J'aimerais aussi remercier Maria Adriana Boerstra et Louise Staël von Holstein, qui ont partagé avec moi leurs souvenirs de leur internement aux camps de Solo, Moentilan, Ambarawa, Tjihapit, Kampong Makassar et Tjideng. En Cornouailles, je remercie Charlotte et Simon Taffinder de Curgurell Farm de m'avoir éclairée sur la vie dans une ferme côtière, et Robert Pepper du National Coastwatch de Pednvadan Point à Portscatho, de ses renseignements sur les marées. Toute ma gratitude à mes amis et voisins de Rosevine – particulièrement Jo et Alan Mullet, Jane et Julian Road, et Tim et Hazel Brocklebank du Rosevine

Hotel. Roland Bosch a eu l'amabilité de corriger les traductions du néerlandais, et une fois de plus, Louise Clairmonte et Eliana Haworth ont lu le manuscrit en cours d'écriture. Enfin, un énorme merci et tout mon amour à ma famille pour sa patience et son indulgence – Greg, Alice et Edmund, ainsi que Freddie et George.

Les ouvrages suivants m'ont fourni de précieux renseignements lors de mes recherches :

Tjideng Reunion : A Memoir of World War II on Java de Boudewijn van Oort, Trafford Publishing.

The Way of a Boy – A Memoir of Java d'Ernest Hillen, Penguin Books.

Java Lost : A Child Imprisoned, Parts I and II by Jannie Wilbrink, Friesen Press.

The Hidden Passport de Phyllis Pilgrim, Phyllis Pilgrim.

The House at Ampasiet de Paula Kogel, Matador.

Eight Prison Camps : A Dutch Family in Japanese Java de Dieuwke Wendelaar Bonga, Ohio University Press.

Silenced Voices : Uncovering a Family's Colonial History in Indonesia d'Inez Hollander, Ohio University Press.

Stolen Childhoods : The Untold Story of the Children Interned by the Japanese in the Second World War de Nicola Tyrer, Weidenfeld and Nicolson.

Our Childhood in the Former Colonial Dutch East Indies de Ralph Ockerse et Evelijn Blaney, Ralph Ockerse and Evelijn Blaney.

The Forgotten Ones : Women and Children Under Nippon de Shirley Fenton Huie, Angus and Robertson, une filiale d'HarperCollins.

The Defining Years of the Dutch East Indies 1943-1949, édité par Jan A. Krancher.

The Internment of Western Civilians under the Japanese 1941-1945 : A Patchwork of Internment de Bernice Archer, Hong Kong University Press.

Through a Harsh Dawn de Hendrik L. Leffelaar, Frederick Muller Limited.
My P.O.W. Story de Jan Berg.
Ghostwriting d'Andrew Crofts, A. & C. Black Publishers Limited.
Memories of the Dutch East Indies : From Plantation Society to Prisoner of Japan d'Elizabeth von Kamden.
Dark Skies Over Paradise de Louise Priesman-Bogaardt, Traford.

Numéro d'éditeur : 84607
Numéro d'impression :134316
Dépôt légal : mars 2016
Imprimé en France